कुफ़्र

(उपन्यास)

यह उपन्यास एक सच्ची कहानी से प्रेरित है। जिस स्त्री की यह कहानी है, उसकी पहचान को सुरक्षित रखने की ग़रज़ से नामों और कुछ घटनाओं को बदल दिया गया है

कुफ़्र

तहमीना दुर्रानी

अनुवाद

नरेन्द्र तोमर

वाणी प्रकाशन

प्रकाशन के उत्कृष्टतम 62 वर्ष

vaniprakashan.com

पेपरबैक पहला संस्करण : 2004
पेपरबैक दूसरा संस्करण : 2010
पेपरबैक तीसरा संस्करण : 2014
पेपरबैक चौथा संस्करण : 2020
पेपरबैक पाँचवाँ संस्करण : 2022
पेपरबैक छठा संस्करण : 2025

वाणी प्रकाशन

4695, 21-ए, दरियागंज, नयी दिल्ली-110 002

फ़ोन : + 91 11 23273167, 23275710

शाखाएँ

अशोक राजपथ, पटना-800 004, बिहार

कॉफ़ी हाउस कैम्पस, महात्मा गांधी मार्ग, प्रयागराज-211 001, उत्तर प्रदेश

महात्मा गांधी अन्तरराष्ट्रीय हिन्दी विश्वविद्यालय, वर्धा-442 001, महाराष्ट्र

sales@vaniprakashan.in

vaniprakashan@gmail.com

Kufra

by Tahamina Durrani

Translated by Narendra Tomar

ISBN : 978-93-5229-142-7

Fiction

मूल्य : ₹ 295

सिटी प्रेस, दिल्ली-110 095 में मुद्रित

वाणी प्रकाशन का लोगो मक़बूल फ़िदा हुसैन की कूची से

अनुक्रम

1

निजात

पौ फटने वाली थी। फ़ज्र[1] की नमाज़ के लिए मस्जिद के लाउड स्पीकर से अज़ान गूँजने लगी।

अल्लाह हो अकबर ! अल्लाह हो अकबर ! अशहदो अल्ला इलिल्लाह इलल्लाह की आवाज़ उनींदे से गाँव में फैल गयी और बेकराँ रेगिस्तान की रेत में लहरें उठाने लगी।

मैं दरवाज़े पर खड़ी थी। मेरी चीख़ें पवित्र शब्दों की उठती हुई लय को चीर रही थीं। मेरा रोना-बिलखना 'अशहदो अल्ला इलिल्लाह इलल्लाह' की आवाज़ों को बीच-बीच में काट रहा था।

दोनों ने मिलकर काले आसमान को चीर दिया।

वह फट गया।

ख़ुदा से दुआ माँगने को मैंने अपने दोनों हाथ फैला दिए।

दिन निकल आया।

हय्या अलस्सलाह, हय्या अलस्सलाह की आयत ने सबको उठने और नमाज़ अदा करने के लिए आने का हुक्म दिया। लोग अपनी नींद से झटके से उठा दिए गए।

पलक झपकते ही औरतें मेरे ऊपर शहद पर भिनभिनाती मक्खियों की तरह उमड़ने लगीं। जब उनकी नज़र मालिक पर गई, उनकी चीख़-पुकारों ने आसमान सर पर उठा लिया। मैं उस पगलाई भीड़ के बीच दुबक गई···शोर-शराबा ख़त्म होता दिखाई नहीं पड़ता था कि आदमी अन्दर घुसे और औरतें हड़बड़ाकर बाहर हो गईं।

एक क़ुदरती रहे अमल से मैंने अपना मुँह उसके भाइयों की ओर से मोड़ लिया। इस मौक़े पर भी उनकी मौजूदगी अजीब लग रही थी। इससे पहले उन लोगों की कभी मेरे सामने आने की हिम्मत नहीं हुई थी। अगर कभी वे आते भी, मैं अपना मुँह ढँक लेती और उनकी नज़र से ओझल हो जाती। अब वे उस पलंग की जानिब बढ़े जिसके ऊपर लगा पंखा मेरे शौहर की तरह ही स्थिर और बेहरकत था।

मुर्दा !

1. सवेरा, सवेरे की नमाज़

चोरी-चोरी से मैंने अपनी नज़रें उठाईं। उसकी आँखें पूरी खुली थीं। ख़ौफ़नाक !

नहीं। अजीब बात थी। वे ख़ुद ख़ौफ़ज़दा दिखती थीं।

ख़ून की एक पतली-सी धार उसके कानों से टपककर गर्दन के दोनों ओर दो धब्बों की शक्ल में जम गई थी। हमेशा बाँधे रहने वाला इमामज़ामिन अब भी उसकी बाँह में बँधा था। उसकी गर्दन में काले धागे से बँधे बहुत से तावीज़ लटक रहे थे। बग़ल की मेज़ पर सोने की एक भारी घड़ी टिक-टिक कर रही थी।

मर्द चुप थे। उनमें से एक की खूंखार आँखें जब मेरी डरी हुई निगाह पर गड़ीं, मैं जम गई। उनकी मौजूदगी किसी बुरी साअत की तरह थी; मुझे लगा गोया मेरी ज़िन्दगी में वे कोई अहम रोल अदा करने जा रहे हैं। बेहोश होने से पहले मेरे ज़हन में एक अनिश्चित भविष्य का अहसास कौंध गया।

मुझे होश आया तो मैं कमरे के दूसरे छोर पर अपने शौहर की लाश के बराबर रखे सोफ़े पर पड़ी थी। यादों ने इतनी शिद्दत से मुझ पर हमला किया कि लगा कि वह मेरे ऊपर पड़ा ज़ोर-ज़ोर से साँसें ले रहा है···हालाँकि दूरी पूरी तरह बरक़रार थी। मैंने सोचा था कि यह मौत एक ख़ात्मा था, लेकिन क्या ऐसा था ?

कमरे में कोई औरत नहीं थी। चारों ख़ौफ़नाक भाई पलंग के इर्दगिर्द खड़े बेएतिमादी के साथ अपना सर हिला रहे थे और आपस में सलाह-मशविरा कर रहे थे। सलाह-मशविरा ! उसकी मौत के इतने जल्द बाद ? मैंने उनको सुनने की कोशिश की, पर नाकामयाब रही।

बाहर औरतों ने पीर साईं के वारिस बतौर राजाजी को सलाम किया। हमारा सिर्फ़ वही बेटा बच रहा था। उसकी ओर मुख़ातिब होकर वे चीख़-पुकार करने लगीं।

'आपके अज़ीम बाप का इन्तक़ाल हुआ। हम कहीं के नहीं रहे ! यतीम हो गए' इन अल्फ़ाज़ के साथ ही एक झटके से दरवाज़ा खुल गया। मेरा बेटा धड़धड़ाते हुए अपने बाप के पलंग के पास आया। मैंने कुछ और गोलियाँ हलक़ से उतार लीं, बेमहल ढंग से अपने-आपको ख़बरदार किया कि मुझे खुद को सँभालना चाहिए। ख़ानदान का डॉक्टर अन्दर दौड़ा-दौड़ा आया और मेरे शौहर की लाश पर झुक गया।

राजाजी ने मुझे चले जाने को कहा। मैं लड़खड़ाती हुई बाहर आ गई। सोच रही थी कि जिस तरह उसने अपने बाप के मुआमलात को अपने हाथों में ले लिया है, वह जल्द ही मेरे मुआमलात को भी अपने हाथों में ले लेगा।

आँगन में ठसाठस भरी औरतें आसमान की ओर देखते हुए भेड़ियों की तरह हुँहुआ रही थीं। दिमाग़ को राहत देनेवाली गोलियों के धुँधलके के बीच मैं यह देखने को ठहर गई कि शोरोगुल के अलावा बदलाव का कोई ओर इशारा तो नहीं।

क्या यह सब कुछ उससे अलग था, जब वह ज़िन्दा था। लेकिन जैसे ही उन्होंने मुझे देखा, औरतों की सोगवार चीख़ों का रुख़ मेरी ओर हो गया। हमारी घरेलू

नौकरानियाँ—बूढ़ियाँ, अधेड़ और लड़कियाँ। इनमें से बहुतों ने मुझे इस घर में दुल्हन के बतौर आते देखा था। कुछ ने ज़च्चगी में मेरी मदद की थी, और कुछ ने मेरे बच्चों को पाला-पोसा था। जबकि कुछ उनके साथ खेली-कूदी थीं। वे सब की सब मेरी ख़ुशियों और ग़मों के सिलसिलों से वाक़िफ़ थीं। वे मुझसे लिपट गईं। ख़ूब रोईं। मैं उनके बासी, मसालों की बू वाले पसीने से शराबोर हो गई।

मैंने ख़ुद को इस चिपटती और बकोटती भीड़ से जैसे-तैसे खींच कर जुदा किया और उनको धकियाती हुई मैं अपने सास के कमरे में घुस गई। बिस्तर में अम्मा साईं टेक लगाए बैठी थीं। उनके ओठों पर ख़ामोशी की मुहर लगी थी। उनके कंधों पर सर रखकर मातमपुर्सी करने को औरतें उन तक पहुँचतीं। पर उनके चेहरे पर कोई भाव न देखकर वे पीछे हट जातीं। उन्होंने मुझसे भी किसी जज़्बे का इज़हार नहीं किया। पत्थर के बुतों जैसी यह चुप्पी उन्होंने सालों से पाल रखी थी। वरना मुझे यह यक़ीन होने लगता कि ऐसा इस हादसे की वजह से है। लेकिन बात यह नहीं थी।

अम्मा साईं बहुत सालों से इस हवेली की मालकिन रही थीं। उनका यह बोझ मैंने आकर उतार दिया था। उनको सब कुछ मालूम था, फिर भी वह बहुत कम जानती थीं। या शायद यह उनकी औरतोंवाली दानिशमन्दी थी; जितना जाहिर करतीं, उससे ज़्यादा का इल्म था उन्हें। मैं उनके पास बैठ गई। उनका हाथ अपने हाथ में ले लिया। और उसे उलटकर मैं उनकी चुप्पी तोड़ने का रास्ता पाने के लिए सुखी भविष्य की लकीरें तलाश करती रही। लेकिन उनके लिए इस चुप्पी में धँसे रहना ही बेहतर था। ख़यालों की इस भूलभुलैया के बीच औरतें आती-जाती रहीं। उनके नौहो[1] की लय मर्सिए की मानिन्द थी, जो अम्मा साईं के पास आकर सबसे तेज़ हो जाती, मुझ तक पहुँचते-पहुँचते धीमी पड़ती और दरवाज़े पर इस बुदबुदाहट के साथ मिट जाती, क्या क़यामत है ! कैसी क़यामत है !

बूढ़ी चाचियाँ, बहनें, सौतेली बहनें, एक-दूसरे के हमेशा साथ रहनेवाली मेरी चार भौजाइयाँ, उनकी लड़कियाँ और उनकी अनगिनत औलादें—सब एक साथ उमड़ पड़े। एक के बाद एक वे मुझे ज़ोर-ज़ोर से चूमकर और उससे भी ज़ोर की हिचकियों से चिपचिपा देते। अपनी छातियाँ पीटते हुए वे मातमपुरसी करतीं, 'अल्लाह तुझे शौहर के बिना लम्बी उम्र काटने का सब्र अता करे।'

सबसे बडी बद्दुआ।

मेर शाहर की दाई। गोश्त का एक मुड़ा-तुड़ा लोथड़ा। अपनी झुकी हुई कमर के साथ डगमगाती हुई मेरी ओर बढ़ी। नज़दीक आने पर उसकी साँस से ग़ुर्बत में गुज़री लंबी ज़िन्दगी की बू आई। वह उस बच्चे के फ़ना होने का सोग मना रही थी जिसे उसने पाला-पोसा था और जो उससे पहले ही रुख़्सत हो गया था।

---

1. विलाप

यह क़यामत पीर साईं के लिए थी या हमारे लिए या हमारी ज़िन्दगियों में तबदीली के लिए या…या यह किसलिए हुआ था ? हमें मालूम नहीं था ! 'क्या क़यामत है, कैसी क़यामत है,' वे सब फिर चिल्लाने लगीं।

खुली हवा में साँस लेने के लिए मैं आँगन में निकल आई। वहाँ ज़बरदस्त भगदड़ मची थी। पूरा माहौल ख़ौफ़ज़दा औरतों की डरावनी चीख़ो-पुकार से भारी था। कुछ दूरी पर मैंने बेवा की उन दो लड़कियों को देखा जिन्होंने अपनी माँ के साथ इस हवेली में पनाह ली थी। वे मेरी क़रीबी सहेलियाँ थीं, मेरी हमराज़ थीं। उन्होंने मेरी आँखों में आँखें डालकर देखा। हमारे बीच अनगिनत भाव आते-जाते रहे।

अब जब मालिक नहीं रहे, क्या हालात होंगे ?

उनका क्या होगा जिन पर मालिक मेहरबान थे ?

बेवा के आने से मेरे ख़यालात बिखर गए। वह मेरे पैरों पर सिर रखकर अपनी छाती पीट रही थी। वह मिन्नत कर रही थी कि मैं उसे बेसहारा न छोड़ूँ। और फिर वे तीनों, माँ-बेटियाँ तब तक मेरे टखने पकड़े रहीं जब तक कि मैंने उनको धक्का नहीं दे दिया।

परेशान होकर मैं ग़ुसलख़ाने में घुस गई। दरवाज़े की चाबी घुमाकर मैं लकड़ी के एक स्टूल पर बैठ गई। मेरे ज़हन के गहरे और और रिसते हुए ज़ख़्म से यादों का सैलाब फूट पड़ा।

एक पूरी ज़िन्दगी गुज़र गई यहाँ !

अपनी क़मीज़ के भीतर से मैंने सिगरेट का एक पैकेट निकाला; चोली में ज़रा नीचे तक हाथ डाला और लाइटर मिल गया। निकोटीन का एक गहरा कश लिया; मौत के रक़्स की तरह धुआँ मेरे मुँह से चक्कर खाता हुआ निकलने लगा। भीतर बैठे ख़ौफ़ निकल गए। वह मर चुका था पर उसके ख़याल पीछा छोड़ने को राज़ी नहीं थे। बेतरतीब ख़यालात बदहवास से दौड़ रहे थे। इस बेकली में एक ज़हरीला मिक्चर तैयार होने लगा। बड़ी जद्दोजहद के बाद निकली एक तस्वीर मुझ पर झपट पड़ी।

यतीमड़ी, यतीम लड़की की थी यह तस्वीर।

उसका ख़याल मुझ पर बुख़ार की तरह चढ़ गया। पेशानी पर चुन्नी लपेटकर मैंने अपने दिमाग़ को महफ़ूज रखने की कोशिश की। बाहर की हर चीज़ का आना बन्द करने के लिए मैंने गाँठ को बेहद कसकर बाँधा। लेकिन बेमहल ख़याल मेरे भीतर धड़कते और थरथराते रहे।

बाहर रोना-पीटना तेज़ हो गया।

कोई वह आया था जो मेरे शौहर के बहुत नज़दीक था। अभी आधी सिगरेट ही पी सकी थी कि औरतों की चिल्लाहट के बीच दरवाज़ा बज उठा।

'बीवीजी, आपकी यतीम बेटियाँ आई हैं। बीवीजी, आपकी बेटियाँ आई हैं।'

हमारी दुनिया के सबसे ड्रामाई हादसे, मौत ने उन सबको ड्रामाई बना दिया था। उन्हें यक़ीन था कि उनके ग़म की इन्तहा जज़्बे के अतिशयतापूर्ण दिखावे से ही तय होगी।

सामने के आईने ने मेरी ज़िन्दगी के अड़तीस साल दरहम-बरहम कर दिए थे। मैंने छह औलादों को जना था। तीन बेटे और तीन बेटियाँ। एक अपनी जवानी में मरा। तीनों बेटियाँ ब्याह गईं और तैंतीस साल की उम्र में मैं नानी बन चुकी थी। पर इन सब बातों से ज़्यादा मेरा चेहरे पर पिछली रात का तनाव उकरा हुआ था। दरवाज़े की बेतरह दस्तक को रोकने के लिए मैंने उसे खोल दिया। बदलाव के इस अजीबो-ग़रीब लम्हे को बाँटने के लिए जब अपनी बेटियों को अपने सीने से लगाया, अपने सवालात उन्होंने अपने आंसुओं के पीछे छिपा लिए।

पुश्तैनी दरगाह के लाउडस्पीकर ने पीर साईं की मौत का ऐलान किया। मैं उसकी मय्यत के कमरे में वापस लौट आई। वहाँ दुनिया से उसकी ग़ैर-मौजूदगी अब कोई ख़याली चीज़ नहीं थी। उसके कमरे में इतना शोर ! उसकी इजाज़त लिये बगैर पहले किसी ने वहाँ घुसने के जुरअत नहीं की थी। जो थोड़े से लोग दाख़िल हो पाते, वे हमेशा फुसफुसाकर अदब से बात करते। अब इस पर एक शोर ने धावा बोल दिया था। मैंने सोचा कि इन सबको जहन्नुम रसीद करने के लिए वह दुबारा जी उठे।

जिस आदमी को कोई छूने की हिम्मत नहीं करता था, सिवा नीचे झुककर उसके पैर छूने के या उसकी मेहरबानी से उसके हाथों को अपने ओठों से छूने के; उसे उसकी टाँगों और काँधों से उठा लिया गया और एक चारपाई पर डालकर चादर से ढँक दिया गया। चारपाई ऊपर उठा ली गई और उसे बाहर ले जाया गया।

मुझे याद आया कि इस दरवाज़े से हर सुबह वह किसी राजा-महाराजा की तरह किस शानो-शौकत से निकलता था।

अब कीड़े-मकोड़ों को उसका इन्तज़ार था।

क़ुर्आनख़्वानी[1] शुरू हो गई। अल्लाहताला के रूबरू होने के लिए पीर साईं को नहला-धुलाकर सफ़ेद सूती कफ़न में लपेट दिया गया। गुलाब के तेज़ और मौत जैसे इत्र की बू हवा में फैली हुई थी। जब उसकी चारपाई अहाते में रखी गई, चीख़ो-पुकार इतनी तेज़ हो गई गोया अल्लाह हमसे जुदा हो गया हो।

एक बेयक़ीनी का जज़्बा तारी हो गया।

पीर साईं मर गया ?

यह सोचा भी नहीं जा सकता था।

लेकिन लाल गुलाबों के ढेर के नीचे वह ही पड़ा था। और अनगिनत औरतें

---

1. क़ुर्आन का पाठ

उसके इर्दगिर्द खड़ी थीं। इस सारी हलचल के बीच मुझे यतीमड़ी, वह यतीम लड़की दिखाई पड़ी। उसने मुझे उसकी ओर ताकते हुए देखा और वहाँ से खिसक गई।

अम्मा साईं के लिए रास्ता बनाया गया। मैं लड़खड़ाती हुई उठी और उनके बेटे के भावहीन चेहरे को ग़ौर से देखने के लिए उनकी बग़ल में खड़ी हो गई। रात की सज़ा का कोई नामोनिशान नहीं था।

यतीम लड़की मुझे फिर दिखाई पड़ी। दिन भर वह जितना ज़्यादा मुझसे बचती रही थी, उतनी ही शिद्दत से अब वह मेरा ध्यान खींच रही थी। अचानक उसकी चीख़ें सबके स्यापे को पीछे छोड़ गईं। पीर साईं की चारपाई पकड़ने को वह भीड़ को धक्का देती और रास्ता बनाती हुई आगे बढ़ी।

जब वह हमारे घर में दाख़िल हुई थी उसकी उम्र तीन साल थी। वह यतीम थी। मेरा शौहर तब से ही उसका सरपरस्त था। ग्यारह साल की उम्र में वह उसकी निजी ख़िदमतगार बन गई। और फिर किसी भी दूसरे के मुक़ाबले वह लगातार उसके ज़्यादा क़रीब होती गई। लेकिन उसे यह मालूम था कि उसे तमाशा करने का कोई हक़ नहीं था। घरेलू नौकरानियाँ ख़ानदान के लोगों से ज़्यादा ऊँची आवाज़ में नहीं रो सकतीं। जज़्बात के ऐसे बेलगाम दिखावे से मुझे ग़ुस्सा आया। मैं उसे दिलासा देने की हालत में नहीं थी। जब तक मैं अपने भविष्य को सुरक्षित महसूस नहीं करती, मैं उसके भविष्य की सुरक्षा का वादा भी नहीं कर सकती थी।

सूरज डूबने वाला था। राजाजी ने कहा, 'अम्मा, अलविदा कहो। उनके जाने का वक़्त हो गया है।'

अम्मा साईं के हाथ दुआ के लिए ऊपर उठे। पीर साईं को हवा में उठा लिया गया। वे मेरे शौहर को दूर ले जा रहे थे और मैं अपने मालिक की लाश के पीछे पतंगों की तरह लटकती जा रही औरतों के साथ-साथ चल रही थी। वह पहुँच से बाहर हो गया। दरवाज़े ने हमें अन्दर बन्द कर दिया। लेकिन जो दीवारें औरतों को मर्दों से अलग करती थीं, उनके ऊपर से चीख़ों ने एक-दूसरे से मिलकर अलगाव को ख़त्म कर दिया। मेरा ध्यान चील की ओर गया। वह पर्दे के पीछे से झाँकती हुई अपनी आँखों से मुझे ख़ौफ़नाक ढंग से देख रही थी। हमेशा की तरह उसकी बाँहें मुड़कर उसके सीने से लगी थीं। हमेशा की ही तरह वह रिपोर्ट करने के लिए कुछ तलाश कर रही थी।

लेकिन किसको ? मालिक तो अब मर चुका था।

बाहर सदमे का आलम था। जैसे ही ख़बर फैली मुल्क के कोने-कोने से लोगों के झुंड के झुंड उमड़ने लगे। जो इन्सान उनकी ओर से ख़ुदा से बात करता था, वह जा चुका था। अब उनका मुतवल्ली[1] राजाजी होगा। मैंने सुना फ़ातिहा पढ़ा जा रहा था। मैंने खिसकते हुए पैरों की आवाज़ सुनी। मैंने एक आदमी को कल्माए

1.देखरेख करनेवाला

शहादत की आवाज़ लगाते सुना; मैं जान गई कि मेरे शौहर का जनाज़ा एक कन्धे से दूसरे पर ले जाया जा रहा है। हवा में 'ला इल्लाह इल्लल्लाह मुहम्मदुर्रस्सूलल्लाह' गूँज रहा था।

गोकि मैंने अपने घर के बाहर कभी कुछ नहीं देखा था फिर भी मैंने एक रेंगते हुए साँप की तरह के सँकरे, टेढ़े-मेढ़े, धूल भरे रास्ते का तसव्वुर कर लिया, जिसके बीच यहाँ-वहाँ कोई सूखी झाड़ी थी। थोड़ी-सी झोंपड़ियाँ, एक दुकान, जागीरदार का बड़ा-सा मकान, उसके आम के बाग़ और एक लम्बा घुमावदार रास्ता जो हवेली को चारों ओर से घेरता था। हैंडपम्प और ट्यूबवेल से गुज़रता हुआ जुलूस दरगाह के पास तक पहुँच गया होगा।

बाबाजी का मज़ार बड़ी गुम्बद के ठीक नीचे था। उसकी बग़ल में सात पीर दफ़्न थे। क़तार के आख़िर में एक खुली क़ब्र थी, मेरे शौहर के लिए। और उससे कुछ दूर एक सिल मेरे बेटे के वास्ते।

मनों मिट्टी के नीचे दफ़्न मेरा शौहर अब कभी हिलेगा तक नहीं। फिर भी जल्द ही लोग मीलों-मील नंगे पाँव चलकर उसकी दुआ की भीख माँगने आएँगे। ठीक वैसे ही जैसे कि उससे पहले दफ़्न किए गए पीरों के मज़ार पर आते थे।

मजमा अब बिखरने लगा होगा।

मेरा इक़रारनामा ख़त्म हो गया।

एक गिरफ़्त ढीली पढ़ गई।

पीर साईं जा चुका था। लेकिन इस ख़याल का आदी होना मुश्किल था। जब तक वह ज़िन्दा था, उसकी मौजूदगी इतनी ज़बरदस्त थी कि कभी उसकी ग़ैर-मौजूदगी पता ही नहीं चली। घर से उसके चले जाने पर हम हमेशा इतने घबराए रहते कि हर लम्हा उसके लौटने की बाबत सोचते बीतता। उसकी गाड़ी पर नज़र पड़ते ही गाँव वाले कूदकर एक तरफ़ हो जाते और जब तक उसकी गाड़ी की उड़ाई हुई धूल बैठ नहीं जाती, वे अपने सिर हाथों में लिये रहते। घर में औरतें लगातार बेचैनी की हालत में बनी रहतीं—डरी हुई। और मैं ? उसके क़दमों को सुनने के लिए मैं अपने भीतर सिमट जाती। जैसे-जैसे वे नज़दीक आते मुझको लगता कि वे मेरे दिल को रौंद रहे हैं।

आज से ज़्यादा गर्म कोई दिन नहीं था। वह हमारे गोश्त तक को झुलसा रहा था। मानों कि जो ज़िन्दा बच गए हैं उनको अब जल जाना चाहिए। पसीने से शराबोर औरतें मक्खियाँ भगा रही थीं, जो उनके चेहरों पर चिपकी थीं, भिनभिना रही या इर्द-गिर्द मँडरा रही थीं। धरती से धधकती लपटें उठ रही और तलुओं को जला रही थीं।

क्या वह जला ? मैं सोचने लगी।

मालिक की मौत के साथ चूल्हे की आग तीन दिन के लिए बुझा दी

पत्थर जैसे सख़्त कोराहवत्ता[1] को हज़्म करना उतना ही मुश्किल था जितना कि मौत को। यह भाइयों में से एक की हवेली से आता। मटनकरी के सौ देग़, ढेर सारी चपातियाँ और मीठे ज़रदे के कढ़ाव एक के बाद एक करके यूँ ही ख़त्म हो जाते।

हमारी सबसे बड़ी बेटी गुप्पी ने मेरा कन्धा छुआ और कहा, 'अम्मा, आपको आराम की ज़रूरत है। इन्तज़ाम हम सँभाल लेंगे।' बहुत सारी बातें सोचती मैं पीर साईं के कमरे की ओर चल दी। जब दरवाज़ा खुला मैं सब कुछ भूल चुकी थी।

भीतर से पैदा हो रहे नए देव[2] अपना सिर उठा रहे थे। वे जब चाहते आते, जब चाहते चले जाते। मैंने अपने आपको एक ज़बरदस्त प्रतिरोधी ताक़त के ख़िलाफ़ धकियाया ताकि मैं वहाँ पहुँच सकूँ जहाँ वह अभी-अभी पड़ा था।

अचानक माँ घुस आईं।

'मेरी बेटी ! हाय अपनी जवानी में ही बेवा हो गई। हसदभरी नज़रों ने उसके सहारे को ही उसके ऊपर गिरा दिया। मेरी बच्ची जीते जी ही मर गई।' वह नौहे करने लगी। उसके पीछे दर्जनों नौकरानियों से घिरीं मेरी बहनें झुंड बनाकर एक साथ ज़ारो-क़तार रोने लगीं।

हवेली की औरतों के लिए यह एक दुखद घटना थी जिसने उनका ढर्रा तोड़ दिया था—बेसबब। लेकिन जिस ध्यान के साथ वे मुझे देख रही थीं, वह ख़तरनाक था। वे साज़िश रचनेवाली बरैयों का छत्ता बन सकती थीं। मैं उन सबसे ज़्यादा ज़ोर से रोने लगी।

मेरी माँ के आँसू असली थे और मेरी बहनों के भी। एक-दूसरे से बढ़-चढ़कर वे मेरे शौहर की वफ़ादारी को याद कर रही थीं।

'उस जैसे इन्सान रोज़-रोज़ पैदा नहीं होते। मौसमी फल या जो आटा-दाल उन्हें मिलता, उसका एक हिस्सा वे हमारे लिए भेजना कभी न भूलते।' मातम मनाते हुए उन्होंने अल्लाह से उसकी रूह को सुकून अता करने की दुआ की। कुब्बी, हमारी कुबड़ी नौकरानी ने उनको दिलासा दी, 'मालिक की क़ब्र का साया हमारे ऊपर हमेशा-हमेशा के लिए है। वह हमें हर वक़्त देखेगा—बरहमेश।' मैं लरज़ गई।

मेरे मरे हुए शौहर की तारीफ़ करते हुए माँ एक पल को भी नहीं रुकी। राजाजी को याद करके उसने दोनों हाथों से अपनी छाती पीट डाली।

'हाय, मेरा नवासा अपनी शादी के मौक़े पर ही अपने बाप की मौजूदगी से महरूम हो गया। कैसा बेदर्द हादसा है ! कैसी तबाही है! हाय कैसी तबाही है!' औरतों को रोने-कलपने की एक और वजह मिल गई। आखिरकार जब वे काफ़ी दर्दो-ग़म का इज़हार कर चुकीं तो वे मेरे शौहर की मौत का मातम मनाने उसकी माँ के पास चली गईं। उनके जाने के बाद जब दरवाज़ा बन्द हुआ मैंने दौड़कर उसमें चाबी घुमा दी।

---

1. मौत के बाद घर का खाना, 2. एक डरावनी आकृति

मैं फिर तनहा हो गई। मैंने ख़ुद को जबरन डर का सामना करने को तैयार किया। मैंने ख़ुद से इस हालत को तेज और तीखी हरी मिर्च की मानिन्द महसूस करने को कहा। मैंने ख़ुद को सलाह दी इसे चखो, इसे महसूस करो।

मेरा सिर तकिए पर था और मेरी रीढ़ की हड्डी में फुरहरी दौड़ रही थी। मैंने अपनी आँखों को कसकर बन्द कर लिया लेकिन उसकी गर्दन के दोनों तरफ़ जमे ख़ून के धब्बों की याद मेरे ज़हन में सुर्ख़ होकर कौंध गई।

मेरी आँखें खुल पड़ीं।

मेरे ऊपर टँगा पंखा उसकी तरह ही स्तब्ध था। अब यह मेरी जड़ता का अक्स बना हुआ था।

मैं झटके से उठ गई।

सिगरेटों के लिए मैंने जल्दी-जल्दी अपनी कमीज़ को टटोला। एक सुलगाई। गहरा कश लिया। और धुएँ के साथ कम-से-कम कुछ ख़ौफ़ तो बाहर हो गए। मैं लेट गई और ख़ुद को दुबारा समझाने की कोशिश की।

'स्तब्ध रहो—हिलो नहीं। डरो नहीं...' मैं ख़ुद से फुसफुसाई। लेकिन मैं उसकी ओर मुड़ रही थी; बिस्तर से दुबारा कूद पड़ी। अपने सिर को हिलाते-डुलाते मैं सोच रही थी--अपने ख़यालों से दौड़ कर मैं कहाँ जा सकती हूँ? अपने भीतर मैं कहाँ तक भाग सकती हूँ?

मैंने ख़ुद को हिदायत दी--न ऊपर देखो और न नीचे, न सीधी तरफ़ देखो न उल्टी तरफ़। बाहर नहीं देखो, अन्दर नहीं देखो—मैं ख़ुद को समझा रही थी।

लेकिन अतीत हावी था। हाल दाखिल नहीं हो पाया था। अभी नहीं।

यह तब तक होना मुमकिन नहीं था जब तक मैं इस घटना से पहले के अपने अतीत में नहीं लौट जाती।

2

देहरी लाँघते हुए

'हीर !' मेरी सहेली चाँदी ने मेरे पीछे से ज़ोर से आवाज़ दी और मैं मुड़ गई। अपने बुर्क़े की शफ़्फ़ाफ़[1] नक़ाब के पीछे से मेरी आँखें स्टीयरिंग के पीछे बैठे एक नौजवान की मिक़नाती-सी निगाह में अटककर रह गईं।

चाँदी ने मेरी तवज्जो में ख़लल डाल दी। वह जोशो-ख़रोश के साथ चिल्लाई, 'तुम्हें पसन्द है ना ? वे मेरे सबसे बड़े भाई हैं ! उन्होंने तुम्हारी तस्वीर देखी थी और उनका ख़याल है कि तुम अस्ल हीर से भी ज़्यादा ख़ूबसूरत हो। वह तुमसे शादी करना चाहते हैं। क्या वह ख़ूबसूरत नहीं ?'

बहाना किया जैसे मैं कुछ सुन नहीं रही हूँ; चेहरे पर आई दमक को छिपाने और जवाब से बचने के लिए मैं ज़मीन की ओर देखने लगी। मैंने सख़्त होने की कोशिश की, 'अगर किसी को तुम्हारी बात सुनाई पड़ गई, मेरी बदनामी हो जाएगी।'

मेरे हाथों में ज़बरदस्ती एक लिफ़ाफ़ा थमाते हुए, चाँदी खिलखिला पड़ी।

'किसी को पता नहीं चलेगा। मैं वादा करती हूँ, किसी से नहीं कहूँगी। अपनी तस्वीर के साथ उन्होंने तुम्हारे लिए यह ख़त भेजा है। ले लो।' मैं कतरा रही थी पर मैं मुत्मईन थी कि मैं उसे लेना चाहती थी।

और जल्दी ही मैं पढ़ रही थी, 'आपका हुस्न हीर के हुस्न की तरह ही अफ़सानवी है, और मैं हूँ आपका राँझा।'

कॉलेज की अपनी पढ़ाई पूरी करके वह मुझसे शादी करना चाहता था। तस्वीर पर मैंने एक निगाह डाली, वह लाल पुलोवर पहने पहाड़ों के सामने खड़ी कार पर झुका हुआ था। जब मैंने ख़याल किया कि चाँदी की खोजती हुई नज़रें मुझे देख रही हैं, मैंने आहिस्ता से सब कुछ वापस लिफ़ाफ़े में रख दिया, और कुछ भी ज़ाहिर नहीं करने की कोशिश की। लेकिन मेरी आँखों में हज़ारों तारे चमक उठे और मेरा दिल वे गीत गा रहा था जो मैंने पहले कभी नहीं सुने थे।

सारे दिन मैं प्यार के सपने देखती रही। क़यास लगाती रही कि जब हम अकेले मिलेंगे राँझा क्या कहेगा; मैं शर्म से गुलनार हो जाऊँगी।

वह क़ाबू से बाहर होता जा रहा था। मुझे रोकना होगा। लेकिन कैसे ? वह

1. झीना, पारदर्शी

तो हर जगह मौजूद था।

दोपहर को खाने से मन उचाट हो गया। मेरी भूख जाती रही थी। क्लास में मेरी टीचर चिल्लाई, 'जाग जाओ बच्चे ! तुम फिर कहाँ खो गई थीं ?' किसी दूसरी ने डाँट पिलाई।

'मैं दस मिनट से बोल रही हूँ और तुमने एक लफ़्ज़ भी नहीं सुना।' आख़िरकार मुझे क्लास से चले जाने को कह दिया गया।

बहरहाल घंटी बजी और मेरे इम्तिहान का दौर ख़त्म हुआ।

हमारा फ़्लैट घनी आबादी वाले शहर के बीच एक सँकरी गली में था। वह कभी ख़ाली नहीं रहती। लोग इधर-उधर आते-जाते रहते या दीवारों पर झुके हुए रात-दिन बतियाया करते। बच्चे उछलते-कूदते या कुश्ती लड़ते रहते। औरतें अपने-अपने घरों के बाहर बैठी दालें बीनतीं या मटर छीलती रहती थीं। ज़ाहिर है हर कोई ग़रीब था। फिर भी दो वक़्त की रोटी जुटाने की मुसलसल जद्दोजहद उनके चेहरों की मुस्कान नहीं छीन पाई थी। जब मेरे वालिद ज़िन्दा थे, मैंने उनसे पूछा था कि इन लोगों की ख़ुशी की वजह क्या है। उन्होंने जवाब दिया था, 'वे दौलत और ताक़त के बदनुमा दिखावों से आज़ाद हैं।'

जिस गली में मैं रहती वह न तो पक्की थी और न साफ़। ऊबड़-खाबड़ थी। जब बारिश होती हम अपनी ढीली-ढाली सलवारें उठाए गँदले पानी के गड्ढों में छप-छप करते चलते, जो जल्दी ही मच्छरों से भर जाते। उन उफनती हुई नालियों को जहाँ बड़े लोग कूद-फलाँग कर पार करने की कोशिश करते, वहाँ छोटे-छोटे बच्चे उनमें छपाक-छपाक करते हुए तैरने का खेल खेलते।

हमारे मकान का ख़ास दरवाज़ा इसी सड़क पर खुलता था। वह हमेशा खुला रहता और उस पर बाँस की एक चिक पड़ी रहती जिससे कि गुज़रनेवालों की नज़र अन्दर न पड़े। पिछवाड़े से ख़स्ता हाल सीढ़ियों का तंग ज़ीना एक दरवाज़े तक जाता जो हमेशा बन्द रहता था। मैंने जब दरवाज़ा खटखटाया, मेरी तेरह साल की बहन छिटकी ने इसे खोला और मैं छत के एक ओर बने ग़ुसलखाने की ओर दौड़ गई।

कहीं से मेरी माँ चिल्लाई, 'कुछ भी करने से पेश्तर यहाँ आओ और मुझे सलाम कहो।' दरवाज़े को बन्द करने से पहले मैं वापस चिल्लाई, 'एक मिनट में आई ! माँ' और जल्दी से वह लिफ़ाफ़ा अपने बटुए से निकाल लिया। ख़ुशनवीसी[1] को देखते और राँझा के ख़त को ग़ौर से पढ़ते हुए, फ़ोटो में बार-बार उसके चेहरे को देखते हुए मैं सब कुछ भूल गई कि दरवाज़े पर ज़ोर से आवाज़ हुई। मैं उसकी गिरफ़्त से बाहर आ गई !

'फ़ौरन बाहर आओ। माँ तुम्हें बुला रही है,' छिटकी ने हिदायत दी।

यह सोचते हुए कि हमारे लिए वक़्त कब आएगा, मैंने अपने राज़ को अपने

---

1. सुलेख

बस्ते में दूसरी चीज़ों के नीचे दबा दिया और अपने कमरे में भाग गई। और अपने बस्ते को अलमारी के खाने में सबसे नीचे घुसाकर मैंने ताला लगा दिया। जैसे ही मैं पलटी, माँ मेरे सामने थी। खुदा जाने वह कितनी देर से मेरे पीछे खड़ी थीं। बेहद गुस्से और शक से उन्होंने मेरे ऊपर न जाने कितने सवाल दाग़ दिए।

'तुम करना क्या चाहती हो ? तुम हाथ से निकली जा रही हो। मेरे बुलाने की तो तुम्हें कोई परवा ही नहीं। तुम ऐसा क्या इसलिए करती हो कि मैं बेवा हूँ। तुम अब मेरी इतनी इज़्ज़त नहीं करतीं जितनी तब करती थीं जब वालिद ज़िन्दा थे।'

अब दुबारा ऐसा नहीं करूँगी। मैं सोचने लगी। माँ अपनी हैसियत को लेकर ग़मज़दा थीं। उनको यक़ीन था कि एक साल पहले बाबा के इन्तक़ाल के बाद हर किसी की निगाहों में उनका क़द कम हो गया है। बाँहों से थामते हुए मैंने उनकी दिलजोई की और उनसे पीछा छुड़ाकर इस तरह बाहर छत पर आ गयी जैसे कि जल्द ही फट पड़नेवाले बम से दूर भागते हैं।

अल्लाह का शुक्र था कि माँ का शक्की दिमाग़ बहुत दूर तक नहीं गया। मुझसे ड्राअर खोलने को कह सकती थीं ताकि वह मेरे बटुए की तलाशी ले सके। वह आमतौर पर ऐसा करतीं।

'औरत ज़ात के ख़तरनाक कारनामों से आनेवाली पीढ़ियों को किसी भी क़िस्म की बेइज़्ज़ती से बचाने के लिए यह एहतिहात बेहद ज़रूरी है—हम औरतें तो वैसे भी अज़ाब मानी जाती हैं,' यह सब वह एक साँस में कह जातीं।

मकान आज कुछ बदला-बदला लग रहा था। आम दिनों के मुक़ाबले आज यह ज़्यादा साफ़-सुथरा था। मैंने ध्यान दिया कि लाल गुलाबों के गुलदस्ते के नीचे एक नया कढ़ा हुआ मेज़पोश पड़ा था। मेज़ के दोनों तरफ़ रखी चार कुर्सियों पर ताज़ा पालिश की हुई लगती थी। सीटों पर भी बाँस की फटी हुई चटाई की भी मरम्मत हुई थी। चौहद साल के मेरे भाई, भाई की बाँहों में बेकरी से लाए गए डिब्बे थे। छिटकी और ग्यारह साल की मेरी छोटी बहन नन्नी ने जोशो-खरोश से मिन्नत की, 'आइए, आपा चाय की मेज़ सजाने में ज़रा हमारी मदद कर दीजिए।'

'नहीं,' माँ चिल्ला पड़ीं, 'मुझे हीर से बात करनी है। मेज़ तुम अपने आप लगाओ।'

चाय ?

यहाँ क्या हो गया है ?

मैं कुछेक घंटों के लिए ही तो बाहर थी। हमें देखने कौन आ रहा है ?

जब मैंने माँ से पूछा उसने मुझे अपने सामने बिठा लिया और हुक्म दिया, 'कुर्सी नहीं छुओ, तुम्हारे हाथ धब्बे डाल देंगे।' यह कहते हुए वह और भी सख़्त हो गईं, 'तुम्हारे लिए शादी का पैग़ाम आया है। इस शाम को वे तुम्हें देखने आ

रहे हैं।'

जिस जल्दबाज़ी में राँझा मुझसे सगाई करना चाहता था, उसका ख़याल आते ही मेरे दिल की एक धड़कन रुक गई। नज़र उठाने की मेरी हिम्मत नहीं हुई। माँ को पता चल जाएगा कि इस बारे में मैं अनजान नहीं थी। लेकिन मुझे यह उम्मीद नहीं थी कि यह सब इतनी जल्दी होगा। लग रहा था आज ही सब कुछ हो जाएगा। एक दिन में मेरी पूरी ज़िन्दगी बदलने जा रही थी।

'वे लोग बहुत पैसेवाले हैं। उनकी हैसियत हमसे बहुत ऊँची है। उनके यहाँ आने तक से हमारी इज़्ज़तअफ़ज़ाई होती है। मेरी तरफ़ देखो,' अपनी बाँहों को लहराते हुए उसने कहा, 'उनकी ख़िदमत करने के लिए हमारे पास है ही क्या ?'

और अपने सवाल का जवाब भी ख़ुद ही दिया, 'इसकी वजह यह है कि तुम बहुत ख़ूबसूरत हो।'

माँ की चमकदार अम्बर-सी आँखों के चारों ओर की हाथीदाँत-सी बदन की जिल्द दमकने लगी। हम लोग इतना एकसे लगते थे कि मानो वह मेरी ढलती उम्र की तस्वीर हो और मैं उसकी जवानी की।

माँ ने यह ऐलान भी किया, 'यह हमारे पीर का फ़ज़्ल-ओ-क़रम है।' उसके करिश्मों के बेशुमार क़िस्से सुन-सुनकर वह पीर की मुरीद बन गई थी। पिछली बार दूरदराज़ के उसके गाँव में जाते वक़्त वह हम तीनों को भी साथ ले गई और कहा था, 'पीर साईं के सामने तुम्हें अपने चेहरे ढँककर रखने की कोई ज़रूरत नहीं। वह बेहद पाक इन्सान है।'

पीर का कमरा इन्तज़ार करती हुई औरतों और बच्चों से भरा था जो फ़र्श पर बैठे थे। इसलिए माँ को अपने इतने सारे मस्ले उन कुछ लम्हों में ही कह देने थे जो उसको दिए गए थे। वह उसके सामने रोने लगी और गिड़गिड़ाई कि वह उसकी बच्चियों के लिए दुआ करे कि उनको शादी के अच्छे पैग़ाम मिलें।

'दुआ कीजिए साईं कि मेरे थके हुए काँधों से इन लड़कियों का बोझ उतर जाए,' उसने मिन्नत की। पीर ने एक के बाद एक हम सबके सिरों पर अपना हाथ रख दिया। मुझे घूरते हुए उसने माँ से कहा, 'यह तुम्हारे लिए बोझ नहीं होगी। इसका हुस्न ग़ैरमामूली दौलत है।'

माँ ने गोया आसमान छू लिया। पाक इन्सान ने भविष्यवाणी कर दी थी।

और अब वह ख़ुशी से पागल हो उठी थी। भविष्यवाणी सच हो रही थी।

'ख़ानदान का क़तई बेदाग़ ख़ून है' उसने कहा।

मेरी सहेली चाँदी ने मुझे यह बता दिया था।

माँ की आवाज़ पतली होती जा रही थी। यह उनकी ख़ुसूसियत थी।

'उन्होंने कभी शादी नहीं की, कोई उनके लायक़ ही नहीं मिली। वह तुमसे उम्र में काफ़ी बड़े हैं शायद अठारह साल बड़े।'

मुझे यह इल्म नहीं था। मैंने सोचा था कि राँझा की उम्र काफ़ी कम थी क्योंकि अभी वह कॉलेज में ही था।

'उनके यहाँ सख़्ती से पर्दा होता है और वे पक्के मज़हबी हैं। वे अपने गाँव में रहते हैं। क्यों रहना चाहेंगे वे इस गन्दे शहर में जब उनकी अपनी बादशाहत है ?' माँ ने ऐलान किया।

मेरे दिल की धड़कनें बढ़ गईं। मैं कुछ भी सुन नहीं रही थी। केवल सोच रही थी कि चाँदी के ख़ानदान में सख़्ती से पर्दा रखा जाता है और क्या वे गाँव में रहते हैं।

माँ बोले जा रही थीं, 'हम बेहद खुशनसीब हैं। तुम्हारे वालिद के इन्तक़ाल के बाद लोग हमें दो टके को नहीं पूछते थे। तुम्हारी शादी से लोगों के बीच हमारी इज़्ज़त बहाल हो जाएगी। तुम्हारी बहनों की अच्छी शादियाँ हो सकेंगी और तुम्हारे भाई को अच्छी लड़की और अच्छी नौकरी मिल जाएगी। हमारी हैसियत में भारी इज़ाफ़ा हो जाएगा। मुझे उसका नाम तक पसन्द है। यह इतना ज़ोरदार लगता है।' और आख़िरकार उसने नाम बोल ही दिया।

अब मैं नज़रें उठा सकती थी। मैंने जल्दी से कहा, 'मैं इतनी जल्दी शादी नहीं करना चाहती। मैं अपनी तालीम पूरी करना चाहती हूँ।'

तब तक मैंने सोचा था राँझा का पैग़ाम आ जाएगा और माँ उसे पसंद कर लेगी। माँ ग़ुस्से से पागल हो उठी।

'बच्ची, तुम इतनी ख़ुदगर्ज़ कैसे हो सकती हो। अपनी बहनों और भाई के तईं अपनी ज़िम्मेदारी तो तुम्हें निभानी चाहिए। तुम पन्द्रह साल की हो। तुम हमेशा के लिए तो घर पर नहीं बैठी रह सकतीं। चूँकि नौजवान लड़कियों को छुट्टा नहीं रहना चाहिए, मैं 'हाँ' कहने जा रही हूँ। इसके अलावा तुम्हें पढ़ाने के लिए मेरे पा पैसे भी नहीं हैं।'

मामला ख़त्म हो गया था।

माँ ने मेरी बाक़ी ज़िन्दगी को तय कर दिया था।

'तैयार हो जाओ और अपनी सूरत से ये उदासी पोंछ दो। इससे तुम बुढ़िया लगती हो,' माँ ने मुझे ख़बरदार करते हुए कहा, 'अगर तुम ख़ूबसूरत नहीं लगीं, वे तुम्हें नामंजूर कर देंगे, और हमें भी।'

बुझी हुई-सी मैं अपनी अलमारी तक लौट गई। फ़ैसले की बाबत चाँदी को बताने का कोई रास्ता नहीं था। बहुत देर हो चुकी थी। अपने बटुए को कसकर पकड़े हुए, मैंने खुद को गुसलख़ाने में बन्द कर लिया; उसकी तस्वीर पर नज़र गढ़ाए मैं राँझा के अक्स को अपनी यादों में धुँधला होने से रोकने की कोशिश करती रही। जब वह मेरे ज़हन पर नक़्श हो गया, मैंने ख़त और तस्वीर के छोटे-छोटे टुकड़े कर अपने सपनों के टायलेट में डाल दिया; नाली में सरक जाने से पहले उन चिंदियों

को मैं पानी में चक्कर लगाते देखती रही।

हमारा प्यार एक दिन में ही मर जाने के लिए पैदा हुआ था। नसीब कहीं दूसरी दिशा में ले जा रहा था।

वे जिस मक़सद से आए थे, उस मक़सद ने मुझे अपना सिर उठाने की इजाज़त नहीं दी थी। मैंने पीर साईं के क़ुनबे की ओर नहीं देखा, लेकिन किसी को यह कहते सुना, 'पर्दे के मामले में उसको सख़्ती से अमल करना होगा। हमारे ख़ानदानी रवायात पुराने हैं, वे बदले नहीं जा सकते। इसको ख़ुद को उनके मुताबिक़ बनाना होगा।' एक दूसरी ने ऐलान किया, 'हीर ख़ुशनसीब लड़की है, आख़िरकार आप एक ग़रीब बेवा हैं। उसकी हर ज़रूरत को पूरा करने के लिए आपकी बेटी के पास बहुतेरी बाँदियाँ होंगी।'

माँ ने कतई बेइज़्ज़त महसूस नहीं किया।

एक दूसरी आवाज़ आई, 'पीर साईं की पहली दो बीवियाँ हमारे ख़ानदान की ही थीं। अल्लाह की मर्ज़ी है कि हम यहाँ हैं, वरना हम अपने ख़ानदान से बाहर शादी नहीं करते। यह बेहद ग़ैरमामूली बात है।'

तीसरी बीवी बनने की बात पर मुझे जो झटका लगा उसे माँ ने पहचान लिया। उसने फ़ौरन ही मेरे कान में फुसफुसाया, 'वे मर चुकी हैं।'

रसोई में माँ ने नन्नी के गाल पर ज़ोरदार तमाचा जड़ा। उसने समोसों में से फ़ालतू तेल नहीं निकाला था और मुझसे पुरजोश लहजे में कहा, 'तुमने उनकी बात सुनी ? अब तुम्हें पता चला कि वे कितने बड़े लोग हैं ! तुम उस घर में ब्याह कर जा रही हो जिस पर अल्लाह की रहमत है। कितनी इज़्ज़त की बात है। हम इतने कुछ के लायक़ नहीं हैं। हमारा मुक़द्दर बदला है। अब हम चन्द मख़्सूस लोगों में हैं।'

माँ इससे उबर नहीं पाई। चाय की मेज़ सजाने में वह हड़बड़ा गई। नन्नी को झिड़की दी और जो दूध ख़ुद उसने छलकाया था उसके लिए छिटकी को डाँटा। वह फ़िक्रमन्द थी।

'उनके साथ मैं कैसे बैठ पाऊँगी ? मैं क्या बोलूँगी ? मेरा पीर मेरा दामाद बन रहा है ! या अल्लाह। उसकी मौजूदगी में मैं कुर्सी पर बैठने का सपना भी नहीं देख सकती थी।'

मेहमानों के रुख़सत होने तक मेरी माँ ने मेरे नसीब पर मुहर जड़ दी। सिर्फ़ निकाह की तारीख़ तय होनी थी। अगले सप्ताह के अन्दर-अन्दर हमें अपनी रज़ामन्दी देनी थी।

मैंने सैकड़ों बहाने बनाए, पर माँ ने अगले दिन मुझे स्कूल नहीं जाने दिया। उसने कहा, 'हमारे पास अब स्कूल का कोई वक़्त नहीं है। हमारे कन्धों पर पहाड़-सा बोझ आ पड़ा है।' हमारे सामने अनगिनत मसले थे। वे मेरे दूल्हे की ऊँची हैसियत

से पैदा हुए थे। अपनी ग़रीबी को ढँकना काफ़ी मुश्किल था, उनकी हैसियत से होड़ लेना नामुमकिन।

माँ ने जो कुछ जोड़-बचाकर रखा था, वह सब शादी में लग जाना था। इसके बाद उनके आड़े वक़्त के लिए कुछ भी बाक़ी नहीं रहता था। सबसे अहम और सबसे बड़ा ख़र्च पीर साईं के कुनबे के लिए तोहफ़े देने पर होना था। उसका कुनबा बड़ा था। इसका मतलब था कि मेरे गहनों-कपड़ों से कहीं ज़्यादा पैसा माँ को इस मद में ख़र्च करना होगा।

उसने खीजते हुए कहा, 'हीर का मोल उसके दहेज से कूता जाएगा। लड़की की इज़्ज़त इस पर टिकी होती है कि वह अपने बाप के घर से क्या लाई है।'

हालाँकि मैंने थोड़े में ही इत्मीनान कर लिया था, लेकिन माँ जब-जब मेरे उस सामान को देखती जिसका ढेर दीवार के सहारे ऊँचा होता जाता था, उसका ब्लड-प्रेशर नीचे आ जाता। वह बेकल हो जाती। और ऐसा अमूमन हर बार होता।

पीर के कुनबे के लोग जिस दिन निकाह की तारीख़ पक्की करने आए, अपने साथ वे उसका फ़ोटो भी लाए थे। और एक नौजवान भतीजी ने खींसें निपोरते हुए मेरे कान में फुसफुसाया, 'उन्होंने यह खासतौर पर आपके लिए भेजा है।' जल्दी ही मैं अपना ज़्यादा वक़्त उसको देखते हुए काटने लगी। फ़ोटोग्राफ में हालाँकि पीर साईं ख़ूबसूरत लगता, मुझे ताज्जुब हो रहा था कि जब हम पहली बार मिले थे उसकी यह छाप मुझ पर तब क्यों नहीं पड़ी थी।

मैं इस पर भी हैरान थी कि उसकी दो बीवियों की मौत कैसे हुई ?

कुछ दिनों बाद पीर साईं हमारे दरवाज़े पर आया। बिना इत्तला किए। माँ पागल-सी हो गई। अपने कमरे के दरवाज़े के सूराख़ से झाँका। मैंने देखा कि मेरा मंगेतर एक पेड़ की तरह सीधा और लम्बा खड़ा है। उसके सिर पर एक कलफ़दार काला साफ़ा हवा में हिल रहा था।

आँखों में काला सुरमा था। मुझे लगा कि उसकी पुतलियों से मैंने एक अजीब रोशनी कौंधती देखी है, और उसकी आँखों की पुतलियाँ घूम रही थीं, ख़तरनाक ढंग से हरकत कर रही थीं।

मैंने ग़ौर किया कि उसकी काली घनी भौंहों के बीच ग़ुस्से की सीधी, गहरी लकीरें खिंची हैं।

उसकी टेढ़ी नाक एक उभार के साथ शुरू होती थी।

ओंठ मुश्किल से नज़र आते। बाक़ी का उसका चेहरा काले बालों से ढँका था। ख़ुशी का कोई नामोनिशान नहीं था।

उसके लिए नाश्ता तैयार करते हुए माँ रसोई के भीतर-बाहर दौड़ लगाने लगी। इस बीच दर्जन भर लोग नीचे ही खड़े रहे। उनके बिठाने की कोई ठीक-सी जगह ही नहीं थी। मेरे मंगेतर के रुख़सत होते-होते बेचारी माँ निढाल हो चुकी थी।

'मेरे कन्धे दबाओ' उसने हुक्म दिया, 'आज अगर तुम्हारे वालिद ज़िन्दा होते यह बोझ मुझे अकेले नहीं ढोना पड़ता। या अल्लाह ! यह सब निपटाने के लिए उनकी बेहद ज़रूरत है। किस सलीक़े से उन्होंने सब इन्तज़ाम कर लिया होता।'

अपने होनेवाले शौहर को मैंने तब ज़्यादा पसन्द किया जब मैंने सुना कि उसने मेरी बहनों की पेशानियों को चूमा और भाई के साथ मज़ाक़ किया था। हालाँकि उन्होंने कहा कि उसका मज़ाक़ बेजान था। मैंने उसे उसकी संजीदगी के लिए पसन्द करने की कोशिश की। मुझे उसे उसकी किसी-न-किसी चीज़ के लिए पसन्द करना ही है। जब हर कोई मुझे यह कहकर चिढ़ाने लगा, 'एक महीने में तुम रानी बन जाओगी,' उसके सख़्त बर्ताव को पूरी तरह से भुलाने का एक बहाना मिल गया।

शादी के सात दिन पहले ख़ूबसूरत बनाने की रस्म पूरी करने के लिए मेरी सहेलियाँ और घर की औरतें मुझे घेरकर बैठ गईं। यह अय्याशी थी, फिर भी उन्होंने पिसे हुए बादामों, हल्दी, गुलाबजल और दूध के लेप से मेरा उबटन किया। लेप को मेरे जिस्म से तब तक मला गया जब तक यह सूख नहीं गया। मेरी जिल्द ज़्यादा साफ़ और चिकनी हो गई। दूसरे लेप को मेरे चेहरे पर मला और दूध से छुटाया गया। मेरा रंग निखर आया। तब से निकाह के दिन तक आस-पड़ोस की लड़कियाँ हर शाम ढोलकी के इर्द-गिर्द बैठकर शादी के गीत गातीं, जबकि मैं फ़र्श पर उकड़ूँ बैठी-बैठी घुटती रहती।

जब चाँदी हमारे यहाँ आई राँझा का कोई जिक्र नहीं हुआ। वह इस दूल्हे को लेकर भी उतनी ही ख़ुश लगती थी जितनी कि उसके बारे में जिसकी उसने तजवीज़ की थी।

हमारी ज़िन्दगी के इस मोड़ पर हँसी-मज़ाक़ और क़हक़हे अचानक नमूदार हो गए थे। हर सुबह छिटकी मेरे सिर की मालिश करती जबकि उसके लिए नन्नी एक प्याले में तेल लिये बैठी रहती। बेइख़्तियार ठहाके सबसे ज़्यादा माँ की ओर से आते। वैसे भी उनका बर्ताव एक अहम शख़्स की तरह था। बाक़ी के वक़्त हम सब उन तमाम लोगों के बारे में फ़ब्तियाँ कसते रहते जिन्होंने हमारी ग़ुरबत की वजह से हमें नीचा दिखाया था।

बिलाशक माँ के लिए ख़ुद को अहम समझना सही था। जो रिश्तेदार हमसे बेहतर माली हालत में थे, हमारे साथ अच्छी तरह से पेश नहीं आते। उनकी नज़र में हम कुछ नहीं थे। अब वे हमारे साथ नज़दीकी रिश्तों की मुनादी करते नहीं थकते थे। हमारी एक घमंडी फूफी के यहाँ आटा मिल थी। उन्होंने मेरे कपड़ों-गहनों को लेकर बड़ी चिन्ता जताई, और इनमें अपनी तरफ़ से सोने के ज़ेवरों का एक सेट जोड़ दिया। कहने लगीं, 'मेरे भाई की इज़्ज़त बहरसूरत ऊँची रहनी चाहिए।'

अब हम गए-गुज़रे रिश्तेदार नहीं थे। वे हमको ज़ाहिरातौर पर जलन से देखतीं और मेरे कानों में अपने गोपनीय सुझाव तक फुसफुसा देतीं। कहतीं, 'किसी दूसरे

को नहीं बताना। यह खासतौर पर हमारी शहज़ादी के लिए है।'

उनके पिछले और आज के बर्ताव में इतना फ़र्क़ था कि मैं माँ की समझदारी को दाद दिए बग़ैर नहीं रह सकी।

'ख़ुद पर इतना ज़ुल्म न करो,' मेरी दौलतमन्द चाचाज़ाद बहनें मेरे हर क़दम पर कूद पड़तीं, 'अब तुम मेहमान हो। सारा काम हम करेंगे।'

बाबा की मौत के वक़्त वे मेहमानों की तरह आए और जल्दी से चले गए थे। वे हमें अपने यहाँ की शादियों में बुलाना तक भूल चुके थे। चूँकि मेरा होनेवाला शौहर भी मेरे तसव्वुर में हसीन लगने लगा था, जब कभी मैं देखने को पीछे मुड़ती, मुझे लगता मेरी क़िस्मत मुझ पर मुस्करा रही है।

एक बुढ़िया ने शादियाँ तय कराने का धन्धा शुरू कर दिया था। वह मुबारकबाद देने हमारे घर आई। हमारी बेचैन माँ से वह यह कहकर हमेशा ही ज़्यादा पैसे ऐंठ लेती, 'लड़केवाले आसानी से रज़ामन्द न होंगे, अपने बेटे को ग़रीब ख़ानदान में ब्याहने को राज़ी करने के लिए मुझे सख़्त मेहनत करनी होगी,' अब माँ को उल्टे यह कहने का मौक़ा मिल गया था, 'अपनी दूसरी बेटियों के लिए सबसे अच्छे पैग़ाम मुझे तुम्हारी मदद के बगैर ही मिल जाएँगे। मेरे पास एक दामाद है, जिसे अल्लाह ने मुफ़्त में भेज दिया है।' हमें यक़ीन था कि वह बुढ़िया अब यह दावा करेगी कि मेरी शादी उसी ने तय करवाई है। माँ हँसती हुई बोली, 'हमारी ख़ुशनसीबी से उसे और बहुत से ख़रीदार मिल जाएँगे।'

मेहँदी के त्योहार पर दूल्हे मियाँ ने हमको अपने गाँव आने से मना कर दिया। हमें बहुत मायूसी हुई, लेकिन उसकी बात मान ली। उसके बजाए पीर साईं के कुनबे से, चादरों में लिपटी दर्जनों औरतें हमारे दरवाज़े आ गईं। उनके पीछे जलती हुई मोमबत्तियों के साथ मेहँदी के थाल तैरते आ रहे थे। छोटी-छोटी नौकरानियाँ अपने सरों पर बाँस की बड़ी-बड़ी टोकरियों में मिठाइयाँ और मख़मल में लिपटे सूटकेट लिये आ रही थीं। हमारी छत सफेद बुर्क़ों से भर गई। वे तभी उठाए गए जब यह पक्का कर लिया गया कि वहाँ कोई मर्द मौजूद नहीं है। भाई तक को घुसने की इजाज़त नहीं थी।

मैं छत के बीचों-बीच ले जाई गई, और एक नीचे पीढ़े पर बैठा दी गई। भारी कढ़ाई के लाल दुपट्टे के पीछे से झाँकते हुए मुझे इसका इल्म हुआ कि इतने सारे गहने और कपड़े मैंने पहले कभी नहीं देखे हैं। फ़ौरन ही मुझे यह समझ आ गई कि कुछ माल-असबाब आने से हम अपनी बिरादरी में भले ही ऊँचे हो गए हों इनसे हम अब भी बेहद, इतने पीछे हैं जिसका कोई अता-पता नहीं।

माँ के कान में मैंने फुसफुसाकर कहा, 'अब तुम्हें मेरी बहनों के लिए दहेज़ तैयार करने की ज़रूरत नहीं होगी। मेरी तमाम नई चीज़ों में वे हिस्सा बटा सकती हैं।' माँ मेरा सिर चूमते हुए बुदबुदाई, 'मैं जानती हूँ, मैं जानती हूँ।'

मेहँदी की रस्म के मौक़े पर चूँकि दुल्हन के दहेज़ की नुमाइश करने का रिवाज है, माँ ने मेरे दहेज को पूरे कमरे में फैला दिया। वह जितना था, माँ उसे उससे ज़्यादा दिखाना चाहती थी। मेहमान जब इसे देखने को कमरे में घुसे, छिटकी मेरे पास दौड़ी आई, 'उन्हें यह सब देखते बहुत देर हो गई है, आपा। माँ अल्लाह से दुआ कर रही हैं कि उनके लिए हर चीज़ दुगनी नज़र आए।' आख़िरकार पीर का ख़ानदान कोई बात कहे बग़ैर बाहर चला आया। माँ को इससे भी बेइन्तहा राहत मिली और उन्होंने कहा, 'वे बड़े दिलवाले लोग हैं क्योंकि उनके पेट भरे हैं।'

मेरे होनेवाले शौहर के ख़ानदान की औरतें नाचती या गाती नहीं थीं। उन्हें इसकी इजाज़त उनके घरों तक ही थी। यहाँ उनके ख़ानदान की मिरासनों ने ढोलकी पर गाना गाया। औरतें उन पर करारे नोट फेंकती रहीं। गोद भरने की इस रस्म में कोई बेवा या कुँवारी लड़की शिरकत नहीं कर सकती थी। पीर साईं की बहन ने मेरे सामने खड़े होकर आयतें पढ़ीं, हरे धागे में पिरोई सुई पर दम[1] किया और होशियारी से इसको मेरी छिदी हुई नाक के पार कर दिया। जब उसने गाँठ बाँधी मैं बेचैन हो गई, अब मुझ पर मुहर लग चुकी थी।

एक दूसरी बहन ने मेरी एड़ी के नीचे पाँच सौ रुपए का नोट रखा। जब मैं अपने कमरे में जाने के लिए उठी, उसने वह नोट एक पुराने हज्जाम की बीवी को दे दिया। पीठ पीछे मैंने किसी को यह कहते सुना, 'हज्जामों के घरों की औरतें शादी के दावतनामे पहुँचाती हैं और जो पैसा-रुपया उसको बुरी नज़र से बचाने के लिए दुल्हन पर न्योछावर किया जाता है, वह सब उन्हें मिलता है।'

शादी के जो दिन बचे थे उनको दावत के दर्जे की फ़िक्र ने खा लिया था।

'सिर्फ़ जवान बकरे हलाल होने चाहिए, वे ज़्यादा महँगे हैं, लेकिन फिर चीज़ भी तो वैसी ही है। और सब कुछ असली घी में पकाया जाना चाहिए वरना मैं क्या मुँह दिखाऊँगी,' माँ हिदायत दे रही थी।

हमारी ग़रीबी हर चीज़ से ज़ाहिर थी, पर माँ इसको हर तरह से छिपाने की कोशिश में लगी थी। 'क़ोरमे का हर बादाम चखा हुआ हो, नहीं तो शोरबा कड़वा हो जाएगा और हमारा नाम मिट्टी में मिल जाएगा।'

बादाम चूँकि महँगे थे किसी ने सादा गोश्त की सलाह दी, लेकिन माँ कुछ सुनने को तैयार नहीं थी, 'बादशाहों के खाने में बादाम पकाए जाते थे। वे हर दीगर चीज़ की कमी को पूरा कर देंगे।'

मेरे ख़्वाब इन तमाम हदों को पार कर रहे थे। मैं अपने घर की मालकिन बनूँगी और एक शौहर का नाम इख़्तियार करूँगी। मेरी दुनिया में एक औरत के लिए किसी भी चीज़ के मुक़ाबले यह सबसे ज़्यादा बेशक़ीमती था।

घर पर मेरी ज़िन्दगी के आख़िरी दो दिन हर किसी को सीने से लगाते और

---

1. दुआ पढ़कर फूँकना

चूमते गुज़रे। मेरी खुशनसीबी पर मेरे कुनबे की खुशी इतनी ज़्यादा थी कि मैं उन्हें उनकी बदहाली में छोड़कर जाने की बात पर लगातार अपने आँसू छिपाती रही।

उनके साथ बीती आख़िरी रात मुझे इस धरती पर गुज़री अपनी आखिरी रात जैसी लगी। हर कोई रोया था। ख़ुशी और ग़म एक-दूसरे में समा गए थे। यह जन्नत जाने जैसा था लेकिन दुनिया को छोड़ते हुए।

हर मौक़े पर माँ ने मुझे लेक्चर दिया।

'अच्छा बर्ताव करके अपने अब्बा की इज़्ज़त अफ़ज़ाई करो। अपने शौहर की मर्ज़ी की ग़ुलाम बनी रहो। अपने आपको कभी ऐसी जगह लाकर खड़ी नहीं करो जहाँ तुम्हें सफ़ाई देनी पड़े या शिकायत करनी पड़े।' इन हिदायतों पर चलना मुश्किल नज़र नहीं आया और मैंने बार-बार वादा किया कि मैं उसे नाउम्मीद नहीं करूँगी। बाबा की ग़ैरमौजूदगी पर हम सब रोए।

उस रात नींद मुझसे दूर भागती रही। आराम न मिलने की वजह से मेरे चेहरे पर दमक नहीं थी। इसको लेकर जितनी चिन्ता करती मैं उतनी ही ज़्यादा ख़बरदार हो जाती। उन लम्हों में मैं अपने बचपन को याद करती रही। गोकि हम हमेशा से ग़रीब थे, लेकिन जब तक बाबा ज़िन्दा थे हमें कमी का अहसास नहीं हुआ था। हमारी ख़्वाहिशें महदूद थीं। हम उन्हीं लोगों से राब्ता रखते जो हमारी तरह ही मुफ़लिस थे, या हमसे कुछ बेहतर।

मुझे याद आया कि क़साई जब गोश्त के टुकड़े करता जिसे माँ पकाती थी, मैं बाबा का हाथ कसकर पकड़े रहती। मुझे रंगबिरंगे फलों और सब्ज़ियों की दुकान याद आई जहाँ बाबा ख़रीदने से पहले हर चीज़ को दबाकर देखते कि वह इस्तेमाल करने लायक है या नहीं।

छुट्टियों के दिन अक्सर ही ख़ास होते। यह ख़याल आने पर मैं मुस्करा पड़ी कि मैं और भाई रात भर यह क़यास लगाते रहते थे कि सुबह होने पर बाबा हमें क्या मौजमस्ती कराएँगे?

पार्क में दौड़ लगाने और बाबा से कम-से-कम एक बार नाव की सैर कराने को, जो हर बार जल्द ख़त्म हो जाती लगती, पैसे देने की ज़िद करने की ख़ुशनुमा यादों ने मुझे ग़मगीन कर दिया। मेला, सिनेमा और भीड़ से भरी सैकड़ों दुकानों की याद ने भी मुझे दुखी कर दिया जहाँ घंटों तक झगड़ने के बाद माँ को सौदा पक्का करने का मौक़ा मिलता था।

मुझे बाबा की याद आ गई और मैं रो पड़ी। मैं जानती थी अगर वह ज़िन्दा होते, उनको मेरा कॉलेज जाना पसन्द आता।

वह कहा करते थे, 'अगर हीर और कहीं पैदा हुई होती, उसकी शोहरत उसके शानदार ज़हन की वजह से होती न कि उसकी ख़ूबसूरती से।' स्कूल से मिले मेरे रिपोर्ट कार्डों पर उनको इतना नाज़ था कि उनको वह अपने बैग में रखते और जो

कोई मिलता उसे दिखाया करते।

हम सब एक-दूसरे को मुहब्बत करते थे। भाई सबको प्यारा था खासतौर पर मुझे। उससे जुदा होने के ख़याल पर मेरी आँखें भर आईं। मैं सोचने लगी क्या मेरे नए घर में भी मुझे ऐसा ही प्यार मिलेगा।

मैंने उम्र के उस फ़ासले के बारे में भी सोचा जो पीर और मेरे बीच था। मैं अभी पन्द्रह की ही हुई थी जबकि पीर साईं छत्तीस साल का था। अफ़वाह यह भी थी वह चवालीस साल का है। जब मैंने अपने शौहर के साथ अकेले लम्हों के बारे में तसव्वुर किया मैं शरमा गई।

मैं भटक रही थी···राँझा की याद क्यों कौंध रही थी ?

भोर ने मुझमें एक नई ज़िन्दगी भर दी। उस लम्हे में मैं सिर्फ़ उतना ही जानती थी जितना कि जब मैं माँ की कोख से निकली थी। पीर साईं के यहाँ से जब सूटकेसों में मेरी दुल्हन वाले कपड़े आए, माँ ने एहतिहात से उनको अपनी मसहरी पर रख लिया। उन पर एक नज़र डालने को तमाम लोग जमा हो गये। सूटकेस में से मलमल की एक पोटली खुलने पर हर किसी ने ताज़्जुब का इज़हार किया। कपड़े इतने मामूली थे। माँ ने बात बदल दी, 'मज़हबी ख़ानदानों का यही दस्तूर है। वे हमेशा इतने ही सादे होते हैं।'

मेरे दिल की एक धड़कन पूछ बैठी, क्या सब कुछ इतना ही मायूसकुन होगा ?

मेरा पूरा कुनबा ख़ैरमक़दम के इन्तज़ामात में मसरूफ़ और मुझसे बेगाना रहा। उस शाम को मेरी छोटी-सी दुनिया एक जादुई ख़्वाब में तब्दील हो गई। लाल और पीले रंग के रवायती शामियाने खड़े हो गए। आतिशबाज़ी शुरू हो गई, पटाख़े फटने लगे, आसमान में रंग-बिरंगी रोशनियाँ बिखर गईं, छोटे-छोटे बल्ब पेड़ों की पत्तियों पर गिरकर अटक गए सितारों की मानिन्द लगते। मैंने ऐसी रौशनी कभी नहीं देखी थी, कभी सोचा भी नहीं था कि ऐसा कुछ मेरे लिए हो सकता है। बारात आने से ठीक पहले मुझे गुस्ल कराया और इत्र छिड़का गया। चमकदार गुलाबी पशवाज़ में परियों की शहज़ादी-सी लग रही नन्नी ने चमेली की कलियों को गूँथकर मेरे लम्बे भूरे बालों की ढीली-सी चोटी बनाई। बुआ (आटा मिलवाली के नाम से मशहूर) ने मेरी जिल्द पर क्रीम मली और मुझे हाथीदाँत के बुत में तब्दील कर दिया। इसके बाद उसने ताली बजाते हुए कहा, 'तुम सबसे हसीन दुल्हन हो। ऐसी मैंने कभी नहीं देखी।' आईने में मैंने देखा कि मेरी आँखों के हीरे-से सफेद और काले गोले मेरे चेहरे पर जवाहरात की तरह झिलमिला रहे थे। सुनहरी छिड़के हुए फीके लाल गालों की हड्डियाँ हल्के से गड्ढे के ऊपर उभर आई थीं। रूबी जैसा सुर्ख़ मुँह बेसाख़्ता अपने अक्स में मुस्करा उठा।

'क्या यह मैं ही हूँ ?' मैंने हैरानी से पूछा।

मेरे पतले और लम्बे बदन पर लटकती हुई ढीली-ढाली चटकदार लाल रेशम

की फ्राक की बजाय, मेरी टाँगों पर सफेद सूती चूड़ीदार पैजामा चिपका था। रंगबिरंगे मनकों और बड़ी-बड़ी भौंडी मुहरों से भारी हो रही कमीज़ मेरे कन्धों को नीचे खींच रही थी। सोने के चार हारों ने उनको और झुका दिया। माथे के बीच सोने का टीका, इसके सीधी ओर एक झूमर, सोने के पिटे हुए गुरियों से बनी बड़ी-सी नथ, सोने की चूड़ियाँ और दोनों बाजुओं पर बाज़ूबन्द, ज़ेवरात से भरी उँगलियाँ—मैं बेहोश होनेवाली थी। बुआ ने मुझे पीने को पानी दिया। मैंने अपने पैरों की रँगी हुई उँगलियाँ देखीं और एक पैर उठाया। सोने की भारी पाज़ेब ने उसे फिर नीचे ला दिया। नथ, पाजेब, दर्जनों सोने की चूड़ियाँ और बाज़ूबन्द मुझे हथकड़ी-बेड़ियों-से लगे। किसी ने जब ऊँची एड़ी के सैंडिल मेरे पैरों में डाले, मैं कहीं और थी।

बाजे दस मिनट से बज रहे थे। भाई यह कहने को मेरे पास भागा आया कि बारात का नज़ारा क्या शानदार है !

'आपा, वे लाल फूलों और गोटे से सजी कार के आगे ढोल पर भांगड़ा कर रहे हैं आपा। बारात इतनी लम्बी है कि सारे मेहमानों के यहाँ तक आने में अब भी कुछ वक़्त लगेगा।' पीर साईं बाजे-गाजे के साथ अन्दर दाख़िल हुआ।

चाँदी से कढ़ी हुए पोशाक में हूर-सी लग रही नन्नी ताज़ा हवा के झोंके की तरह झूमकर मुझे बताने लगी, 'अपने शानदार कपड़ों में सजे-धजे लोगों के साथ आँगन जन्नत-सा लग रहा है, आपा ! हर कोई सबसे अच्छे कपड़े पहने है।'

मेहमानों के लिए हमने अपने मकान के पीछे पड़े एक प्लाट को किराए पर लिया था। दूल्हे के लिए हमने एक गुसलख़ाना तैयार कराया था जहाँ वह हमारे बनवाए हुए कपड़े पहन सके। यह आमतौर पर नहीं होता था। दूल्हा सजा-सजाया आता था अपनी पेशानी पर सेहरा डाले हुए। लेकिन मेरा नहीं। भाई दुबारा दौड़ा आया, 'अपने शानदार साफे में पीर साईं बड़े दिलकश लग रहे हैं। लेकिन वह अपनी पोशाक में मलबूस हैं। हमारे सिलवाए गए कपड़ों को उन्होंने लिया तक नहीं।'

जब मैंने पूछा, 'क्यों ?' भाई ने अपने कन्धे उचकाए, 'तुम जानती हो वही करते हैं जो चाहते हैं और इसकी वजह नहीं बताते।'

कमरे में भीड़ हो गई, वो गर्म हो गया।

मौलवी ने पूछा कि 'क्या तुम फ़लाँ-फ़लाँ पीर साहेब, वल्द फ़लाँ-फ़लाँ को बतौर शौहर क़बूल करती हो ?'

अपनी चिलमन के पीछे से मैंने तीन बार 'हाँ' कहा। एक क़ाग़ज़, एक क़लम और एक दस्तख़त। मैं पीर साईं की बीवी बन गई।

छिटकी, नन्नी और मेरी चचेरी, ममेरी और फुफेरी बहनें मुझे सँकरे जीने से अमूमन गोद में उठाकर औरतों के शामियाने में ले गईं। जैसे ही मैं बैठ पाई औरतें और बच्चे मेरी ओर लपक पड़े और मुझे देखने के लिए धक्का-मुक्की करने लगे। एक-दूसरे से लड़ने, हील-हुज्जत और तकरार करने लगे। मेरे सबसे नज़दीक बैठने

को वे बार-बार अपनी-अपनी जगहें बदलते। अचानक भीड़ पर मुकम्मल ख़ामोशी छा गई।

पीर साईं अन्दर आया था।

जब वह मेरी बग़ल में बैठ गया, मेरी सगी और दीगर बहनें जूती छुपाने की रस्म अदा करने को आगे बढ़ीं। लेकिन उसके साथ यह करने की हिम्मत नहीं पड़ी। वे पीछे हट गईं। कुछ न करने के एवज़ में उनको नोटों का एक बंडल थमाकर वह चला गया। शोरगुल फिर चालू हो गया। मेरे क़रीब बैठने को फिर हर कोई दूसरे को धकियाता रहा। जब तक मैं अपने कमरे में वापस नहीं लौटी, मैंने न तो अपना सिर उठाया और न किसी रूह तक को ही देखा था।

माँ ने अपनी शादी के कपड़े पहन रखे थे। इनको उसने अपने नए डील-डौल के मुताबिक़ दुरुस्त कराया था। अपनी शादी के दिन वह ज़रूर ही मेरी तरह ही लगती होगी। अब वह मेरे लिए वैसे ही रो रही थी जैसे उसकी माँ उसके लिए रोई होगी।

'जैसे पल का एक हिस्सा अतीत को भविष्य से ज़ुदा कर देता है, वैसे ही जब तुम अपने वालिद की देहरी पार करती हो, बचपन ख़त्म हो जाता है' माँ ने कहा।

अचानक मुझे अनिश्चय का अहसास होने लगा। मुझे ख़ौफ़ था कि राज़ के ज़ाहिर होने के बाद मैं शायद शादीशुदा न बनी रहना चाहूँ। माँ ने बात आगे बढ़ाई, 'कभी यह राज़ हौले-हौले सामने आता है, कभी बहुत तेज़ी से, दोनों मामलों में सामने आता ज़रूर है।' कुछ और पाउडर थोपने और सेण्ट छिड़कने के बाद, मेरे सिर पर छपे हुए चटक पीले फूलों की एक लाल चादर डाल दी गई और उससे मेरे घुटनों तक को ढँक दिया गया। जब उन्होंने मुझे दुबारा बिठाया मैं जानती थी कि वक़्त आ गया है।

घर छोड़ने का वक़्त आ गया था।

शहनाई की चीरनेवाली ग़मज़दा आवाज़ ख़ुद में मिलन और जुदाई की कड़वी-मीठी चीख़ थी।

छोड़ बाबुल का घर मोहे पी के नगर आज जाना पड़ा, इन लफ़्ज़ों ने मुझे घेर लिया। पलों को विस्तार दे दिया। मेरी आँखें आँसुओं से भर गईं।

'तुम अकेली नहीं जा रही हो; मेरी दुआएँ तुम्हारे साथ हैं। वे तुम्हारी ख़ुशी को यक़ीनी बनाएँगी' माँ ने तसल्ली देते हुए कहा।

लेकिन मुझे लेकर वह ख़ौफ़ज़दा थी; यह मैंने उसकी आँखों में देख लिया था।

छिटकी और नन्नी अपनी सबसे अच्छी दोस्त खो रही थीं।

भाई ऐसे रोया गोया उसका सब कुछ लुट रहा हो।

ऐसा लग रहा था, मानों जुदाई के सच को अभी तक कोई पूरे तौर पर क़ुबूल नहीं कर पाया था; मैं भी नहीं। मुझे बाबा के जनाज़े की याद आ गई।

हरेक से लिपटते हुए, हरेक से खुद को छुटाते हुए, मैं क़ुरान के नीचे से गुज़री और गठरी बनाकर कार में ठूँस दी गई। मेरा सिर झुका हुआ था। बुर्क़े में से मैं कुछ नहीं देख पा रही थी। मैंने अन्दाज़ा कर लिया कि कार लाल फूलों और गोटे से सजी है।

जब पीर साईं मेरी बग़ल में बैठा, मैं अकड़ गई।

कार चल दी।

मैंने एक आख़िरी बार पीछे देखा और मुड़ गई।

झिलमिलाती बत्तियाँ बन्द कर दी गई थीं···गहरा अंधेरा था।

कार उल्टी तरफ़ मुड़ी फिर सीधी तरफ़। बार-बार मुड़ती रही।

नज़ारा बदल गया। मेरी ज़िन्दगी बदल गई।

मेरा शौहर मेरी ओर झुका और उस कभी न ख़त्म होनेवाले सफ़र के भारी सन्नाटे में उसके अल्फ़ाज़ गूँजने लगे। कपड़ों की इतनी सारी तहों के बावजूद मुझे लगा कि उसका गोश्त मुझे छू रहा है।

'रोओ नहीं। अल्लाह के करम से सब अच्छा होगा।'

मैं समझ नहीं पाई कि यह तसल्ली थी या हुक्म।

अचानक मुझे पेशाब लगी। जाना ज़रूरी था। स्कूल में अपने पहले दिन की तरह मुझे हुक्मरान के वैसे ही डर की याद आई। अपनी सबसे बुनियादी ज़रूरत को पूरा करने के लिए मुझे एक बार फिर इजाज़त की दरकार थी।

अल्लाह का शुक्र था कि कार रुक गई। लेकिन हम बैठे रहे। रास्ता साफ़ करने के लिए कोई आदमी चिल्लाया, 'परदा, परदा।' आख़िरकार मेरी ननद ने मेरी बाँह पकड़ी और मुझे कार से बाहर ले गई।

मेरा ख़याल है कि मैंने एक दरवाज़ा पार किया। कुछ औरतों जैसी सूरतों ने हमें घेर लिया। उन्होंने मुबारकबाद दी और मेरे पैर छुए और पीर साईं की ख़ुशहाली के लिए दुआ की। वे हमारे पीछे और बग़ल में चलती रहीं, मगर आगे हरगिज़ नहीं।

अब मैंने पैरों के नीचे गलीचे को महसूस किया। मुझे बिठा दिया गया लेकिन पेशाबघर जाने की ज़रूरत मुझ पर हावी थी। चूँकि माँ को यह पसन्द नहीं आता, मैं उसकी ख़ातिर अपना पेट दबाए बैठे रहने की कोशिश करती रही जब तक मैंने यह समझ नहीं लिया कि इस बात का उससे कुछ वास्ता नहीं। शोरोगुल के बीच मैं अपनी बग़ल में बैठी एक औरत से फुसफुसाई। मुझे बेहद हैरानी हुई जब उसने जोर से तफ़सील के साथ हिदायतें दीं। औरतों ने मुझे किसी बीमार की तरह मेरी कोहनियों से उठा लिया और भीड़ के बीच से ले गईं। मैंने एक दरवाज़ा पार किया जो मेरे पीछे बन्द हो गया।

बाद में मैंने आईना देखा। जो सुरमा मेरे आँसुओं के साथ बह गया था उसे पोंछते हुए मुझे ताज्जुब हुआ कि मैं इतनी प्यारी कैसे हो गई। मेरी चमड़ी के भीतर से छनकर आती हुई रोशनी का स्रोत क्या है ? शौहर के साथ जल्दी ही होनेवाले मिलन के ख़याल से यकबयक मेरा दिल धड़कने लगा। जब मैंने दरवाज़ा खोला, औरतों ने मुझे लगभग उठा लिया और सोफ़े पर रख दिया।

कमरा बेआवाज़ था।

किसी ने मेरे कान में फुसफुसाकर कहा कि मेरा शौहर मौजूद है।

कोई और दाख़िल हुआ।

पीर साईं ने मुझे खड़े होने और अपनी माँ के सीधे पैर को अपने सीधे हाथ से छूने का हुक्म दिया। मैं खड़ी हो गई और अम्मा साईं के आगे झुकी जिन्होंने मुझे अपने घुटनों पर ही रोक दिया और मेरी कोहनियों को तब तक दबाया जब तक मैं फिर से सीधी खड़ी नहीं हो गई। उन्होंने मेरी चिलमन हटाई और ठोड़ी उठाई। अपनी बन्द आँखों से मैं उनको अपना चेहरा पढ़ते देख रही थी। मैंने उनको कहते सुना, 'अल्लाह करे हमारे घर में तुम्हारे पहले क़दम खुशकिस्मत हों, वह तुमको सात बेटे अता करे।' जब मैं घर में दाख़िल होने की रस्म दोहरा चुकी, सब के साथ वह भी चली गईं।

मैंने कुंडी लगते सुनी।

अपने दुपट्टे के नीचे से मैं अपने सीधी हथेलियों के सिवा कुछ न देख सकती थी। खुद को अपने शौहर की मौजूदगी से एक तरफ़ करने की कोशिश में मैं मेहँदी के सुर्ख जाले में अपने नसीब की लकीर तलाश कर रही थी, जो पेचीदा डिजाइन में इतनी होशियारी से फँसाई गई थी।

पीर साईं मेरी बग़ल में बैठ गया।

मेरे दिल की धड़कन रुक गई।

उसका हाथ मेरे घूँघट में रेंगने लगा और मेरी गोद में आ पड़ा।

जब उसके हाथ ने मेरे हाथ को ढँक लिया, सारी लकीरें और शक्लें ग़ायब हो गईं, सदा के लिए।

3

दाख़िल होते हुए

सिर से पैर तक नंगी। मुझे लगा कि गोश्त का पहाड़ गिर पड़ा है, मेरे ऊपर। मानो कि एक रौशन दिन में मुनाफ़े और सलामती के लिए एक मछुआरा समुन्दर में निकल पड़ा। अचानक बादल घने हो गए और आपस में टकरा गए। समुन्दर में काली बारिश होने लगी। गरज और बिजली ने दूर-दूर तक फैले पानी को वहशी बना दिया। पानी का ज्वार और ग़ुस्सा बढ़ने लगा। ऊपर बेइन्तहा शोर था, नीचे इससे भी ज़्यादा। हवा ठोस थी। बचने का कोई रास्ता नहीं था।

कोई भी नहीं।

सिर्फ़ ज़िन्दा रहने की चाहत से, मैं ज़िन्दा रह सकी थी–महज़ ज़िन्दा।

शादी की हमारी रात की शुरुआत उसने भूख मिटाने की वहशी जल्दबाज़ी से किया था और आसूदगी मिल जाने पर इसे ख़त्म कर दिया। अलस्सुबह की तेज़ घंटी चीख़ी और एक ख़ौफ़ज़दा चिड़िया की तरह मैं बिस्तर से कूद पड़ी।

उस रात क्या मैं सोई थी या यह एक क़िस्म की मौत थी। हमने क्या इसके लिए ही ख़ुशियाँ मनाई थीं ? जो मेरे अपने-विराने थे वे क्या इसी के लिए नाचे-गाए थे, हर मुमकिन तरीके से इसमें हाथ बँटाया था ? क्यों ? किसी जादूगर की तरह ललचाने और मेरे ऊपर इस किस्म के पागलपन का क़हर ढाने के लिए, इस जुल्म के लिए ?

वह सब अब बुरा लगने लगा।

तैयारियाँ, रस्मो-रिवाज़ और क़त्ल। मैं धरती के ख़ुदा के लिए ज़िबह कर दी गई थी। इकरारनामे ने मेरी पूरी ज़िन्दगी पर दस्तख़त कर दिए थे। इसकी शर्तें हमारे विश्वास ने तय की थीं, इन पर समाजी और कुनबाई उसूलों ने मुहर लगाई थी, और यह हमारी पहली और उसकी पहली सुबह थी। दुनिया के हर कोने में क्या यह बार-बार दुहराया जाता है ? क्या यह माँ के साथ भी हुआ था ?

मैं अपनी साँस दबाकर रिरिया रही थी कि उसने पूछा, 'तुम नमाज़ पढ़ती हो ?'

मैं दुबककर बैठ गई।

मैं उसे ठेस पहुँचा रही थी और मैं पथराई हुई थी।

मुझे नहीं मालूम था कि इनमें ज़्यादा बुरा क्या था।

हकलाते हुए मैंने कहा, 'कभी-कभी' और यह तस्लीम करने पर मैंने शर्मिन्दगी महसूस की।

'नाग़ा करने की कोई माफ़ी नहीं हो सकती। तुम मेरे साथ रह चुकी हो इसलिए नहाओ और बाल धोओ। बिना सफ़ाई के बाहर निकलना हराम है। जब तक तुम अपनी सफ़ाई नहीं करतीं, तुम जो कुछ भी छुओगी उसे साफ़ करना पड़ेगा,' उसने हुक्म दिया।

गुसलख़ाने में मैं लड़खड़ा गई। फ़ौवारे के नीचे खड़ी मैं पानी में मिले ख़ून को घूरने लगी जो गुलाबी-सा होकर मेरे पैरों के नीचे जमा हो रहा था। माँ को याद करके मैं सुबकने लगी। मैंने महसूस किया कि मेरा जिस्म बुरी तरह से दुख रहा था और जो हुआ था उसके लिए मैं इसे सहलाने लगी।

'माँ, मेरी प्यारी माँ, क्या तुम जानती हो कि तुमने मुझे कहाँ भेज दिया है ?' मैं बिलख उठी। उन्माद में अपनी सफ़ाई करते और ख़ुद को रगड़ते हुए मैं अपने आपसे बेहद नफ़रत करने लगी और फिर उदास होकर प्यार करने लगी।

ज़रीदार ख़ूबसूरत हरा लिबास जो मेरे लिए रखा गया था, अब मुझे बिल्कुल अच्छा नहीं लग रहा था। जवाहरात पत्थरों-से लग रहे थे। मैं ख़ुद को पोंछती और सुखाती रही और रोती रही; कपड़े पहने, मुँह पर पाउडर, क्रीम थोपी और फिर दुल्हन बनकर बाहर आ गई।

वह जा चुका था।

उसकी बहन अन्दर आई; मेरे कुँवारेपन के सबूत से छिटकी सफेद चादर को हटाया और उठाकर बाहर चली गई। हैरान, मैं बैठ गई। सामने एक गिलास दूध, तला हुआ एक अंडा, चिकिन करी और एक पराँठा रखा था। लेकिन मैं खा नहीं सकी।

मैंने अँधेरे और मौत-से सर्द कमरे में चारों तरफ़ देखा और ग़ौर किया कि पलंग एक बड़ी क़ब्र जैसा था। सिर की तरफ़ का तख़्ता मक़बरे के संग की तरह ऊँचा था जिस पर की गई बारीक़ नक़्क़ाशी मेरे क़त्बे जैसी थी। जानवरों की कशीदाकारी वाला गलीचा क़साईख़ाना लग रहा था। दीवार के सहारे लाल सोफ़ा और कुर्सियाँ लगी थीं। उनके आगे पड़ी मेज़ पर गुलाब के गजरों का ढेर लगा था, जो कल की मरी हुई चीज़ों की तरह ही सड़-गल रहे थे।

मेरी ननद फिर घुस आई।

''आओ चलें। अम्मा साईं तुम्हारा इन्तज़ार कर रही हैं,' कहते हुए मुझे उठाया और बंडल की तरह बाहर ले गई।

चलना इतना तकलीफ़देह था कि जब कभी जाँघें एक दूसरे से छूतीं, दर्द की एक नाक़ाबिले-बर्दाश्त लहर मेरे सारे जिस्म में दौड़ जाती। मैंने दूर से देखा। अम्मा

साईं रंग-बिरंगे कपड़ों में लिपटी औरतों के बीच चारपाई पर बैठी थीं। आँगन में चारपाइयों का एक बड़ा-सा घेरा बना था। घेरे के बीच सैकड़ों औरतें फ़र्श पर मटमैले से चिथड़े पहने उकड़ूँ बैठी थीं।

मेरे आने का ड्रामाई असर हुआ।

पलक झपकते ग़रीब और अमीर सारी-की-सारी औरतें मेरे पैर छूने को दौड़ पड़ीं। जब तक मैं अपनी सास तक पहुँची, मुझे अपनी नई हैसियत का एहसास हो चुका था।

अम्मा साईं ने मेरा प्यार से स्वागत किया और अपने पास बिठाया। बैठे रहना बेहद मुश्किल था। ढोलक की धुन पर मिरासनें गले फाड़कर शादी के गीत गाती रहीं, चारपाइयों पर बैठी औरतें उन पर पैसे फेंकती रहीं, मैं चुपचाप अपना दर्द झेलती रही।

अम्मा साईं की मौजूदगी हुकूमत का एहसास दिलाती। उनकी आवाज़ भी उतनी ही हाकिमाना थी जितना कि उनका ऊँचा क़द और उनके चौड़े कन्धे। उनकी गोरी ज़िल्द दमकती थी और उनके सफ़ेद बाल शिफ़ोन के पर्दे के पीछे से जगमगाते रहते। उन्होंने अपने हाथ से इशारा किया और एक के बाद एक करके औरतें मेरी मुँह दिखाई करने को आने लगीं; मेरे सिर को करारे नोटों के हारों से घेर दिया और मेरे लिए सात बेटों की दुआ की गई। जब-जब मेरा सिर ज़्यादा झुक जाता, मेरे शौहर की बहनें उसे फिर उठा देतीं।

मेरी नज़रें दरवाज़े पर खड़ी एक गिद्ध जैसी औरत पर पड़ीं। वह हर किसी को ग़ौर से देख रही थी गोया कि यह उसकी ड्यूटी हो, गोया कि हर कोई कुछ जुर्म कर रहा हो। एक मेहमान ने जब मेरे दहेज़ के बारे में पूछा और अम्मा साईं ने उसे सख़्ती से चुप कर दिया, मेरा ध्यान उस अजीबो-ग़रीब चीज़ से हट गया।

आख़िरकार फ़र्श पर बैठी औरतों को उठने की इजाज़त मिली।

कई घंटों बाद पीर साईं खाने के लिए आया। सब चले गये सिवा गिद्ध-सी लगनेवाली उस औरत के। अम्मा साईं ने इशारा किया और लम्बी-सी मेज़ रख दी गई। चन्द मिनटों में ही वह खाने से भर गई। मेरा शौहर मेरी बग़ल में बैठा और दुआ माँगने के लिए उसने अपने हाथ ऊपर उठाए, जबकि मैंने रोटी का एक छोटा टुकड़ा तोड़ा और उसे शोरबे में डुबाया। उसने मुझे ऐसी नज़रों से घूरा कि मुझे लगा मानो मेरा सिर प्लेट पर झुकता जा रहा है।

वह मुझे घूर क्यों रहा था ?

'खाने से पहले अपने हाथ धोओ,' उसने हुक्म दिया और मैं फूलती हुई साँस से दीवार के सहारे लगे नल तक भागी-भागी गई।

जब खाना खाने का सख़्त इम्तहान ख़त्म हुआ, उसने कहा, 'अन्दर आओ', और सुबह की राहत की जगह डर ने ले ली। सिर नीचा किए मैं उसके पीछे चलने

लगी, लेकिन मैं अम्मा साईं के पास जाना चाहती थी। मैं माँ के पास घर जाना चाहती थी। मैं मर जाना चाहती थी।

मैं दुबारा रात के बुरे सपने की गिरफ़्त में थी। मैं फ़र्क़ नहीं कर पा रही थी कि मेरे जिस्म का कौन-सा हिस्सा क्या है?

उसके नीचे मैं कँपकँपा रही थी। सोच रही थी कि सारी औरतों को यही सब भुगतना पड़ता है, फिर भी वे अपनी बेटियों की शादी करती हैं, क्यों ? इस मौज़ू पर किसी ने मेरे सामने बात नहीं की थी, लेकिन कोई इतनी ख़ौफ़ज़दा भी तो नहीं लगती थी। इस पागलपन से वे कैसे उबर पाई होंगी?

यह ख़ौफ़ मैंने अपनी माँ के चेहरे पर क्यों नहीं देखा ?

उसने मुझे पेट के बल लिटा दिया। हज़ारों चीख़ों को निकलने से रोकने के लिए मैंने बिछी हुई चादर को अपने मुँह में ठूँस लिया। दर्द मेरे सारे बदन को चीर गया।

हर रोज़ यही होता रहा और पूरा हफ़्ता बीत गया।

मैंने महसूस किया कि प्यार का मेरा तसव्वुर ग़लत था। यह इतना जुदा था। मैंने तो सोचा था कि महबूब जैसा मैंने फिल्मों में देखा था, एक-दूसरे से बात करते हैं, हँसते हैं और साथ-साथ नाचते-गाते हैं। जो कुछ स्कूल में पढ़ा और सीखा था मैंने वह सब ग़लत था। शायर, जज़्बात और मुहब्बतनामे सबके सब नक़ली थे—झूठे। मैंने उनको जी-भर के कोसा; वे बच्चों को बहकाते हैं। जो होना चाहिए और जो असलियत में था, इन के बीच का फ़र्क़ बहुत नंगा था।

मैं कहाँ जाऊँ ?

माँ के लिए रोने को मैं अपने भीतर भाग गई।

जब मेरी आटा मिलवाली बुआ की लड़की अपने चार साल के बेटे के साथ मुझसे मिलने आई, मैं इतनी ख़ुश थी कि गिद्ध जैसी औरत की नामुराद मौजूदगी के बावजूद मेरा चेहरा खिल उठा था। सीने के ऊपर अपनी मुड़ी हुई बाँहों, अपनी झुकी हुई कमर और आगे को निकले हुए अपने सिर के साथ वो मुझे एक बहुत बड़े गिद्ध-सी लगती—मुझ पर झपटने को तैयार।

मैंने देखा कि मैं जहाँ भी मुड़ती वह वहीं मौज़ूद होती।

लेकिन जब मेरी बुआ की लड़की ने कहा, 'तुम कितनी ख़ुश नज़र आती हो, हीर,' मेरी मुस्कान ग़ायब हो गई। माँ की ख़ातिर मैंने अपने को फुर्ती से सँभाल लिया। ऊपरी तौर पर मैं हँस दी, और मेरे लिए जो तोहफ़े उसने खोले, उन पर मैंने ताज्जुब का इज़हार किया। रेशमी सूट, काँच की चूड़ियों और ऐश ट्रे के लिए मैंने उसका ज़ोरशोर से शुक्रिया अदा किया। उसे गले से लगाया और चूमा।

चौहद्दी से लगे नल के नीचे अपनी कलाइयों पर साबुन लगाकर मैं नई चूड़ियाँ चढ़ा रही थी कि पीर साईं अन्दर आया। मेरी फुफेरी बहन और उसके बेटे ने उसके

पैर छुए, मैं कुछ बेचैन-सी खड़ी रही और फिर तेज़ी से चली गई। मैं दुखी मन से अभी दरवाज़े को देख ही रही थी जिसके पीछे वे ग़ायब हो गए, कि पीर साईं ने मुझे पीछे धक्का दिया और मेज़ पर हाथ रखने का हुक्म दिया।

एक पल में मेरे हाथ वहाँ थे।

दूसरे पल उसके हाथ ऊपर हवा में उठे मेरे हाथों पर कुल्हाड़ी की तरह गिरे।

चूड़ियाँ टूटीं और बिखर गईं। काँच के तेज़ टुकड़ों ने मेरी कलाइयाँ काट दीं। मैंने शेर की दहाड़ सुनी और अपने ग़रीब कुनबे और मामूली तोहफ़ों के बारे में चन्द अल्फ़ाज़ भी मेरे कानों में पड़े।

मेरा सिर घूम रहा था। चोटों से सुर्खी झांकने लगी।

मेरी पहली पिटाई सबकी नज़रों के सामने हुई और ख़त्म हुई अन्दर पहुँचकर। उस मर्द के सामने पर्दा न करके, जिससे मैं शादी कर सकती थी, मैंने अल्लाह की नज़र में भी गुनाह किया था। लेकिन वह तो सिर्फ़ छह साल का था। माँ ने ऐश ट्रे मुझ तक क्यों पहुँचने दिया ? रोका क्यों नहीं ? उस क़िस्म के तोहफ़े के नतीजों के बारे में उसको तो ज़रूर ही मालूम होगा।

फ़ुआरे के नीचे रोते हुए, मुझे माँ के उस ख़ौफ़ की याद आ गई जो उनको बाबा के गुस्सा होने पर होता था। घर पर झाड़ू लगानेवाली औरत भी अक्सर ही पिटने की शिकायत करती थी और माँ बाबा से उसके घरवाले को डाँटने के लिए कहती। इससे कोई फ़र्क़ नहीं पड़ता था कि इसके गुनहगार वह भी थे।

अपने मियाँ की तरफ़दारी माँ सैकड़ों बहाने बनाकर करतीं—'बेरोज़गारी की परेशानियाँ, माली फ़िक्रमन्दियाँ...समाजी दबाव और ग़लतफ़हमियाँ उन सबकी वजह से वे फट पड़ते।' लेकिन उनके ग़ुस्से के ख़िलाफ़ वह अल्लाह के सामने फ़रियाद ज़रूर करतीं।

पर इसके लिए कोई बाबा से नफ़रत नहीं करता। हमें लगता कि वह केवल उन ख़ास अधिकारों का इस्तेमाल करते थे जो उन्हें अल्लाहताला ने मर्द होने के नाते अता किए थे। वह अक्सर कहते, 'अपनी इज़्ज़त को बचाने के लिए तुम अपने हक़ूक़ का इस्तेमाल करने के हक़दार हो।' लेकिन मेरे माँ-बाप आपस में हँसते-बोलते भी थे, मज़ाक भी करते थे। मेरे साथ यह क्यों नहीं हो रहा है ?

चूड़ियों ने मेरी कलाइयों पर निशान छोड़ दिए थे।

इससे भी ज़्यादा पीर साईं का ख़ौफ़ कहीं बहुत गहरा गड़ गया था। मैं दुबारा कभी उसकी ओर देख नहीं पाई, तब भी नहीं जब वह मेरी ओर देख नहीं रहा होता। मैं बस इतना जानती थी कि कन्धों की तरह उसके हाथ भी बड़े और चौकोर थे लेकिन उसकी उँगलियाँ पतली थीं। सिवा अँगूठों के उसकी सारी उँगलियों में पत्थरों से जड़ी अँगूठियाँ थीं जिन पर पाक आयतें खुदी थीं। अपनी एक कलाई पर वह काँसे का एक पट्टा पहने रहता जिस पर एक आयत उकरी थी और दूसरी पर एक

पेचीदा घड़ी। एक हाथ में वह एक सफ़ेद सूती रूमाल लिये रहता जिसको वह शाम को हर दीगर चीज़ों के साथ बदलता था और दूसरे से पाक मिट्टी से बने हुए मनकों की माला लटकती रहती। कहा गया था कि मातम के दिन मनकों से ख़ून रिसा था। वह उनको लगातार फिराता रहता। जब वह ग़ुस्सा होता उनको तेज़ी से फिराता, भद्दी-से-भद्दी गालियाँ बकता और गन्दी-से-गन्दी धमकियाँ देता। उनको वह सिर्फ़ रात को नीचे रखता या तब जब वह किसी को पीट रहा या खाना खा रहा होता।

कलफ़दार सफ़ेद सलवार कमीज़ पहने वह अपने कन्धों पर हरे रंग की चादर डाले रहता जिस पर अल्लाह के नव्वे नाम कढ़े हुए थे। सर्दियों में वह इसके नीचे एक गर्म शाल लपेटता। चाँदी में जड़े और काले धागे में बँधे उसके पुरखों के ज़माने के तावीज़ उसकी बाँह पर बँधे और गले में लटके थे। सफ़ेद मोजों के ऊपर उसके तंग से लगनेवाले चमड़े के जूतों की नोकें ऊपर को मुड़ी हुई थीं।

मश्क का जो इत्र वह अपने ऊपर छिड़कता, जह ख़ासतौर पर उसके लिए तैयार कराया गया था। वह इसे कभी नहीं बदलता। उसके सामने आने से पहले ही वह इत्र उसकी आमद का ऐलान कर देता था और उसकी रवाना होने के बहुत देर बाद तक फ़ज़ा में बना रहता।

हर चीज़ में उसकी बू आती।

और जैसे ही बड़ा-सा काला साफ़ा वह अपने सिर पर रखता उसकी डरावनी शख़्सियत ज़्यादा नुमायाँ हो जाती। वह बादशाह की तरह रोज़ ताजपोशी करता था। उसका सिर इतना तना हुआ था कि वह अपनी ऊँचाई से भी ज़्यादा लम्बा लगता गोया कि दूसरों की बजाए वह ज़्यादा क़रीब था ख़ुदा के। वह इतना हौले चलता कि मैं सोच भी नहीं सकती थी कि वह किसी वजह से भी भागता होगा।

जिस कमरे में हम रहते उसे उसकी पुरानी दाई साफ़ करती। उसमें उसकी इजाज़त के बगैर कोई भी घुस नहीं सकता था।

पर्दे कभी सरकाए नहीं जाते। खिड़कियाँ कभी खुलती नहीं थीं। वहाँ हमेशा अँधेरा रहता। दिन का कहीं नामोनिशान तक नहीं। अलस्सुबह के अलार्म के साथ ही बत्तियाँ जल जातीं।

यहाँ हमेशा रात थी।

मेरे शौहर के वक़्त की पाबन्दी घड़ी से मिलाई जा सकती थी। कमरे से जाने में वह, दसियों साल से तयशुदा वक़्त से एक पल भी देर नहीं करता। पौ फटते ही वह बाहर होता। दोपहर को खाना खाने और मेरे साथ हमबिस्तर होने को आता। दिन डूबने से एक घंटा पहले पीर साईं आँगन में आ जाता; नाश्ते के साथ एक कप चाय पीता, मर्दों के साथ खाना खाता और मेरे पास वापस लौट आता। आधी रात होते-होते वह खुर्राटे भरने लगता।

मेरे जहुन्नम में दुनिया नहीं घुस सकती थी।

मेरे नसीब में जिन चारदीवारों के बीच रहना बदा था वे आसमान तक ऊँची थीं। अहाते की चहारदीवारी से सटी फूलों की क्यारियाँ उजाड़ पड़ी थीं। उनके बीच ठोस कंक्रीट को फाड़कर एक बरगद का पेड़ उग आया और हवा में फैल गया था। मैंने सुना था कि पहले कई पीरों ने इसे उखाड़ फेंकने की कोशिश की थी, लेकिन इन्सानी क़ुव्वत के ख़िलाफ़ विरोध जताते हुए पेड़ फिर-फिर उग आया था।

बाहरी दुनिया के लिए एक दरवाज़े के सिवा और कोई रास्ता नहीं था और उसके सामने भी ईंटों की एक छोटी-सी दीवार खड़ी थी। खास अहाते के एक ओर दूर एक ढँके हुए बरामदे में मालिक के कमरों, अम्मा साईं की कोठरियों और दो ख़ाली कमरों के दरवाज़े खुलते थे। आँगन के बाईं ओर एक छप्पर के नीचे जाल से ढँकी रसोई थी। सामान रखने के और बहुत से खाली कमरे दाईं ओर के एक दूसरे चौकोर आँगन में खुलते थे। पिछले दरवाज़े पर कुंडी लगी रहती थी। बग़ल का दरवाज़ा क़ब्रों तक जाता, सिर्फ़ क़ब्रों तक।

मैं मिट्टी से लिपे अहाते में चक्कर लगाने लगी।

बार-बार दुहराती, ज़ोर देती और पुष्टि करती : 'मेरी दुनिया वैसी गोल है जैसी अल्लाह ने बनाई है। मैं इसे ऐसी गोल बनाऊँगी जैसी हर किसी की है।'

हर रोज़ मैं इतने चक्कर लगाती कि मुझे लगने लगता गोया मेरी टाँगें घड़ी की दो सुइयों की तरह घूम रही हैं।

वक़्त की रफ़्तार की तरह।

जल्द ही मैं हवेली की दूसरी मालकिन बन गई। पहली तो हमेशा अम्मा साईं ही रहेंगी। उनके हुक्मनामों को कोई ख़ारिज नहीं कर सकता था सिवा मेरे शौहर के। उसकी कभी ज़रूरत नहीं पड़ी। उनकी तमाम हिदायतें उसकी पसन्द के मद्देनज़र ही होती थीं।

उन्होंने मुझसे कहा था, 'जब कोई औरत बेवा हो जाती है, उसका बेटा उसके मालिक की जगह ले लेता है। अब यहां तुम्हें राज करना है मैं तुम्हें राह बताती रहूँगी। शौहर अपनी बीवी की हुनरमन्दी देखना पसन्द करता है अपनी माँ की नहीं।'

मुझे अपनी माँ की उलझन का ख़याल आया। वह सारी दुनिया का मसला लगा। औरत की बिसात हमेशा मर्द पर टिकी होती है, चाहे वह अमीर हो या ग़रीब। वह हमेशा शौहर से बेटे पर जाती है। मैं इस सफ़र के दूसरे दौर में थी।

अम्मा साईं की हिदायत थी कि नाश्ते के वक़्त तक मैं रसोई में ही रहूँ। सुबह जैसे ही मैं कमरे से बाहर निकलती, मैं देखती कि गिद्ध जैसी औरत मेरा इन्तज़ार कर रही है, और सारा दिन गुज़र जाता वह अपने जिस्म का बोझ एक पैर से दूसरे पर नहीं बदलती। अपनी आँखें बन्द किए बिना या मेरी नज़रों से ओझल हुए बग़ैर वह ठीक उसी जगह वैसी ही खड़ी मिलती जैसी कि रात को कमरे में जाने से पहले मैंने देखा होता।

मेरा सुबह का काम पाँच या दस ख़ास-ख़ास मेहमानों के लिए ख़ास नाश्ते की तश्तरियों को सजवाना था। मेज़पोश पर बोनचाइना के बरतनों में एक तला हुआ अंडा, दो पराँठे, गोश्त या चिकन का सालन और चाय पेश की जाती। आम की तश्तरियों की माँग हमेशा ज़्यादा रहती। आम लोगों को साठ से सत्तर खुली तश्तरियों में सिर्फ़ एक उबला अंडा, एक चपाती और एक कप चाय दी जाती।

ख़ास दरवाज़े को ढँकनेवाली ईंटों की छोटी दीवार के पास खड़ी एक औरत ने रसोई तक आने-जानेवाली इन्सानी जंज़ीर को हरकत में ला दिया। 'दो ख़ास, दस आम' वह गला फाड़कर चिल्लाई, और आँगन के बीच खड़ी एक दूसरी नौकरानी ने आर्डर को दोहरा दिया। रसोई के दरवाज़े पर खड़ी एक दूसरी ने उसे फिर दोहराया, जहाँ से एक तश्तरी को दूसरे पर रखकर दो औरतें दौड़ पड़ीं। ख़ास दरवाज़े के पीछे मर्दों ने तश्तरियों को पकड़ लिया और दूसरे आदमी ने दूसरा आर्डर दे दिया।

गोकि नौकरानियाँ शहर के थोक बाज़ारों में दुकानदारों की तरह लड़ती-झगड़ती थीं, दिन का यह वक़्त उस भयानक माहौल से ज़्यादा ठहरा हुआ था जो मेरे शौहर की मौजूदगी में सब पर हावी हो जाती थी। मैं तयशुदा ढर्रे पर चलने लगी, लेकिन एकरसता से मैं उतना ही डरने लगी थी जितनी कि इस सबकी अनिश्चितता से। यहाँ सब कुछ हमेशा के लिए था, बदला कुछ भी नहीं जा सकता था। उन्हें नए तरीकों की ज़रूरत नहीं थी, सिर्फ़ एक और इन्सान की दरकार थी जो इस ढर्रे को चलाता रहे।

उसी पुराने नीचे स्टूल पर बैठे-बैठे महीनों गुज़र गए कि नौकरानियों की पतली, ऊँची आवाज़ें मेरे दिमाग़ के आरपार होने लगीं। मेरी दुखती कमर का दर्द मुझे बैठने नहीं दे रहा था। इस सबसे परेशान मैं फ़व्वारे के नीचे अपने जिस्म को ठंडा करने के लिए रसोई से चली गई।

गिद्ध जैसी औरत ने जिसे चील कहा जाता था, अपनी निगाहों से मेरे पैरों का पीछा किया।

मैं अपने बाल काढ़ रही थी कि अचानक पीर साईं कमरे में आ गया, 'तुम अपने काम की जगह से नदारद थीं,' उसने कहा।

मैं हकला गई, 'मुझे बहुत गर्मी लग रही थी पीर साईं। मैं नहाना चाहती थी साईं।' मेरी बाँह पकड़ते हुए उसने मुझे आँगन में खींचा और धक्का देकर गिरा दिया। लातों से मुझे तब तक मारा जब तक मैं खड़ी नहीं हो गई। उसने तब तक धक्का दिया जब तक मैं गिर नहीं गई। धक्के और लात खाते हुए मैं रसोई के दरवाज़े तक पहुँची।

'आटा गूँधो। दोपहर और रात का खाना तैयार करो। दूध उबालो और कल का नाश्ता तैयार करो। किसी की मदद के बग़ैर,' उसने हुक्म दिया।

दो नौकरानियाँ मेरे ऊपर निगाह रखतीं। सूरज डूबने पर दूसरी दो आ जातीं।

चील लगातार मौजूद रहती।

इस ज़लालत ने मुझे बहुत नीचे गिरा दिया। हर रोज़, बेनागा़ जो मेरे पैर छूते थे अब मेरी सज़ा की कोठरी में मेरे सामने से हँसी-सी उड़ाते घूमते। कितने सारे सच उजागर हो गए, कितने सारे सपने बिखर गए और कितने सारे ख़यालात हवा में उड़ गए। मेरे दुखते हुए गालों पर आँसुओं के दरिया बहने लगे। मैं माँ को याद कर रही थी। बचने के लिए मैं उसकी कोख में सिमट जाना चाहती थी।

वह चली कहाँ गई ?

वह मुझे देखने क्यों नहीं आई ?

उसने ख़त तक क्यों नहीं लिखा ?

बचाने के लिए मैंने भाई को पुकारा और मायूसी में मैं बाबा के पास पहुँच गई। रूहें हर जगह थीं। बाबा यहाँ ठीक मेरी बगल में हो सकते हैं। मैंने उनसे गुहार की, 'बाबा मुझे बचाओ। बराहे मेहरबानी मुझे उससे बचाओ।'

इस रफ़्तार से इतने लोगों का इतना सारा खाना तैयार करने की फ़िक्र लग गई। दोपहर का खाना ख़त्म हो गया। रात का भी ख़त्म हो गया। उस रात पीर साईं मुझे नहीं खा रहा था। इस बात को लेकर मैं ख़ुश थी, पर फिर उदास हो गई।

माँ ने मुझे लिखा क्यों नहीं ?

वह मुझे देखने क्यों नहीं आई ?

काफ़ी महीने पहले मैंने अम्मा साईं से पूछा था, 'मैं अपनी माँ को यह सन्देश कब भेज सकती हूँ कि वह यहाँ मुझे देखने को आए ?'

'जब तुम ठीक से जम जाओगी, तुम्हारा शौहर भेज देगा,' उन्होंने जवाब दिया था।

मैंने उनसे बार-बार पूछा, 'क्या अब आप मेरी माँ की बाबत उससे कह सकती हैं ?'

'बिलकुल नहीं,' उन्होंने झिड़ककर कहा, 'तुम्हारा शौहर ही तय करेगा कि तुम्हारी माँ को कब आने देना चाहिए।'

रसोई गरम थी और तनहाई पूरी। ज़िन्दगी में ऐसा कुछ नहीं बचा था जिसकी मैं चाहत करती, फिर भी यह तो बस शुरूआत थी। क्या यह हमेशा-हमेशा के लिए है ? बिलकुल, बिलकुल कल के नाश्ते के लिए मनभर आटा गूँधते-गूँधते मैं ख़ुद पर रोने लगी। हर चीज़ उसी को पुख़्ता करती कि यह हमेशा के लिए है, सिर्फ़ उस रात की बात नहीं जो गुज़र चुकी है।

फ़ज्र की नमाज़ के लिए मैं रसोई से बाहर आई और फ़ौरन लौट गई। वह जल्दी ही उठ जाएगा, उसे किसी क़िस्म की कमी गवारा नहीं। मेरी सज़ा से उसके मूड का पता चलता था। चुप्पी मौत के ख़तरे की तरह चिपकी थी।

अचानक मैंने उसे अपने पीछे महसूस किया।

जब वह बोला, मैं कूद पड़ी। लगा मानो बिजली का तार छू गया हो, 'आज कोई मदद मुहैया नहीं की जाएगी। किसी ग़लती की इजाज़त नहीं।'

ख़ास और आम तश्तरियों की माँग शुरू हो गई। पहले कभी मैंने महसूस नहीं किया था कि दो हाथ नाकाफ़ी हैं। मैं वक़्त के ख़िलाफ़ दौड़ रही थी। मग से चाय उँड़ेलना, कलछी से शोरबा डालना, पराँठे बनाना, अपने हाथ जलाना; अंडे तलना, या अपनी उँगलियों को चहकाते और चीख़ते उनको उबलते पानी से निकालना। कुछ भी ठंडा नहीं होना चाहिए; हर चीज़ ताज़ा, गर्म और ज़ायक़ेदार होनी लाज़िमी है।

क्या वह सब कुछ चख रहा था ?

क्या, शायद कोई ग़लती करके मैं बच सकती हूँ ?

नहीं, नहीं इसकी इजाज़त नहीं।

सिर के ऊपर सूरज आसमान पर चढ़ गया और मेरे मुँह के नीचे जलती आग की तरह वो मुझे ऊपर से पिघलाने लगा। क्या यह दोज़ख़ है ? मुझे एक ग़न्दी गली से उबारने, ऊँचाई तक उठाने और एक कीड़े में तब्दील करने का काम क्या ख़ुदा ने उसको सौंपा था ? क्या वह ख़ुदा था ? किसी उम्मीद और जवाबदेही से परे ?

आख़िरकार दिन ख़त्म हुआ।

पीर साईं ने मुझे बुलाया।

जब मैं उसके कमरे में घुसी, उसने मुँह चढ़ा लिया। कोई और पाप ? बदबू से उसे नफ़रत थी। मैं अकड़ गई। गोकि मेरे पास वजह थी, मैं बता नहीं सकती थी। जब उसने कहा, 'कोई बात नहीं,' मैं अहसान से भर उठी। आज ख़ुदा भला मेहरबान और रहमदिल था।

लेकिन जैसे उसने आगे बढ़ना शुरू किया, मेरे जिस्म में पिछली रात जैसी कँपकँपी दौड़ गई। ऊपरवाले का शुक्र है कि उसकी मुश्क से मेरे होशोहवास कम हो गए थे। मैं घने, काले जंगल में दबी साँस नहीं ले पा रही थी। वक़्त रुक गया था। उसके भीतर से सड़े हुए गुलाब की उबकाई उठी। वह उठ रहा था। मैं आज़ाद की जा रही थी और फिर भी गिरफ़्तार रही।

मुझसे तो नौकरानियाँ भी ज़्यादा ख़ुशकिस्मत थीं, वे कम-से-कम घर जा सकती थीं। मेरी ही तरह क़ैद पाँच बिल्लियाँ तक ख़ुशकिस्मत थीं, क्योंकि वे पीर के रास्ते से खिसक जातीं और ग़ायब हो जातीं। मैं तो यह भी नहीं कर सकती थी। बच्चे उसके बजाए इन बिल्लियों के पास जाते। उनकी पूँछें पकड़कर वे सारे आँगन में दौड़ लगाते। घर में खेलने के लिए कोई खिलौने नहीं थे। मुझे झटका-सा लगा जब यह पता चला कि उनके बीच कोई बिल्ला नहीं है।

मेरे यह कहने पर दाई को हँसी आ गई और उसने जो बताया उससे मैं दहल गई, 'पिछली बार मैंने देखा कि एक बिल्ला चिमनी के रास्ते औरतों की कोठरियों में चोरी-छिपे आने की जुरअत कर रहा था। उसको आतिशदान में ज़िन्दा जला दिया गया। वह राख हो गया जिसको जली हुई लकड़ियों के साथ समेटकर गन्दी नालियों में बहा दिया गया।'

गोकि हवेली में बहुतायत औरतों की थी, लेकिन यह कहने से कि दो औरतें एक मर्द के बराबर होती हैं, हमारी गिनती आधी रह गई थी। हज़ारों दीगर वजहों से यह गिनती इतनी कम कर दी जाती कि हम सिफ़र हो जाते थे।

अम्मा साईं ने यह बात साफ़ कर दी थी कि घर की मालकिन को दीगर औरतों से दूरी बनाए रखनी चाहिए। मालिक उनके साथ किसी क़िस्म के मेल-जोल को क़ुबूल नहीं करता। लेकिन नौकरानियाँ आपस में बतिया और बक-झक कर सकती थीं। उनकी नीची हैसियत से उनको यह इजाज़त मिली हुई थी।

अम्मा साईं मेरे लिए आदर्श की तरह थीं। मैं किसी से बात नहीं कर सकती थी। हवेली में ख़बर फैलते देर नहीं लगती और दिन निकलने के साथ आनेवाली मक्खियों की तरह चारों ओर भिनभिनाती फिरती। चूँकि मैं कुछ बात नहीं कर सकती थी, हर चीज़ मेरे दिमाग़ में लगातार घूमती रहती। वहाँ कोई रोक-टोक नहीं थी, कोई मुमानियत नहीं थी।

मुझे पता चला कि पीर साईं की पहली बीवी बीच सुहागरात में ही ख़त्म हो गई थी, उसका दिल कमज़ोर था। दूसरी बीवी दूसरे दिन तक ज़िन्दा रही लेकिन शाम होते-होते उसे दौरे पड़ गए और वह उनसे बाहर आना नहीं चाहती थी। दो दिन बाद वह हिली-डुली और कँपकँपाई और मर गई। मैंने यह भी सुना कि जब तक उसने मेरी नाउम्मीद माँ के साथ मुझे नहीं देखा था, मेरा शौहर दुबारा शादी नहीं करना चाहता था।

उसकी बीवियों और मेरे बीच क्या कोई और औरत नहीं रही ? मेरे ओठों पर क्या सिर्फ़ यही एक और सवाल था जो हमेशा मेरे ज़हन, मेरे निजी तहख़ाने में रेंगा करता ? एक ऐसे माहौल में जिसमें किसी क़िस्म की इजाज़त नहीं थी, किसी भी चीज़ की बाबत सोचने की आज़ादी एक हैरानी की बात थी, मैं निराशाओं के ढे में बदल जाती।

इज़हार के बिना ख़यालात बिखर जाते।

नए ख़यालात पुरानों पर जमा होते रहते और मेरे सिर का बोझ ज़ुबान पर उतर आता। मैं बेज़ुबान हो गई। जब बहुत-सी ख़ामोशियाँ गुजर गईं, अपने मुँह में मुझे अपाहिज अल्फ़ाज़ को ढोने का तनाव महसूस होने लगा।

औरतों के बीच बेचेहरा आदमियों की कहानियाँ भी आम थीं। सबसे ज़्यादा गाँव के एक लड़के के बारे में कही जातीं जिसे उस दिन लौंडेबाज़ी के लिए पीटा

गया था। मुझे ताज्जुब था कि इस जुर्म पर इतनी बद्दुआएँ और भद्दी गालियाँ दी गईं। जबकि लड़कों के झुंड, खेतों में गधे को अक्सर पकड़ लेते, जो विरोध में दुलत्ती झाड़ता और रेंकता रहता, और वे एक के बाद एक करके उसके साथ बलात्कार करते, तो हर कोई ठठ्ठे लगाता और विकृत सेक्स का हल्का मज़ाक उड़ाता।

मैं तौबा-तौबा कहती घूमती फिरी।

अम्मा साईं ने मुझे ख़बरदार किया था, 'तुम यहाँ किसी पर एतबार नहीं कर सकतीं। यहाँ ऐसा कोई नहीं जो तुम्हारी किसी भी कारगुज़ारी के बारे में पीर साईं को ख़बर नहीं देगा। और तुम्हारे ऊपर मैं ख़ुद भी नज़र रखूँगी।'

मेरी सास के जासूस किसी की छोटी-सी ग़लती या गड़बड़ी तक की ख़बर उसे देते। वह मुलज़िम को बुलाती और माक़ूल सज़ा देती। उसने मुझसे कहा था, 'किसी भी ग़लत चीज़ को शुरू में ही ख़त्म करने का यही तरीक़ा है। मेरे बेटे के सामने सिर्फ़ अहम मसले लाए जाने चाहिए।'

मेरी सारी ग़लतियाँ अहम थीं।

मेरी बाबत जो कुछ भी होता वह उसे सब बता देती। उसने साफ़ किया, 'तुम उसकी बीवी हो और अपने मामले वह ख़ुद निपटाएगा। अपने ज़हन में अगर तुम उसकी ख़्वाहिशें सबसे ऊपर रखोगी, तुम ठीक वैसी ही बन जाओगी जैसी वह तुम्हें बनाना चाहता है।'

जिस जहान में कोई दोस्त नहीं था, वहाँ रहम भी नहीं था।

नौकरानियाँ मेरी दुश्मन बन गईं।

हालात ही ऐसे थे। गोकि हमारा नसीब एक-सा ही था, हम इसमें साझीदार नहीं थे। ज़िन्दा बने रहने का मतलब मालिक के कोप से बचना था। सब की वफ़ादारी उसकी तरफ़ थी।

ख़ासतौर पर चील की।

वह अकेली और किसी छाया के नीचे बेहरकत रहती। उसका कोई काम नहीं था सिवा आँगन में होनेवाली हर चीज़ पर नज़र रखने के। वह किसी से बात नहीं करती, अम्मा साईं तक से नहीं। उसकी मौजूदगी मुर्दों से जुड़ी थी जो आख़िरी हिसाब के दिन से पहले कभी नहीं बोलते।

साईं के सामने वह सब कुछ कह डालती।

घर लौटने से पहले वह दरवाज़े के सामने बनी दीवार के सहारे खड़ी हो जाती और जैसे ही वह अन्दर घुसता उसके ओंठ हिलने लगते। लाज़िमी तौर पर मार-काट मच जाती।

मुझे एहसास हुआ कि दबे हुए लोग दूसरों को दबाने से ताक़त हासिल करते हैं। इससे उन्हें अपनी क़ैद को मंज़ूर करने में मदद मिलती और फँसे हुओं के लिए यह आसान रोज़गार था।

बचने के लिए मैं अपने भीतर और दुबक गई। मारपीट पर उतारू होने के लिए रोज़मर्रा की गतिविधियाँ काफ़ी थीं।

हालाँकि छोटी-से-छोटी भूल से बचने के लिए हर एहतियात बरता जाता था। मेरे शौहर को वे चीज़ें बताई जातीं जिनसे उसका कोई ताल्लुक़ नहीं था। हर सीधी-सादी चीज़ को तोड़-मरोड़कर मुद्दा बना दिया जाता। झूठें गढ़ी जातीं, बदमाशियाँ और साज़िशें जारी रहतीं। दूध गिर जाने, उसके कपड़ों पर कोई धब्बा, उसकी ख़्वाहिश की किसी चीज़ का न मिलना, ज़्यादा पकी सब्जियाँ या कम पका गोश्त—ऐसी तमाम छोटी-मोटी चीज़ें जुर्म थीं।

दर्द से ज़्यादा डर उसके होने के ख़ौफ़ से होता था। तूफ़ान शुरू होता और घना होता जाता। छड़ियों के बंडल, खज़्ज़ी या बादाम की गीली शाख़ें अन्दर लाई जातीं। जैसे बंडल के ऊपर बँधी रस्सी को खोला जाता, मुलज़िम हाँफता और साँस निगलने की कोशिश करता हुआ ख़ौफ़ से भर जाता या उस पर पागलपन के दौरे पड़ जाते। हर कोई सहमा रहता। किसी को नहीं मालूम होता कि घटनाएँ क्या मोड़ लेंगी ?

हालाँकि आवारा औरतें हर तरफ़ थीं, और देह संबंध आम थे, इन हरकतों को बर्दाश्त नहीं किया जाता था। बहुत-सी शामों की शुरूआत किसी छोटी-मोटी ग़लती की रिपोर्ट से होती और उसका इन्तहा होती नैतिक हिदायतों के साथ।

पीर साईं की आँखें अजीब-सी रोशनियों से फड़कने लगतीं और आगे आ जातीं। 'इससे पहले कि मैं उल्टा टाँग दूँ और तुम्हारी खाल खींच लूँ, मुझे सब कुछ बता दो।' वह एक औरत को धमकाता और दूसरी का हुलिया बिगाड़ देता। छड़ी की फटकार उनसे सब कुछ उगलवा लेती, जो वे जानती थीं या याद करतीं, उस मोटी मोती का मामला चल रहा है उसके शौहर के भतीजे के साथ, साईं। शौहर को पता चल गया और उसने उसकी पिटाई की।

छड़ी की चोट पर ऊपर-नीचे उछलती, पीर साईं की तरफ़दारी हासिल करने को बेताब और उसके ग़ुस्से को मोती की ओर मोड़ती, परेशान औरत कहती, 'मैं ख़ुद कम परेशान नहीं थी। वह उसके साथ भाग जाने के मंसूबे बना रही थी। अल्लाह और उसके पैग़म्बर की क़सम। मेरा इससे कोई वास्ता नहीं।' एक और ज़ोरदार सड़ाक की आवाज़ और 'मैं जानती हूँ कि उसके लिए भंडुवे का काम किसने किया था। जानने के लिए मुझे माफ़ कर दो साईं।'

तब उसको लाया जाता जिसने भंडुवागीरी की थी।

पत्ती की तरह काँपता हुआ शिकार फ़ौरन गवाह बन जाता। 'मैं अकेली नहीं हूँ साईं। तन्दूर पर काम करनेवाली वो पतली लड़की सुक्की आपकी ख़िदमत में लगे हर मर्द के साथ सोने में मोती की मदद करती है।'

दोनों लड़कियों को खींचकर अन्दर लाया जाएगा और रहम की भीख माँगते-माँगते तकलीफ़ से निजात पाने के लिए मौत की दुआ माँगते हुए ख़त्म हो

जाएँगी।

अम्मा साईं ने मुझे बताया था, 'बेवकूफ़ी भरी मारधाड़ से मुल्ज़िम ढीठ, निडर और ज़िद्दी हो जाता है। मेरे बेटे की कार्रवाइयाँ दुरुस्त करनेवाली हैं।'

दुरुस्त करने के नए-नए तरीकों का ईजाद करने में माहिर था वह। हालाँकि मैं समझ चुकी थी कि दुनिया में किसी भी रास्ते से उसके ग़ुस्से से बचा नहीं जा सकता था, मैंने अपने साथ और ज़्यादा समझौता किया। हर कोई यह उम्मीद बाँधे बैठा था कि शायद वह अपने शिकार के लिए अफ़सोस करे। ऐसा कभी नहीं हुआ।

जब मेरी कोख में बच्चा था, मेरे लिए कुछ भी नहीं बदला था सिवा इसके कि मेरा बोझ और बढ़ गया और मारपीट का जोखिम ज़्यादा ख़ौफ़नाक हो गया और मेरा काम ज़्यादा असहनीय बन गया। मेरे चारों ओर हर मुँह से केवल एक दुआ निकलती, जब मुझे बहुत-सी दुआओं की ज़रूरत थी, 'अल्लाह, मालिक को एक बेटा दे और उसके बाद छह और दे,' हर रोज़ जब मैं गुज़रती वे यही जुम्ला कहतीं।

एक दिन जब मेरे दिल में ग़म और मन में जुनून की कैफ़ीयत थी, उस बीच रसोई में एक लड़की घुस आई जिसे मैंने पहले कभी नहीं देखा था। उसने गन्दी प्लेटें समेटीं, मेरी ओर देखा और अचानक ही हँस पड़ी।

उसने आँख मारी, गोकि वह कहना चाहती हो, 'तुम्हारी पलक झपकने से पहले मैं काम निपटा डालूँगी,' और उसे यह कहते किसी ने नहीं सुना, सिवा मेरे।

लोग उसे काली कहते थे क्योंकि उसकी चमड़ी काली थी। अम्मा साईं ने उसे जब बाबरची का मददगार बनाया, उसने ख़ुद को कार्यकुशल साबित किया कि जल्दी ही हर काम के लिए उसकी ज़रूरत पड़ने लगी, और हालाँकि देखभाल करने के अपने काम से मुझे नफ़रत थी, मैंने देखा कि उसके साथ रहने के लिए मैं दौड़ी पड़ती हूँ।

मैं अब माँ के लिए बेचैन भी नहीं थी।

जब-जब हम साथ होते बिजली की चिन्गारियाँ फूट निकलतीं। काली की हिरनी-सी आँखें नाचने लगतीं। मुस्कानों की जगह आतिशबाज़ी छूटती। उसके गालों पर बाल पड़े रहते और उसकी पीठ पर साँप जैसी लम्बी चोटी इधर से उधर झूलती। काली के काम फ़ुर्ती से होते। उसकी कार्य-शैली में कोई होशियारी नहीं थी और उसके प्रतिक्रिया हर पाबन्दी से आज़ाद थी।

अम्मा साईं उसे जब किसी और काम में लगा देतीं मैं उनसे नफ़रत करने लगती। लेकिन जब मैं कहीं दूर से काली के हँसने की आवाज़ सुनती, उसके गले से निकलनेवाली घंटियों के बजने की आवाज़ कुछ पल के लिए मेरे भीतर के हाहाकार को डुबा देती।

घर का काम खेल हो गया था।

काली इसे मीठी तान वाले साज़ बजाने की तरह करती।

वह ग़रीब होकर भी मालदार थी।

मैं अमीर होकर भी ग़रीब थी।

काली वह थी जो मैं होना चाहती थी।

हमको यह अहसास था कि जिन तमाम चीज़ों की बाबत हम सोचते वे हमारी आँखों में झलकने लगती थीं। इसलिए काली और मैं, चील की नज़रों के नीचे भी, आँखों से बात करने लगे। जब मैं काली की ओर यह पूछने को देखती, 'तुम मेरे पास रहोगी ?' जवाब में वह अपनी भौंहें उचकाती, 'इससे बढ़िया काम और क्या होगा ?'

मैं हँस पड़ी, 'वह सब जानता है,' और उसका ख़याल आते ही मैं घबरा गई। उसने मुझे तसल्ली दी, 'कोई आदमी तुम्हारे दिल में दाख़िल नहीं हो सकता, तुम्हारी आँखों में नहीं घुस सकता,' और मैंने राहत की साँस ली।

कभी-कभी काली मेरे शानदार कपड़ों को ऐसे देखती कि मेरी तबीयत होती कि मैं उनको वहीं उसी वक़्त उसे दे दूँ। लेकिन उसने इस ख़याल से कि कहीं मैं इस काम को मुमकिन न कर दूँ, अपनी बाँहें फैलाकर और उनको पंखों की तरह ऊपर-नीचे हिलाकर रोक दिया, मानो वह कहना चाहती थी, 'तुम मोर हो और मैं महज़ फ़ीकी भूरी मोरनी।'

इतनी महारत हासिल कर ली थी हमने इसमें कि कढ़ाई में जब मैं तेज़ी और शोर करते हुए कलछी चलाती, मुझे यक़ीन था कि वह समझ जाती कि मैं क्या कहना चाहती थी और चील कुछ नहीं समझ पाती।

हर बार जब काली किसी दूसरे काम से चली जाती मैं उसके लौटने का इन्तज़ार करती, और देर से आने पर मैं अपनी भौं सिकोड़ती। अगर उसका मिज़ाज ठीक नहीं होता तो वह अपने सिर पर तश्तरियों का ढेर रख लेती और मेरी परवाह किए बग़ैर बाहर हो जाती। जब वह मुझसे सुलह करने को तैयार होती, मैं रूठ जाती और तब तक ग़ुस्सा रहती जब तक काली बर्तनों के ऊपर तश्तरियों को इकट्ठा करके उनमें ज़ोर से लात नहीं मारती। वे ज़बरदस्त शोर करते हुए गिरते और मेरा ध्यान खींच लेते। इसके लिए उसे अम्मा साईं के कमरे में बुलाकर थप्पड़ रसीद किए जाते। वह मेरे पास वापस लौटती और नाराज़ होते हुए अपनी पिटाई के लिए मुझे ज़िम्मेदार ठहराती।

हम खेलने तक की जुगाड़ कर लेते थे।

एक बार वह नल से पानी भर रही थी कि मैं उधर से गुज़री। मेरी आँखें उस बहते हुए पानी पर अटक गईं। मैं सोचने लगी, 'क्या इस गाँव में कोई नदी नहीं है ? ऐसी कोई जगह नहीं है जहाँ हम नहाते और खेल सकते ?'

जवाब में काली ने पानी को नौकरानी के सिर पर उँड़ेल दिया। हँस-हँसकर

दोहरा होते हुए उसने चीख़ती-चिल्लाती औरत को समझाने की कोशिश की, 'गर्मी हो रही है। सोचो तुम नदी में नहा रही हो।' मैं भी हँस रही थी कि उसको खींचकर दुबारा अम्मा साईं के कमरे में पहुँचा दिया गया। उस दोपहर को मेरे शौहर ने उसकी मरम्मत की। इसके बावजूद निगाहों-निगाहों में उसने यह तो कह ही दिया, 'तुम्हारे पास तक नदी पहुँचाने का बस यही तो एक तरीक़ा था।'

काली मेरी क़ैद से ग़ायब हो गई।

एक सप्ताह बाद मैंने सुना कि उसकी एक मुरीद से शादी कर दी गई जिसका बाप मक़बरे की सफ़ाई करता था। ख़बर यह थी कि उसका शौहर हिजड़ा था। मुझे पता था कि अपने शौहर की इस कमज़ोरी से उसे कोई फ़र्क़ नहीं पड़ेगा, लेकिन जब औरत ने कहा, 'इलाक़े का कोई भी मर्द अब उस काली कुतिया का शिकार बनने से बच नहीं पाएगा,' मैं ग़ुस्सा हो गई थी।

यह बात जब मैंने अम्मा साईं को बताई उन्होंने झिड़क दिया, 'यह बराबरी का रिश्ता है। उनसे तुम यह अपेक्षा नहीं कर सकतीं कि वे उसकी इज़्ज़त करेंगी।'

मुझे काली की कमी बेतरह इतनी खटकती थी कि मुझे हर किसी से ज़बरदस्त नफ़रत हो गई। ख़ासतौर पर चील से जो यह जानती लगती थी कि इस अलगाव से मुझे कितना दर्द हुआ है।

इन गिद्धों से मैं अपने शौहर के होने के बावजूद बची रही थी फिर भी शुक्र है कि उसने इनके बजाए मुझे चुना। मेरी जद्दोजहद नौकरानियों से थी। पीर साईं से नज़दीकी के मामले में ही वे मुझसे होड़ नहीं ले सकती थीं। उसकी बीवी होने की वजह से ही मैं पूरी तरह से तबाह होने से बच गई थी।

अम्मा साईं ने मुझसे कहा था, 'जब कोई बीवी अपने शौहर के बिस्तर को अपने क़ब्ज़े में कर लेती है, तब वह इसका इस्तेमाल किसी के भी ऊपर कर सकती है। यह एक हुनर है।'

मज़लूम औरतों ने इस फ़न में उस्तादी और महारत हासिल की थी; अम्मा साईं ने भी यही किया था। कानाफूँसी होती कि उन्होंने अपने शौहर की ज़रूरतों को पेशेवर तवायफ़ के तौर पर पूरा किया था। रात के अँधेरों में इस्तेमाल की जानेवाली उनकी जादूई ताकतें दिन में हाकिमाना बन जाती थीं।

इन अफ़वाहों की सचाई को अम्मा साईं ने मंजूर किया था, 'तमाम औरतें जानती हैं कि मर्द को वासना के आकर्षण के अलावा और कोई चीज़ बाँध नहीं सकती और फिर भी ज़्यादातर औरतें इस काम में नाकामयाब रहती हैं।'

पीर साईं की गहरी ख़ामोशी से मुझे साफ़ तौर पर महसूस होने लगा था कि मैं उस पर कभी क़ाबू नहीं पा सकूँगी। मैंने यह कहने की हिम्मत जुटाई, 'लेकिन मेरा शौहर तो मुझसे कुछ नहीं कहता।'

अम्मा साईं ने शिकायत को दरकिनार कर दिया और कहा, 'उसके तौर-तरीक़े

उसकी हैसियत के मुताबिक़ हैं। वह आम इन्सान नहीं। वह आमफ़हम लोगों की तरह बक-बक नहीं कर सकता। तुम्हें उसको अपने कामों से फँसाना पड़ेगा, कोरी बातों से नहीं।'

बिस्तर का इस्तेमाल करना मुझे नामुमकिन लगता था जिस पर मेरी औक़ात सिफ़र के बराबर थी। लेकिन वहाँ होने का नसीबा भी मेरी क़ब्र में एक दरार की मानिन्द था, और काली के चले जाने के बाद मैं इसका इस्तेमाल बेताबी से उनके ख़िलाफ़ करना चाहती थी जो उस पर हँसा करते थे। अपना सिर ऊँचा किए, दुश्मनों पर नज़रें फेंकती हुई अपने ओठों की मुस्कान को खींचती मैं पीर साईं के पीछे-पीछे कमरे में घुसी। लेकिन जैसे ही दरवाज़ा बन्द हुआ, मेरा सिर झुक गया और मेरे हाथ गोद में पड़ गए। जब वह मेरी तरफ़ आगे बढ़ा मैंने ज़ोर से अपनी आँखें मींच लीं ताकि मैं एक और ख़ून-ख़राबे को देखने से तो बच सकूँ।

एक दोपहर जब मैं इबादत कर रही थी, मैंने 'काली, काली' सुना। और सुनने के लिए मैंने इबादत रोक दी। एक औरत चिल्लाई, 'वह तुम्हारे साथ कितनी बार करता है, काली। तुम तो निचुड़ा हुआ नीबू लगती हो।' एक दूसरी ने काली की मौजूदगी से पैदा हुए हो-हल्ले से भी ऊँचा चीख़ते हुए पूछा, 'तुम तो गीले कपड़े जैसी लगती हो जिसे सुखाने को निचोड़ा गया हो।' उनकी हँसी से मेरी रोने की तबीयत हुई। मैं जानती थी वह सिर्फ़ मेरे लिए आई है और मैं दरवाज़े की ओर तेज़ी से बढ़ी। जैसे ही वह ज़्यादा क़रीब आई उसको घेरे हुए औरतें पीछे हो गईं।

काली की आँखें मेरी ही तरह बेजान थीं।

उसने मेरे चेहरे को देखा और बेसबब हँस दी। वह हँसी जो पहले किसी छोटी-मोटी बात पर और अथाह गहराइयों से फूट पड़ती थी, उसकी जगह एक ऐसे अहसास ने ले ली जिससे मैं वाक़िफ़ न थी। अगर उसका शौहर नामर्द था तो वह इतनी ख़ौफ़ज़दा क्यों लग रही थी ? उसकी ख़ामोशी इतनी ज़ोर से चीख़ रही थी कि उसने मेरी ज़िन्दगी के सारे ख़ालीपन को भर दिया था। वह सूखी-सड़ी और पतली थी। उसके बाल बिखरे थे और उसकी चमड़ी सूखी और खुरदुरी थी। वह लँगड़ा रही थी। उसके पैरों में कँपकँपी थी। वह झुकी जा रही थी गोया उसको ज़मीनी ताक़त खींच रही हो।

हर दिन वह दोपहर को आती और दिन ढले चली जाती।

हर रोज़ उसकी आँखें नीची और नीची झुकती जातीं कि उसने उन्हें उठाना ही बन्द कर दिया।

नौकरानियाँ उसका मज़ाक उड़ाने से बाज़ न आती। काली पर इसका कोई असर न होता। वे अपने कूल्हों पर हाथ रखे और पैरों को फैलाए एक साथ मिलकर उसे चिढ़ातीं, 'तो तुम्हारे बिस्तर में कौन है आजकल ?' उनमें से एक बोल पड़ी, 'अल्लाह का शुक्र है कि मेरा मियाँ तो आजकल जेल में है।' और दूसरी अपने-अपने

मियाँ को लेकर फ़िक्र जताने लगीं।

मुझे लगा कि उसकी समस्या का सबको पता था। पर यह समस्या मुझ तक कभी नहीं पहुँची। मैंने हर जगह हर बात को सुनने की कोशिश की लेकिन काली का राज़फ़ाश नहीं होता। मैं सिर्फ़ इतना जानती थी कि बचपन में जब से काली का ससुर यतीम हुआ था, मक़बरे की क़ब्रों की सफ़ाई करता आ रहा था। मेरे शौहर के साथ उसकी नज़दीकी की वजह सिर्फ़ यह थी।

मैंने बहुत कोशिश करके देख लिया, काली ने मेरे अनकहे सवालों का जवाब नहीं दिया। मेरी आँखें पूछतीं कि तुम्हें क्या हुआ है, तुम्हारी ज़िन्दगी को क्या हो गया है। वह चुप रहती।

एक दिन जब वह आई उसकी एक आँख काली पड़ी थी, दूसरे दिन उसकी दोनों आँखों ऐसी ही थीं। पूरे दिन मैं जासूसों से बचती और इशारे से पूछती रही, 'यह किसने किया ?' हर बार वह अपना सिर मोड़ देती। इस उम्मीद में कि वह कुछ बोले, चील की नज़रों के सामने मैंने उसे हिम्मत से देखा, लेकिन काली ने अपना चेहरा गन्दे कपड़ों के ढेर से ढँक लिया और चली गई।

मैंने अपनी रूह को उसके भीतर बसाने की कोशिश की थी, लेकिन अब काली की रूह भी मेरी तरह ही मुरझा रही थी।

एक दिन दोपहर को चील और उन तमाम नज़रों की फ़िक्र नहीं करते हुए मैं काली के पास पहुँची जो पेड़ के नीचे गुड़ी-मुड़ी-सी बैठी थी। मैंने दबी ज़ुबान से पूछा, 'अपना मसला बताओ मुझे। मैं पीर साईं से तुम्हारी मदद करने को कहूँगी।'

उसका नाम आते ही काली जम गई।

और मैं भी।

औरों की निगाहों ने हमें जलती भट्ठी में झोंक दिया था।

चील संदेह के साथ घूर रही थी।

काली उठकर चली गई।

बेहाशी को चीर मैं वापस आई और दूसरी दिशा में चल दी।

इसके बाद तो औरतों ने काली की ज़िन्दगी को और भी हराम कर दिया। उनकी फ़ब्तियाँ ज़्यादा कड़वी और इल्ज़ामात सख़्त हो गए। उन्होंने उसको काली कुतिया के नाम से बुलाना शुरू कर दिया।

मैं सोच रही थी कि क्या अम्मा साईं को मालूम था कि मैंने काली से बात की थी। क्या चील उन्हें बता देगी ? अम्मा साईं मुझे पहले ही आगाह कर चुकी थीं, 'उस कमीनी से तुम्हें कोई ताल्लुक नहीं होना चाहिए। तुम्हारा शौहर इसे दरगुज़र नहीं करेगा।'

लेकिन कुछ नहीं हुआ और इसलिए दूसरे दिन जब काली की निगाहें आसमान के पार कहीं टिकी थीं, मैं फिर उधर खिंच गई और वादा किया, 'मैं अपने शौहर

को कुछ नहीं बताऊँगी। मेहरबानी करके मुझे जल्दी से अपना मसला बता दो।'

उसके थोड़े से अल्फ़ाज़ ने मेरे सीने के हज़ारों टुकड़े करके बिखेर दिये।

मैंने उसे अपनी बाँहों में समेट लिया और सीने से लगा लिया। मेरी छाती पर जहाँ उसका सिर रखा था, वहाँ मेरी कमीज़ भीग गई थी। काली का नरक मुझसे भी कहीं भयावह था। औरतें हर ओर से घूरने लगीं। चील हम पर टूट पड़ने ही वाली थी कि हम लोग जल्दी से जुदा होकर अपने-अपने काम में लग गए।

रात आई, सुबह आई। हर दिन दूसरे को बुहारता रहा। कई दिन गुज़र गए। मैं अगले ख़ूनख़राबे को लेकर काँपती रही। क्या किसी ने उसको बताया नहीं ? या बताया है ? इस फ़िक्र में मेरी कँपकँपी छूटती रही। ऐसा कैसे हो सकता है कि उसे काली के बारे में पता ही न हो जबकि उसे सब कुछ पता रहता है। वह कुछ कह क्यों नहीं रहा है, कर क्यों नहीं रहा है ?

ऐसा मुमकिन नहीं था कि चील ने कुछ न कहा हो।

इस ख़ौफ़ और काली की कहानी से मेरी आँखें जलती रहीं। मेरी बग़ल में वह दैत्य खुर्राटे भरता रहा और मैं लगातार जागती रही।

काली फिर ग़ायब हो गई।

उन्होंने कहा कि वह बीमार है, और उसके बच्चा ठहर गया है। वे जानना चाहती थीं, 'किसका बच्चा है वह ? फ़रिश्ते का तो हो नहीं सकता। फ़रिश्ते उतने नीच नहीं।'

वे ताने कसतीं और हँसतीं और ठिठोली करतीं। मैं अन्दर-अन्दर जलती।

मैंने माँ को याद कर फिर रोना शुरू कर दिया।

उसे अभी तक ख़त नहीं लिखा है, या कि लिखा है ? काली की कहानी से मैं इतना डर गई थी कि मैं माँ से राहत पाने को बेताब हो उठी।

उसने मुझसे ख़ुद ही कहा, 'मैं तुम्हारी माँ के पास ख़बर भेज दूँगा।'

उसने क्या अम्मा साईं ने कहा था याकि उसने मेरा दिमाग़ पढ़ लिया था। मैं सोच रही थी। कई हफ़्ते बीत गए। माँ की कोई ख़बर नहीं आई। मैंने हिम्मत बटोरी। सोचा कि शायद वह भूल गया हो और मैंने उसे याद दिलाया।

'मैं उसको ख़बर भेज दूँगा' उसने दुहराया।

एक और महीना निकल गया।

कुछ हो क्यों नहीं रहा है ? मैं उससे फिर पूछूँ या नहीं ? पहली बार ही यह बहुत मुश्किल लग रहा था, हर बार और मुश्किल होता जाता था यह।

उसका तौर-तरीक़ा सतानेवाला था।

वह मेरा दम घोंट रहा था।

इस ख़याल से मेरी साँस घुटने लगी कि मैं पूछ तक नहीं सकती थी। मैंने हिम्मत जुटाई और दुबारा पूछा। उसने जवाब दिया, 'मैं ख़बर भेज दूँगा,' और यह

साफ़ हो गया कि वह मेरे साथ खेल रहा है। उसने मुझे राहत दी और फिर पागल बना दिया।

काली की यातना का दर्द और माँ की घुलानेवाली ग़ैरमौजूदगी से मेरे दिल का ज़ख़्म नासूर बन गया।

हर रोज़ जब मैं अपनी अलमारी खोलती, ढेर के ढेर कपड़े देखकर मुझे नफ़रत होने लगती। लेकिन उनको पहनना ज़रूरी था। यह हुक्म था। वे कपड़े पूरे दिन मुझे याद दिलाकर चिढ़ाते रहते कि उनके लिए मेरी माँ ने मुझे बेच दिया है, और उनसे मुझे काली की और भी याद आती। मेरी ख़्वाहिश थी कि वह उसके पास हो।

4

दोज़ख़

गली के जो कुत्ते हमारे मक़बरे के बाहर रहते वे दिन भर अपनी ज़बान लटकाए खाने की ताक में घूमते रहते। गलियों में अँटे पड़े भिखारियों की तरह वे उन्हीं की तरह सोते और उन्हीं की तरह उनसे नफ़रत की जाती और बार-बार उनको ठोकरें मारी जातीं और ठोकरें खाकर वे उठ पड़ते और दुबारा सो जाते।

बेघर लोगों को गली के कुत्तों की तरह ही ठोकरें मार मक़बरे से बाहर किया जाता।

थोड़ी-बहुत देर के लिए हट जाने के बाद वे चुपचाप वहीं पर आ जाते और अपनी-अपनी जगहों पर जम जाते। अफ़ीम, हशीश या हिरोइन के नशे में डूबे हुए वे मक़बरे के लम्बे-चौड़े अहाते में या इसके चारों ओर बैठे रहते, खाते-पीते और वहीं सो जाते। और जो कोई मक़बरे के ख़ास दरवाज़े से निकलता या घुसता उससे भीख माँगते।

पीर साईं की कुतिया ने एक पिल्ला जना था लेकिन वह अपनी नस्ल के दीगर कुत्तों से अलग थी जैसे कि उसका मालिक अपनी नस्ल के लोगों से। वह उसकी औलाद थी जिसे उसने अपने बच्चे की तरह पाला था और जानवर की नस्ल को वैसे ही बनाए रखता जैसे अपनी औलाद की नस्ल को।

चूँकि बहुत-सी चीज़ों ने जलानेवाली गर्मी को तो झेल लिया था लेकिन सर्दियाँ बर्दाश्त नहीं कर सकीं और मर गई थीं, इसलिए मेरे शौहर ने नए पिल्लों को स्टोर के पीछे के एक गर्म कमरे में रख दिया। हर शाम को अपने कमरे में जाने से पहले वह हर पिल्ले की जाँच करता। वह उनको पकड़ता और गले लगाकर प्यार तक करता था। खिड़की के पीछे से बत्तियाँ बुझाकर और पर्दा उठाकर मैं उसकी ओर झाँकती और सोचती कि वह मेरे मुआमले में नर्म क्यों नहीं पड़ता या मेरी ग़लतियों को अनदेखा क्यों नहीं करता। इस बात को लेकर में परेशान थी कि जानवर के तईं यह लगाव और मेरे लिए महज़ नफ़रत कहाँ से पैदा होती है ?

मेरे शौहर को पालने-पोसनेवाली दाई अब बहुत बूढ़ी हो चुकी थी। वह अब कुछ नहीं कर सकती थी। वक़्त की कोई कमी नहीं थी। उस फ़ालतू वक़्त में वह कुनबे के वे किस्से सुनाने लगी जिनमें कोई 'ख़तरा' नहीं था। चूँकि चील कहीं न

कहीं से हमेशा निगरानी रखती थी, मैंने दाई से पूछा, 'क्या वह तुम्हारी शिकायत नहीं करेगी।'

दाई को उसकी फ़िक्र नहीं थी, 'ख़बर करने के लिए उसके पास और बहुत कुछ है। और मैं अब किसी मतलब की भी नहीं हूँ। मेरे क़िस्सों की कोई परवाह नहीं करता। और मालिक तो क़तई नहीं।'

वह मेरे सूजे हुए पाँवों पर तेल मलती और मेरी पीठ को दबाती हुई जो पेट में पलते हुए बच्चे के बढ़ते वज़न से दर्द करती थी, उन क़िस्सों को मेरे कानों में ही सुनाने की हिम्मत कर पाती थी।

'जब पीर साईं बच्चा था वह आवारा कुत्तों को प्यार करता था,' उसने फुसफुसाते हुए कहा, 'लेकिन कुत्ते गन्दे होते हैं इसलिए उसे उनके साथ खेलने नहीं दिया जाता। उसके वालिद, आठवें पीर साईं को लगता कि जब तक उनका वारिस बचपने के इस शौक़ को छोड़ नहीं देता, वह उनके काम में उनका मददगार बनने के क़ाबिल नहीं।'

कुछ दूर हटकर चारों ओर नज़र डालते हुए दाई फिर मेरे कानों पर लौट आई, 'इस उम्मीद पर कि वह अपने वालिद की उम्मीदों के मुताबिक़ बड़ा हो, अम्मा साईं ने बच्चे को बेदर्दी से पीटा। लेकिन लड़का था कि कुत्तों के साथ खेलने से बाज़ नहीं आता। तब बाप ने उसको सबक़ सिखाने की ठानी।'

दाई इसके आगे कुछ भी बताने को रज़ामन्द नहीं हुई। कई दिनों तक की मेरी आरज़ू-मिन्नत के बाद ही वह कहानी को पूरी करने की हिम्मत जुटा पाई।

एक दिन वह चील की ढँकी हुई आँखों से मुझे एक ओर ले गई और कहा, 'तीन दिन और तीन रातों के लिए बच्चे को आवारा कुत्तों के साथ एक घुटनभरे अँधेरे कमरे में बन्द कर दिया गया।'

सदमे से मेरा मुँह खुला का खुला रह गया।

मेरी आँखें खुल गईं। जिन जड़ों से पेड़ बढ़ा हुआ था वे उस ख़ौफ़ को उजागर करती थीं जिसने हमारे घर को जकड़ रखा था।

मेरे शौहर के हाथ में सारी ताक़त आ जाने के बावजूद अपने बाप की लगाई गई पाबंदी को तोड़ने में उसे सालों लग गए थे। इसके बाद इन जानवरों के मुआमले में वह हमेशा ही ग़ैरमामूली लगाव दिखाता और इस बातचीत में गहरी दिलचस्पी से शिरकत करता कि किस नस्ल के कुत्ते को किस कुतिया के साथ मिलाना चाहिए।

सैकड़ों चीज़ों से अपने दिमाग़ को अलग रखने के लिए मैंने माँ के बारे में सोचा कि पिछले आठ महीनों से न तो ख़त लिख रही थी और न आ ही रही थी। अपने आपको ख़यालात से दूर रखने के लिए मैं जब कभी मुमकिन होता दाई का पीछा करती रहती। हम दोनों के बीच कभी न ख़त्म होनेवाले जल्दी-जल्दी में पूछे और बताए गए सवालों और जवाबों का सिलसिला चलता रहता : वह बेतरतीब

ढंग से पुराने क़िस्सों में नए जोड़ती रहती थी।

हमारी हवेली में नौकरानियों के बीच चलते रहते गप्पों के दौर में जो कुछ बातें मेरे कानों में पड़तीं, मुझे उनके बजाए दूसरे जागीरी ख़ुदाओं के क़िस्से ज़्यादा अच्छे लगते।

दाई उन क़िस्सों को याद करती, जबकि मैं हलुवे के लिए गेहूँ की भूसी सुखाए जाने की देख-रेख करती रहती।

एक दिन अंग्रेज़ हुक्मरान ख़ानदानी पीर के यहाँ आए जिसके पास ग़ैबी ताक़त थी। कड़ा पहरा था। हथियारबन्द सिपाही क़िले की छत पर छह-छह फुट की दूरी पर तैनात थे। उसे कुछ देने से पहले फ़िरंगी, पीर की ताक़त देखना चाहते थे। ताक़त दिखाने के लिए पीर ने दीवार पर खड़े एक आदमी की तरफ़ देखा, हाथ से इशारा किया। सिपाही ने हुक्म माना और वहाँ से कूदकर मर गया। फ़िरंगियों के साए से पीर की ताक़त और बढ़ गई; इतनी कि सौ साल गुज़र जाने के बाद भी लोग उनके वारीसों के महज़ एक इशारे पर मरने को कूद जाते हैं।

एक दूसरे पीर के क़िस्से से मैं काँप गई। वह बाँझ औरतों को बच्चे देता लेकिन उन्हें अपने मक़बरे के निज़ाम में शामिल करने को उन औरतों से वापस ले लेता था। पैदा होने के वक़्त बच्चे के सिर को लोहे के एक पिंजड़े में फँसा दिया जाता। इससे उसका सारा जिस्म बढ़ता था सिवाय सिर के। बड़े होने पर चूँकि वे चूहे से लगते, इसलिए उनको चूहा कहा जाता और उनसे भीख मँगवाई जाती; बदशक्ल भिखारियों की एक पूरी फ़ौज खड़ी कर दी गई थी।

इन कहानी-क़िस्सों से यह साफ़ हो गया कि मैं अकेली नहीं थी। हमारी तरह बहुत से और भी थे। ऐसे ही मक़बरे के एक व्यक्ति के तौर पर मैं सोचती उन औरतों पर क्या बीत रही होगी ? बेशक्ल और बेनाम वे भी मेरी तरह ही फँसी होंगी।

पीर साईं फँसे हुए लोगों पर राज करता। वह किसी से कुछ भी माँग सकता और ले सकता था। ग़रीब और मज़लूम उसको अल्लाहताला और अपने बीच की सीधी कड़ी मानते थे। उनका विश्वास था कि उसकी दख़लन्दाज़ी से उनका वह नसीब भी बदल सकता है जो अल्लाह ने उनके लिए तय कर रखा था।

इस वजह से वे उसकी इबादत करते थे।

अम्मा साईं ने मुझसे कहा था, 'हम पैग़म्बर के सीधे वारिस हैं। मक़बरे की ताक़त चौदह सौ साल पुरानी है। इसको चुनौती नहीं दी जा सकती।'

मुफ़्त में बँटनेवाला खाने का लंगर ग़रीबों को मक़बरे से मज़बूती से जोड़े और खींचे रखता। दिनों, हफ़्तों और महीनों तक अपने थोड़े-बहुत राशन के साथ वे कभी पैदल और कभी-कभी बैलगाड़ियों या गधागाड़ियों पर सफ़र करते। अगर कहीं पीर साईं नज़र आ जाता वे दौड़कर उसके पैरों पर पड़ जाते और बोसा लेते

जब तक कि ख़लीफ़ा उनको ज़बरदस्ती हटा नहीं देते।

उससे वे अपने दुश्मनों को कमज़ोर करने या ज़ालिमों को अपने अल्फ़ाज़ की ताक़त से दबाने के लिए आरज़ू-मिन्नत करते; वे रोज़गार, सेहत, शादी और हर इन्सानी ज़रूरत के लिए चिरौरी करते जो वे खुद पूरा नहीं कर सकते थे।

अपने बीमार बच्चों के बेजान से जिस्मों को सेहतमन्द बनाने के लिए वे पीर साईं से उस पानी की भीख माँगते जिसका इस्तेमाल वह उनको ठीक करने के लिए करता था। वे उन हड्डियों को झपटने के लिए टूट पड़ते वह जिनका गोश्त चबाकर हलक़ से उतार चुका होता, जिससे कि वे उन हड्डियों को पीसकर उनका पाक...चूरन बना सकें। जिस पर वह चला होता वे उस मिट्टी को इकट्ठा करते और बलाओं से महफ़ूज़ रहने के लिए उसे अपने दरवाज़ों की सीढ़ियों पर छिड़कते।

वे उसके थूक तक का इस्तेमाल कर लेते।

मेरा शौहर जज़्बात का कभी इज़हार नहीं करता लेकिन कोई यह नहीं सोचता कि वह जज़्बात से महरूम भी हो सकता है। आम लोगों से वह जो दूरी बनाए रखता, उसको खुदाई माना जाता था। कोई तसव्वुर भी नहीं कर सकता था कि यह एक मुखौटा है। उसकी मौज़ूदगी इतनी चमत्कारपूर्ण थी कि जो कोई भी उसकी आँखों में देखने की जुरअत करता, वह उनकी अजीब चमक से गद्‌गद् हो जाता था। उसको खुदाई रोशनी माना जाता था।

सामने लाई जानेवाली किसी भी बुरी बात या ख़्वाहिश के लिए तैयार होकर वह चारपाई पर बैठता जिसकी बग़ल में एक मेज़ पड़ी होती। बाँस के अपने क़लम को वह ज़ाफ़रान की स्याही में डुबाता काग़ज़ के छोटे-छोटे टुकड़ों पर लिखता रहता। उनकी पुड़िया बनाकर वह उनमें दम[1] करता और ज़रूरतमन्दों को हिदायत देता, 'काग़ज़ को पानी में डुबाओ और उसे अपने दुश्मन को पिला दो। वह तुम्हारा दोस्त बन जाएगा।' वह आदमी मालिक के पैरों का बोसा लेता, अपनी पेशानी को बार-बार छूता और पीछे चलता हुआ उसकी मौज़ूदगी से बाहर हो जाता। चीनी पर फूँक मारते हुए पीर साईं हिदायत देता, 'इसे रात को अपने मालिक की चाय में मिला दे, वह सुबह तुमको तरक़्क़ी दे देगा।'

मेरे शौहर की जिन दुआओं का असर नहीं होता उनकी सफ़ाई में कहा जाता, 'हालिया नामंज़ूरी में कुछ दुआ छुपी हुई है। देर फ़ायदेमन्द है।' कभी-कभी इस देर का कभी ख़ात्मा न होता। उस पर मेरा शौहर कहता, 'अल्लाह नाराज़ है। इसमें कोई शुबहा नहीं।' फिर खुदा को मनाने के लिए एक लम्बा और महँगा अमल बताया जाता। अगर फिर भी कुछ फ़ायदा नहीं होता पीर साईं कहता, 'अल्लाह तुम्हारे सब्र का इम्तहान ले रहा है। तुमको दूसरी दुनिया में इनाम मिलेगा।' किसी भी वजह से अगर वह किसी से ख़फ़ा होता, वो इन्सान तब तक उसके दरवाज़े पर खड़ा रहता

1. आयतें पढ़कर फूँकना

जब तक कि उसे माफ़ नहीं कर दिया जाता। कहा जाता था कि जो लोग उसे ख़ुश नहीं करते वे अल्लाह के क़हर से जल्द ही तबाह हो जाते हैं।

बाअसर और पैसेवाले लोग तक उसके पैरों पर आम लोगों की तरह बैठे रहते। श्रद्धा से उसके पैर दबाते और उससे कामयाब सौदे, लाइसेंस और मंज़ूरियाँ दिलाने के लिए आरज़ू-मिन्नत करते। वे उसे लगातार मुआमले की जानकारी देते रहते और उसे अपने केस को एक दिन के लिए भी नज़रअन्दाज़ नहीं करने देते। जब उनको मनचाहा हासिल हो जाता, वे उसके लिए महँगे तोहफ़े और नोटों से भरे सूटकेस लाते।

चुनाव जीतने और वज़ीर या वज़ीरे-आजम बनने के लिए बहुत सारे आरज़ूमन्द सियासी लोग भी उसकी मदद लेने आते। उसका असर उसके इलाके तक ही सीमित नहीं था। पीर साईं के मुरीद दूर-दराज़ के इलाक़ों तक में फैले थे और उसकी ज़ियारत को वे आसमानी बुलावा मानते। मुल्क भर में बिखरे उसके मुरीद उसकी हिदायत के मुताबिक़ ही वोट देते। इससे उसे केंद्र में एक मुस्तक़िल ताक़त हासिल हो गई थी। दाई ने मुझे बताया था, 'सारा मुल्क पीरों के बीच बँटा है। वे एक-दूसरे के उम्मीदवार को मज़बूत करने और उसकी हिमायत करने में एक-दूसरे की मदद करते हैं।'

यह बात मेरे सामने साफ़ थी। जब कोई पड़ोसी पीर हमारे इलाक़े में अपने मुरीदों से मिलने आने की ख़्वाहिश का ऐलान करता, हवेली के सामने पड़े मैदान में शामियाने गाड़ दिए जाते। मुर्ग़े गायब हो जाते गोया पैदा ही न हुए हों। हर दरबा ख़ाली हो जाता, हर खेत को छान मारा जाता। हमारे आँगन तक में औरतें दो पैरों से दौड़ रहे इस परिन्दे पर झपट्टा मारतीं जो बूढ़ा होने की वजह से मुझे पालतू चिड़िया के अलावा और किसी मतलब का नहीं नज़र आता था। अल्लाहो अकबर की ज़ोरदार आवाज़ के साथ हर चिड़िया का गला काटा जाता। दर्जनों मेमनों को क़ुर्बानी के लिए पेश किया जाता, गायों की खाल उतारकर ग़रीबों में बाँट दी जाती। हवा में गोश्त की बू भरी रहती। थालों में बादाम और किशमिशों के साथ पकाए गए जाफ़रानी चावल के ढेर लगे रहते।

अपने मुअज्ज़िज़ मेहमानों के आने के वक़्त से कुछ पहले, अपने कन्धे पर अल्लाह के निन्नानवे नाम से कढ़ी चादर डालता और अपने काले साफे के साथ किसी शहंशाह की तरह अपनी ताजपोशी करता। ऐसा लगता कि एक ख़ुदा दूसरे की अगवानी करने आ रहा है।

लोगों के झुंड-के-झुंड मक़बरे की ओर बढ़े।

पीर साईं के ख़ुदाई मेहमान की आव-भगत करने के लिए गाँव का हर आदमी अपनी बारी का इन्तज़ार करता। एक दूसरे पाक इन्सान के कदम चूमने के लिए हर औरत हवेली के निढाल कर देनेवाले ढर्रे से वक़्त निकाल लेती। जब अच्छी तरह

से इबादत हो चुकती आनेवाला पीर पूरी तरह से तृप्त होने तक दावत उड़ाता और चारपाई पर लेटकर अपने भयभीत मुरीदों की तकलीफ़ें सुनता।

अपनी लगातार बढ़ती जा रही ग़रीबी से राहत पाने के लिए वे न सिर्फ़ उससे दुआओं की बल्कि तावीज़ों की भी ख़्वाहिश करते। वे मेरे शौहर की दख़लन्दाज़ी की गुहार करते कि पीर उनके मस्ले हल कर दे। किसी की गाय खो गई वो मिलनी चाहिए। एक टन गेहूँ लौटाया नहीं गया है। दुल्हन के साथ दहेज़ देने का वादा पूरा नहीं हुआ है। कोई लड़की ग़ायब हो गई है। किसी दूसरी की इज़्ज़ लुटी है। हर मसला फ़ौरन हल कर दिया जाता था। अन्त में, ख़ास-ख़ास तोहफ़ों और पैसे से भरे बैगों के साथ अपने पीछे धूल के बादल उड़ाता हुआ पड़ोसी पीर गाड़ी से चला जाता।

पीर साईं सभी पीरों की इज़्ज़त करता और वे सभी उसकी। कोई किसी को धमकाता नहीं और किसी को ख़तरा भी नहीं था। हर कोई दूसरे को उसी व्यवस्था का स्तंभ मानते थे। हर किसी को यह साफ़तौर पर मालूम था कि उसकी सलामती और ताक़त एक-दूसरे की इज़्ज़त और बढ़ाई करने से ही बनी रह सकती है।

तीतर और जंगली सुअर के शिकार के मौक़े पर बड़े-बड़े सियासतदाँ मेहमान होते; उनके इसरार पर इनका बन्दोबस्त पीर साईं कराता था। और मुर्ग़े एक बार फिर ग़ायब हो जाते। गोश्त की बू हवा में फिर फैल जाती। हर चीज़ पेटों में उतर जाती। बन्दूक़ों से भरी जीपों में बैठकर लोग उन जानवरों को मारने निकल पड़ते जो अब भी खेतों में भाग रहे या आसमान में उड़ रहे होते।

बहुत से लोग उसके सहारे ज़िन्दा थे। वह बहुतों के सहारे।

जिस दौलत से हम मौज करते वह हमें अल्लाह के नाम पर मिलती थी। कोई इसको हमें निजी इस्तेमाल के लिए देने की जुरअत नहीं करता। जो कुछ भी किसानों और मज़दूरों की मेहनत और उनके पसीने से पैदा होता, उस हर चीज़ पर मक़बरे और गद्दीनशीन का दावा होता। अपनी फ़सल को घर ले जाने से पहले ग़रीब हमारे हिस्सों के आख़िरी दाने तक नापते और गिनते थे। गाय-भैंसों और मुर्ग़ों के बारे में भी यही लागू होता था। यहाँ पर भी हमारा सालाना बँधा था। इसके अलावा हमारे ज़ख़ीरों में हर वो चीज़ भरपूर मिक़दार में मौजूद थी जो सोची जा सकती। हर कोई अगर एक किलो घी भी लाता तो इफ़रात हो जाती। यह हाल कपड़ों, क्रोकरी, कटलरी या बिजली के सामान का भी था जिनको ये साज़ो-सामान बनानेवाले या एजेंट दे जाया करते। किसी ने उसे एक लेंडक्रूज़र दे दिया, तो किसी और ने एक लेंसर, और एक दूसरे ने उसे तीन पेजोरा जीपें तोहफ़े के तौर पर दे दीं। जो तंगहाल थे वे यथासामर्थ्य लोहे के सिक्के उस एक बक्से में डाल देते जो मक़बरे के फ़र्श में जमाया हुआ था। और जिनके पास कुछ नहीं होता, वे उसको ख़ुश करने के लिए ख़ुद को बेच सकते थे।

मुझे एहसास हुआ कि मेरी सोने की पाज़ेब उन लोगों की मेहनत से आई है जिनको मैंने कभी नहीं देखा। ज़री के काम के जो कपड़े मैं पहनती थी वे शायद नंगे पाँव वाले, चिथड़ों में लिपटे बच्चों के जिस्मों से छीने गए थे, ताकि मेरा ख़ुदा उसके ख़ुदा से इन बच्चों को कपड़े देने को कहे।

पीर साईं के पास क्या कोई आसमानी, क़ुदरत से ऊपर ताक़त थी या जाहिल लोगों का भरोसा था उसके ऊपर।

हवेली के भीतर की उसकी ज़िन्दगी के बाबत क्या बाहर सचमुच ही कुछ जानकारी नहीं थी ?

क्या मैं महज़ उस आदमी को जानती थी जो मेरे बिस्तर में होता था।

सवाल मेरे ज़हन में कौंधते और जवाब दिए बग़ैर ग़ायब हो जाते। लेकिन एक दिन जब मैं रूखे काले बालों के नीचे पिस रही थी, मुझे कम-से-कम एक सवाल का तो जवाब मिल ही गया।

मेरे शौहर की शख़्सियत उसके कपड़ों के उतरते ही ज़मीन पर आ जाती थी।

सचाई कपड़े के एक टुकड़े के पीछे छिपी थी।

जैसा पैदा हुआ था उसी तरह नंगा होकर वह मेरे ऊपर लेटा था कि उसकी बदी खुलकर सामने आ गई।

यह वह था !

कभी न रुकनेवाले, कभी न कम होनेवाले दर्द की धड़कनों के दौरान अचानक हुए इस सर्द एहसास ने मुझे लपेट लिया।

औरतें हमको अपनी कहानियाँ सुनाने और अम्मा साईं से दुआ लेने आती थीं जो हर दिन का एक हिस्सा बाग़ी पेड़ के नीचे बैठकर गुज़ारतीं। हुक्म के मुताबिक़ मैं उनकी बग़ल में बैठती, लेकिन मुझे तावीज़ देने की इजाज़त नहीं थी। इसका हक़ केवल उनको था जो पाक ख़ानदान के सीधे वारिस थे। हर दिन अम्मा साईं काग़ज़ के टुकड़ों पर जाफ़रान के पानी से कुछ ऐसे अल्फ़ाज़ लिखती थीं जिनको पढ़ा नहीं जा सकता। मैं ताज़्ज़ुब करती कि अल्लाह का ध्यान क्या इन टेढ़ी-मेढ़ी लकीरों से खींचना वाक़ई मुमकिन है। बेअसर दुआओं को भुला दिया जाता और जिनका असर होता उनको करिश्मा कह दिया जाता। हुजूम कभी कम नहीं होता।

औरतें अपने ख़ाली पेटों के लिए रोतीं, अपनी बाँझ कोख के लिए और अपने भूखे बच्चों के लिए आँसू बहातीं। तरीक़े अलग-अलग थे, वजहें यही थीं।

'जिस आदमी से मैं मुहब्बत करती हूँ वह मुझसे शादी नहीं करता', या 'मैं जिसको चाहती हूँ वह किसी और पर आशिक़ है,' या कि, 'शादी के पहले वह मुझसे प्यार करता था, अब वह मुझे हर रोज़ मारता है।' बूढ़ी औरतें रोतीं कि अपनी बीवियों के कहने पर बेटों ने उन्हें घर से बाहर निकाल दिया है। नौजवान औरतें रो रही थीं कि अपनी माँ के बहकावे में आकर उनके शौहरों ने उन्हें घर से लात मारकर

बाहर कर दिया है।

काला जादू इतना आम था कि हर औरत अपनी मुसीबतों को उसी के ज़िम्मे मढ़ देती। दिल के दौरे, मिर्गी और कैंसर जैसी बीमारियों का दारोमदार सुइयों से चुभी हुई कपड़े की गुड़ियों पर डाल दिया जाता। उनके घरों की दीवारों में गाढ़ी गई कीलों से उनकी रोज़ी-रोटी चली जाती। मीठे गोश्त में भरे माहवारी के ख़ून से उनको अपने शौहर से हाथ धोना पड़ता। दरवाज़ों पर अगर साही के काँटे बिखरे होते, उनका शौहर उनकी इतनी पिटाई करता कि वे अस्पताल में पहुँच जातीं। उनके बच्चों के बिस्तरों के नीचे मरे हुए मुर्गे के सिर मिलने पर उनके बच्चे मर जाते।

बुरी बला से निजात पाने के लिए अम्मा साईं उनको जो तरीक़े बतातीं, उस पर वे अपनी औक़ात से कहीं ज़्यादा ख़र्च करतीं। मेरी ख़्वाहिश होती कि मैं उनको रोकूँ, पर हिम्मत नहीं बटोर पाती। मैंने यह भी ग़ौर किया कि वे सारी औरतें एक-सी लगतीं और मैं उन सब जैसी।

पीर साईं की बादशाहत में जब मैंने एक बाग़ी के बारे में सुना, मुझे हैरत हुई। नौकरानियाँ एक-दूसरे पर तारा होने का ताना कसती थीं—टूटता हुआ तारा ! 'क्या अपने आपको तुम तारा समझती हो ?' कोई एक ताना मारती। 'अगर मैं तारा होती, तुम्हारा कलेजा निकालकर कुत्तों को खिला देती,' दूसरी जवाब देती। हर कोई तारा बनना चाहती थी, पर किसी की हिम्मत नहीं पड़ती।

उसकी कहानी मुझे दाई ने सुनाई।

'बचपन में तारा पूरी तरह से गूँगी थी, पर बड़ी होने पर वह एक ख़ूबसूरत औरत बन गई। चिकने संगमरमर की तरह के उसके पीले से जिस्म में साँप की तरह हड्डी तो थी ही नहीं। जब वह चलती, लोग भेड़ों के झुंड की तरह उसका पीछा करते। वह जिस ओर मुड़ती, लोग चुपके से उसके पीछे लग जाते और जहाँ कहीं वह रुकती लोग जमा हो जाते। वह सबकी जानिब आँखें मटकाती, लेकिन उनमें से किसी की हिम्मत उसे पकड़ने की नहीं होती।'

मेरी जिज्ञासा बढ़ने लगी। अल्लाह का शुक्र कि उसने बात जारी रखी, 'तारा की मुलाक़ात एक छोटे-से ज़मींदार से हुई। इश्क़ परवान चढ़ा। हैरतअंगेज़ बात तो यह थी कि वह बोलने लगी थी। उसकी कोख भर गई। लेकिन उसके मंगेतर की शादी तय हो चुकी थी, वह तारा से शादी नहीं कर सकता था। जहाँ कभी इतनी मुहब्बत थी वहाँ अब कोई इज़्ज़त नहीं थी। जिसे वह जानती उस हर आदमी से तारा ने मुहन की कि उससे उसकी हिमायत करे। 'उससे कहो कि वह मुझे अपनी दूसरी बीवी बना ले। उससे कहो कि वह उसकी बीवी की ख़िदमत करेगी, उसकी गुलाम बनकर रहेगी। उससे कहो कि वह मेरी आँखों से ओझल नहीं हो। मैं उसके बग़ैर जी नहीं सकती।' वह जिस किसी को देखती उससे चिपट जाती, ज़ार-ज़ार रोती।

'लेकिन उसका प्रेमी शादी की मौज़मस्ती में डूबा था। उसने तारा को एक पुरानी कहानी की तरह झाड़कर एक ओर कर दिया,' मेरे नज़दीक खिसकते हुए दाई ने कहा। 'बेशर्मी के साथ उसने ठहाका लगाया और मुँहतोड़ जवाब दिया, 'अब किसी दूसरी औरत को दूसरे मर्द के साथ छोड़ देने का वक़्त है।' जब तारा ने यह सुना, वह इतना रोई कि उसके आँसुओं ने दिल में बसे प्यार को जलाकर राख कर दिया और उसकी आँखों में बदले की आग झड़क उठी। उसके अपने साझे पाप को गिरा दिया और उठ खड़ी हुई। गाँववालों ने अपने-अपने हाथ के काम छोड़ दिए और उस आदमी के घर तक तारा के पीछे-पीछे हो लिये।

'दरवाज़े पर उसने उसको ज़ोर से आवाज़ दी, दाई ने अपनी आवाज़ ऊँची की, 'सामने आ, ओ चूहे। मर्द की तरह आ। मेरा सामना कर जैसे तू मेरे बिस्तर में करता था' तारा चिल्लाई। दरवाज़े चरचराए। दूल्हा बाहर आया। हर किसी ने साँस रोक ली। उसको देखकर तारा के दिल की एक धड़कन रुक गई। वह ख़ुद दर्द का पुतला बन गई। वह दूसरी औरत का आदमी था। उसे डराकर भगाने के लिए उसके भाई घेरकर खड़े हो गए। लेकिन वह बेख़ौफ़ शेरनी, टाँगें फैलाए क़र्ज़ चुकाने को खड़ी थी। उसका एक हाथ उसके पुठ पर था और दूसरा उस पोटली को लपेटे था जो उसकी पतली कमर से बँधी हुई थी।

'उस कायर इन्सान को बचाने के लिए लोग उसके और नज़दीक आ गए। तारा के आसपास की भीड़ सैलाब-सी उमड़ने लगी। वह गरजी, 'अल्लाह तुमसे तुम्हारे कारनामों का जवाब चाहता है। उनके लिए मैं तुमको जिम्मेदार ठहराने आई हूँ।' ताकतवर इन्सान कमज़ोर था और एक कमज़ोर औरत ताक़तवर। गोया कि स्याह और सफ़ेद, और ग़लत और सही एक-दूसरे के मुक़ाबले खड़े हों। उसके प्रेमी ने लताड़ते हुए कहा, 'मैं शादीशुदा हूँ। फ़ैसला आसमान में हुआ था। मुझे छोड़ो और किसी दूसरे की तलाश कर लो। मुँह उसकी ओर मुड़ गए।' '

बात आगे बढ़ाने से पहले जिज्ञासा बढ़ाने के लिए दाई कुछ रुक गई। 'ग़ुस्से से उबलती हुई तारा अपनी कमर में बँधी पोटली आगे ले आई। उसका हाथ झटके से नीचे गया, ऊपर उठा, चारों ओर घूमा और बिजली की तरह कच्चा गोश्त हवा में उड़ गया। पिलपिला-सा लोथड़ा उसके आशिक़ के चेहरे पर जाकर फटा। सारे भाइयों पर छितर गया और नीचे बह गया। वे घिघिया पड़े, थूकने लगे और कच्चे गर्भ के चिपचिपे टुकड़ों को अपने चेहरे से पागलों की तरह झाड़ने लगे।

'मेरा हाथ मेरे मुँह पर पहुँच गया।

'तारा दहाड़ी, 'तुमने इस बच्चे को एक औरत की कोख में बनाया और भूल गए ? यह सिर्फ़ मेरा है महज़ इसलिए यह मेरे भीतर छुपा हुआ बढ़ता रहा ? जिस तरह इसको बनाने में हिस्सेदारी की थी वैसे ही अब इसमें भी हिस्सा बटाओ।' उसके प्रेमी के भाई ने अन्दर ले जाने के लिए उसकी बाँह खींची। 'इस पागल औरत से

काफ़ी बेइज़्ज़ती हो चुकी। अब चलना चाहिए' उसने हुक्म दिया। तारा आगे बढ़ी, 'बेइज़्ज़ती तुम्हारे भाई के बीज से पैदा हुई थी। उसने इसे मेरी कोख में पलने को छोड़ दिया था। जब मैं उसी की चीज़ उसे लौटा रही हूँ तो तुम बेइज़्ज़त क्यों महसूस करते हो ? हमारी बदनामी साथ-साथ फैलनी चाहिए। इस गाँव के बाशिन्दे हमारी कहानी यहाँ से गुज़रनेवाले हर शख़्स को सुनाएँगे, हमेशा-हमेशा। उसका गुनाह उसके साथ चिपकना चाहिए,' पीछे घूमने और एक लोकगाथा में तब्दील होने से पहले उसने कहा था।''

मैं बेहद प्रभावित हुई और मेरी ज़बरदस्त ख़्वाहिश थी उस औरत से मिलने की जो इन्साफ़ के तईं इतनी प्रतिबध्य थी। लेकिन दाई ने कहा, 'अम्मा साईं हम लोगों को उससे मिलने-जुलने नहीं देतीं। तारा को न तो मक़बरे जाने की इजाज़त है और न हवेली में घुसने की।'

काश काली मेरी तरह न होकर तारा जैसी होती !

मालिक के पास तक पहुँच चन्द ख़ास लोगों की थी। यह सभी जानते थे कि काली का ससुर उसकी सारी खुफ़िया बातों से वाक़िफ़ है। इलाक़े के बदनाम दहशतमन्द और अय्याश जागीरदार को पीर साईं बहुत चाहता था। जब कभी कोई नौजवान लड़की ग़ायब हो जाती, वाक़िए के साथ जागीरदार का नाम लाज़िमी तौर पर जुड़ जाता। जब तक कि मौत की धमकी पूरी कहानी को निगल न जाती।

हालाँकि कोई मेरे शौहर के शामिल होने की बात नहीं करता, लेकिन ऐसे हर वाक़िए की तह में मुझे कहीं न कहीं उसका हाथ महसूस होता। मैंने यह भी ग़ौर किया कि जो भी नई लड़की हवेली में काम करने आती वह जल्दी ही ग़ायब हो जाती। अगर मैं यह पूछती कि वह कहाँ गई, कोई जवाब नहीं देता। इस मुआमले में चील को भी कोई दिलचस्पी नहीं थी। उसकी ग़ैरहाज़िरी की रिपोर्ट वह मालिक़ से नहीं करती। ख़ौफ़ज़दा वह लड़की जब फिर दिखाई पड़ती, बिना कुछ कहे-सुने अपने काम में लग जाती।

'काली मर गई, काली मर गई,' पूरे दिन हवेली में ये आवाज़ गूँजती रही।

मैं अन्दर से मानो खोखली हो गई। पर मैं ऐसा दिखाती रही गोया इस बात से मुझे कोई मतलब नहीं। हर कोई कह रहा था कि उसकी मौत बच्चा जनने के दौरान हुई, मुझे दूसरी अफ़वाह पर ज़्यादा यक़ीन हो रहा था कि जिस वक़्त उसके दर्द हो रहे थे, उसने खुद को फाँसी लगा ली।

मरी हुई माँ हवा में अकड़ी हुई लटक रही थी जबकि बच्चा पैदा होने को जद्दोजहद कर रहा था।

वे लटके हुए मिले थे; एक रस्सी से टँगा था और दूसरा हमलनाल से।

मैं अंधेरे में डूब गई।

माँ ने अब भी ख़त नहीं लिखा था। वो ऐसी तो न थीं। गोकि मुझे अहसास

हो गया कि मुझे उससे जान-बूझकर अलग रखा जा रहा है, माँ से दिलासा पाने की चाहत ने मुझे इस क़दर अपनी गिरफ़्त में ले लिया कि मैं उससे फिर पूछ बैठी।

उस रात वह शैतान मेरी जानिब बढ़ रहा था। मैंने अपने आपको सिमेटा और बुदबुदा पड़ी, 'क्या माँ ने मेरे लिए ख़त लिखा था ?'

जैसे ही मैंने जुम्ला पूरा किया, वह वहीं का वहीं थम गया। मैंने एक फुफकार सुनी, 'तुमसे किसने कहा ?'

'किसी ने नहीं, साईं,' मैं बोल पड़ी। पर बहुत देर हो चुकी थी। जो मारकाट दिन में वह अपने लिबास में करता था यह उससे बहुत अलग थी जबकि वह जन्म लेनेवाले बच्चे की तरह नंगा था। यह एक दूसरे ही क़िस्म की यातना थी।

अपने ज़हन में मैंने सैकड़ों ख़त लिख डाले।

सबसे प्यारी माँ,

अपने ख़ानदान में पीर साईं को शामिल करके तुम कितनी ख़ुश थीं। याद है कि अपनी जाएनमाज़ पर बैठकर नमाज़ अदा करते हुए अल्लाह का शुक्रिया अदा करते हुए तुम कितना रोई थीं ? जब मैं तुम्हारे दरवाज़े से रुख़सत हुई थी तुम्हारे कन्धों से कितना बड़ा बोझ हट गया था। लेकिन मैं अपने साथ लगभग सब कुछ ले गई थी। मैं कुछ भी वापस नहीं दे सकती···

तुमने सज्दे में गिरकर अल्लाह से भीख माँगी थी कि वो आपको अपनी बेहिसाब रहमतों से कभी महरूम न करें !

तुम ऐसे ही और करिश्मों की ख़्वाहिश करती थीं।

माँ, अपनी दुआएँ वापस ले लो, माँ ! उनको वापस ले लो !

मुझे उन आसमानी-सी झिलमिलाती रोशनियों की याद आई।

जब वे बुझ गई थीं, तब अँधेरा इस क़ब्र-से पलंग जैसा ही गहरा था।

अपने ज़हन में ख़त लिखती, दिल ही दिल में बिसुरती पागल औरतों को देखती और काली को बेतरह याद करती हुई, मैंने छिटकी और नन्नी और भाई को ख़त लिखे। उन तीनों ने ही मेरे घर में, मेरे साथ ज़्यादा से ज़्यादा वक़्त गुजारने के मंसूबे बनाए थे, जो कभी पूरे नहीं हो सके।

मेरी नन्ही बहनो, अगर तुम कभी यहाँ आईं, तुम दुबारा कभी हँस नहीं सकोगी। और भाई, मेरे प्यारे भाई जब मैं घर से विदा हो रही थी, तुमने कहा था, 'आपा, अगर आपका मियाँ आपको परेशान करे, मुझे बताना। यह मत सोचना कि कोई तुमको बचानेवाला नहीं है।' मैं हँस दी थी और पूछा था तुम क्या करोगे। तुम्हारा सीना फूल गया था। अपने बाजुओं की छोटी-सी मांसपेशियाँ दिखाते हुए तुमने ऐलान किया था, 'अपने खाली हाथों से मैं उसको क़त्ल कर दूँगा।'

मेरे प्यारे, सबसे प्यारे भाई, मुझे बचाने में तुम सिर्फ़ अपनी ज़िन्दगी खो बैठोगे।

बसन्त का मौसम था। मेरी कोख में पल रहा बच्चा हिलता और नए मौसम का स्वागत करता था। जिन दीवारों में हम बन्द थे उनके किनारे जिन कुछ बीजों को मैंने बो दिया था वे हैरतअंगेज़ ढंग से छोटे-छोटे पीले फूलों की शक्ल में फूट पड़े थे। उन पर नज़र पड़ते ही मैं घर के लिए बेताब हो उठी। माँ की छत पर लगे गमले भी फूल उठे होंगे, उसके फूलदानों में गुलाब होंगे और बालों में चमेली।

शादी की सालगिरह आई और चली गई। मैंने भी ध्यान नहीं दिया था। सालगिरह अब अचानक मेरे ज़हन में कौंध गई। मैं जोर-जोर से हुंकार भरकर रोना चाहती थी। उस बदनसीब दिन। एक लावारिस क़ब्र की मानिन्द उसने मेरा अतीत छीन लिया था और मेरे स्वागत को ख़ारिज़ कर दिया था।

जब मैंने अपने बच्चे के बारे में सोचा मेरा बसन्त भी मर गया। वह मेरा नहीं था। मैं उनके लिए महज़ एक खुदा जन रही थी। चील ने झपट्टा मारा और मैंने जल्दी से अपने आँसू पोंछ डाले। मुझे रोते हुए पहली बार नहीं पकड़ा था उसने।

उस रात मेरा चहकता हुआ बिस्तर और उमसदार कमरा बर्फ़-सा ठंडा हो गया। पीर साईं ने जानना चाहा था, 'तुम हमेशा काली के लिए क्यों रोती हो ?'

वह जानता था।

उसे शुबहा था कि काली से मेरा लगाव था। हम बातें करते थे। उसके डर से यह मुझे भी सच लगने लगा। मेरे चेहरे ने गोकि मेरे जुर्म को पक्का कर दिया। मेरे जवाब खुद को बचानेवाले थे, वे मुझे फँसानेवाले थे।

वह गरजा, 'काली के पेट में किसका बच्चा था ?'

उसे कहीं यह शक न हो कि वो बच्चा मेरी नज़र में उसका था, इस ख़ौफ़ से मैं बोल पड़ी, 'उसके ससुर का साईं। उसके मर्द ने अपने वालिद की मौजमस्ती के लिए निकाह रचाया था, साईं' यह कहकर मैंने काली के साथ अपनी नजदीकी को उजागर कर दिया था।

वह और ज़्यादा जानना चाहता था। मैं काली को दिए गए अपने दूसरे वादे को तोड़ना नहीं चाहती थी, लेकिन जब उसकी हथेली के एक किनारे ने मेरे गले पर चाकू की तरह वार किया, दूसरा वादा भी टूट गया।

अपने हाथ से मेरी गरदन जकड़ते हुए वह और भी उगलवाना चाहता था।

खाँसते और साँस के लिए छटपटाते हुए, मैं उगल पड़ी, 'उसने काली को दूसरे मर्दों के हवाले भी कर दिया था, साईं।'

'और बताओ,' वह चीख़ा।

मैंने उसे और बता दिया।

उसने मुझे फ़र्श पर डाल दिया। उसका पैर मेरे मुँह को कुचल रहा था। रौंदते

हुए चेहरे से मैंने एक और वादे को तोड़ने की कोशिश की, 'वह उनको देखता था साईं। घंटों-घंटों तक, दिनों-दिनों तक साईं।'

'और, और। आगे बताओ,' वह चिल्लाया।

मैं उसे इससे ज़्यादा नहीं बता सकती थी। मैं यह कहने की ज़ुर्रत नहीं कर सकती थी कि, 'तुम सब कुछ जानते हो, साईं। तुम वहाँ हमेशा मौजूद थे, साईं।'

पीर साईं ने चीख़ते हुए कैंची तलब की।

कुर्सी पर बैठकर उसने मुझे अपनी टाँगों के बीच खींच लिया और मेरी कनपटियों को अपने घुटनों के बीच इतनी ज़ोर से दबाया कि मेरी आँखें मानो निकलकर छत से लग गईं।

कतरने की आवाज़ के बीच वक़्त ठहर गया।

उसने उस्तरा माँगा।

खुरचने की आवाज़ के साथ वक़्त जम गया।

उस्तरा मेरी लटों पर और फिर आगे-पीछे मेरी भौहों पर चलने लगा। कमरे के एक छोर से मैंने उसको उबलते हुए गर्म लावे की तरह अपने ऊपर झपटते देखा।

मेरी पीठ पर चढ़ गया। मेरा पेट बाहर निकल आया। इसके भीतर मेरा बच्चा ठोकर मार रहा था।

उसके ऊपर बाप चढ़ा हुआ था।

रात दिन में बदल गई; दिन रात बन गया। एक और दिन फूटा और फिर रात आई, और नीला फिर काले में छिप गया। मेरा बच्चा उसके धक्कों को पीछे ठेलता रहा। बच्चा अभी मेरे भीतर ही था, वह बाहर आ रहा था।

यह बात पता चलने में उसे एक उम्र लग गई।

मुझे चेतावनी सुनाई पड़ी।

'इस कमरे की दीवारों के बाहर एक लफ़्ज़ भी नहीं जाना चाहिए।'

दर्द ने मुझे निगल लिया था, मैं उसे निगल रही थी। अपने दुश्मनों, नौकरानियों के हाथों को खरोंचते, पंजे मारती और पकड़ते हुए मैंने अपने बुरी तरह से पिटे हुए जिस्म से बच्चे को बाहर कर दिया।

मैंने उसे रोते या मरते नहीं सुना।

मैंने ख़्वाब में अपनी माँ को अपने ऊपर झुके हुए देखा। वह मेरे सिर पर अपने हाथ मल रही थी। उसकी उँगलियाँ मेरी भौंहों पर दौड़ रही थीं, गड्ढों में धँसी आँखों को छू रहीं और उनके चारों ओर के काले घेरों को सहला रहीं थीं। वह मेरे गालों की हड्डियों पर उँगलियाँ फिरा रही थी जो टीलों की तरह उभरकर खाली गड्ढों में डूब जाती थीं। मेरे आगे निकले जबड़ों के ऊपर से होती हुई उसकी उँगलियाँ मेरे रेगिस्तान में, जलती हुई रेत में किसी झरने की तलाश करती घूमती रहतीं। माँ ने अपने हाथों से मेरे चेहरे को पकड़ लिया और अपने गाल मेरे गालों पर टिका

दिए। मुझे लगा कि उसके गर्म आँसू मेरे अपने भीतर रिसते जा रहे हैं।

कभी वह मुझे चम्मच से खाना खिलाती। कभी मेरे माथे पर वह ठंडा कपड़ा रखती। पर हर दफ़ा वह मेरे ख़्वाबों के परे ग़ायब हो जाती और मैंने अपने ज़हन में उसको लिखा–

मेरी प्यारी माँ,

तुम्हें पूरे तौर पर यह यक़ीन था कि बाबा मुझे यहाँ भेजने को राज़ी हो जाते। क्या यह सही है, बाबा ? मेरे पास आओ, माँ। आओ और यहाँ मुझे देखो। देखो तो सही कि उसने मेरे साथ क्या किया है। देखो तो मैं क्या से क्या हो गई हूँ।

वह हमेशा लौटती।

मैं जानती थी कि बहुत से मौसम बदल गए हैं। वह सब कुछ बसन्त में हुआ था। मुझे पता नहीं गरमी कब आई। लगी ही नहीं। लेकिन सर्दियों की ठंड महसूस हो रही थी। जब मेरी नज़र गुलदान में पीले फूलों पर पड़ी, मैंने जान लिया था कि बसन्त आ गया है।

हरी घास पर लाल और गुलाबी फूलों के ढेर बिखरे पड़े होंगे ? अलग-अलग शक्लों और नाप के फूल कपड़े पर फैले थे ? और इनके ऊपर पड़े थे दो हाथ।

एक और ख़्वाब ? मैंने दूर झाँककर देखा। कुछ और देखने की बेबसी ने मुझे करवट लेने को मजबूर कर दिया।

एक झुका हुआ सिर ? कुर्सी पर एक औरत सोई हुई थी। उसका सिर आगे की ओर गिरा था। एक मक्खी को हटाने के लिए उसने इसको हिलाया।

माँ !

एक और बिखरे सपने से बचने को मैंने अपना मुँह फेर लिया। मेरा सिर आगे-पीछे होता रहा कि आख़िरकार मेरी नज़रें एक तस्वीर पर जम गईं। मेरे घूरने से वह जाग गई।

वह माँ थी।

माँ असली थी।

मेरा जिस्म ऊपर उठ रहा था, उसका नीचे आ रहा था।

वह असली थी।

मैं चीख़ पड़ी। एक सुई चुभ गई। माँ की तस्वीर हिली-डुली और फिर ग़ायब हो गई।

चूँकि सेहत ठीक नहीं थी, गोलियाँ मैंने अपनी चोली में छिपा रखी थीं; खाना फेंक देती और हर उस चीज़ को नामंज़ूर कर देती जो मुझे उसके पास लौटने के क़ाबिल बना सके। माँ ने मुझे मेरी पिछली हालत में वापस लाने की ज़िद पकड़

रखी थी। उसने मेरे कान में फुसफुसाया, 'अगर सेहत है तो जहान तुम्हारा है। अगर तुम बीमार हो, तुम इसे खो दोगी।'

क्या उसने मेरे कतरे हुए बाल नहीं देखे थे। क्या उसने ज़ख़्म नहीं देखे थे ? क्या वह जानना नहीं चाहती थी कि मेरा बच्चा कैसे मर गया था ?

माँ को बताना आसान नहीं था।

हर बार, जब-जब मैंने कोशिश की उसने कहा, 'जाने दो मेरे बच्चे। अल्लाह पर भरोसा रखो।'

मुझे चूमते हुए, बार-बार चूमते अपने खुद के और मेरे आँसू भी पोंछते हुए, वह मुझे मेरी कहानी नहीं सुनाने देती।

एक दिन मैंने उससे कहा,

'माँ, मुझे घर ले चलो। वह पीर नहीं है। वह शैतान है। वह...'

उसने मेरे मुँह पर हाथ रख दिया। अल्फ़ाज़ रोक दिए। 'यह सब मत कहो मेरे बच्चे। कोई सुन सकता है।'

मैं पीछे हट गई।

मेरी इकलौती मुहाफ़िज मेरी माँ, वह भी डरती थी। हर किसी की तरह वह भी उसके कब्जे में थी।

पीर साईं अन्दर घुसा। मेरा दिल बैठ गया।

'कैसी है वह ?' उसने दरयाफ़्त किया।

आजिज़ी के साथ माँ ने जवाब दिया, 'अल्लाह के फ़ज़्ल से अब वह बेहतर है साईं। लेकिन उसे अभी आराम की ज़रूरत है।'

जब वह आरामकुर्सी पर बैठ गया, उसकी जानी-पहचानी निगाह से मैं काँप गई। उसने जो कहा उससे हालत और ख़राब हो गई।

'आपको मेरी बीवी की बीमारी की वजह से बड़ी परेशानी हुई है। आपके दूसरे बच्चों को आपकी ज़रूरत है। चूँकि अब यह ठीक हो रही है आप उनके पास लौट सकती हैं।'

मेरे दिल की धड़कन माँ के दिल में गूँज गई। फ़ौरन ही उसने सफ़ाई दी कि मेरी बहनों को कोई दिक़्क़त नहीं है, और कि वह रुक सकती है। जब उसने अपना माथा पोंछा उसका हाथ हिल गया, और ख़ौफ़ के इन आसारों से वह अच्छी तरह वाक़िफ़ था।

'आप कब जाएँगी,' उसने सख़्ती से पूछा।

माँ ने मेरी ओर देखा। मैंने दूसरी ओर।

उसकी आवाज़ काँप गई, 'मैं उसके ठीक होने का इन्तज़ार करना चाहूँगी साईं। वह अभी तो चल-फिर तक नहीं सकती। अभी उसमें इतनी ताक़त नहीं।'

वह उठ खड़ा हुआ, 'कल आपका बेटा आपको घर ले जाएगा।'

कल ? भाई कहाँ था ? मैंने उसे देखा तक नहीं।

जब मेरा शौहर कमरे से बाहर हो गया, मैं माँ से लिपट गई और रोने लगी, 'मेहरबानी करके मुझे अपने साथ वापस ले चलो। कल मैं घर जाना चाहती हूँ।'

उसने मुझे पीछे हटाया और समझाया, 'मेरे बच्चे, तुम्हें ऐसा नहीं कहना चाहिए। तुम शादीशुदा औरत हो। हमें ऐसा कुछ नहीं करना चाहिए जिससे कि मुझे तुमसे दुबारा मिलने नहीं दिया जाए। क्या तुम समझ रही हो ?'

मैं समझ नहीं पाई थी।

'भाई कहाँ है ? वह अन्दर क्यों नहीं आया ?' मैंने पूछा।

'जब हमें बुलाया गया उसने तुमको देखने पर ज़ोर दिया। चूँकि तुम्हारा बच्चा मरा हुआ पैदा हुआ था, जब उसने तुम्हारी हालत देखी, वह तुम्हें शहर के अस्पताल ले जाने की ज़िद करने लगा। उसके इरादे ख़तरनाक हैं हमारे लिए। मैंने उससे कह दिया कि वह तुम्हारे मामले में दखल न दे,' माँ ने जवाब दिया।

मैंने सोचा, सबसे भरोसेमन्द रिश्ते भरोसे के नहीं होते। कुत्तों में कोई एका नहीं होता, केंचुओं में रीढ़ नहीं होती और कीड़ों-मकोड़ों का कोई ईमान नहीं होता। अज़ीज़ जब बोझ बन जाते हैं कमज़र्फ़ लोग उनसे अलग हो जाते हैं।

मेरी माँ एक बेवा थी—बेअसर, बेकार। मेरे शौहर की ताक़त से मुक़ाबला करने लायक उसके पास कुछ नहीं था। माँ मुझे अदालत के जरिए ले जा सकती थी, पर उसमें इतनी क़ुव्वत नहीं थी। उसने ख़ानदान की इज़्ज़त के वास्ते हमेशा समझौता किया था। बदनामी से वह मर जाती। जो दरवाज़े मर्दों के लिए पूरे तौर पर खुले थे वे एक औरत के लिए बन्द थे। उसके नाम पर अगर बट्टा लग जाता, तो जिस समाज ने उसकी ख़ुशहाली पर नफ़रत की थी, वो उस पर टूट पड़ता। वह अपने-आपमें मुझको नहीं बचा सकती थी। इस मामले में निज़ाम बहुत सख़्त था। उसे कोई हक़ भी नहीं जाता था, उसमें दख़ल देने का जो मेरी किस्मत में बदा था।

मैं ताज़िन्दगी के लिए उसके नाम लिख दी गई थी।

वह मेरा मालिक था।

जैसे समुन्दर की लहरों की शिद्दत किनारे पर पहुँचते ही ख़त्म हो जाती है, वैसे ही माँ जब ख़ुदाहाफ़िज़ कहने को आई, मेरी उम्मीद मर गई। अपने बिस्तर पर हम दोनों एक-दूसरे के मुक़ाबिल बैठे थे; दो औरतें एक-दूसरे के कमज़ोर हाथों को थामे; दोनों अकेले भी कमज़ोर थीं और साथ-साथ भी। जब वह बोली, मैं जानती थी कि कल इस वक़्त मैं उसकी आवाज़ नहीं सुन पाऊँगी।

'मैं तुम्हें अकेला छोड़कर नहीं जा रही हूँ। अल्लाह तुम्हारे साथ है,' वह रोने लगी। 'उसका प्यार सत्तर माँओं के प्यार के बराबर है। वह तुम्हारी रूह है। यह याद रखो और तुम उसके क़रीब होओगी।'

उसका दर्द उसके बेचैनी से ज़ाहिर होता था और मेरा उस सर्द हामी में, ठंडेपन में जिसमें मैं सिमट गई थी।

जब उसने मुझे गले लगाया मैं अकड़ गई। जब वह जाने को मुड़ी, मैंने अपनी आँखें बन्द कर लीं।

मैंने आवाज़ सुनी दरवाज़े के खुलने और बन्द होने की।

मैंने बाहर उसकी मौजूदगी की आवाज़ों को सुना।

जब वे आवाज़ें थम गईं, मैं दुबारा ख़ालीपन के रूबरू हो गई।

5

बेलगाम

यह दूसरा साल था, दूसरा सावन था।

ऊँचे तापमान पर बारिश का पानी और मिट्टी मिलकर एक वहशी, सोंधी ख़ुशबू पैदा कर रहे थे जिसको पकड़ पाना नामुमकिन था। उसने मुझे दरख़्त पर बैठी चिड़िया बना दिया और मैं दूर-दूर तक उड़ान भरने लगी।

मेरे गाँव के परे, मेरे मुल्क के पार, समुन्दरों और पहाड़ों के ऊपर जहाँ हवाई जहाज़ उड़ते थे, चिड़ियाँ जातीं, वहाँ कहानियाँ थीं, तस्वीरें थीं और थे लोग। मैंने देखा था कि रात पर चाँद की हुकूमत है, दिन पर सूरज दमक रहा है। यह देखकर ताज्जुब हुआ मुझे कि सूरज के असर का दायरा चाँद से बड़ा था, फिर भी वे उसी दुनिया पर राज करते थे।

शाम के धुँधलके में मैं उन शानदार रंगों का तसव्वुर करती जो कहीं दूर आसमान में छितरे हुए थे और वे तमाम ख़्वाब जो मैंने कभी देखे थे कहीं दूर जाकर फीके पड़ गए थे।

यहाँ सिर्फ़ सूरज डूबा था।

निढाल परछाइयाँ मेरी चौकोर दुनिया पर गिर गईं।

जब हम आँगन में सोते, मैं ओस से भीगी हुई उठती। जब हर कोई हड्डियों में दर्द की शिकायत करता शबनमी बूँदों को मैं अपने सारे जिस्म पर रगड़ती। सर्दियों में सूरज की धारदार किरनें ठंडक को चीर देतीं और मेरा फीका घर जगमगाने लगता। कपड़ों पर सफ़ेद चादरें चमकने लगतीं। ट्यूबवैल के पानी से भरे औरतों के कूल्हों पर टिके पीतल के, ताँबे के चमकते घड़े, रोशनी पकड़ लेते और बिजलियाँ छोड़ते चलते।

मैं क़ुदरत के प्यार की गिरफ़्त में आती जा रही थी। और कुछ था भी तो नहीं प्यार करने को। जो कुछ मैं बाहर नहीं देख पाई थी वो अब मेरी क़ैद की चारदीवारों के भीतर से सामने आ रहा था। मैंने इसे अल्लाहताला की दुनिया, एक ऐसी दुनिया में उड़ान भरना कहा जो उसके चारों ओर, उसके ऊपर और उसके नीचे मौजूद थी जिसे मेरे शौहर ने बनाया था। मैं जब भी कोशिश करती सूरज की रोशनी को और चाँद की चाँदनी को अपनी मुट्ठी में भर सकती थी—काश मैं

ख़ुशी से नाच भी सकती।

मैं बारिश में खड़ी रहती जो दूर माँ की छत पर भी होती थी और सूरज के उगने और डूबने को हर किसी के साथ महसूस करती, रात को और तारों को वैसे ही देखती जैसे दूसरे और...लेकिन खुली आँखों के सपने देखते-देखते मेरी उँगलियों से फिसल गए।

उम्मीद से खाली ख़्वाबों की ज़िन्दगी छोटी थी।

मेरे दूसरे बच्चे के पैदा होने के दिन नज़दीक आ रहे थे। लेकिन इस बार उससे कोई उम्मीदें नहीं जुड़ी थीं। सिर्फ़ एक गहरी उदासी और अनिश्चितता थी।

जब मेरी पहली बेटी पैदा हुई, लड़की के पैदा होने पर पीर साईं की नाराज़गी से ख़ौफ़ खाकर अपनी चीख़ को दबाने के लिए मैंने अपने मुँह में कपड़ा ठूँस लिया। उसने पोटली पर नज़र तक नहीं डाली। उसके लिए वह हमेशा पोटली ही रहेगी। जन्म से ही परदे में रहने को मजबूर वह अभागी अपनी मौत तक क़ैद में ही बनी रहेगी। मैं उसको उस दुनिया के बारे में बताना चाहती जो वह कभी नहीं देख पाएगी सिवा शायद उस उड़ान के जिसको मैंने अपने भीतर खोज निकाला था। मैं उसे परिन्दों जैसे पर देना चाहती थी और हवा जैसी रफ़्तार।

माँ, छिटकी और नन्नी आ गईं।

जब माँ ने पूछा, 'अब खेलने के लिए तुम्हारे पास बच्चा आ गया है; अब तो ख़ुश हो ना ?' तो मैं उसे यह तक बताने को राज़ी नहीं थी कि खेलने को वक़्त कहाँ है। उसने छिटकी और नन्नी की शादियों के पैग़ामों की बाबत बताया; भाई के बारे में इत्तला दी कि स्कूल में उसकी पढ़ाई अच्छी नहीं चल रही है; और घर-बार के दीगर मसलों का ज़िक्र किया। मैंने न कुछ सुना, न जवाब दिया।

मेरी बहनें बड़ी होकर ख़ूबसूरत नौजवान औरतें बन गई थीं। छिटकी हवा में उड़ती लगती। अपनी गोल और बड़ी-बड़ी आँखों के साथ वह हवा के झोंके-सी चलती। ऐसा लगता गोया उसे ज़िन्दगी की कोई परवाह नहीं। नन्नी की रंगत साटिन जैसी थी। गुलाब की पंखुड़ियों जैसे उसके ओठ चुम्बक-सा खिंचाव रखते और उसकी आवाज़ मोह लेनेवाली थी। मैं जानती थी कि माँ ने उनको मेरी ज़िन्दगी के बारे में कुछ भी नहीं बताया है। अगर उन्हें पता होता, वे भी परेशान होतीं।

वे परेशान नहीं थीं। वे ज़िन्दगी की उम्मीदों के साथ फल-फूल रही थीं। जबकि मैं अठारह साल में ही सताई हुई नौकरानी बनकर ढल चुकी थी।

कोई शबाब नहीं, कोई प्यार नहीं, कोई उम्मीद नहीं।

छिटकी और नन्नी माँ की नक़ल उतारतीं, 'असली घी है। मेरी बेटी की अपनी गायों के दूध का निकाला हुआ है। उनके पास इतना फ़ालतू दूध है क्योंकि उनके यहाँ इतनी ज़्यादा गायें हैं। नौकर-चाकर बहुत दूर से हमारे लिए दूध के कनस्तर लाते हैं और हम मुर्ग़े की बाँग देने से पहले ही पी लेते हैं।'

माँ शर्तिया ही बादामी आटे, चीनी और चावल की नुमाइश करती होगी। उन बहुत-से नई दोस्तों पर रोब डालने के लिए वह कहानी-क़िस्से गढ़ती होगी, जो मेरे ज़िब्ह होने के बाद बने थे। मैं सोच रही थी।

छिटकी ने उलाहना दिया, 'आपा, आप घर क्यों नहीं आईं ? अब आप क्यों नहीं चल सकतीं ? हम आपके साथ कुछ वक़्त क्यों नहीं गुज़ार सकते ?'

मेरी जगह माँ ने फ़ौरन ही जवाब दिया, 'मैंने सैकड़ों दफ़ा कहा है कि हीर अब एक शादीशुदा औरत है। अब उसकी ज़िन्दगी हमारी जैसी नहीं। उसके नौकरों-चाकरों के लिए हमें नए कमरे बनवाने पड़ेंगे।'

माँ हँसने लगी, पर मेरी बहनें नहीं हँसीं।

नन्नी बोल पड़ी, 'क्या हम आपको अच्छे नहीं लगते आपा ?' और फिर मेरी दोनों बहनें ज़ोर-ज़ोर से रोने लगीं, 'माँ हमें आपके पास रुकने क्यों नहीं देती ? मेहरबानी करके हमें अपने पास रुकने दीजिए ना, आपा ?' माँ ने झिड़ककर कहा, 'मैं तुम्हें नहीं रुकने दूँगी। तुम्हारी बहन के सिर पर वैसे ही ढेरों जिम्मेदारियाँ हैं।'

यह सब चलता रहा और मेरा दिल बार-बार टूटता रहा। इस दफ़ा अपने ख़ानदान के लिए मेरे पास बहुत कम वक़्त था, फिर भी काफ़ी था। चील मुझे यह कभी भूलने नहीं देती कि मैं कहाँ हूँ। मैं अपनी माँ और बहनों के मामले में उतनी ही चौकन्नी थी जितनी कि अपनी क़ैद को लेकर।

माँ ने इस बात पर भी अपनी राय दी, 'तुम्हारी बहन एक मज़हबी रहनुमा की बीवी और उसके बच्चे की माँ है। वह उतनी बेफ़िक्र कैसे रह सकती है जैसी वह बचपन में थी ?'

माँ मेरी तारीफ़ करते भी नहीं अघाती और बार-बार कहती, 'तुम्हारे वालिद को तुम पर कितना नाज़ होता। वह तुमको ठीक ऐसे ही देखने की ख़्वाहिश रखते थे।'

उसकी नज़र में मैं नहीं मेरे कपड़े रहते। हर किसी की तवज्जो वह इन्हीं की ओर खींचती।

'ज़रा इस कपड़े को तो देखो। ज़रा छुओ तो सही। मलाई-सा लगता है। जल्दी आओ इसे छूकर देखो।'

कभी-कभी उनके रंग उस कमी को एक तरफ़ कर देते जो उसे मेरी जानिब महसूस होती हो। 'मैंने ऐसे रंग तो पहले कभी नहीं देखे। अरे यह हरा है या नीला ? यह इतना शानदार है कि तुम कुछ नहीं कह सकतीं।'

वह इतनी बात करती कि मुझे कपड़ों से नफ़रत हो गई। इतनी नफ़रत कि मेरा जी करता कि उन कपड़ों को अपने जिस्म से फाड़कर फेंक दूँ औ.र उसे दे दूँ।

लेकिन मेरी नफ़रत से माँ को गोया कोई सरोकार नहीं था, वह अपने

होशो-हवास खो बैठी थी, 'बहुत से लोग तो ऐसे सूट को मुलायम मलमल में लपेटकर रखेंगे। शायद ही कोई इनको पहनने के लिए निकालेगा।' मेरे चेहरे को अपने हाथों में थामकर माँ मेरी ओर मुहब्बतभरी निगाहों से देखती। इनको तो मेरी शहज़ादी ही पहन सकती है।

कभी-कभी जैसे ही मैं अपने कमरे से बाहर निकलती, हवेली के दूसरे कोने से आती हुई माँ की पतली-सी तेज़ आवाज़ कान में पड़ती, 'या अल्लाह ! या अल्लाह ! ज़रा आकर अपनी बहन के ज़ेवर तो देखो। मेरी तो आँख ही नहीं हटती उसके ऊपर से।'

मेरी ओर बढ़ते हुए वह छिटकी और नन्नी को और जो कोई भी रास्ते में पड़ता उसको ठेलती हुई, वह जोश में भरकर चिल्ला उठती, 'आकर ज़रा देखो तो हीर कितनी हसीन लगती है। उसके गहनों को क़रीब से देखो।'

हालाँकि मैं कहना चाहती कि इन पत्थरों से मैं ख़ुश क्यों होऊँ जिनके बोझ से मैं झुकी जा रही हूँ। पर मैं चुप रहती।

जब मेरा खानदान चला गया, मुझे लगा गोया वे कभी आते ही नहीं।

पीर साईं माँ को लगातार तोहफ़े भेजता रहा। लेकिन माँ के लिए वह बस इतना ही करता। इन चीज़ों को वह भाई की तालीम और दोनों बहनों के दहेज़ के लिए बचाकर नहीं रख पाई, वह इनको बाज़ार में बेचती, लेकिन कभी उन लोगों को नहीं जिन्हें वह जानती थी। उसकी मदद करने के लिए मुझे हिम्मत जुटानी थी। शौहर के आगे अपना मुँह खोल पाने में मुझे कई महीने लग गए।

एक दिन जब वह बिस्तर पर बैठा था, मन ही मन दुआ माँगते हुए मैं उसकी बगल में बैठ गई। इस हरकत पर वह मेरी ओर देखने लगा।

'क्या बात है ?' उसने झिड़ककर पूछा।

हज़ारों बार अभ्यास किया था जिन लफ़्ज़ों का उनको मैंने उगल दिया।

'मेरी बहनों की शादी होनी है और उनका दहेज़ भी माँ ने मुझे दे दिया था, साईं।'

'मुझे यह सब क्यों बता रही हो ?' उसने पूछा।

मैं गूँगी हो गई।

'मुझे यह सब क्यों बता रही हो,' वह चिल्लाया।

मैंने मिमियाते हुए कहा, 'आपने कहा था कि आपको सब कुछ बताना चाहिए, साईं।'

उसने सुना नहीं। मैंने जैसे-तैसे अपने लफ़्ज़ों को दोहराया और उसको कहते सुना, 'वो सब नहीं जिनका मुझसे कोई ताल्लुक़ न हो।'

वह शैतान में तब्दील हो रहा था। हम दोज़ख़ में कूदनेवाले थे, और मैं छिटकी और नन्नी के दहेज की बाबत बात करने को मरी जा रही थी।

दूसरा दिन बदनसीब था। जब एक बदमाश नौकरानी टेढ़ी ने मुझे मेरे सबसे छोटे देवर की ओर से एक लिफ़ाफ़ा लाकर दिया, बहनों के दहेज की बात मेरे ज़हन से पूरे तौर पर ग़ायब हो गई। मैं सोच नहीं पाई कि वह मुझसे क्या कहना चाहता था। मैंने ख़त को खोला नहीं। उसे पीर साईं के बग़ल की मेज पर रख दिया।

गोकि मैंने अपने शौहर के भाइयों में से किसी को नहीं देखा था, उनकी बीवियों और नौकरानियों से मैंने उनकी तरह-तरह की बीसियों कहानियाँ सुनी थीं। वे सब एक-दूसरे से जुदा थीं। उनमें से मैंने उनको चुना जिन पर सबसे ज़्यादा यक़ीन किया जा सकता था।

मेरे शौहर के बाद वाला भाई अय्याश था, जो दिन-रात सरकारी आरामगाह में गाँव की लड़कियों और व्हिस्की की बोतलों से घिरा पड़ा रहता। यह आरामगाह दसियों साल पहले उन दिनों के अक़ीदतमन्द वज़ीर ने मक़बरे को वक़्फ़ कर दी थी।

तीसरा भाई और भी बदतर था। वह अपनी बेटी के साथ जिस्मानी ताल्लुक़ रखता और उसके दब्बूपने के पीछे इतने चोरी-छुपे काम करता कि उसको मेसनी कहा जाने लगा था। उसकी जवानी ढल चुकी थी, इसलिए उसे शौहर नहीं मिल सकता था। एक रिश्ते के भाई से हुई उसकी शादी की बातचीत टूट गयी थी। लोग कहते थे कि यह उसके और उसके बाप के लिए माक़ूल था। अब उनका जायज़ रिश्ता हमेशा-हमेशा के लिए बना रह सकता था।

चौथे भाई ने अम्मा साईं की छोटी भतीजी के साथ निकाह करने के बाद तीन दर्मियानी उम्र की नौकरानियों से शादी कर ली थी। सब जानते थे कि उसकी बीवी की माँ के साथ उसका पुराना रिश्ता है, जो अम्मा साईं की बेवा बहन होने के नाते हवेली में ही रहती थी।

इन गन्दे जुर्मों के बावजूद पीर साईं बेहद नाराज़ था तो केवल अपने पाँचवें, सबसे छोटे भाई से। उसने कीड़े मारने की दवा लाने में हेरा-फेरी करके पीर साईं की कपास की फसल बर्बाद कर दी थी। हालाँकि यह भाई अम्मा साईं के पास लगातार आता-जाता रहता, मेरा शौहर उससे एक साल से नहीं बोला था। अब उसने मेरे नाम ख़त भेजा था।

पीर साईं की नज़र जब उस लिफ़ाफ़े पर पड़ी उसने उसे उठा लिया और पूछा, 'तुमको यह किसने दिया ?' मैंने बता दिया। वह भौचक्का रह गया। सफ़ाई की बात ख़त्म हो गई। टेढ़ी को अखरोट के पेड़ की गीली शाखें लाने का हुक्म दिया गया।

अल्लाह के फ़ज़ल से टेढ़ी उम्र की ढलान पर थी। उसकी सज़ा मुझसे हल्की थी। मुझे पेट के बल लेटने का हुक्म दिया गया। मैंने फ़ौरन तामील की। दो नौकरानियों ने मेरी फैली हुई बाँहों को मेरे सिर के ऊपर पकड़ लिया और दूसरी

ने मेरे टखने। खज़्ज़ी कोड़े की फुसकार और मार से बिजली कौंध गई। वह हमेशा उसकी ताक़त से चलता था, उसका इस बात से कोई सरोकार नहीं था कि मैं कितना झेल सकती हूँ। कपड़े तार-तार हो गए, उनके नीचे का गोश्त कट गया और अपने कसकर दबाए ओठों के जरिए मैं दर्द को पीती रही।

ख़ून को जमने से रोकने के लिए मुझे फ़ौरन उठ खड़ा होने और चलने का हुक्म दिया गया। यह सोचते हुए कि मेरा दिमाग़ बिना किसी जुर्म के ऐसी कड़ी सजा को किस तरह सही ठहराएगा, अपनी छोटी-सी गठरी को सीने से दूध पिलाते हुए मैं कमजोर और हिलती हुई टाँगों से कमरे के चक्कर लगाती रही।

ज़ख़्मों को भरने में हफ़्तों लगे। उनकी वजह से अपने रोज़मर्रा के क़तई ज़ाती कामों के लिए और धुलाई-सफाई के लिए मैं नौकरानियों की मोहताज हो गई।

मुझे ताज्जुब हो रहा था कि पीर साईं ने अपने घर के दोनों ओर इतने नंगे तौर पर फल-फूल रहे खानदान में हो रहे ज़िना को रोकने के लिए क्यों कुछ नहीं किया। यह जानकर मेरा सिर घूम गया कि इससे उसके मुजरिम बेटों के साथ अम्मा साईं के रिश्तों पर कोई फ़र्क़ नहीं पड़ा। दरअसल उसने अपनी पोती की कारगुज़ारियों के ख़िलाफ़ किसी प्रतिक्रिया का इज़हार नहीं किया था जो अपने बाप के साथ पाप में शामिल थी। अपने बेटे के साथ अपनी बहन के रिश्ते को लेकर भी उनके बीच कोई गुस्सा नहीं था।

यहाँ सिर्फ़ छोटी ग़लतियाँ ही बड़े पाप थीं।

बग़ल का दरवाज़ा एक सुरंग में खुलता था। उस अँधेरे गलियारे और फिर दूसरे को पार करती हुई मैं मक़बरे पहुँची। मुझे याद आया कि मैंने अज़ीम सूफ़ी शायर बुल्लेशाह के उर्स की बाबत सुना था। वहाँ बग़ावत और आज़ादी को मनाने के लिए ज़ोरदार गाना और नाच चल रहा था। वहाँ माहौल ख़ुशी का था ग़म का नहीं। लेकिन यहाँ हर कोई मरा हुआ था, और तिस पर भी मरे हुए ज़िन्दा थे और जो ज़िन्दा थे वे मरे हुए थे।

ख़ानदान की औरतों के लिए इबादत के मुक़र्रर वक़्त पर लकड़ी के भारी दरवाज़े बन्द करके सब को बाहर कर दिया गया।

वजह तो मुझे नहीं मालूम, लेकिन जैसे ही मैं हवेली की मरी हुई-सी औरतों को पीछे छोड़ती बढ़ती, मेरी रफ़्तार हमेशा तेज़ हो जाती। ज़िन्दगी की तरह वे मौत के सामने भी बेबस थीं; उनके मर्द अपनी कब्रों से भी उन पर राज करते थे।

हमारे क़ब्रिस्तान भी जुदा थे।

बाबाजी के शानदार गुम्बद के भीतर की दीवारें चाँदी की झालरों से सजी हुई थीं और उसमें बड़े-बड़े झाड़फ़ानूस जगमगा रहे थे। मैं सोच रही थी कि क्या उन्हें मालूम था कि उन्होंने किस चीज़ की शुरुआत की है। जाली के काम के बीच से मैं संगमरमर के उस बड़े-से आँगन की झलक पा सकती थी जो सभी क़ब्रों के

चारों ओर फैला था। वज़ू के लिए लगाए गए नल उस नाली पर टपक रहे थे जो आँगन को घेरे ऊँची-ऊँची दीवारों के सहारे बनी थीं। मेरी आँखें बाबाजी के बरगद के पेड़ में उलझ गईं। उसका तना इसके नीचे से चुराए गए किसी ख़याल की मानिन्द लाखों जड़ों से बना लगता, जो आपस में मुड़-तुड़कर गुँथी हुई थीं।

रमज़ान के पाक महीने में मक़बरे के बाहर लगे लंगर से ग़रीब़-गुरबा को खाना दिया जाता। अन्दर मैं अपने शौहर के आम और ख़ास मुरीदों के लिए सेहरी और इफ़्तारी[1] की तैयारी कराने में लगी रहती। जब वह भूखा होता उसकी बर्दाश्त का माद्दा और कम हो जाता और सब कुछ गड़बड़ा जाता। लेकिन भूखे तो हम भी होते थे और लगातार ग़लतियाँ होती रहतीं। अपने मालिक और ख़ुदा दोनों को एक साथ ख़ुश रखना नामुमकिन था।

यहाँ मालिक और ख़ुदा, उसमें दोनों एक हो गए थे।

रोज़े के महीने के ठीक बाद मेरे बच्चा ठहर गया और मैंने उसको इत्तला दी।

'बच्चे को गिरा दो,' वह भौंका।

मुझे झटका-सा लगा वह ख़ुद तो पाप कर सकता है लेकिन और को इसकी इजाज़त नहीं दे सकता।

कुनैन की गोलियों से पेट का बच्चा ख़ून बनकर निकल गया। दाई ने समझाया, 'रमज़ान के तीस दिनों तक जब उनको औरत के पास नहीं जाना चाहिए, मर्द अपनी मौज-मस्ती से ख़ुद को महरूम नहीं रखना चाहते।'

मैं पूछना चाहती थी कि मेरा शौहर इतनी सख़्ती के रोज़ा रखते हुए एक गुनाह के साथ इसे अंजाम कैसे दे सकता था। लेकिन मैं रुक गई। दाई यह नहीं कह सकती थी कि उसके पीर की सनकें परवरदिगार के पैग़ाम की रत्तीभर परवाह नहीं करतीं। उसका मज़हब दूसरा था।

पीर साईं मुझसे सख़्ती से कुछ दीगर दिनों में भी दूर रहता। बच्चा पैदा होने के बाद जब मेरे ख़ून आ रहा होता या माहवारी के दिनों के दौरान वह मुझे छूता तक नहीं। वह इसे ऐसा पाप मानता जिसे करने को सोच तक नहीं सकता था।

तीन महीनों के भीतर जब मैं दुबारा हामिला हो गई, उसने बेटे के लिए दुआ माँगते हुए अपने हाथ ऊपर उठाए। इस बार हमल गिराने का ज़िक्र तक नहीं हुआ।

मेरा दिमाग़ उलझनों से बोझिल हो गया।

काली की ख़ुदकुशी, तारा के हमल, माँ के लालच, मेरी बेहद तकलीफ़देह सज़ाएँ, कुनबे में चल रही ज़िना और अय्याशियाँ, हमल गिराने और हमल—ये तमाम वाक़यात लगातार मेरे सिर में घुमड़ते रहते और वो हमेशा दर्द करता।

जब अम्मा साईं ने मुझे बताया कि 'मेरे बेटे ने मुझसे चौबीस बिस्तर, कपड़ों के साठ सेट, गहनों के छह सेट और दो रसोइयों के बर्तन तुम्हारी माँ के यहाँ पहुँचाने

1. उपवास खोलने का उपहार

को कहा है,' मैं चकरा गई।

पहली बार मेरा दिल उसके तईं ख़ौफ़ के बजाए कुछ दूसरी-सी चीज़ के लिए धड़क उठा।

मैंने कहा, 'यह तो बहुत ज़्यादा है,' तो अम्मा साईं मेरी ओर देखकर हँस पड़ीं, 'तुम जानती हो कि इस सबके लिए हमें कुछ भी नहीं देना होगा। कोई मुरीद यह लाएगा तो कोई वो।'

जब मैंने सुना कि मेरी बहनों की फ़ौरन ही मँगनी हो गई है, मैं रोने लगी। छिटकी का मंगेतर एक वकील था, जिसने उसे एक पार्क में मिलने के लिए ख़त भेजा था। लेकिन वह उसे हैरान करना चाहती थी। छुटकी ने शादी की रात से पहले मिलने से इनकार कर दिया।

बेवक़ूफ है, मैंने सोचा।

नन्नी की मँगनी एक डॉक्टर के साथ हुई थी, और माँ, जाहिर है, सातवें आसमान पर थी। मुझे किसी भी शादी में शामिल होने की इजाज़त नहीं मिली, लेकिन मैंने सुना था कि माँ अपने बड़े दामाद के लिए दुआ करते नहीं थकतीं, जिसकी वजह से यह सब मुमकिन हुआ था।

काग़ज़ के एक टुकड़े में मैंने एक सूराख़ किया और उसमें से मैं अपने बाबुल के घर में झाँकने की कोशिश करने लगी।

नन्नी और छिटकी का दहेज़ मुझसे ज़्यादा और शानदार था।

माँ अमीर और ताक़तवर लगती थी।

बाजों पर वे ही धुनें बजी थीं।

मेरी बहनें पुराने ज़माने की शहज़ादियों-सी लग रही थीं।

जादुई रोशनियाँ झिलमिला रही थीं।

जब मैंने आँख से काग़ज़ हटाया, जादुई रोशनियाँ ग़ायब हो गईं।

मेरी ओर की, मेरी दुनिया में घुप अँधेरा था।

मेरे दूसरे बच्चे के पैदा होने का वक़्त नज़दीक था, और बर्तनों की खड़बड़ाहट के शोरोगुल के बीच मैं देखभाल का अपना काम अंजाम दे रही थी। रोते-भिनकते बच्चों और चीख़ती-चिल्लाती औरतों से जब मेरी नसें टूटने लगतीं, मैं कपास के गोले की तरह मुलायम अपनी बेटी गुप्पी को साथ लेकर आँगन के सबसे दूर एक कोने में पड़ी चारपाई पर पड़ जाती। जब मैं अपने फूलते हुए पेट पर बुनाई करती होती, वह नई कहानियों की फ़रमाइश करती।

अपने खुले हुए पंखों के साथ एक मक्खी जम गई थी।

जिसे मैंने पहले कभी नहीं देखा था, उस एक बूढ़ी औरत ने पहले अपने हाथों से अपना माथा छुआ, फिर उसने मेरे पैर छुए और फिर फ़र्श पर बैठ गई।

जब मैंने उससे पूछा कि वह कौन है और कहाँ से आई है, उसने मेरी ओर

हँसते हुए कहा, 'बीबीजी, अपने इलाके के लोगों को आपको जानना चाहिए। हम यहाँ पीरों से भी पहले से रहते आए हैं। बाबाजी की लाश को जब पहाड़ों से लाया गया, उनको हाथों-हाथ लेनेवालों में मेरा भी ख़ानदान था।'

वह अजीब थी।

मैं तय नहीं कर सकी कि उसकी उम्र सोलह साल की थी या सौ साल से ऊपर। उसके बाल चाँदी-से थे। चेहरे पर झुर्रियाँ नहीं थीं और उसकी आँखों में चमक थी। खड़े होने पर उसका जिस्म झुककर दोहरा हो जाता और बैठने पर गोया वह दिखाई ही नहीं पड़ती। उसके बदरंग कपड़ों पर पैबन्द थे, जिससे वह हर किसी जैसी लगती। पर वह सबसे जुदा थी। उसमें ख़ौफ़ का नामोनिशान नहीं था।

मैंने चारों ओर देखकर राहत महसूस की उसमें किसी की कोई दिलचस्पी दिखाई नहीं पड़ी। चील तक की निगाहें भी वैसी ही थीं जैसी आम तौर पर रहतीं।

'तुम यहाँ इससे पहले कभी नहीं आईं ? मैंने तुमको जश्न के मौक़ों पर भी नहीं देखा ?' मैंने दरयाफ़्त किया।

'मैं यहाँ से बहुत दूर अपनी बहन के पास रहती हूँ। यहाँ एक हफ़्ता पहले ही लौटी हूँ,' उसने जवाब दिया। चूँकि ऐसे कुछ ही लोग थे जो नरक में वापस लौटे थे, उसमें मेरी दिलचस्पी और बढ़ गई।

वह क़िस्सागो थी।

गोकि उसकी बेख़ौफ़ी ने मुझे दहला दिया, मैं उसे कुरेदती रही। उस एक अकेली औरत से मैं ज़्यादा से ज़्यादा मालूम करना चाहती थी जो दाई के अलावा मुझसे बात करती।

हर वक़्त मुझे किसी मुसीबत के टूट पड़ने का डर बना रहता, पर फिर मैं उसकी ओर मुड़ जाती। आधी बहरी वह औरत इतनी ज़ोर से बोलती कि उसे लगातार आवाज़ धीमी करने को कहना होता। लेकिन इससे उसकी फुसफुसाहट इतनी धीमी हो जाती कि मैं कुछ सुन ही नहीं पाती।

मैं उससे थोड़ा तेज़ बोलने की गुज़ारिश करती और वह फिर चीख़ने लगती।

औरत ने मुझे बताया, 'लड़कियाँ बोझ होती हैं जिसको जितनी जल्दी हो सके उतार देना चाहिए, लेकिन मैं इतनी बदशक्ल और एक अजीबो-ग़रीब खुजली की बीमारी की शिकार थी कि मुझसे कोई शादी नहीं करना चाहता था। चूँकि मेरे बाप का अपना कोई कुनबा नहीं था, इस बात की कहीं कोई थोड़ी-सी भी गुंज़ाइश नहीं थी कि कोई हमारे यहाँ शादी करना चाहेगा। लेकिन तभी पहाड़ों से एक इन्सान आया और मेरी खुजली जादू की तरह ग़ायब हो गई।'

औरत फिर ग़मगीन हो गई।

'मेरा बाप किसी बाहरवाले से मेरी शादी नहीं करना चाहता था, लेकिन कोई और मेरा दूल्हा नहीं था इसलिए वह रज़ामन्द हो गया। जिस रात मेरी शादी होनेवाली

थी, वह मर गया।'

हालाँकि मैं आगे सुनना चाहती थी गुप्पी रोने लगी और अब वहाँ रुकने में ख़ैरियत नहीं थी। मैंने उस औरत से पूछा कि वह अब कब आएगी ? बल खाकर उठते हुए उसने कहा, 'कल। यहाँ वे सब मुझे जानते हैं। मुझे लेकर कोई आपको परेशान नहीं करेगा। चील तक नहीं। वह मेरे बारे में सब कुछ जानती है। यहाँ हर किसी को मेरी कहानी मालूम है।'

अपना हाथ हिलाया और उसने अपने आपको एक उबाऊ मसला बताते हुए ख़ारिज कर दिया, 'बीबीजी अगर हमारी मुलाक़ात को आप कोई अहमियत नहीं देंगी, कोई कुछ नहीं पूछेगा।' अपना माथा और मेरे पैर छूती हुई वह चली गई।

मक्खी ने अपने पर फड़फड़ाए और उड़ गई।

मैंने जल्दी से अपना सामान उठाया और गुप्पी को अन्दर ले गई।

मुझे ताज्जुब हुआ कि अम्मा साईं ने मुझसे उसके बारे में नहीं पूछा। और भी ताज्जुब तो मुझे इस बात पर हुआ कि ईंट की दीवार के पीछे से पीर साईं जब अन्दर दाख़िल हुआ चील के ओठ नहीं हिले।

पूरे एक महीने तक हम आधा घंटा रोज़ बतियाते रहे और मेरे नए साथी को लेकर नाख़ुशी का कहीं कोई इशारा तक नहीं। मुझे शुबहा होने लगा। वह औरत मेरे शौहर की जासूस हो सकती है। लेकिन वह वो सब कुछ बताती जो मैं सुनने की ख़्वाहिशमन्द थी।

मैं उसे तोती कहने लगी। वह बिना रुके तोते की तरह बोलती जाती थी। उसी से मुझे मक़बरे की सच्ची कहानी पता चली, अम्मा साईं ने मुझे कुछ और ही बताया था।

तोती ने कहा, 'बाहर से आकर बसनेवालों के एक ख़ानदान ने इस इलाक़े की कुछ ज़मीन हासिल कर ली। उसका एक बेटा मलंग था जिसने ख़ुद को दीन के हवाले करने के लिए दुनिया की हर चीज़ से नाता तोड़ लिया था। जब लोग बरगद के एक पेड़ के नीचे उसके गई-गिर्द इकट्ठे होने लगे, उसके भाइयों ने उसे पागल करार देकर घर से बाहर फेंक दिया। बेघर वह यूँ ही घूमता रहता कि एक दिन वह पहाड़ पर चढ़ गया और फिर दिखाई नहीं पड़ा। दस साल बाद उसके मुरीद उसकी लाश को नीचे मैदान में लाए और उनके नाम के साथ करिश्मों की हज़ारों दास्तानें जुड़ गईं।'

'यह बात तब की है जब फ़िरंगियों का राज शुरू ही हुआ था,' तोती ने अपनी बात जारी रखते हुए कहा, 'ग़ैरमुल्क़ी लोगों को लगातार मसलों का सामना करना पड़ता। यहाँ के अड़ियल क़िस्म के बाशिन्दों के सीधे-सादे दिमाग़ ताक़तवर विदेशी हुक्मरानों से मुक़ाबला करने की तो कूबत रखते थे लेकिन अपने देसी मालिकान की ज़्यादतियों को बर्दाश्त कर लेते। ज़मींदारों ने उनकी इस ज़हनियत का फ़ायदा

उठाया और फ़िरंगियों को ब्लैकमेल करने के लिए ग़रीबों का इस्तेमाल किया। अपने लिए माली इम्दाद और ख़िराज़ खींचते हुए वे अपने बच्चों की क़स्में खाते कि उनको साज़िशों से कोई वास्ता नहीं।

'जब अंग्रेज़ों की नज़र बाबाजी की एक मामूली-सी क़ब्र पर पड़ी जिसके इर्द-गिर्द करिश्मों की कहानियाँ गूँज रही थीं, उनको लगा कि एक मक़बरे की ज़बरदस्त कशिश के जरिए वे इस इलाक़े के लोगों को क़ाबू में रख सकते हैं। अंग्रेज़ हमेशा से वफ़ादार मददगारों की तलाश में रहते थे; उनको यक़ीन था कि निचले पायदान पर खड़े जिन लोगों को उन्होंने अहम बना दिया है, वे हमेशा के लिए उनके शुक्रगुजार बने रहेंगे।'

तोती थोड़ी-सी झिझकी, 'सब कुछ बदलने के पहले से ही वे बाबाजी के भाइयों से सलाह-मशविरा करते रहते थे। मिट्टी के छोटे-से ढेर को संगमरमर का बना दिया गया और वो रंग-बिरंगी टाइलों से सजे एक गोल कमरे से घिर गया। दूर-दराज़ के लोगों को खींचने के लिए छत पर लम्बी-लम्बी हरी और सुनहरी मीनारें खड़ी कर दी गईं। इसकी बग़ल में एक मस्जिद बनवाई गई, जिसके बाहर भूखे लोगों को ललचाने के लिए बड़े-बड़े कढ़ावों में खाना पकाया जाता था।'

'वो पहली रात थी,' वह हँस पड़ी। 'जिस आदमी को पीर बनाया गया, वह बाबाजी के उस मरहूम भाई का बेटा था, जिसने उनको घर से बाहर निकाल फेंका और उनके हिस्से की ज़मीन हथिया ली थी। उस एक लड़के की ताजपोशी के मौक़े पर सारे मुल्क से ख़ास-ख़ास अहम लोग बुलाए गए। वह लड़का अब लम्बी दाढ़ी और उससे भी लम्बे बाल रखने लगा था। बक्से में से एक पगड़ी निकाली गई और उसके सिर पर बाँध दी गई। कहा गया कि वो बाबाजी की थी। जिस भक्ति और युक्ति से बाबाजी को रूहानी ताक़त मिली थी, कहा गया था कि वो पगड़ी के छूते ही उनके वारिस के जिस्म में उतर गई थी। बाबाजी ने अल्लाह की जो इबादत की थी, उसका सिला उसको मुफ़्त में मिल गया, बिना कुछ किए धरे। अल्लाहू, अल्लाहू से सारा माहौल भर गया। दस्तारबन्दी पर खुशियाँ मनाई गईं। बक्से में हज़ारों नोट डाले गए।'

तोती की कहानी हर रोज़ चलती रहती।

'मक़बरे की चाबियाँ पीर और लोगों को सौंप दी गईं। तक़दीरों पर मुहर ठोंक दी गई। अंग्रेज़ लोगों पर राज करते रहे और मक़बरा एक फलता-फूलता धन्धा बन गया। दूसरे पीर के मरने के बाद, उसका वारिस ज़्यादा होशियार निकला। उसे पेशे की ट्रेनिंग मिल चुकी थी।'

जब मैंने उससे पूछा कि बाबाजी के मुरीदों का क्या हुआ, तोती ने कहा, 'उन्होंने लोगों को ग़लत रास्ते से हटाने की कोशिशें कीं, लेकिन कोई नतीजा नहीं निकला। उन्होंने याद दिलाया कि बाबाजी के साथ कितना ग़लत सलूक किया गया था, लेकिन

लोगों ने दूसरे क़िस्से पर यक़ीन करना पसन्द किया। इससे उनको उम्मीद बँधती थी। बाबाजी के मुरीदों को मक़बरे से भगा दिया गया। वे दूसरे गाँवों में चले गए, लेकिन एक रवायत बन गई कि उस ख़ानदान का हर एक मर्द मरने की क़ीमत पर भी मक़बरे ज़रूर जाता और अवाम को उस पाखंड के बारे में आगाह करता जो बाबाजी के ख़ानदानियों ने पाल रखा था। मुरीदों के उस ख़ानदान के हर मर्द को बेरहमी से क़त्ल कर दिया गया। सिर्फ़ चील बची है जिसका मिशन कुछ और है।'

'चील ! बाबाजी के मुरीदों की वारिस ? यह सब क्या है ? उसका मिशन क्या है ?' मेरे इन तमाम सवालों का कोई जवाब नहीं मिला। तोती ने नहीं बताया कि चील ने ख़ानदान की क़सम के साथ दग़ा क्यों किया ?

इस तमाम जानकारी के बाद भी मैं तोती से एक बहुत अहम सवाल पूछना चाहती थी।

'क्या वे सीधे-सीधे पैग़म्बर के वारिस नहीं ? और क्या उनके पाक पुरखों की वजह से उन पर अल्ला की ख़ास रहमत नहीं है ?'

तोती मुझ पर हँस पड़ी और एक सवाल पूछा जिससे मुझे मेरा जवाब मिल गया।

'क्या उनके काम किसी भी तौर पर पैग़म्बर की महानता को ज़ाहिर करते हैं ? दरअसल क्या वे पैग़म्बर के सबसे बुरे दुश्मनों जैसे नहीं लगते ? वे पाखंडी हैं जो हमारे दिलों पर थोप दिए गए हैं। हम पर हुकूमत करने के लिए वे हमारी अज्ञानता का, हमारी गुरबत का, हमारी कमज़ोरियों और हमारी सीमाओं का फ़ायदा उठाते हैं। मक़बरा किराए का टट्टू है, सियासी है। यह पाक नहीं है।' तोती के बेलागपन पर मैं भौचक्की रह गई। वह इतनी गुस्ताख़ थी कि यहाँ जितनी होने की कोई जुरअत तक नहीं कर सकता था।

हालाँकि जब कभी वह ऐसा कुछ कर देती मैं अक्सर उससे दूर हो जाती, लेकिन कुछ और जानने के लिए मैं फिर-फिर वापस आ जाती।

मुझे झटके देती, मुझे हँसाती हुई और कभी-कभी मुझे नाउम्मीदी की गहरी गर्त में फेंकती तोती बतियाती रहती। मैं उससे पूछना चाहती कि वह इतनी बेबाकी से अपनी राय कैसे देती थी, लेकिन इस सवाल को मैं टालती रही। अगर वह परेशान हो जाती, उसका बोलना बन्द हो जाता।

'अंग्रेज़ों को वो चाबी मिल गई थी जिससे वे यहाँ के बाशिन्दों के दिमाग़ों को खोल सकते थे। अगर कोई सिर उठाता, पीर उसे काट देता,' उसने कहा, 'बाबाजी का इस्तेमाल तवाइफ़ों की तरह किया गया,' उसने कहा और मेरा हाथ मेरे मुँह पर पहुँच गया।

'भड़ुओं के खानदान ने उसको अंग्रेज़ों के हक़ में नब्बे साल के पट्टे पर बेच

दिया, जबकि सीधे-सादे लोग यह यक़ीन करते रहे कि उन पर अल्लाह की ख़ास रहमत है। अगर मक़बरे पर अल्लाह का फ़ैज़ है, तो उससे कौन लड़ेगा ?' जब वह यह पूछ रही थी, मुझे भारी धक्का लगा और मैं उसे घूरने लगी।

गोकि अंग्रेज़ चले गए थे, हम अब भी उसी दोज़ख़ में मुसीबतें झेल रहे थे जिसे उन्होंने बनाया था और जो अब उनके किसी मतलब का नहीं था। मैं हैरान भी थी कि तोती के साथ मेरी मुलाक़ातों पर कोई प्रतिक्रिया नहीं थी। पीर साईं के आगे चील के ओठ कभी नहीं हिले और अम्मा साईं ने मुझे मेरी तबाही के लिए आगाह नहीं किया।

हर बार जब तोती नमूदार होती, सब कुछ जहाँ का तहाँ ठहर-सा जाती, जब तक कि वह चली नहीं जाती। मैं सोचती कि क्या मैं यह सब तसव्वुर कर रही हूँ या मैं उसका तसव्वुर कर रही हूँ।

तोती अपने आदमी से मुहब्बत करती रही।

'मुझे यक़ीन था कि मुझे कोई और नहीं मिलेगा,' वह हँसने लगती, पर यह नहीं बताती कि उसकी मौत कैसे हुई। इसके बजाए वह मेरी ओर गहरे सोग में डूबी आँखों से देखती और पहेलियाँ बुझाती।

'हमारी ओर एक तूफ़ान लपका। उसने हमारी मुहब्बत को आसमान में उड़ा दिया। धूल उड़ती रही, वह कभी जमी नहीं। अब मेरी ओर देखो। एक दिन मैं जवान थी, दूसरे दिन मैं बुढ़िया हो गई।'

एक दिन वह ख़ुशी से उछलती हुई आई।

'शादी की सालगिरह पर वह मुझसे मिलने को आ रहा है, बीबीजी। इस दिन के आने के लिए मैंने सारा साल गुजार दिया।'

मेरे ताज्जुब करने पर वह खिलखिला उठी, 'मर्द बेवफ़ा हरामी होते हैं, बीबीजी। मेरा मर्द ही वफ़ादार है। वह मरने पर भी मुझसे जुड़ा है।'

मेरी ख़्वाहिश हुई कि मुझे भी एक ज़िन्दा की बजाय एक मुर्दा मर्द मिल गया होता।

अपनी शादी की सालगिरह के लिए तोती ने ज़री की कमीज़ पहनी जिसके सोने के तार उधड़ गए थे। उसकी तहें उसकी उम्र का इशारा कर रही थीं। उसके सिर पर पड़ा टिशू का दुपट्टा तार-तार हो रहा था और सुनहरी जूतियों की चमक उनको छोड़ चुकी थी। उसके बुन्दों में लम्बी-लम्बी कड़ियाँ लटकी थीं और थोड़े-से बालों में ज़ंग खाई चिमटियों से फँसी हुई थीं। ठोड़ी के नीचे उसकी झुकी हुई काठी पर एक हार झूल रहा था।

तोती ने अपने दोनों हाथ जोड़े, और एक छोटी शैतान लड़की की तरह यह कहते हुए घूम गई, 'वह यहाँ आएगा। दोपहर को तुम उसे देखोगी। मैं तुम्हें देखने दूँगी।'

बेचारी तोती पागल हो गई थी। उसके नुक़सान को पूरा नहीं किया जा सकता था। मैंने उससे मज़ाक़-मज़ाक़ में पूछा, 'क्या उसको और लोग नहीं देखेंगे ?'

'बिलकुल नहीं,' उसने गुस्से में कहा, 'मेरे आदमी को सिर्फ़ वे ही देख सकेंगे जिनको मैं चाहूँगी।'

तोती बिजली के बल्ब की मानिन्द दमक उठी।

मेरी रगों में ठंड की लहर दौड़ गई।

मुझे किसी की मौजूदगी का अहसास हुआ।

वह आ गया था।

लम्बा और चौड़ा, पर उसका बयान नहीं किया जा सकता। उसकी मूँछें मुड़ी हुई थीं, पर वह बिखरा हुआ था। मैंने उसे देखा था।

इस रूहानी अहसास पर मुझे चीख़ पड़ने की ज़रूरत महसूस हुई, लेकिन मेरी ज़बान गोया सिल गई।

हवेली में एक अजनबी मौजूद था। अल्लाह का शुक्र था कि वह मरा हुआ था।

जब मेरे होशो-हवास वापस लौटे, अपनी बुनाई के मैं उसी फंदे पर थी।

तोती की ख़ूबसूरत मुस्कान चढ़ी हुई त्योरियों में बदल गई, 'सारी साल मैं उसकी झलक पाने का इन्तज़ार करती रहती हूँ लेकिन वह महज़ एक लम्हे के लिए रुकता है। बारिश के लिए मैं एक प्यासी फ़सल की तरह उसकी राह तकती हूँ और एक बादल मेरे सिर पर घिर आता और बरसे बग़ैर चला जाता है।'

जब मैंने उसको बेख़ौफ़ बने रहने की सलाह दी तोती मुझसे नाराज़ हो गई; मेरे अपने जिस्म से ख़ौफ़ की लहरें दौड़ गईं।

'तुम अपने शौहर के लिए औलाद जनती हो तो मैं मुसीबत क्यों उठाऊँ ? यह ग़लत है कि तुम ज़िम्मेदार महसूस नहीं करतीं,' उसने शिकायत की।

यह पहला मौक़ा था जबकि उसने हम पर इलज़ाम लगाया था। बेएहतियाती में मैं उससे पूछ बैठी, 'तुम्हारे मर्द का क़त्ल क्या हमने किया था ?'

दोहरी होकर तोती जवाब दिए बग़ैर चली गई। मैं एक बड़े राज़ को लिये चील के सामने से गुज़र गई।

उस रात मुझे दर्द हुए।

मेरे भीतर की किसी गहराई से दर्द चुपचाप उठा और सोलह घंटे तक बिना रुके बढ़ता-घटता रहा। आख़िरकार मक़बरे के लिए मैंने एक बेटा जन दिया। बेहोशी की हालत में ही मुझे ख़ुशियाँ मनाने की आवाज़ें महसूस होने लगीं।

मालिक संजीदा बना रहा और बधाइयों का जवाब उसने दुआओं से दिया।

मेरे बेटे की ज़िन्दगी के चालीसवें दिन, मैंने सोने के किमख़ाब के कपड़े पहने और सिर पर एक ग़ैरमामूली टिशू का दुपट्टा ओढ़ा। सुनहरे धागों से बनी जूतियाँ

मेरे पैरों में जवाहरात की मानिन्द जगमगा रही थीं और कानों में हीरे-पन्ने झूल रहे थे। अपनी बाँहों में वारिस को थामे और अपने पीछे औरतों के झुंड के साथ मैं उसके पुरखों के मक़बरे की ज़ियारत करने गई। रास्ते में मैं अपने बेटे की तबाही के बारे में सोचकर काँप गई। हर कोई सोच रहा था कि उस पर अल्लाह का ख़ास करम है, मैं जानती थी कि उस पर ख़ुदा का क़हर बरपा हो सकता है।

बाबाजी के मज़ार पर मैंने भीख माँगी, मेरे बेटे के बारे में फ़ैसला इस बात से न लें कि उसका बाप उसे क्या बनने की तालीम देगा और ख़ुदा से दुआ माँगी, 'मेहरबानी करके इस बच्चे को बाबाजी जैसा बनने दें। इस बच्चे को बुत बनने से बचाएँ, मेहरबानी करें इसे मुसलमान बना रहने दें।'

मैं आँगन में लौटी जो चटक रंगों से सजी-धजी औरतों से जगमगा रहा था।

लाल और हरे और नीले-पीले रंग मेरी रूह में जज़्ब हो गए। माहौल में रंज का कोई नामोनिशान तक नहीं था, औरतें ख़ुशी से नाच रही थीं। लगता था कि वह दूसरे लोगों के साथ दूसरी दुनिया है।

सिवाय चील के, जो अब भी अपने सीने पर अपनी बाँहों को बाँधे खड़ी हुई थी।

मालदार ज़मींदारों की बीवियाँ सोने के तोहफ़े लाई थीं; और ग़रीब सब कुछ लेकर जो उनके पास था। हवेली के बाहर फलों और मिठाई के बड़े-बड़े टोकरे, केक और मेवा के बक्से, घी और तेल के कनस्तर, आटे और चीनी के बोरे रखे थे; कटे हुए सैकड़ों जानवरों के ढेर लगे थे। यह उर्स जैसा दिन था, जब मौत को अल्लाह के साथ दुबारा मिलने की तरह मनाया जाता है।

अपने पहले पोते को लेकर माँ फूली नहीं समा रही थी।

उसके बाद जब कभी वह मुझको देखती, मेरा बोसा लेती और पूरे जज़्बात के साथ दुआ माँगती, 'अल्लाह करे तुझे और ज़्यादा इज़्ज़त और बरकत हासिल हो। अल्लाह करे तुम सारे जहान पर राज करो।'

क्या वह वाक़िफ़ नहीं थी कि मेरा यही जहान है, मैंने ख़ुद-ब-ख़ुद सोचा। मैं माँ से कितनी दूर थी, लेकिन उसने इस पर ग़ौर करने से इनकार कर दिया था।

पीर साईं के भाइयों की बीवियाँ मेरी जानिब चार के गिरोह की तरह आईं। वे हमेशा एक-दूसरे से चिपकी रहतीं। मैंने उनमें से किसी को कभी अकेले नहीं देखा। मक़बरे के नए वारिस पर दुआओं की बारिश करते हुए उन्होंने उसको पैदा करने के लिए मुझे मुबारकबाद दी। इस कामयाबी से मुझे ज़्यादा ताक़तवर हो जाना चाहिए लेकिन बहुत-से दीगर अहसासात ने मेरे इस अहसास में पलीता लगा दिया। जब मेसनी को अपनी ओर आते देखा। मैंने उसको अज़ाब के तईं उसकी बेफ़िक्री से झकझोरकर बाहर ले आना चाहा। लेकिन मैं उससे जोशो-ख़रोश से मिली। हर बार जब वह मेरी ओर नहीं देख रही होती, मैं उसको ग़ौर से सिर से पैर तक देखती

और हैरान होती।

इतनी बेहरक़त थी कि वह एक मरी हुई औरत लगती, जो चल रही थी। उसके जज़्बात भीतर कहीं डूब गए थे। उसका चेहरा कुछ नहीं बोलता। उसकी आँखों में इतना ख़ौफ़ था कि जो उनमें देखता वह ख़ुद ख़ौफज़दा हो जाता। शिकारी के जाल में वह खरगोश जैसी फँसी थी।

उसकी माँ उससे जुदा थी।

उसके चेहरे पर ग़ुस्सा था। उसके नाक-नक़्श बेहद तीखे थे। हवेली में उसकी तूती बोलती थी, लेकिन महज़ इसलिए कि वह कहीं दख़ल नहीं देती।

मैंने यह भी ग़ौर किया कि मेसनी और उसकी माँ एक-दूसरे से सीधे तौर पर नहीं बोलतीं। उनकी बातों को एक-दूसरे तक रिश्तेदार और नौकरानियाँ पहुँचातीं।

अमीरों की बीवियों के बीच सख़ी बीवी भी थी। वह सख़ी बाबा नाम के एक मिल मालिक की बीवी थी। वह आई और मेरे पास बैठ गई। बीमारी की वजह से कई साल से वह एक दूर-दराज़ के गाँव में अपने बाप के पास रह रही थी, हमेशा बिस्तर पर। सखी बीवी ने अपनी आवाज़ धीमी की और मेरे कान में एक ख़याल फूँक दिया जो पहले से ही मेरे ज़हन में चक्कर लगा रहा था। 'क़ुरान का तर्जुमा पढ़ो। इसको अपने आप समझो। हमारे मज़हब का मतलब तुम्हें पाक किताब समझा देगी।'

मैंने अम्मा साईं की त्योरियाँ चढ़ते और उनको जाते हुए देखा।

मैं जश्न में खो गई, लेकिन मेरी आँखें सख़ी बीवी का पीछा करती रहीं।

अम्मा साईं ने मुझे पकड़ लिया और हुक्म दिया, 'उस मिल मालिक की बीवी के साथ बक-बक मत करो। वह हमारी दोस्त नहीं है।' जब उन्होंने पूछा कि उसने क्या कहा था, मैंने झूठ बोल दिया।

उसकी जगह अम्मा साईं ने मुझे दो बहनों से मिलवाया जो दो भाइयों की बीवियाँ थीं। दो किसान थे और उन ख़ानदानों में से थे जो दसियों साल से मक़बरे के पक्के मुरीद थे। अठारह साल पहले तक दोनों बहनों के कोई औलाद नहीं हुई थी जब तक कि पीर साईं ने उनको एक बेटा और एक बेटी नहीं दिए। किसानों ने मिठाइयाँ बाँटीं, पीर साईं की तारीफ़ों के पुल बाँधे, और लड़के और लड़की का नाम महाराजा और महारानी रखा। उनकी फ़ौरन ही शादी कर दी गई।

मैंने ग़ौर किया कि सख़ी बीवी के अलावा यहाँ सिर्फ़ किसानों की बीवियाँ ही मुतमइन थीं, और उनको इल्म था कि उनके बच्चों का ताल्लुक़ उनके शौहरों से होना चाहिए।

इस बीच माँ हर किसी से ग़ुरूर के साथ कह रही थी, 'ज़रा देखो तो किस अच्छी तरह से सँभालती है हीर इस इतनी बड़ी घर-गृहस्थी को। ग़ौर तो करो, वह इतने शानदार ख़ानदान का किस बख़ूबी से एक हिस्सा बन गई है।'

मुझसे उसने कहा, 'क्या मैंने तुमसे नहीं कहा था कि अल्लाह हमेशा हमारी फ़रियादें सुनता है। लेकिन अगर तुम सब्र खो बैठतीं या दिल डुबो देतीं, तो नतीजे में अल्लाह के फ़ज़्ल की जगह तुमको ज़ल्दबाज़ी में लिया गया फ़ैसला पल्ले पड़ता। देखो खुदा ने तुम पर कितनी रहमतों की बारिश कर दी है।'

उसकी बात तसलीम करने का दिखावा करते हुए मैंने उसका हाथ दबा दिया।

माँ ने फ़ैसला कर दिया था कि मैं सुखी हूँ, या होऊँगी या बेहतर है कि हो जाऊँ।

उसमें सच को मारने की ताक़त तो थी, लेकिन उसका सामना करने की नहीं।

चहल-क़दमी करती हुई मैं अब भी सोच रही थी कि बाबा क्या माँ की ही तरह होते ? आख़िरकार वे दोनों ही कमज़ोर लोगों के हिस्से थे। चूँकि उनके पास दिखाने को कुछ नहीं होता। वे मालदार और ताक़तवर लोगों के क़रीब आने के लिए ललचाते रहते हैं। बाबा के मौजूद न रहने से मुझे राहत-सी महसूस हुई। उनके लिए माँ जैसा मुखौटा चढ़ाए रखना शायद मुमकिन न होता। लेकिन वह कर क्या सकते थे ? और मेरा दिमाग़ फिर उस इम्कान की ओर दौड़ने लगा कि वह शायद माँ की तरह के ही होते। मुझे माँ से भी तो यह उम्मीद नहीं थी।

जब सख़ी बीवी रुख़सत लेने को आई, मैंने दाई से पूछा इस भली औरत से अम्मा साईं नाराज क्यों है ? दाई ने बताया, 'सखी बीवी बेऔलाद थीं। कई सालों तक लोग लगातार समझाने की कोशिश करते रहे कि उसको पीर साईं के पास जाना चाहिए। वह बाँझपन को दुआओं से ख़त्म कर देगा। लेकन उसने इन्कार कर दिया। वह कहती, 'मैं एक पाखंडी में यक़ीन करने की बजाए बेऔलाद रहना ज़्यादा पसन्द करूँगी।' तीन साल पहले जब उसको बेटा हुआ तो भारी ख़ुशियाँ मनाई गईं। वह हमारी दोस्त नहीं है,' दाई ने ऐलान किया।

भाई औरतों के सामने नहीं आ सकता था, लेकिन मेरे क़ुनबे के रुख़सत से पहले उसे एक ख़ाली कमरे में लाया गया। उसको देखकर मैं जुदाई के दर्द से चिल्लाने लगती। लेकिन मैंने यह नहीं किया। मैंने उसे चार साल से नहीं देखा था। वह बड़ा लगता था। वह पहले से लम्बा और पतला था। भाई मेरे चेहरे पर कुछ और तलाश कर रहा था। मैं यह तलाश कर रही थी कि उसने क्या जान लिया है ? दोनों में से किसी ने कुछ नहीं कहा।

वह अपनी पढ़ाई, अपने मास्टरों और अपने भविष्य की बाबत कुछ बड़बड़ाता रहा। ऊपरी तौर पर मेरी बदहाली को लेकर वह फ़िक्रमन्द नहीं था, लेकिन जिस रफ़्तार से वह बात कर रहा था, उससे उसकी घबराहट झलकती थी।

अचानक मुखौटा गिर गया। वह पूछा बैठा, 'माँ से नहीं कहना कि मैंने पूछा था, लेकिन जब तुम्हारे दो बच्चे हो चुके हैं, क्या तुम वाक़ई ख़ुश हो ?'

अपने अज़ीज़ को डूब जाने को छोड़ देने के ख़याल से उसको बेहद तकलीफ़

हुई होगी। भाई मेरी ताईद का इन्तज़ार कर रहा था जो मैं ही कर सकती थी, मैं उसको दर्द से बचाना चाहती थी।

जब मैं अपनी बात कह चुकी, उसका चेहरा दमक उठा। उसने कहा, 'ख़ुदा का शुक्र है, आपा।'

मैं उसके क़रीब गई और उसका सिर अपने पेट से लगा लिया, 'मेरी फ़िक्र मत करो, भाई। मुझे माँ के रूप में देखकर तुम्हें फ़ख़्र होना चाहिए। मेरी शादी कोई ऐसी चीज़ नहीं जिस पर शर्मसार हुआ जाए।'

और उस पूरे वक़्त भाई सुबक रहा था।

मैंने उसे तसल्ली दी, 'मेरी ज़िन्दगी को इस नज़र से नहीं तोलो कि मैं घर नहीं आ सकती और तुम यहाँ नहीं रुक सकते। कुछ प्रथाएँ हमारे लिए मुश्किल हैं, लेकिन उनसे और दूसरी चीज़ें तो ख़त्म नहीं हो जातीं।'

भाई ने मेरे चेहरे की ओर देखा और मिन्नत की, 'मेरी क़सम खाओ आपा, कि यह ही पूरा सच है।'

मैंने क़सम खाई लेकिन मुझे लगा कि वह मेरे मुँडे हुए सिर को कैसे भूल सकेगा।

माँ की अन्धी आँखों से ज़्यादा चोट मुझे भाई की फ़िक्रमन्दी से पहुँची।

अपने लाइलाज दर्द से मुझे अपने क़ुनबे को बचाना था। उनके मुहब्बत के वादों की उम्मीद करना मेरे हक़ में ख़ुदगर्ज़ी था। मुझे प्यार करने से वे मारे जाएँगे। मैं दौड़ी-दौड़ी वहाँ पहुँची जहाँ माँ बैठी थी उसको सीने से लगाया और बार-बार प्यार किया। वह हैरान थी कि किसने दूर किया है हमारे बीच के फ़ासिले को !

6

चौखटे में चक्कर

सब जा चुके थे।

जश्नों और भीतरी उलझनों से निढाल मैं अपने बेटे की बग़ल में अपने बच्चों के कमरे में लेटी थी। गुप्पी मेरे पैरों के पास रबड़ की एक गुड़िया से खेल रही थी जो ठीक उसकी और मेरी और हवेली की तमाम दूसरी औरतों जैसी लगती। मैं सोचकर हैरान थी कि क्या वह अपने भाई और अपने बीच के फ़र्क़ को जानती थी ?

तोती सीधी कमरे में घुस आई।

मैं घबरा गई, उससे पूछा, 'तुम अन्दर कैसे आई ?'

उसने क़सम खाई कि उसको किसी ने नहीं देखा और मुझे चिढ़ाया कि मैं अपनी परछाईं से भी डरती रहती हूँ। मैं उसे ख़तरे के बारे में आगाह करना चाहती, काली के हश्र की बाबत बताना चाहती थी। पर मैंने गुस्से का दिखावा किया।

'तू कहाँ थी बुढ़िया गाय ? मेरे बेटे के जश्न पर तू दिखाई नहीं पड़ी। क्या तू सिर्फ़ अपनी सालगिरह ही मनाती है, बाक़ी कुछ नहीं ?'

उसने हज़ारों बहाने बनाए जो सारे के सारे झूठे लगे।

नन्हे मालिक के चारों ओर नाचती हुई तोती ने उसे छोटा साईं कहा, उसके लिए गाना गाया, और गोकि गुप्पी को हर किसी का हर गाना अच्छा लगता था, इन सारी हरकतों में उसने कोई दिलचस्पी नहीं दिखाई।

तोती अलविदा कहने आई थी। वह दुबारा गाँव छोड़कर जा रही थी।

उसकी ग़ैरमौजूदगी से मुझे डर लग रहा था। मैंने कहा, 'तुम एक अकेली औरत हो जिसके साथ मेरे बात करने पर यहाँ किसी को एतराज़ नहीं होता। अगर तुम चली गईं तो मैं किसी से बात नहीं कर पाऊँगी। कोई नहीं रह जाएगा मेरे लिए बात करने को।'

मेरे हाथ को सैकड़ों बार चूमते हुए, तोती ने वादा किया, 'मैं जल्दी ही लौटूँगी और काली की कहानी सुनाऊँगी।'

उसने पहले क्यों नहीं बताया कि वह उसके बारे में जानती थी ? अब वह बहुत जल्दी में थी। मैंने उसे रोकना चाहा।

'जाने से पेश्तर मुझे जल्दी से सुना दो। नहीं तो मुझे इन्तज़ार करना होगा और मुझमें सब्र नहीं है।'

इसे अगली दफ़ा के लिए छोड़ते हुए तोती ने कहानी को आनेवाले किसी वक़्त में टालने की कोशिश की और दरवाज़े की ओर बढ़ने लगी। 'मुझे कुछ तो बता दो, एक चीज़, कोई चीज़ तो बता दो' मैं उससे तब तक आरज़ू-मिन्नत करती रही जब तक उसने यह नहीं बताया, 'तुम्हारे शौहर के घोड़े को मर्दानगी की जो दवाई दी गई उसका एक हिस्सा कुछ लड़कों में इंजेक्शन से डाल दिया गया और उनको काली पर खुला छोड़ दिया। वहशियों ने काली के हामिला जिस्म को नोच-नोचकर खाया। फिर वह बिस्तर से नहीं उठ सकी। आख़िरी बार वह तब उठी जब उसने ख़ुद को फ़ाँसी पर लटकाया।'

मैं बेहद डर गई।

'अभी के लिए इतना काफ़ी है। लेकिन सब कुछ यही नहीं,' दरवाज़ा खोलते और उससे निकलते हुए उसने कहा। दरवाज़े के दूसरी ओर से उसका सिर दुबारा नमूदार हुआ।

'इस कहानी का सरदार तुम्हारा शौहर था,' उसने कहा और दरवाज़े से बाहर हो गई। गोकि मैं यह पहले से जानती थी, मैं इतनी परेशान हो गई कि ज़ोर-ज़ोर से रोने लगी।

गुप्पी मुझसे चिपक गई और मुझे मेरे दर्द से अलग करने की कोशिश करने लगी। वह मुझे चुप कराना और एक नई लोरी सुनना चाहती थी। सुबकियों के बीच मैंने उससे पूछा, 'तुमने सुना था कि तोती क्या गा रही थी ? तुम्हें वह अच्छा लगा ?'

'मैंने कुछ सुना ही नहीं,' उसने जवाब दिया।

मैंने उसे याद दिलाया, 'वो बूढ़ी औरत जो अभी-अभी गा रही थी, गुप्पी !' उसे कुछ याद नहीं था।

ताज़्ज़ुब से मैं उठकर बैठ गई।

'गुप्पी, तुम्हें याद है वो औरत जो बाहर मिलती थी। जो तुम्हारे भाई के पैदा होने से पहले मेरी बगल में बैठा करती थी। याद है ना ?'

उसने कहा, 'नहीं।'

शायद इतनी पुरानी बात को वह याद न कर पाये। मैंने फिर कोशिश की।

'कुछ देर पहले तुमने उसे यहाँ देखा था ?'

अपना सिर हिलाते हुए उसने कहा, 'मैंने किसी को नहीं देखा, न यहाँ न वहाँ।'

क्या वह बहरी होती जा रही है, क्या उसकी आँखों की रोशनी ख़त्म हो रही है ?

तोती की ओर उसका ध्यान खींचने में नाकामयाब होने पर मेरे हाथ-पैर फूल

गए, मैंने दाई को आवाज़ दी।

'गुप्पी क्या तुम अमीरादाई को देख सकती हो ?' एक के बाद एक करके मैंने कई औरतों को बुलाया। वह सबको देख सकती थी। वह तोती को क्यों नहीं देख पाई ?

मैं उसकी अजीबो-ग़रीब बीमारी की जाँच करती रही। एक सप्ताह तक परेशान होने के बाद मैंने जोखिम उठाने का फ़ैसला किया और अम्मा साईं से घर के डॉक्टर को बुलाने को कहा।

'वह किस पुरानी नौकरानी को नहीं देख सकती ?' अम्मा साईं ने हँसते हुए पूछा।

'वो जो बच्चा पैदा होने से पहले मेरे साथ बैठा करती थी,' मैंने एहतियात के साथ जवाब दिया।

'कौन-सी थी वह ?' उन्होंने पूछा।

या ख़ुदा ! मैं क्या करूँ कि तवज्जो तोती की ओर न जाए। सारा मुआमला मुड़-तुड़ कर मेरे मुँह पर फट सकता था। एक सोता हुआ साँप अपना सिर उठा सकता और डस सकता था। लेकिन मुझे पता करना था कि गुप्पी को क्या हुआ है, और मैं उगल पड़ी, 'वह जवान थी। नहीं नहीं वह बूढ़ी थी। नहीं। वह कुबड़ी थी।'

अम्मा साईं ने मुझे सख़्त लहजे में टोका, 'उसको और किसने देखा ?'

'मेरा ख़याल था हर किसी ने,' मैंने जवाब दिया।

जिन-जिन के नाम मैंने दिए अम्मा साईं ने उन सब नौकरानियों को बुलाया और उन सबने तोती को देखने से इनकार किया। मैंने उनको छोटी-छोटी चीज़ों की याद दिलाई। पर उनको कुछ याद नहीं आया।

'चील से पूछा जाए,' मैंने राय दी, 'उसको पता होगा।'

उसे कुछ पता नहीं था।

फिर तोती अन्दर कैसे आ गई ? क्या मैं पागल हो गई हूँ ? क्या नौकरानियाँ मुझे पीर साईं से बचा रही थीं ? क्या चील मुझे बचा रही थी ? यह नामुमकिन था। गुप्पी उनकी राह पर कैसे चल सकती थी। नन्ही गुप्पी और सब की तरह थी। मैं जुदा थी।

जब मैंने कहा, 'उसका मंगेतर बहुत पहले मर गया था और अपनी शादी की सालगिरह पर वह सालभर उसके भूत को देखने का इन्तज़ार करती रहती है,' कमरे में खलबली मच गई।

अम्मा साईं ने ताली बजाकर सबको चुप रहने को कहा और ऐलान किया, 'वह पचास साल पहले मर चुकी है।'

मैंने एतराज़ किया, 'वह ज़िन्दा थी। मुझे पक्का यक़ीन है।'

लेकिन नौकरानियों को अम्मा साईं लाखों हिदायतें दे रही थीं। 'झाड़-फूँक के लिए पानी लाओ। जल्दी करो ओ गध्धियो, दौड़ के जाओ,' और जमी हुई मक्खी को याद कर मैं काँप रही थी।

जब दाई मेरे कान में फुसफुसाई, 'वह बदसूरत थी इसलिए उसे बदरंग कहा जाता था,' मैं डर के मारे बेहोश-सी हो गई। दाई दुबारा फुसफुसाई, 'सिर्फ़ मालिक ही रूह को दफ़ा कर सकते हैं।'

मालिक का ख़ौफ़ और तोती का डर दोनों टकरा गए।

भूत फिर हावी हो गया। दरवाज़ा खोले बग़ैर वह मेरे कमरे में घुस आई। वह कहीं भी आ सकती थी।

ख़ौफ़ ने मुझे गिरफ़्त में ले लिया। पीर साईं के डर ने अपनी पकड़ सख़्त कर दी।

वह बहुत बुरी थी। नहीं-नहीं। वह ज़्यादा बुरा है।

क्या यह मेरा कसूर था ? मैं रूह से कैसे बच सकती थी ?

अम्मा साईं आगबबूला हो रही थीं, 'कमज़ोर अक़ीदे के लोगों को फँसाने के लिए वह हर बार सर्दियों में आती है। वह हमारे पुरखों के बारे में झूठ बोलती और हमारे मज़हब के ख़िलाफ़ लोगों को भड़काती है।'

मेरे ऊपर दुआएँ फूँक मारते हुए वह कहने लगीं, 'तुम बहुत खुशकिस्मत हो कि उससे बच गईं। अपनी मौत के बाद बदरंग हर कमजोर विश्वास वाली औरत को दिखती रही है। काली और बहुत-सी दूसरी औरतों को मौत के मुँह में उसी ने धकेला है। तुम्हारा शौहर इससे बिलकुल ख़ुश नहीं होगा।

जब मेरे शौहर ने सुना, ग़ुस्से से उसका चेहरा बिगड़ गया और उसका लहजा ख़तरनाक हो गया।

'अल्लाह ने मेरे बेटे की माँ को नंगा कर दिया है। उसने शैतान को सामने ला दिया है जिससे ख़बरदार रहना चाहिए।'

पहले से मौजूद मेरी मुसीबतों में इज़ाफ़ा करने के लिए ख़ुदा ने प्रेत क्यों भेज दिया ? मेरे गाल पर एक ज़ोरदार तमाचा पड़ा जिसने मुझे अम्मा साईं के कमरे के दूसरे कोने में फेंक दिया। मेरे बाल पकड़कर पीर साईं मुझे खींचता हुआ मौत के कमरे, हमारे बेडरूम में ले गया। एक ठोकर से मेरे पेट के निचले हिस्से में तेज़ दर्द हुआ और मेरे पैर मुड़ गए। उसका पैर ज़ोर से मेरे गले को दबा रहा था। मेरी आँखें गड्ढों से वैसे ही बाहर निकल रही थीं जैसे कि उसके जिस्म से उसकी तोंद।

वह सब कुछ जानना चाहता था, 'मैं तुमसे सब कुछ सुनना चाहता हूँ, इसमें भले ही तुम्हारी जान चली जाए।'

ऐसा लगा कि आग के दरिया से गुज़रने में एक ज़िन्दगी निकल गई।

मेरी गरदन में अम्मा साईं ने बहुत-से तावीज़ बाँध दिए और मेरे ऊपर अपनी

पाक फूँक मारी। इस पूरे दौर में मैं तोती से बचने की दुआ करती रही। मैं पिछवाड़े फिर कभी नहीं गई और कभी तनहा रहने की भी हिम्मत नहीं की। लेकिन तमाम कोशिशों के बावजूद मैं उसे अपने दिमाग़ से निकाल नहीं सकी।

तोती की कहानी मुझे दाई ने सुनाई।

'तोती के बलूच मंगेतर पर तीसरे पीर साईं के एक मेहमान की जेब काटने का इल्ज़ाम लगाया गया। वह इस इलाक़े का नहीं था और यह मुमकिन नहीं लगता कि नतीजे से वाक़िफ़ कोई भारतीय आदमी पीर के मेहमान को लूटने की जुर्रत करेगा। 'अगर यह काम नफ़रतअंगेज़ है, चोर ग़ैरमुल्की होगा,' उन्होंने ऐलान किया। बलूच को पीर के सामने खींचकर लाया गया, जिसके सामने उसने जुर्म से इनकार किया। लेकिन बदरंग जैसी एक औरत से शादी करने की उसकी ख़्वाहिश उसके ख़िलाफ़ गवाही बन गई। 'एक ख़ूबसूरत और ताक़तवर मर्द ऐसी दुल्हन नहीं चुन सकता,' पीर ने फैसला सुनाया और ऐलान किया, 'यह महज़ बहाना है हमारे इलाक़े में घुसने का।' इश्क़ की बुनियाद पर टिकी पसन्द संवेदन शून्य समाज में नहीं चलती।

'यह उस महीने की बात है जब कपास की फ़सल कटती। पीर चारपाई पर अधलेटा पड़ा था। अपने पत्थर हो गए दिलों को फटी-पुरानी चादरों के नीचे दबाए उसके चमचे चारपाई के चारों ओर ज़मीन पर उकड़ूँ बैठे थे। बदरंग के आदमी को एक पेड़ के साथ रस्सियों से बाँध दिया गया, जिसको वे थाना कहते थे। यातना देने की पूरी तैयारी हो गई थी।

'बलूच के लिए मूँछें उसकी इज़्ज़त हैं। पीर ने हुक्म दिया, 'उनको उखाड़ लो।' दो आदमियों ने नीम की पत्तियों के कड़वे रस में अपनी उँगलियाँ रगड़ीं और उस इन्सान की मूँछों को जड़ से उखाड़ डाला। वह भेड़िये की तरह हुआ-हुआ कर रहा था।

'तीसरे पीर साईं को तसल्ली नहीं हुई। उसने अपने लोगों को उस आदमी के कपड़े फाड़ देने और उसकी पीठ नंगी करके बाँध देने का फ़रमान जारी किया। खज़्ज़ी के कोड़ों ने उसके नंगे गोश्त को फाड़ दिया। उन्होंने उसकी गुदा में पीसी हुई मिर्चें ठूँस दीं, वह एक पागल कुत्ते की तरह चीख़ा-चिल्लाया और बेहोश हो गया। उसकी रस्सियाँ खोल दी गईं और वह ज़मीन पर ढेर हो गया। वह मछली की तरह तड़प रहा था। कपास की फ़सल में रेंगनेवाली सैकड़ों लाल चीटियाँ उसके ज़ख़्मों पर दौड़ रहीं और बर्र की तरह डंक मार रही थीं। रहम के लिए उसकी चीख़ो-पुकार से, जो जहाँ था, उठ खड़ा हुआ।

'शादी के जोड़े में सजी बदरंग ने उसकी चीख़ें सुनीं और वह चिल्लाती-चीख़ती हुई दौड़ पड़ी। उसके बाप ने उसे अपनी ढहती हुई झोंपड़ी में वापस खींचा और बिना किसी आवाज़ के थप्पड़ मारा। उसने उससे वादा लिया, 'उस आदमी के बारे में कभी बात नहीं करना, दुबारा। वह मर चुका है और अल्लाह के फ़ज़्ल से हम

ज़िन्दा हैं।' लेकिन बदरंग को कोई नहीं रोक सकता था। अपने बुरी तरह से सताए गए आदमी को बचाने के लिए वह थाने की ओर भागी। पीर के लोगों ने उसे पकड़ लिया और खींचकर उसे मालिक के पास ले गए। उसने अपनी टाँगें फैला लीं और मज़ाहमत करने लगी। उसके जिस्म के इर्द-गिर्द धूल उड़ी। अपनी मज़ाहमत से उसने धरती पर निशान डाल दिए। दुल्हन के ये कारनामे उस ख़ौफ़ के बरअक्स थे जो उसकी आँखों में दौड़ रहा था। जब उन्होंने उसको ज़मीन पर पटका, वह चीख़ उठी, 'शैतान को आज मुझे अल्लाह तक पहुँचा देने दो। शैतान को मनमानी कर लेने दो।'

'पीर के लिए कुछ भी करना नामुमकिन नहीं था, कुछ भी काफ़ी नहीं था। वह जो करता सो कम था। उसके तलवों पर कोड़ा चल पड़ा। बेपनाह दर्द ने उसके सिर में चोट की और वो एक आवाज़ के बग़ैर बुरी तरह से उसके मुँह से फूट पड़ा। ख़ज़्ज़ी की लगातार निकलनेवाली फुसकारें अपने शिकार की रूह को तोड़ने पर बज़िद थीं। बाहर खड़ा उसका बेसहारा बाप आशूरा[1] पर ख़ुद को ज़ंज़ीरों से मार-मारकर लहूलुहान कर देनेवालों की मानिन्द अपनी छाती पीट रहा था।'

दाई जब दुबारा नसवार भरने को थमी, मैंने सोचा कि अपनी ज़िन्दगियों में हम क़दीम अल्मिए को दुहरा रहे हैं।

'ज़ार-ज़ार रोते हुए बदरंग का बाप अपने पीर के आगे गिड़गिड़ाया, 'अल्लाह के नाम पर, उसके पैग़म्बर के नाम पर, साईं। फ़ातिमा, अली हसन और हुसैन के वास्ते साईं मेरी बच्ची को छोड़ दे। अपने पीर के नाम पर, अपने पीर, अपने पुरखों के नाम, अपनी माँ, अपने बेटों, अपनी सेहत, अपनी इज़्ज़त के नाम पर, क़यामत के दिन, उर्स के दिन के नाम पर रहम कर साईं, अल्लाह के नाम पर मेरी बच्ची को मुआफ़ कर दे, साईं।'

'उसने नहीं किया !

'बदरंग को उसके बाप के घर चारपाई पर ले जाया गया। जब वह दुबारा होश में नहीं आई, हकीम को बुलाया गया, जो पीर से उतना ही डरता था, जितनी कि हवेली की औरतें।

'उसके पुट्ठे क़ीमा बन चुके थे। ख़ून का बहाव रोकने के लिए थोड़े-थोड़े मिनटों के बाद जड़ी-बूटियों का पाउडर लगाया जाता; चूँकि ख़ून रोका नहीं जा सका, ज़ख़्मों में हकीम ने कपड़ा भर दिया। राहत देने के लिए उसके बूढ़े बाप ने जब उसके माथे पर हाथ रखा, उसने ऊपर देखा उन दर्द-भरी आँखों से जो हारकर भी जीत चुकी थीं।

'सावन, इश्क़ का मौसम होता है; यह बारिश, बेंगनी और लाल जामुन का होता है जो बंजर धरती और इसके बाशिन्दों में आग दहका देते। आमफ़हम जिस्मानी

1. मुहर्रम की दसवीं तारीख़

ताल्लुक़ात और भागने के मुआमले लोगों की तरह आम हो गए। यह वो वक़्त भी था जब ज़ख़्म भरते नहीं। मौसम की नमी ने वो कीड़े पैदा किए जो तेजी से बढ़े और जल्दी ही बदरंग के गोश्त को खा गए। उसके ज़ख़्मों में कीड़े पड़ते, उनको काटा जाता, फिर कीड़े पड़ जाते, उनको साफ़ किया जाता, भरा जाता···यह तब तक चलता रहा जब तक वह मर नहीं गई।

'उस रात तूफ़ान आया था। उसकी हवा में बदरंग की रूह भी मिल गई थी; वह उसको पहाड़ी के कगार तक उठाकर ले गई और उसे चारों ओर उड़ा दिया। वह ऐसी धूल बन गई जो कभी ठहरती नहीं, क्योंकि उसकी मुहब्बत कभी अंजाम तक नहीं पहुँची थी और उसकी ख़्वाहिश कभी पूरी भी नहीं हुई। उसकी रूह मक़बरे के इर्द-गिर्द चक्कर लगाती रही।'

दुख से आह भरते हुए दाई ने कहा और कहानी को एक और मोड़ के साथ ख़त्म किया, 'एक काफ़िर की मौत पर किसी ने अफ़सोस जाहिर करने की भी जुरअत नहीं की। और जब इसका ताल्लुक़ पीर की हुकूमत से था तो रहमो-करम का भी कोई सवाल नहीं उठता था। हमदर्दी सवाल पैदा करती है और वे बाग़ियों को पैदा करती है जो बग़ावत करते हैं। बदरंग की मौत की ख़बर तेज़ी से फैली, पर जो सच से बहुत-बहुत दूर थी। लोगों ने कहा, 'लड़की ने हमारे पैग़म्बर की नाफ़र्मानी करने की जुरअत की। हमने उसको सुना था, उसके बारे में वह बेहूदा तरीक़े से बोल रही थी। वह उसके ऊपर हँस रही, मज़ाक कर रही थी। हमने ख़ुद अपने कानों से सुना।' दूसरों ने क़सम खाई, 'उसने क़ुरान पाक को आग लगाई। उसने कुफ़्र किया। हमने ख़ुद देखा था। जब वह पाक पन्नों को जला रही थी, हम वहीं थे।' जिस किसी ने इन इल्ज़ामों की बाबत सुना, उसको मार देने के लिए पीर की तारीफ़ की। हर कोई बलूच को भूल गया।'

दाई को अचानक ही मक़बरे को लेकर अपनी गहरी वफ़ादारी याद आ गई और उसने फ़ौरन यह जोड़ा, 'पीर को अल्लाहताला ने चुना था। वह जानता था कि काफ़िरों से मज़हब को कैसे बचाया जाए।'

मुझे हैरत हुई कि प्यार में पागल एक बेसहारा लड़की इतने अज़ीम मज़हब को कैसे तबाह कर सकती है। मुझे इस पर भी हैरानी हुई कि लोगों ने यह क्यों नहीं देखा कि क़ुरान पाक को पीर जला रहा है और मक़बरे के साथ अपने जुड़ाव को लेकर मुझे कँपकँपी होने लगी।

मुझे तोती पर यक़ीन हो गया।

वह उतनी ही अच्छी थी जितने वो बुरे थे।

उन सर्दियों में अपने मिलने की जगह पर मैं तोती का इन्तज़ार करती रही। मैंने उसे आहिस्ता से पुकारा, 'लौट आओ तोती। किसी को ख़बर नहीं होगी। मैं तुम्हारे आँसू पोंछना चाहती हूँ। मैं तुम्हारी बहन हूँ, तोती। लौट आओ।'

लेकिन वह कभी नहीं लौटी; न तब और न फिर कभी।

इतनी अलग-अलग चीज़ों में महारत हासिल करने की कोशिश में मेरी साँस फूल गई। मेरे पास कोई वक़्त नहीं था। जब मैं हर तरीक़े से सब कुछ करने के लिए अपने शौहर के नीचे नहीं होती, मैं अपने से दबी होती। मेरे दोनों बच्चों का बोझ मुझे दबाए डाल रहा था। मुझे लगता कि उनसे दूर रहकर गुज़ारा गया हर लम्हा बर्बाद हो गया है। फिर हर दीगर चीज़ को ज़्यादा अहम बना दिया जाता। ज़्यादातर वे नौकरानियों और रिश्ते के भाई-बहनों के साथ खेलते और नौकरानियों के बच्चों का इस्तेमाल खिलौनों की तरह करते।

अम्मा साईं की ज़िन्दगी भी मेरी जैसी ही रही थी। वही भय, वही त्रास। पूर्णता की वही माँग और वही क़ैद। लेकिन अम्मा साईं की ज़िन्दगी सिर्फ़ उनके शौहर के लिए थी। बच्चों की परवरिश नौकरानियों की गोद में हुई। एक क़िस्सा यह है कि अपनी औलादों से वे इतनी अनजान हो गई थीं कि एक बार जब उन्होंने एक कमसिना बेटे को एक नौकरानी से उलझते देखा, औरतों की कोठरी में एक अजनबी मर्द की मौजूदगी को लेकर उन्होंने आसमान सिर पर उठा लिया था।

इस उम्मीद पर कि गुप्पी और छोटे साईं मुझे याद रख सकें, कभी ख़त्म न होनेवाले कामों से मैं जब एक लम्हा भी निकाल पाती उनका ख़ूब और ज़ोर से चुंबन लेती। मैं उनको बढ़ते बड़े होते हुए देखना चाहती। मैं उनके पहले-पहले लफ़्ज़ सुनने की, उनके पहले क़दमों में उनकी मदद करने की ख़्वाहिश करती। लेकिन यह कभी नहीं हुआ।

गुप्पी से मैं उस दुनिया की बात करना चाहती जिसे मैं यहाँ आने से पहले जानती थी। मैं चाहती थी कि वह उड़ना सीखे; और उसमें कल्पनाशीलता पैदा हो, जिससे कि वह किसी तरह से कुछ ख़ुशी हासिल कर सके। जब कभी मुझे घर के कामकाज से मौक़ा मिलता जिसमें मेरे दिमाग़ को पूरे तौर पर खपना नहीं होता और उनमें ज़्यादातर ऐसे ही थे, मैं गुप्पी से बात करती। मैंने ग़ौर किया उस छोटी-सी उम्र में भी वह अपने फ़ैसले ख़ुद करती है और मुझे अहसास हुआ कि वह बहुत संतुलित है।

उसके बाप का लाड़ जताने का एक ही ढंग था। बदक़िस्मती से जब कभी वह उसके क़रीब आता, उसके गाल नोच लेता। लगता कि वह उसके गोश्त का एक टुकड़ा मरोड़ना चाहता हो। यूँ तो, गुप्पी ने कभी अपनी आँखें नहीं उठाईं लेकिन वह उसकी मौजूदगी में इतना कम आती कि अगर वह दूसरे बच्चों के साथ खेल रही होती, उसका बाप उसे पहचानता तक नहीं।

अपने बेटे को कुछ सिखाने की मेरी कभी हिम्मत नहीं पड़ी।

कभी-कभी जब वह सो रहा होता, मैं उसकी छोटी-सी कलाई पर बँधे काले धागे को टटोलती, सोचती कि क्या इसमें वाक़ई वह ताक़त है जो इसको उस बुराई

से बचा सके और विरासत में पाए अपने मुक़द्दर से बचा सके। उसको लेकर मैं बेहद डरी हुई थी।

मेरी ज़िन्दगी का सबसे अच्छा समय आज़ादी के वही सात दिन का होता है जो मुझे माहवारी से मिलता था। मैं इन्तज़ार करती कि जब अपने बिस्तर में अपने दोनों बच्चों के बीच लिपटी पड़ी होऊँगी; उनसे सारी रात बात करते रहने का तसव्वुर करती। लेकिन जब तक मैं उनके पास पहुँचती वे गहरी नींद में होते। जब मैं फ़ज्र की नमाज़ के लिए उठती, वे अभी सो ही रहे होते और मुझे नाश्ते की रस्मअदायगी के लिए चले जाना पड़ता। जब मैं दिन में पकड़ी जाती, उनको यक़ीन दिलाने की कोशिश करती कि पिछली रात मैं तुम्हारे साथ सोई थी। मैं वादा करती हूँ कि इस रात भी मैं वैसा ही करूँगी।

उनको अपनी मौजूदगी जताने का एक दूसरा रास्ता सिर्फ़ एक था, नींद में उनको चूमना; उम्मीद करती कि इससे मैं उनके नन्हे-नन्हे सपनों में दाखिल हो सकूँगी।

पीर साईं जब केंद्र में आयोजित मज़हबी जलसे में शिरकत करने गया, मैं अचानक ही आज़ाद हो गई। मैं ख़ुशी से नाच सकती थी, पर इसके बजाए मैं उसके ख़याल में उलझी रही। सारे मुल्क के मज़हबी रहनुमा वहाँ इस पर विचार-विनिमय करने को जमा हुए थे कि इस्लाम की कौन-सी हिदायतें उनके हक़ में सबसे मुफ़ीद थीं।

मैंने उनके ऊँचे कलफ़दार साफ़ों में उनका तसव्वुर किया जो उनकी खोपड़ियों के ऊपर तने खड़े थे। उनमें से कुछ छोटे घरानों के नुमायंदे थे और निस्बतन छोटे ख़ुदा थे। पीर साईं, ज़ाहिर है, उनमें सबसे ताक़तवर था और उसकी राय ज़्यादा वज़न रखती थी।

फ़र्श पर सीधी लेटी गुप्पी मेरे टखनों से चिपकी थी। मैंने अपनी टाँगों को ऊपर उठाया और हँसी की पिचकारी के बीच उसे ज़मीन पर ला दिया। इस बीच मुझे शैतान की मजलिस का ख़याल आ गया।

इसने इस्लाम को बेहद छोटे क़द के इन्सानों की हथेली में समा जाने के क़ाबिल कर दिया था।

वे इसके साथ खिलौने की मानिन्द खेलते।

बिचौलियों और दीन के व्यापारियों ने मुसलमानों को क़ब्र परस्तों में तब्दील कर दिया। वे हमें लौटाकर अज्ञानता के दौर में ले गए; उन हालात में ले गए जिनसे पैग़म्बर ने हमको आज़ाद कराया था; उन तमाम वजहों को ज़िन्दा कर दिया जिन्होंने इस्लाम की माँग की थी।

गुप्पी के हाथों को पकड़े गोल-गोल घूमते हुए मैं सोच रही थी कि क़ानून के रखवाले ख़ुद क़ानून से ऊपर कैसे हो सकते हैं ? उन्होंने हममें से हर एक को

कैसा नचाया है। बुज़ुर्गों की लाशों से उनके वारिस ख़ून चूसनेवाली जोंकों की तरह चिपके थे, उनका दूसरा हाथ तस्बीह में लटका था जो नापाक तिजारत से लहूलुहान हो रही थी।

मेरे रोज़मर्रा के मुआमलात कभी नहीं बदले।

तीस के होते-होते मैं पाँच बच्चों की माँ बन चुकी थी। गुप्पी की उम्र ग्यारह साल थी और छोटे साईं की दस की। उसके बाद मेरे एक और बेटा हुआ, राजाजी, और दो और बेटियाँ दिया और मुन्नी। दो बेटों की माँ हो जाने के बावजूद मेरी हैसियत में कोई फ़र्क़ नहीं पड़ा।

लेकिन गुप्पी का अहसास मुझे ऊपर उठाता था।

वह मेरी रूह की रखवालिन थी; मेरी रूह की ताक़त।

उसकी कुरेद मेरे जैसी थी। अमूमन हर चीज़ पर उसकी आँखें मेरी तरह ही चमकने लगतीं।

'बटन दबाने से बल्व रोशन कैसे हो जाता है, अम्मा ?' वह पूछती, और दूर लगे कण्ट्रोल बटन से बल्व तक के बीच उसकी दौड़ती आँखों से सैकड़ों सवाल उमड़ पड़ते। जाते या आते वक़्त पीर साईं जब इन तीनों में से किसी लड़की को देखता, वह एक-एक करके उनके गालों की चुटकी लेता और उनके पलक झपक जाते। सिवा गुप्पी के। वह दर्द को पी जाती, जाहिर नहीं होने देती।

लेकिन उसका मिज़ाज जुदा था। तालीम के नाम पर गुप्पी को चूँकि क़ुर्आन को अरबी में हिफ़्ज़ करने की इजाज़त थी, उसने मुझसे पूछा कि उर्दू तर्जुमा पढ़ने को मैं अपने कपड़े बदलने के कमरे में क्यों छुप जाती हूँ ? मेरे पास इसका कोई जवाब नहीं था।

मेरी पोल खोले बग़ैर उसने हिम्मत जुटाई और अम्मा साईं से सवाल किया कि क़ुर्आन को ऐसी ज़ुबान में पढ़ने से क्या जिसे वो समझ नहीं सकती।

'यह ग़ैर ज़रूरी है। अस्ल अल्फ़ाज़ ही ख़ुदाई हैं। तुमको सिर्फ़ उनसे ही सवाब[1] हासिल होगा,' दादी ने कहा।

गुप्पी उनसे बहस करने लगी, 'लेकिन मैं अरबी नहीं समझती। मैं ख़ुद को अल्लाह के सुपुर्द कैसे कर सकती हूँ जब मुझे इल्म ही नहीं कि मैं क्या कर रही हूँ ? मैं कोई वादा कैसे कर सकती हूँ जब मुझे मालूम ही नहीं कि उस पर क़ायम कैसे रहा जाए ? अल्लाह जानता है कि जो मैं पढ़ती हूँ, समझती नहीं।'

शुरू-शुरू में तो अम्मा साईं ने सब्र के साथ समझाया, 'अल्लाह तुम्हारे इरादे से वाक़िफ़ है। जब तुम उसके अल्फ़ाज़ पढ़ती हो, वह उनको क़ुबूल करता है।'

लेकिन गुप्पी को यक़ीन नहीं आ रहा था। और वह लगातार वैसे ही बहस करती रही जैसे कि मैं बाबा से करती थी। 'क़ुर्आन पाक को अल्लाह ने क्या इसलिए

1. पुण्य

उतारा था कि उसको पढ़ने से हमें सवाब मिले ? क्या वह हमको हिदायत नहीं देना चाहता था ? क्या उसका मक़सद हमको राह दिखाना नहीं था, यह बताना नहीं था कि हमको क्या बनना लाज़िम है ?'

अब तक अम्मा साईं गुस्सा हो चुकी थीं। उनको बहस-मुबाहिसा करने की आदत नहीं थी। वह आगबबूला हो गईं। उन्होंने सख़्ती से कहा कि वह चाहे जो सोचती हो, उसे उनके हुक्म पर अमल करना होगा।

लेकिन मेरी बेटी उस हुक्म को मानने को तैयार नहीं थी जिसको वह समझती न हो। 'मेरा ख़याल है कि अल्लाह संजीदगी की उम्मीद रखता है। जब तक उसके अल्फ़ाज़ मेरी समझ में न आते हों यह बात शायद उसके लिए भी कोई माने नहीं रखती होगी कि मैं क़ुर्आन पढ़ती हूँ।'

अम्मा साईं ने उसको आगाह किया, 'शर्म की बात है कि तुम सुनती नहीं। इसकी बाबत मुझे तुम्हारे बाप को बताना होगा।'

और उस धमकी ने गुप्पी के घुटने टिकवा दिए।

उसने सिर्फ़ अरबी में क़ुर्आन पढ़ने का वादा किया। उसने क़सम खाई वह तहेदिल से अम्मा साईं की बात स्वीकार करती है। उसने आरज़ू-मिन्नत की कि इस बार उसके वालिद से शिकायत न की जाए। उसने क़ुर्आन को अपने सिर पर रखकर प्रण किया कि इस क़ानून के बारे में वह फिर कोई सवाल नहीं करेगी।

मैं गुप्पी से कहना चाहती थी कि क़ुर्आन पाक को अगर लोग समझ जाएँ तो बग़ावत हो जाएगी। इसमें जो लिखा है वो ख़तरनाक है। यह उनको बेपर्दा करती है जो इसका नाजायज़ इस्तेमाल करते हैं। तर्जुमे से इन्क़िलाब हो सकता है। लेकिन इन मुआमलों में उलझना गुप्पी के लिए ठीक नहीं था। मैंने कुछ नहीं कहा।

गुप्पी औरतों के पेचीदा और उलझे उस जाल में रच-बस गई, जिसमें वह पैदा हुई थी। यह उसके लिए क़ुदरती था। गुप्पी वह सब कुछ नहीं जानती थी, जो मैं जानती थी। अपने इर्द-गिर्द की ऐबी औरतों के साथ तालमेल बिठाने के लिए मैंने हर तरह से लड़ाई की थी, जद्दोजहद किया था। वक़्त गुज़रने के साथ मेरे पीछे बहुत-से वाक़यात थे और गुप्पी की तरह मैंने भी साबित कर दिया था कि मैं उनकी दुश्मन नहीं। दरअसल उनकी रुसवाई को लेकर मैं उतनी ही दुखी थी, जितनी कि अपने पर। गोदाप से मैं उनको कुछ फालतू ही नहीं दे देती, उनकी ग़ैरहाज़िरी को छिपाने के लिए दूसरों को काम पर लगा लेती। यह इतना सहज था कि मेरे सामने वे सुरक्षित महसूस करतीं।

चील की नज़र मुझ पर अब भी थी।

गोकि मैंने उसका चेहरा कभी नहीं देखा था, वो हमेशा एक चादर से ढका रहता जो मुखौटे का काम करता था, फिर भी जिस ढंग से उसकी आँखें मेरा पीछा करतीं उससे मुझे लगता उसके दिल में मेरे लिए रंज है। भीतर से किसी चीज़ ने

मुझसे यह भी कहा कि वह मुझे उस आदमी से ज़्यादा पसन्द करती है जिसके लिए उसने अपने ख़ानदान का हलफ़ तोड़ा था।

इसके बावजूद हम दोनों में से किसी ने किसी को बचाने के लिए पीर साईं से झूठ नहीं बोला।

उसका डर हावी रहा। मैं अपने से कमज़ोरतर क़ाफ़िले की महज़ एक कमज़ोर रहनुमा बन गई।

दरअसल, मेरी तरह इन औरतों को भी कोई आज़ादी नहीं थी। गोकि वे घर जा सकती थीं, उनकी ग़ुरबत उनको मक़बरे में इस क़दर कैद रखती कि अगर कोई भागने की हिम्मत करती उसके नाते-रिश्तेदार, घरवाले मालिक के ज़बरदस्त जाल में फँस जाते। यहाँ से छोड़कर जाने का मतलब था बहुतों की ज़िन्दगियों को जोखिम में डालना। जब तक अकेला भागनेवाला लौट नहीं आता पूरे के पूरे क़ुनबे बन्धक बने रहते। इसलिए उन्होंने आज़ादी के बारे में सोचना ही नहीं सीखा था। यह सोचना उनके बस की बात नहीं थी। वे ज़्यादा से ज़्यादा बेफ़िक्री बरत सकते थे। इस हद तक ग़रीब थे वे।

किसी ने उनको यह नहीं बताया कि उनके बग़ैर मक़बरे की कोई ताक़त नहीं। उनको महज़ डरा-धमकाकर बाँधे रखा गया था।

यकायक उनकी बेख़ुदी की कैफ़ीयत में सख़ी बीवी की कहानी उनके ख़यालों में बस गई। हर कोई इसमें मशग़ूल इतने अज़ीम मज़हब कोल हो गया कि मिल मालिक की ज़िन्दगी में क्या हो रहा है।

सख़ी बीवी के इकलौते बच्चे को कोई छूत की बीमारी लग गई। उसने उसकी सारी ताक़त चूस ली। और कोई डॉक्टर उसकी बीमारी को पकड़ नहीं पाया।

लोगों ने सख़ी बाबा को आगाह किया, 'यह मक़बरे की बद्दुआ है। पीर साईं के पास जाओ।' लेकिन वह अपने विश्वास पर पक्का रहा, यह कहते हुए जाने से इनकार कर दिया, 'मुझे सिर्फ़ अल्लाह में यक़ीन है।'

अब बच्चा मरने के कगार पर था और माँ का सब्र टूट चुका था।

उसको अपने कन्धे पर टाँगे, वह नंगे सिर और नंगे पैर मक़बरे की ओर भागी।

पीर के दरबार में पहुँचते-पहुँचते उसकी साँस फूल रही थी। वह चिल्ला उठी, 'मैं तुमसे भीख माँगता हूँ साईं मेरे बच्चे को बचा लो। अगर यह बच जाता है तुममें हर किसी का यक़ीन बढ़ जाएगा। मैं क़सम खाती हूँ कि मैं तुम्हारी पक्की मुरीद बन जाऊँगी। मैं तुम्हारा नाम सारे जहान में फैलाऊँगी। मेरा बेटा और उसके बेटे तुम्हारी रहमदिली को कभी नहीं भूलेंगे साईं।'

पीर साईं ने अपना हाथ उसके सिर पर रखा, आँखें बन्द कीं और थोड़ी देर को कुछ बुदबुदाया। जवाब के लिए सख़ी बीवी उसका चेहरा देख रही थी। जब उसने आँखें खोलीं, वह उछल पड़ी।

'तुम बहुत देर से आई हो,' ऐलान करते हुए उसने कहा, 'अल्लाह की यही मरज़ी है।' सख़ी बीवी ने उससे भीख माँगी कि वह अल्लाह से भीख माँगे।

'ऐसी कोई इबादत होगी, आप जानते होंगे। अगर आप अपने दिल से कहें तो अल्लाह आपकी बात सुनेगा। मेरे बच्चे के लिए कुछ करो। हमें माफ़ करो कि इससे पहले हमने आपकी रूहानी ताक़त पर यक़ीन नहीं किया। वादा करती हूँ कि मैं अपनी इस ज़िद और नासमझी की सजा भुगतने को तैयार हूँ।'

पीर साईं ने बच्चे की जलती हुई पेशानी को अपने हाथ से छुआ और फिर कोशिश की। जब उसने अपना हाथ हटाया और कहा, 'इसे घर ले जाओ। इसके जाने का वक़्त आ गया है,' तो वह लुटी-पिटी माँ चीख़ती-चिल्लाती, ज़ार-ज़ार रोती हुई इन्तज़ार करते हुए लोगों के झुंड के बीच से भागी। 'अल्लाह, मुझे माफ़ करना यहाँ आने के लिए या अल्लाह मेरे बच्चे को बचा ले, ओ परवरदिगार ! इन लोगों को यह दिखाने के लिए उसे बचा लो कि तुम्हारी रज़ा को कोई इन्सान तय नहीं कर सकता।'

खुदा के क़हर से बचने के लिए लोगों ने अपने कानों को छुआ, तौबा किया और कहा, 'मक़बरे की बद्दुआ क्या उसके घर पर अब भी नहीं पड़ी है ? क्या अब भी उसको सबक़ लेना है ? औरत पागल है।'.

मिरासनों ने दाई को इत्तिला दी कि मक़बरे जाने के लिए उसके शौहर ने सख़ी बीवी को बहुत सख़्ती से डाँट पिलाई, कहा, 'क़ब्रें ज़िन्दगी अता नहीं कर सकतीं। मज़लूमों को चूसने और उन पर ज़ुल्म ढानेवाला कोई इन्सान ख़ुदा तक नहीं पहुँच सकता।'

बच्चा जब बेहोश हो गया सख़ी बीवी जाएनमाज़ पर सजदे में गिर पड़ी और चार दिन तब तक अपना सिर नहीं उठाया जब तक कि बच्चा हिलने नहीं लगा। पाँचवें दिन उसने आँखें खोल दीं।

शामियाने खड़े कर दिए गए।

उनके नीचे ग़रीबों के बीच मुफ़्त खाना बाँटा गया, जिन्होंने अपनी चादरों की गहरी पर्तों के बीच ठूँस-ठूँसकर चावल भरे और अपने बच्चों के लिए उनको सीने से लगा लिया। आँखें फाड़े और मुँह फैलाए उन्होंने सख़ी बीवी के उपदेशों को सुना।

सरसराती हुई पत्तियाँ ख़ामोशी में भागते हुए साँपों की तरह आवाज़ कर रही थीं।

जो कुछ लोग पढ़ सकते थे उनके बीच एक पर्चा बाँटा गया। उनमें से एक मेरी रसोई में नदी की मछली के इर्द-गिर्द लिपटकर आ गया।

इसमें लिखा था :

मेरे बेटे को ज़िन्दगी अता करके अल्लाह ने साबित कर दिया है कि मक़बरेवाले

झूठों पर पलनेवाले फ़रेबी हैं। तुम्हारे लिए दुआ माँगने के वास्ते पीरों को पैसे की दरकार नहीं होती।

मक़बरे के हुक्मरान अल्लाह के नाम पर तिजारत करते हैं। तुमने इसे फ़ायदेमन्द बना दिया है।

उनकी ताक़त का स्रोत तुम हो।

तुम शैतान को मज़बूत करते हो।

तुम इस्लाम को बदनुमा करते हो।

अपने थोड़े से माल-असबाब के साथ तुम नंगे पाँव अल्लाह की बजाय क़ब्रों की इबादत मत करो।

खुदा वहीं है जहाँ तुम हो।

जिस खुदा की पीर इबादत करता है, वो ही उसको पसन्द करता है।

वो हमारा खुदा नहीं।

कागज़ को मैंने चूल्हे की आग में झोंक दिया।

हर कोई कानाफूँसी कर रहा था। हर किसी के क़ुनबे के लोग दावत में शरीक हुए थे। कोई ज़ुदा नहीं।

अल्लाह का शुक्र है कि पीर साईं तमाम आबादी नेस्तनाबूद नहीं कर सका था।

वह बेहद गुस्सा था। मैं सोच रही थी कि वह क्या करेगा।

उसने कुछ नहीं किया।

'अल्लाह उनको मुआफ़ करे और उन्हें बरकत दे क्योंकि वह वही करता है जो चाहता है,' उसने आजिज़ी से उन सबसे जिन्होंने यह मसला उठाने की हिम्मत की थी, यही कहा।

उसके रुख़ से सखी बीवी के वाज़ का असर कम हो गया। मक़बरे के ख़िलाफ़ बग़ावत एक जंगली बीज की तरह थी जो बंजर ज़मीन पर गिरा, फूटा, जड़ें पकड़ीं, जद्दोजहद की और मर गया।

इस ख़ानदान के बारे में तोती के सोच से जो कुछ मेल खाता उसमें मुझे दिलचस्पी थी। मेरी बड़ी ख़्वाहिश थी सखी बीवी से मिलने की, लेकिन मैं जानती थी कि वह हवेली में अब कभी नहीं आएगी।

1

मासूम पर नज़र

गुप्पी बारह साल की थी।

वह छोटी-सी लड़की बन गई थी जैसी कि कभी मैं थी। हालाँकि उसके गाल अब भी मोटे थे, मुझे इनमें मेरी नानी, माँ और ख़ुद अपना जादू नज़र आता था। एक पुश्त से दूसरी तक जाता हुआ।

मेने मन में बसी गुप्पी में एक ख़ास समझ थी गोकि मैं उससे क़तई कुछ नहीं कहती।

लेकिन मैंने उसको कई मर्तबा कुरेदने की कोशिश की।

'क्या तुम्हें यहाँ घुटन-सी नहीं लगती, गोया ज़िन्दगी जैसी बड़ी चीज़ सुई की डिबिया में बन्द हो गई हो ? तुम्हें इसको फाड़कर बाहर निकलने का जी नहीं करता ?'

गुप्पी, एक आहिस्ता से बहनेवाली शान्त नदी थी, उसने कहा, 'मैं अपनी ज़िन्दगी से लड़ना नहीं चाहती।'

'लेकिन क्या तुम ख़ुश हो ?' मैंने पूछा।

सही जवाब देने के लिए उसने लम्बा वक़्त लिया, 'मैं ख़ुश किस बात को लेकर होऊँ ?' और बाद में कुछ सोचकर उसने मुझे गले लगा लिया, मेरा बोसा लिया और मुझे समझाने की कोशिश की, 'मुझे ख़ुशी है कि तुम मेरी माँ हो। इस चीज़ को लेकर मैं बहुत ख़ुश हूँ।'

वह अपने बाप से दूर रहती।

गर्मियाँ ख़त्म हुईं। दरख़्तों की पत्तियाँ नारंगी हो गईं। मौसम एक-दूसरे के साथ मिल गए। एक ख़ुशनुमा फ़ज़ा बन गई। साल के उन दिनों में हम आँगन के बीच में चारपाइयों पर सोते थे। और पंखे हमारे इर्द-गिर्द ठंडी हवा फेंकते रहते। गुप्पी, छोटा साईं, और बाक़ी तीन बच्चे मेरी अगल-बगल सोते। हमारे ठीक सामने चील की चारपाई थी। हमसे दूर सीधे हाथ की ओर अम्मा साईं सोतीं, और उनके पीछे सोतीं दूसरी औरतें, रिश्तेदार। पीर साईं की चारपाई बरामदे के पास थी। उसके पास रखी मेज पर क्रोशिए से कढ़ी एक जाली से उसका पानी का जग ढँका रहता, और एक तश्तरी उसके गिलास पर रखी होती।

छोटे-छोटे तारे टिमटिमाते और उस चौकोर टुकड़े में भटकते रहते जो सारे आसमान की नुमाइन्दगी करता था। जब चाँद पूरा होता उसकी रोशनी हमारे ऊपर पड़ी सफ़ेद चादरों के भीतर झाँकती और बेरंग आँगन, दरवाज़े-खिड़कियाँ और उस बाग़ी दरख़्त की हर पत्ती रोशन हो जाती।

रोशनी का गोला कभी-कभी इतना नीचे आ जाता कि मैं उसे हाथ से पकड़ सकती थी, छू सकती थी। मैंने गुप्पी से फुसफुसाकर कहा, 'इसे अपने हाथ में पकड़ लो,' चाँदनी और ख़ुशी से गुप्पी खिल उठी। चाँद को पकड़ने के लिए उसने अपने हाथ उठा लिये और हैरत से बोल पड़ी, 'अम्मा, काश हम इस पर कूद सकते और जहाँ यह जाता है चले जाते।'

अपनी तमाम कहानियों के साथ चाँद फीका पड़ गया।

पीर साईं हमारी ओर आ रहा था !

नींद का दिखावा करती हुई मैंने दूरी जानने के लिए उसकी मुश्क़ को सूँघा। जब उसको मैंने गुप्पी के ऊपर झुकते देखा मेरे दिल की धड़कन बन्द हो गई।

वह क्या चाहता है ? उसने कुछ कहा क्यों नहीं ?

क्या उसे उसकी उड़ान का पता चल गया है ? उसने आखिर किया क्या है ?

मुझे लगा कि वह मुड़ रहा और वह उठ रही है। मेरी आँखें ख़ुल गईं और कूदकर उनके पीछे जा पहुँचीं। लेकिन माँ की तरह ही वे कुछ नहीं कर सकती थीं। वे बेडरूम के दरवाज़े के पीछे ग़ायब हो गए।

गुप्पी चीख़ी !

औरतें इतनी गहरी नींद में सोती थीं कि यहाँ न जाने कितने तूफ़ान उनकी नींद में ख़लल डाले बग़ैर आए और चले गए।

गुप्पी दुबारा चीख़ी।

मैंने अपना दिल पकड़ लिया सोचा कहीं यह फट न पड़े।

आख़िरकार उसका बाप चिल्लाया, 'बाहर दफ़ा हो जाओ।' वह लड़खड़ाती हुई बरामदे में आ गई। दीवार पर उसकी परछाईं देखकर मैं पीछे लुढ़क गई। गुप्पी की चारपाई की रस्सियाँ चरमराने पर मुझे लगा कि उसका जिस्म मुड़ रहा और उसको महसूस कर रहा है। अपने सिर को हिलाए बग़ैर मैंने पीर साईं के बिस्तर की ओर नज़र की। राहत मिली। मैं गुप्पी की ओर मुड़ गई।

वह नींद का बहाना बनाए पड़ी थी।

दिन निकला, ओस से भीगा हुआ, जिस पर मक्खियों के झुंड ने हमला कर दिया था। हम उठे और तितर-बितर हो गए।

जब वहाँ कोई ख़तरा नहीं रहा, मैंने गुप्पी से पूछा, 'तुम्हारा वालिद तुमसे नाराज़ क्यों था ? तुमने क्या किया था ?'

वह मेरे सवाल से डर रही थी, मुझसे आँखें चुरा रही थी।

मैंने ज़ोर दिया, 'वह नाराज़ क्यों था ? क्या तुम्हारे गालों को बहुत ज़ोर से नोचा था ?'

उसने अपना सिर हिलाया।

'फिर वह ग़ुस्सा क्यों था, गुप्पी ?'

'क्योंकि मैं चीख़ पड़ी थी,' उसने टालते हुए जवाब दिया।

'तुम चीख़ी क्यों थी, गुप्पी ?' वह चुप रही।

'क्यों गुप्पी ? मुझे फ़ौरन बताओ। क्यों ?'

मेरी बेटी ने कहा, 'उसने मेरी सलवार के अन्दर हाथ डाला था। उसने मेरी कमीज़ के अन्दर भी हाथ डाला और बुरी तरह से दबाया था।'

'कहाँ ?' मैंने बेवकूफ़ी से पूछा।

गुप्पी ने अपना सीना छुआ।

गुप्पी अभी औरत नहीं बनी थी लेकिन उसके जिस्म ने शक्ल अख़्तियार करनी शुरू कर दी थी। मेरे सिर से सारे बदन में, मेरे पैरों में ख़ौफ़ और धक्के की लहर ऊपर-नीचे दौड़ने लगी। मेसनी की अदृश्य ज़िन्दगी उसके बाप की हवेली में दफ़्न हमारी ज़िन्दगी का हमेशा एक प्रेत की तरह पीछा करती रही थी।

अब वह ज़िन्दा हो गई।

क्या इसकी वजह जुड़वाँ का पैदा होना ? मुझे मेसनी की माँ का ग़मज़दा चेहरा याद आया। मेरे जिस्म की हर रग खिंच गई। उसकी आख़िरी उम्मीद थी आँखें बन्द कर लेना। और मेरी आखिरी उम्मीद···? जिस हत्यारे तूफ़ान ने शादी के बाद मुझे अपनी गिरफ़्त में ले रखा था, उसने अब मुझे भँवर में खींच लिया। अब यह मुझे निगलने ही वाला था।

गुप्पी के बोझ के साथ मैंने ख़ुद को समेटा। अब से हर लम्हा जोखिम भरा होगा; हर रात ख़तरनाक होगी। लेकिन वह बड़े सलीक़े के साथ उससे दूरी बरतती रही।

उसकी नज़र कब पड़ी थी गुप्पी पर ?

मुझे याद आया उसने पूछा था, 'तुम्हारी बेटी कितने साल की है ?' अब मेरी समझ में आया वह कैसे देख रहा था।

सवाल के पीछे बदी थी और जवाब से भी बदी ही सामने आनी थी।

मैंने गुप्पी से कहा, 'जितना मुमकिन हो अपने बाप से दूर रहो। जब तक वह बुलाता नहीं हमेशा उसकी नज़रों से बाहर रहो।'

अनजाने में ही मेरी नज़र सूखते हुए कपड़ों के नीचे खेल रहे बच्चों की एक टोली पर पड़ी और एक पतली-दुबली, यतीम लड़की के लावारिस जिस्म पर जाकर टिक गई, जो गुप्पी की तरह ही शक्ल ले रहा था।

यतीमड़ी को मैंने साफ़-सुथरे कपड़े दिए और उसे नहाने को कहा। मैंने एक नौकरानी को उसके बालों पर कंघी करने और ठीक से चोटी बनाने का हुक्म दिया। उस रात वह ग़ुसलख़ाने में था और कमरे में मैं उसका इन्तज़ार कर रही थी।

उसने झिड़ककर कहा, 'यह लड़की यहाँ क्या कर रही है ?'

'वह तुम्हारे लिए है, साईं,' मैं बुदबुदाई।

उसके ग़ुस्से को झटका लगा। जब मेरी बारी ख़त्म हो गई उसने कहा, 'तुम जा सकती हो।'

मैं उस लड़की के बारे में सोच रही थी। मानों उसने मुझे सुन लिया और जवाब दिया, 'उसको छोड़ जाओ।'

उसकी मंज़ूरी से राहत मिली, अपने पीछे मैंने दरवाज़ा बन्द कर दिया। मेरे सामने यतीमड़ी की मरी हुई माँ का चेहरा कौंध गया। मैंने अपने जुर्म की लीपापोती की। तूफ़ान के आगे रहम करना नामुमकिन था। किसी बच्ची के साथ ज़िना, ख़ानदान में ज़िना से कम बुरा था।

या था ?

गुप्पी के पास आसमान के नीचे लेटी हुई मैंने कोशिश की अपनी शादी की रात का ख़याल न आए। लेकिन मेरे कान उसके कमरे से आनेवाली आवाज़ पर लगे थे। मैं कुछ और नहीं सोच पाई।

मैंने कुछ नहीं सुना। क्या उसने कुछ नहीं किया ?

मुमकिन है कि गुप्पी को उसकी हरकतों के बारे में ग़लतफ़हमी हुई हो। या अल्लाह यह मैंने क्या कर डाला ? उसके ख़ौफ़ से वह छोटी-सी लड़की शायद मर गई है।

एक घंटे बाद पीर साईं का दरवाज़ा खुला। उसने मुझे ज़ोर से आवाज़ दी। मैं कमरे में दौड़ी-दौड़ी गई।

हिरन का एक ज़ख़्मी बच्चा फ़र्श पर पड़ा था। ख़ौफ़ से उसकी आँखें फटी पड़ रही थीं। उसके मुँह में रूमाल ठुँसा था। उसकी कमर नंगी थी और उसके बच्चे जैसे सीने पर दाँतों के निशान पड़े थे। बक़िया हिस्सा चादर से ढँका था।

मैं हिल गई।

उसकी आँखें मेरे भीतर घुस गईं। वह अपने लिए हमदर्दी और उसके ख़िलाफ़ नाराज़गी की एक झलक खोज रही थी।

पीर साईं ने कुछ नहीं देखा।

उसकी बग़ल में बैठकर मैंने उसके मुँह से रूमाल खींचा और गहरी आह भरी। जब मैंने चादर हटाई, उसके नीचे फैले लाल धब्बे पर मेरे दिल से ख़ून बह उठा।

'या अल्लाह,' मैंने सोचा, 'अगर यहाँ वह नहीं होती, यहाँ गुप्पी होती।'

मैं उसे एक खाली कमरे में ले गई।

ख़ून से रँगी चादर को यतीमड़ी ने अपने बदन पर कसकर लपेट लिया। किसी तरह से मैंने उसको उससे अलग किया। उसका वहशीपन लड़की के सारे छोटे-से जिस्म पर खुदा हुआ था। उसकी टाँगें किसी बुढ़िया की तरह काँप रही थीं। उनके बीच ख़ून टपककर सूख गया था। जब मुझे घूरते हुए देखा उसने टाँगों को मिला लिया। उसके आराम के लिए मैंने फ़र्श पर एक तकिया रख दिया। मुझसे एक बार भी नज़रें मिलाए बग़ैर उसने अपना सिर कम्बल से ढँक लिया। उसकी माँ की तस्वीरों के साथ गुप्पी के ख़यालों से लड़ते हुए मैं बाहर निकल आई।

और कोई चारा नहीं था।

वह गुप्पी नहीं हो सकती थी।

गुप्पी दूसरी मेसनी नहीं बन सकती थी।

अपनी चारपाई पर पड़े हाँफते हुए अपने शौहर के पिचके हुए जिस्म पर आँख के कोने से एक नज़र डालते हुए मैंने अपनी चाल तेज़ कर दी और बिस्तर में घुस गई।

जवाब के लिए आसमान की ओर ताकते हुए मैंने अल्लाहताला से पूछा, 'या ख़ुदा, यह कैसा इन्सान है ? क्या उसको इसलिए मुआफ़ कर दिया गया है कि उसके पुरखों में से एक भला था ?'

कशमकश की क़ैफ़ीयत में मैंने कोई रास्ता निकालने के लिए अपने दिमाग़ पर ज़ोर डाला। मैं इस लड़की को कहाँ भेजूँ ? मैं किसके ऊपर एतबार करूँ ? मैंने अन्दाज़ा लगाना चाहा कि उसे यूँ छोड़ने से पहले यतीमड़ी की माँ ने क्या उसे बचाने की कोशिश की थी। गुप्पी का बाप क्या उसके साथ फिर हरकत करने की कोशिश करेगा ? अभी तो मैंने शेर की भूख को पूरा कर दिया था, लेकिन उसे फिर कब भूख लग आएगी, क्या पता ? उसके आगे मैं अब किसको डालूँगी ?

मुझे ख़याल आया कि यतीमड़ी को मैं सख़ी बीवी के यहाँ भेज सकती हूँ। इसके लिए मैं मिरासन को पर्चा ले जाने और बात को ख़ुफ़िया रखने की कसम दिला सकती हूँ। और इस तरह से इस बच्ची को पीर से बचा सकती हूँ।

लेकिन नहीं, मैं उसे जाने नहीं दे सकती।

वह दुबारा गुप्पी की ओर रुख कर लेगा। गुप्पी कहीं नहीं जा सकती।

इस क़ुर्बानी की वजह ज़िन्दा और लाज़िम थी। उसको गुप्पी से दूर सिर्फ़ दूसरी लड़की कर सकती थी। लेकिन वो कौन हो ?

अपनी अपवित्र इच्छाओं को पूरा करने की जगह उसने जागीरदार की हवेली से हटाकर अपने निजी घर में क्यों कर ली ? जब इतनी सारी छोटी-छोटी लड़कियाँ रोज़ गायब हो रही थीं तो उसने गुप्पी को ही क्यों चुना ?

उसने इसमें मुझे क्यों शरीक किया ?

अपनी ख़ुद की नन्ही-सी बेटी को बचाने के लिए मुझे कितनी और नन्ही लड़कियों का क़त्ल करना होगा ?

तमाम दिन मैं इस मसले पर अपना सिर खपाती रही। इसको हर मुमकिन ढंग से उलट-पुलट देखा, उसका जायज़ा लिया और आख़िरकार मैं इस नतीजे पर पहुँची कि मुझे यतीमड़ी को बनाए रखना चाहिए, उसकी ख़ैर-ख़बर लेनेवाला कोई नहीं था। उससे ख़तरा नहीं था। पहली दफ़ा ही वह सबसे ख़राब दौर से गुज़र चुकी है। मैं उसे अच्छी तरह खिलाऊँगी और ताक़तवर बनाऊँगी कि वह बाक़ी कुछ झेल सके। उसकी जानिब मेरा दिल मुलायम हो गया, लेकिन जैसे ही मैंने गुप्पी की बाबत सोचा, वह सख़्त हो गया।

जाएनमाज़ पर मैं चीख़ पड़ी, 'अल्लाह, माँ की हमदर्दी क्या इतनी बेरहम होती है ? यह किसी ग़ैर के लिए क्या कुछ नहीं छोड़ती ? मेसनी की माँ की तरह क्या मैं अपनी आँखें बन्द कर लूँ ? या क्या मुझे मुँह नहीं मोड़ लेना चाहिए ?'

उस शाम को यतीमड़ी की आँखों में एक जुनून था। वह जंगली जानवर-सी लग रही थी। ख़ौफ़ था कि वह मुझे नंगा न कर दे। पाप मेरा था। ख़ुशकिस्मती से नौकरानियों ने सोचा उस पर कोई नापाक रूह या जिन्न हावी हो गया है। लेकिन हमदर्दी और प्यार से खाली घर में उसके प्रति मेरे जुड़ाव से वे हैरत में पड़ गईं।

मज़हबी माँ के वेश में एक चुड़ैल की तरह मैंने जब उसका छोटा-सा हाथ अपने हाथ में लेने की कोशिश की, उसने अपना हाथ मरोड़कर मेरी पकड़ से निकाल लिया। वह मेरी बाबत क्या सोच रही होगी, इस ख़याल ने मुझे परेशान कर दिया। मैं एक शैतान की बीवी थी, फिर भी मेरा दिल सख़्त नहीं हो पा रहा था।

लेकिन इसे होना चाहिए।

मैं बँटी हुई थी। मेरे दोनों पहलू एक-दूसरे से मुखालिफ़ थे।

जब पीर साईं ने सुझाया कि उसको, 'दूध और कच्चा अंडा दो। इससे उसकी ताक़त वापस आ जाएगी,' इस उम्मीद में कि वह उसको दुबारा चोट नहीं पहुँचाए, मैंने फुसफुसाकर कहा, 'वह मरी हुई सी है।' उसके जवाब से रहा-सहा शुबहा ख़त्म हो गया और बहुत-सी पहेलियाँ हल हो गईं।

'उस जैसियों को मैंने पहले भी देखा है,' उसने कहा और उस जैसी लड़कियाँ जो पर्दे से ग़ायब हो गई थीं, मेरे ज़हन में दुबारा वापस आ गईं।

'वह इस बुखार की आदी हो जाएगी,' उसने आगे कहा, और मैंने सोचा काली मर गई थी, लेकिन इसकी आदी नहीं हो पाई।

उसकी शैतानी कारगुज़ारियाँ अब सीधी हवेली में दाख़िल हो चुकी थीं।

ठीक उसके अपने कमरे में।

ठीक मेरी आँखों के आगे !

मैंने अपने हाथों को देखा जो पिछले पन्द्रह साल से मेरी गोद में पड़े पसीने से लथपथ थे। तक़दीर की लकीर जो कभी मेहँदी के जाल में छिपी थी, वह बदी की लकीर में उकर गई थी। मुझे मालूम था कि ये हाथ फिर बच्चे जनेंगे और फिर मालिक के लिए ही।

'या अल्लाह,' मैं फ़िक्रमन्द होने लगी, 'क्या वह मेरी सारी लड़कियों के शादी हो जाने तक चलेगी ? क्या मैं पाप को झेल पाऊँगी, तब तक ?'

हर मुमकिन हद तक गुप्पी अपने बाप से दूर रहने लगी, मेरे कहे बग़ैर ही। उसने मुन्नी को भी उससे दूर रखा। यतीमड़ी दुबारा सेहतमन्द हो गई और उसने बच्चों के साथ फिर से खेलना शुरू कर दिया।

अगले महीने जब मेरी माहवारी शुरू हुई, उसने हुक्म दिया, 'यतीमड़ी को लाओ।' दो दिन बाद उसने उसे फिर बुलाया। मेरी ग़ैर-मौजूदगी के सात दिनों में से चार उसने उस नन्ही-सी लड़की के साथ गुज़ारे।

मुझे ख़तरा लगने लगा लेकिन मैं कुछ नहीं कह सकती थी। मैं यह भी समझ नहीं पाई कि अब उसको डर क्यों नहीं लगता था। खरोचों और निशानों के बावजूद उसकी आँखों में चमक आ गई, उसकी चाल धीमी पड़ गई, लेकिन वह इर्दगिर्द के मासूम बच्चों के साथ खेलती रही। उसके साथ मेरे तीन सप्ताह हमेशा की तरह ही घिनौने होते, मैं यह नहीं समझ पाती कि अगली सुबह यतीमड़ी बच्चों के साथ कैसे हँस-खेल पाती है। उसके साथ शायद वह नर्मी बरतता था। मैंने इस ख़याल को टाल दिया। इस काम में दूसरे की परवाह की गुंजाइश बहुत कम थी।

एक दोपहर को मैंने यतीमड़ी को हँसते हुए सुना। मेरा शौहर उस पर जो ध्यान दे रहा था उस पर वह ख़ुश थी।

मेरे जिस्म में ग़ुस्सा तारी हो गया।

मेरे ज़हन में माँ की तस्वीर उभर आई। वह मुझ पर बेतरह नाराज़ थी, 'बेवकूफ़ लड़की उसने तुझसे सड़क से उठाकर शादी की थी। वह उससे शादी क्यों नहीं कर सकता ?' उसने मुझको हिला दिया, 'तुम उससे नफ़रत करती हो ? तो फिर एक नौकरानी बन जाओ, क्योंकि तुम न उसका घर छोड़ सकती हो और न अपने बच्चे।'

और कोई रास्ता ही कहाँ था ? और फिर गुप्पी, उसका क्या होगा ?

कम से कम अब वह तो उसके ज़हन से बाहर थी। ऐसा लगता मानो वह उसके लिए कहीं है ही नहीं। और मैं उस लड़की से जलती थी जिसको मैंने अपने नरक में झोंक दिया है। मुझे जलन थी कि वह मेरी ग़िलाज़त में हिस्सा बँटा रही थी। कैसा पसोपेश है। गोकि सालों गुज़र जाने के बावजूद मेरे और मेरे शौहर

के रवैये में कोई तब्दीली नहीं आई, मेरी हैसियत थोड़ी-बहुत क़ायम हो गई थी। अब एक बच्ची मुझे पीछे छोड़ रही थी। मेरी बेक़दरी का ताल्लुक़ उसके बजाए उस लड़की से ज़्यादा था; बूढ़े मालिकों और जवान नौकरानियों के अनगिनत क़िस्से मेरे ज़हन में उभरने और तेज़ी से जड़ें जमाने लगे।

जब मेरे शौहर ने हुक्म दिया, 'यतीमड़ी के लिए नए कपड़े सिलवाओ और उससे ज़्यादा काम नहीं लो,' मैं हैरान थी कि उसके दिमाग़ में वह अब भी बनी हुई है। आखिरकार पीर साईं अब मुझसे बोलता तो था।

लेकिन जीत की गर्मी ठंडी पड़ गई।

यह एक धमकी थी।

'तुम्हारा क्या ख़याल है उसके बारे में,' उसने मुस्कराते हुए पूछा। जब से मैं जानती थी मैंने उसे पहली बार मुस्कराते देखा था। मेरी हैरानी में इज़ाफ़ा हो गया। नहीं मालूम था कि मुझे क्या कहना चाहिए। हथेलियों पर आ रहे पसीने को मैंने जोर से रगड़ा और बुदबुदाया, 'वह बहुत छोटी है साईं। मैं उसे सिर्फ़ एक बच्ची के तौर पर जानती हूँ।'

तब उसने ऐलान किया, 'जवानी, जवानी होती है। उसका कोई बदल नहीं होता,' मुझे अहसास हुआ कि मेरे घर की सारी छोटी लड़कियाँ मुझे चुनौती दे रही हैं। मैं उनसे मुक़ाबला कैसे कर सकती थी जबकि उम्र को पीछे नहीं लौटाया जा सकता ?

मुझे काठ-सा मार गया।

बिना किसी शोर के छोटे साईं हड़बड़ी में अपने बाप के काग़ज़ात उठाने को घुसा और बाहर भाग गया। अपने बड़े बेटे के लिए मेरा दिल पसीज गया। जबसे उसने चलना शुरू किया था मैंने उसे बमुश्किल देखा था। वे उसे मुझसे दूर ले गए थे। मुझे उम्मीद भी यही थी। छोटे साईं का तमाम दिन अपने बाप की खूँखार आँखों के नीचे मक़बरे में गुज़रता। जब वे घर लौटते मैं अपने शौहर की ख़िदमत में इतनी मशग़ूल रहती मुझे अपने बेटे की एक झलक भी न मिल पाती।

गोकि छोटे साईं की सबसे अहम तमन्ना अपने बाप की मंजूरी हासिल करनी थी। लेकिन यह नामुमकिन काम था। जिस दबाव में वह बड़ा हुआ था उसने उसे बेहद ग़मगीन और डरपोक बच्चा बना दिया था। उसे देखकर मेरा दिल दर्द करने लगता।

मेरे ज़हन ने ज़ोर लगाकर छोटे साईं के ख़याल को दूर भगा दिया, और उन अहसासों का मुक़ाबला करने लौट आई जिनको यतीमड़ी ने तेज़ कर दिया था।

पहले दो महीनों तक मेरा शौहर उसको मेरी माहवारी के दिनों में ही बुलाता।

अलबत्ता बुलाए जाने के इन्तज़ार में वह हर रात नहाती और कपड़े बदलती। तीसरे महीने वह उसको थोड़े-थोड़े दिनों बाद बुलाने लगा और एक पागल इन्सान के साथ होने के लिए वह उछल पड़ती। जब वह कमरे से निकलती, मेरे सामने से आँखें नीची करके लड़खड़ाती हुई तेज़-तेज़ क़दमों से गुज़र जाती। ज़ाहिर था कि वह उसकी पसन्दीदा थी और मैं थी रद्दशुदा बीवी। नौकरानियों ने कानाफूँसी शुरू कर दी और वे मेरे कानों में नगाड़ों की तरह गूँजने लगीं। जिस दिशा में मुड़ती मुझे एक ज़ोरदार थप्पड़-सा लगता महसूस होता।

जिस तरफ़ भी मैं मुड़ती मुझे चील भी दिखाई पड़ती, जो सब कुछ जानते हुए निगरानी कर रही होती।

एक दिन यतीमड़ी ने एक नौकरानी को गाली दी। वह उसकी तश्तरी में खा रही थी। दूसरी बार उसने लड़की को थप्पड़ रसीद किया क्योंकि वह उसकी नई चप्पल पहने थी।

मैंने उसको चिल्लाते हुए सुना, 'मैं मालिक से तुम्हारी शिकायत करूँगी। मेरी चीज़ें चुराने के लिए वह तुम्हारी कुटाई करेगा।'

एक अधेड़ नौकरानी ने आगे बढ़कर उस पर पलटकर चोट की, 'अपने आपको तुम समझती क्या हो। ऐ रंडी, हम सब कुछ जानती हैं तुम्हारी बाबत।'

यतीमड़ी भौंकने लगी, 'मालिक से मेरे बारे में कहने तक इन्तज़ार करो। मेरे बारे में यह सब कहने के लिए वह तुम्हारी पिटाई करेगा।'

दूसरी औरत ने अधेड़ को खींचकर एक तरफ़ किया और नतीज़ों से ख़बरदार किया, 'वह मालिक का कान है। जो कुछ तुम कहने की जुरअत कर रही हो, वह ख़ुद वह उससे कह देगी।'

बेहद ग़ुस्सा थी मैं। उनको मुझसे ज़्यादा ख़ौफ़ यतीमड़ी का था। मैं उनके गुट के पास पहुँची और कोई सफ़ाई मांगे बग़ैर अपनी जूती उतारी और उसके मार दी। चील उसको सब कुछ बता देगी, मैं जानती थी।

कमरे में पीर साईं के पीछे-पीछे आकर मैंने झूठ बोल दिया।

'यतीमड़ी ने नौकरानियों से उसमें तुम्हारी दिलचस्पी की बाबत कहा था साईं। मुझे उसकी पिटाई करनी पड़ी ताकि वह दुबारा यह ज़ुरअत न करे। उम्मीद है कि मेरी हरकत पर तुम नाराज़ नहीं हुए होंगे, साईं।'

उसकी ख़ामोशी से मेरे दिल की धड़कन बढ़ गई।

'तुमने सही वक़्त पर कार्यवाही की,' सुनकर मैंने राहत की साँस ली। उसने मेरी कहानी क़बूल कर ली थी।

तूल देने के लिए मैंने हिम्मत बटोरी और कहा, 'साईं, यह लड़की नौकरानियों को गाली बकती है, गोया कि वह कोई ख़ास हो। उसके बर्ताव से शुबहा पैदा हो रहा है।'

'उसको बुलाओ,' उसने हुक्म दिया।

मैं बाहर आई। यतीमड़ी ठीक दरवाज़े के बाहर थी। उसके चेहरे पर फ़तेह की चमक थी। उसके पास भी था कुछ बताने को। बुलावे पर उसे डर नहीं था। लेकिन उसके चेहरे पर आत्म विश्वास का भाव था जो कह रहा हो, 'उससे चाहे तुम कुछ भी क्यों न कहो उसकी तरफ़दारी मुझे मिलेगी।'

दरवाज़े ने मुझे बाहर बन्द कर दिया लेकिन उसके हाथ की ज़ोरदार आवाज़ तुरंत सुनाई दी। मैं अपनी फ़तेह पर ख़ुश थी। उम्मीद, झटके और ख़ौफ़ ने एक साथ मिलकर उसके बड़बोले चेहरे को तहस-नहस कर दिया।

जब उसने लड़की को बाहर फेंका, वह मेरे पैरों पर गिर पड़ी और उसकी पहले जैसी ही भयभीत आँखें ऊपर उठ गईं। इस बार मेरा दिल नहीं दुखा। यह महसूस करते हुए कि चील ने मुझमें बदलाव देखा है मैं यह सोचती हुई आगे बढ़ गई कि मालिक के जुर्म के बारे में वह क्या सोच रही होगी।

मक़बरे में उसके देखने, सुनने और बोलने की शक्ति छीन ली थी ? वह यहाँ की हर बुराई को जानती थी। क्या वह यह नहीं मानती थी कि यहाँ कुछ अच्छा भी होना चाहिए ?

चूँकि जब तक मालिक के बिस्तर तक उसकी पहुँच थी, यतीमड़ी मेरे लिए एक ख़तरा था, इसलिए हर मुमकिन मौक़े पर मैंने उसकी रूह तोड़ने की कोशिश की। गोकि लड़की मुझसे वैसे दूर रहती जैसे कि गुप्पी अपने बाप से। अलबत्ता उसके बरअक्स तमाम दिन मेरी आँखें उसका पीछा करती रहतीं।

जब मैं यतीमड़ी की छोटी-छोटी-सी गलतियों को पकड़ने के लिए झपट पड़ती, तब सिर्फ़ गुप्पी उन लाखों अहसासों के क़ैद को महसूस कर सकी थी जो मेरे दिल में वलवले उठा रहे थे। बिला नागा मैं किसी न किसी चीज़ को लेकर मालिक से उसकी शिकायत करती। लेकिन उसकी तमाम ग़लतियों के बावजूद पीर साईं के दिनों का कोई असर उसकी रातों पर नहीं पड़ा। और लड़की के लिए उसकी हवस बढ़ती गई।

एक दिन गुप्पी ने मुझसे कहा, 'अम्मा, जब कोई और रास्ता ही नहीं है। जो जैसा है वैसा ही रहने दो। यतीमड़ी को लेकर अपने आपको इतना दुखी मत करो।'

मेरा हाथ थामते हुए छोटी होने के बावजूद, जो वह थी भी, उसने एक बुज़ुर्ग औरत की तरह कहा, 'या कि मेरा बाप तुम्हारे लिए इतना ख़ास है ?' वह नहीं था और फिर भी था। वह एक तज़ाद था जो मेरी ज़िन्दगी भर बना रहा।

ईद से एक सप्ताह पेशतर उसने महँगे कपड़ों का एक सेट मेरे लिए और एक वैसा ही उसके लिए दिया। गोकि मुझे गुप्पी के अल्फ़ाज़ याद थे और मैं अपनी विरोध को निगल गई थी, मैं वह तोहफ़ा यतीमड़ी को देने के लिए ख़ुद

को राजी नहीं कर पाई। उसके बजाए मैंने उसको वे तोहफ़े दिये जो दीगर नौकरानियों को मिले थे।

जब मुझे बुलाया गया वह उसके साथ थी।

'क्या तुमने लड़की को वह दिया जो उसे देने के लिए मैंने तुम्हें सौंपा था ?' उसने पूछा।

दशहत के मारे मैं हकला गई, 'मैंने उसको दूसरा दिया था, साईं। मैंने सोचा कि नौकरानियों को कहीं शुबहा न हो जाए, साईं।'

उसका हाथ कमरे में घूम गया। अब उसकी बारी थी आँखें सेंकने की। बेइज़्ज़ती ख़ौफ़ पर हावी हो गई। उसे महीनों तक दबाए रखने के बाद हार मंज़ूर करना मुमकिन नहीं था, और इसलिए जब वह दुबारा मेरे क़रीब आया, उस लड़की की मौजूदगी से मेरी चीख़ निकल गई।

'तुम चीख़ीं,' वह गरजा।

'हाँ, हाँ,' मैं कहना चाहती थी, 'कुछ ऐसा करो जिससे मेरी ज़िन्दगी ही ख़त्म हो जाए।' अल्लाह का शुक्र है कि उसने लड़की को बाहर फेंक दिया था।

मैं कपड़े बदलने के कमरे में जा पहुँची।

उसने चारपाई को उठाया और हुक्म दिया, 'अपने हाथ इसके नीचे रखो।'

लकड़ी की भारी शहतीरें हाथों के ऊपर आ पड़ीं।

मेरी कँपकँपी छूट गई। मेरी आँखें ऊपर चढ़ गईं। मेरे ओंठ भिंच गए। दर्द बार-बार फूट निकलता। मैं बार-बार उसे निगलती रही।

'एक भी आवाज़ निकली तो मैं तुम्हारी गर्दन तोड़ दूँगा और तुम्हारे भेजे के दो टुकड़े कर डालूँगा,' उसने ख़बरदार किया।

मेरी एड़ियाँ मेरी खुली हथेलियों के बीच मुड़ गईं, मेरा सिर मेरे घुटनों के बीच टँगा था। घुटनों के बल झुकने, सीधे या उकड़ूँ बैठने का कोई तरीक़ा नहीं था। इस हालत में बना रहना नामुमकिन था।

हर लम्हा नाक़ाबिले बर्दाश्त था। ज़रा से हिलने-डुलने से बेइन्तहा दर्द की लहर दौड़ जाती। अपने हाल और दर्द से जद्दोजहद करती, कभी इसको तो कभी उसको अनदेखा करती मैंने उसे चारपाई पर बैठते देखा।

लकड़ी की शहतीरों ने और भी गहरा दबाया।

मेरी हड्डियाँ चकनाचूर हो गईं।

उसने मेरी आह सुनने की कोशिश की और सज़ा बढ़ा दी।

उसको कुछ सुनाई न पड़ा।

उसने अपनी टाँगें उठा लीं। वह सीधा लेट गया।

दर्द को मैं भीतर बन्द नहीं रख पाई। वह मेरी हथेलियों से, मेरे जिस्म में दाख़िल हुआ और उससे गुज़रता हुआ मेरे दिमाग़ में घुसा और बाहर निकल गया।

इन हौलनाक नज़ारे को मैं छत से देख रही थी।

राक्षस ने खर्राटा भरा। उसके पैरों तले अपनी बाँहें फैलाए और फ़र्श पर हथेलियों को उलटा किए एक औरत राक्षस की सताई हुई पुजारिन की तरह नाक रगड़ती पड़ी थी।

वह हिला।

पल के हिस्से के बराबर उम्मीद बँधी और चली गई।

जब तक वह जगता नहीं, कुछ भी बदल नहीं सकता। मैं वक़्त से लड़ रही थी, वह गुज़र नहीं रहा था, तिस पर भी इतने ख़ामोश घंटे गुज़र गए।

आख़िरकार वह उठा। लेकिन उसके वज़न के हटने से तकलीफ़ कम नहीं हुई; काठ की शहतीरों को उठाए जाने पर दर्द बन्द नहीं हुआ।

'उठो,' उसने हुक्म दिया और मेरी रूह एक झटके में दुबारा लटक गई। कुछ वक़्त के लिए क्या मैं फ़ना हो गई थी।

जब उसके पैर मेरी आँखों के आगे आए, मैं राहत से उन पर गिर पड़ी।

इन हालात में बचाये रखने के लिए मैं अपनी जुदा हो गई रूह को देखने लगी, नहीं तो मैं बच नहीं सकती थी। जब कोई मुसीबत आती, मैं कहीं नहीं मिलती। यदाकदा मुझे लगा कि मेरे दिमाग़ में कुछ है ही नहीं। अफ़वाह थी कि मैं पागल हो गई हूँ। हमेशा भीतर-भीतर जद्दोजहद करनेवाली मैं यतीमड़ी के मुआमले में खुलकर जद्दोजहद करने लगी थी।

अब मैं पीछे हट गई।

ईद के पहले, चूड़ीवाली हवेली में काँच की रंग-बिरंगी चूड़ियाँ लाती। उन्हें खरीद पाने के लिए नौकरानियाँ ग़रीब तो थी हीं, अम्मा साईं ने उनको कभी इजाज़त नहीं दी कि वे खुद को सजाएँ। 'वे अपनी जगह भूल जाती हैं और मालकिन से मुक़ाबला करने लगती हैं,' वह कहा करतीं।

अलबत्ता यतीमड़ी ने पीर साईं से मिले पैसों को वैसी ही चूड़ियों को खरीदने पर ख़र्च करने का फैसला किया जैसी कि मैंने गुप्पी के लिए खरीदी थीं। मुआमला जब अम्मा साईं तक पहुँचा, उन्होंने लड़की के मुँह पर तमाचे जड़े और चूड़ियाँ ज़ब्त कर लीं।

नतीजों से डरकर उन्होंने चूड़ियों को यह कहकर लौटा दिया, 'इस मर्तबा मैं तुमको छोड़े दे रही हूँ, अगली बार तुम्हारी गुस्ताख़ी की शिकायत मैं मालिक से करूँगी। वह नौकरों को अपने ख़ानदान से बराबरी करने की इजाज़त नहीं देता। वजह चाहे कुछ भी हो।'

मैं अब पर्वा नहीं करती। लेकिन लड़की मेरी तवज्जो खींचने को बजिद लगती। मैं जिधर भी जाती वह उधर ही आ जाती। मेरे चाहे बग़ैर मैंने ग़ौर किया कि गुप्पी की बनिस्बत वह कितनी बड़ी दिखने लगी थी। वजह सबको ज़ाहिर थी

लेकिन इसने अब मुझे परेशान करना बन्द कर दिया था।

अम्मा साईं ने मेरी तटस्थता पर ग़ौर किया और मुझे समझाने बैठ गईं। 'यहाँ के मर्दों में यह आम बात है। नौकरानियों से अपने शौहर की उंसियत की वजह से अमूमन तमाम बीवियों को जिल्लत उठानी पड़ती है। इन औरतों को उनकी हैसियत में रखना मुश्किल है। वे अपनी जगह बहुत जल्दी भूल जाती हैं। उन्हें अपनी ख़ुशनसीबी पर एतबार नहीं होता, वे यक़ीन करने लगती हैं कि वे निचले दर्जे की नहीं।'

उन्होंने सलाह दी, 'तुम्हें उसको बदल देना चाहिए। तुम्हारे कई बच्चे हैं और तुम ख़ासी सुरक्षित हो। तुम्हें कुछ ऐसा करना चाहिए कि शौहर तुम्हारी तरफ़ ध्यान दे।' मेरी तरफ़ उँगली हिलाते हुए उन्होंने कहा, 'जो बेशक़ीमती वक़्त तुम्हें उसके साथ मिलता है उसे बर्बाद करने की बेवकूफ़ी न करो। पता लगाओ कि उसे क्या अच्छा लगता है और वह करो। वह एक बीमार औरत को क्यों पसन्द करेगा ? ज़रा अपनी तरफ़ देखो। इतनी बेजान और उदास हो तुम कि तुम्हें कोई भी मर्द पसन्द नहीं करेगा। वह एक नौजवान लड़की की तरफ़ क्यों नहीं रुख़ करेगा ?'

लेकिन मेरे ज़मीर ने मेरा साथ नहीं दिया। मेरे लिए गुप्पी की सलाह ज़्यादा नर्म थी। अम्मा साईं मुझे तारीक जंगल की राह दिखा रही थीं। मैं जीतने से ज़्यादा सुकून की मोहताज़ थी। मैंने अपनी सास से पूछा, कि उसका बेटा यतीमड़ी से शादी कर सकता है, 'वह जिससे चाहे उससे शादी कर सकता है। यह उसका विशेषाधिकार है। उसको अपना बनाए रखने का एक ही रास्ता है। बिस्तर में उसके वास्ते लाज़िमी बन जाओ।'

मेरी आँखें यतीम लड़की का फिर पीछा करने लगीं।

एक बार फिर मैं हैरान होकर सोचने लगी कि वह मेरे शौहर की शैतानी हवस को कैसे पूरी कर पाती होगी। वह हर दफ़ा मर कैसे नहीं जाती।

जिस रात ईद का चाँद दिखाई पड़ा वो चाँद रात माँ के घर की मीठी यादें लौटा लाई। माँ का घर जहाँ ख़ुशियों का मतलब था—नए कपड़े, चूड़ियाँ, मेहँदी और ईदी। हम अपने कपड़ों पर इस्तरी करते, सिवैयाँ पकाते, मिठाइयाँ लाते और अपना घर सजाते। अब सब कुछ बदल गया। हर साल मेरा ध्यान घर की ईद की तरफ़ चला जाता, लेकिन वक़्त गुज़रने के साथ यादें भी धुँधली पड़ती जातीं।

महज़ तिलिस्मी रोशनियाँ रह जातीं।

और वे हमेशा बुझा दी जातीं और मेरी ज़िन्दगी घोर काली रात बन गई।

यह अक्स कभी धुँधलाया नहीं।

पट्टियाँ बँधी हथेलियों पर मैं मेहँदी नहीं लगा सकी। मैं चाहती भी नहीं थी। गुप्पी ने मेरे हाथ की पट्टियाँ बदलीं, जबकि छोटी-सी लड़की के दिखाए गए रास्ते को भूलकर मैं यह सोचने में मशग़ूल हो गई कि जिसमें मैंने ही उसे डाला था,

यतीमड़ी ने उस पाप में अपने को कैसे ढाल लिया है। वह वह जगह ले रही थी जिससे मुझको नफ़रत थी। लेकिन मैं उसे यह लेने नहीं दे सकती थी। मैं यह बर्दाश्त नहीं कर पा रही थी।

इधर-उधर से चटकीले नारंगी कपड़े मेरे सामने उछलकर आ जाते और दिल में आग लग जाती। उसकी लाल लिपस्टिक मुझे सुर्खरू कर देती। कत्थई जिल्द पर उसकी आँखें मुझे मिट्टी की तलैया में धकेलती हुई दो स्याह भौंरों-सी लगतीं। उसके कूल्हे इधर से उधर हिलते और बीच में ललचानेवाले ढंग से बीच में ठहर जाते।

उस रात मैंने ग़ौर किया कि उसकी मौजूदगी में वह लज्जाहीन बन जाती। जब उसके पैर छूने को झुकती तब एक मुस्कान तक छोड़ती। जल्दी से उसके जूते उतारती, उसके सैंडिल लाने को दौड़ती, उनको उसके पैरों में पहनाती। इन कामों में वह मेरे जितनी ही फुर्तीली थी, लेकिन जहाँ वह ख़ुश नज़र आती, मैं नहीं।

पीर साईं मेरी तरफ़ देखता, उसकी तरफ़ और फिर मेरी तरफ़।

उसकी तरफ़···मेरी तरफ़।

क्या वह फ़र्क़ देख रहा और मुझे ख़ारिज कर रहा था ?

जिसे मैंने सूखा मान लिया था उस एक सोते से ज़िल्लत फिर फूट पड़ी। दिल में सोये हुए हरे साँप की तरह मेरे भीतर जलन जग गई। उसके घूरने से मुझे बेचैनी हो रही थी। मैं ग़ायब हो जाना चाहती थी। लेकिन मैं दरवाज़े से तब तक अटकी रही जब उसने यह नहीं कहा, 'रुको।'

लड़की के हाथ में उसकी अलमारी की चाबी थी। वह व्हिस्की की एक बोतल निकाल लाई। दो ग्लासों में डालकर उसने हरेक में ड्रापर से कुछ शरबत डाला और एक मुझे दिया।

मुझे लगा कि पीना मेरी मजबूरी है, जब वह इसमें मज़ा लेती महसूस हुई।

अब मेरी समझ में आया कि कमरे से लड़की हमेशा झूमती हुई क्यों निकलती थी।

मेरे सामने एक और कशमकश खड़ी हो गई—पीर साईं की बीवी शराब पी रही थी जबकि वह बकरी का ताजा दूध।

यतीमड़ी अब मेरी ज़िन्दगी का हिस्सा थी। यह कभी मेरे ज़हन में नहीं आया था कि उसको मेरे साथ जोड़ा जाएगा।

क्या मेरी जिज्ञासा इस रात खुद को जाहिर कर देगा ?

लड़की के गोश्त से मेरी कमर की हड्डी में नीचे तक ठंड दौड़ गई। उसकी निकटता से मुझे नफ़रत होने लगी जबकि उसको मुझसे कोई एतराज़ नहीं था। उसका जिस्म गठा हुआ और सख़्त था, मेरा थुलथुल और मुलायम। उसमें एक

लोच था जो मुझे काली की याद दिलाता, लेकिन वह काली नहीं थी। इस बदहवासी में भी यह फ़र्क़ बिलकुल साफ़ था।

काली से मेरी नजदीकी की सज़ा का अब कोई मा'नी नहीं रहा था।

धुँधलापन बढ़ता जा रहा था। इसके बावजूद मुझे महसूस हुआ कि उसकी आँखें मुझ पर हैं, उसकी बजाए मुझ पर ज़्यादा हैं। फिर मेरा सिर घूमने लगा और सब कुछ नक़ली लगने लगा।

वह होश में और पूरी तरह ख़बरदार था। उसने नशे में धुत हमारे जिस्मों से खेलना शुरू कर दिया। अब हम शैतान और उसके शिकार नहीं रह गए थे। बीवी को उसने अपनी गिरफ़्त में इतने जोर से कसकर लिया था कि बीवी का अपना जिस्म हर क़ैद से आज़ाद हो गया।

हवस तेज़ हो गई।

ख़ौफ़ ग़ायब हो गया।

मैं क़ायदों को याद कर सकने के हवास खो बैठी। वह भी भूल गई।

अगर मैं मालकिन होने का दर्जा भूल बैठी, तो यतीमड़ी ने एक नौकरानी और मेरे बीच की दूरी ख़त्म कर दी। रात गोश्त के हवाले हो गई या कि गोश्त रात के हवाले।

जब यह सब कुछ ख़त्म हुआ मैं बीमार थी और बाद में बेहाल।

अगर अम्मा साईं की सलाह सही थी, अज़ाब और ख़ौफ़ की रातें ख़त्म हो सकती थीं। चूँकि सिर्फ़ नरक ही वो जगह थी जिसमें मेरा शौहर मेरी शिरकत चाहता था, मैं उस आग में मज़ा ले सकती थी जो पहले मुझे जलाती थी। लेकिन हक़ीक़त में वापस आने के बाद की बेहाली नाक़ाबिले बर्दाश्त थी।

एक शरीफ़ औरत के रोल को फिर से निभाना नामुमकिन हो गया।

'या अल्लाह' इबादत के वक़्त में चीख़ पड़ी, एक वक़्त में एक रूह कितनी ज़िन्दगियाँ जी सकती है ? एक वक़्त में वह कितने भावों को महसूस कर सकती है ? एक साथ यह कितने इन्सानों में ढल सकती है ?

कि मुझे एक साथ दो औरतों का रोल अदा करना था, इससे मैंने चाहा कि उसको फाँसी लगा दूँ जो खुद को ख़तावार मानती है।

मेरी ज़िन्दगी में ज़मीर की कोई जगह नहीं थी।

इस हादसे में जब मैंने गुप्पी की शिरकत की बाबत ख़याल किया, मेरा हर एक शुबहा क़ाफ़ूर हो गया।

एक बदचलन मालकिन ने ईद मनाई। अल्लाह का शुक्र है कि गुप्पी ने उस पर ग़ौर नहीं किया। उसने मेरे पट्टी बँधे हाथों का बोसा लिया और उस वक़्त मुझे यक़ीन नहीं हुआ जब उसने कहा, 'तुम्हारे दिल की नेकी तुम्हारे चेहरे से ज़ाहिर है, अम्मा। तुम अब जन्नत से आया फ़रिश्ता लगती हो।' और हँसते हुए उसने

शैतानी से कहा, 'और इसका कोई ताल्लुक़ अल्लाह के करम से मक़बरे से तो नहीं ?'

जब मैंने बताया कि मैं पाँच महीने से गर्भवती हूँ, अम्मा साईं ने सलाह दी, 'यह ग़लत वक़्त है, खुद को उससे अलग रखने का। यतीमड़ी उसको पूरे तरह से क़ाबू में कर लेगी।'

जल्दी ही मेरे पेट के फूलने पर पीर साईं को नाराज़गी हुई उसने उस वबाल को निकलवा देने का हुक्म दिया। लेकिन क़ुनीन की बीस गोलियों के बावजूद जो मैंने पूरे सप्ताह तक रोज़ निगली थीं, हमल गिरने का नाम नहीं लेता। मेरी ज़िल्द पुराने अखरोट की मानिन्द सूख गई। मेरा सिर चट्टान की तरह सख़्त हो गया। आख़िरकार जब मेरे बुरी तरह से ख़ून आना शुरू हुआ लड़की ने पूरी तरह से मेरी जगह ले ली।

मेरा दिल डूब गया। जब एक कार में डालकर नौकरानियाँ मुझे गाँव के अस्पताल ले गईं तब मुझे थोड़ा-बहुत ही होश था। मेरा चेहरा पलंग की चादर के नीचे छिपा और मेरा पेट डॉक्टरों के चाकू के नीचे उरियाँ था। उन्होंने कहा बहुत ज़्यादा क़ुनीन की खुराक लेने से मेरी कोख में सूराख़ हो गया है। अस्पताल के पूरी तरह से बन्द कमरे में दो सप्ताह तक मेरे ख़ून चढ़ाया जाता रहा और मैं फिर से कार में थी। उसकी खिड़कियों पर मोटे-मोटे पर्दे लगे थे। मेरे और ड्राइवर के बीच चमड़े का पार्टीशन था। जिस दुनिया में देखने के लिए मैं इतनी बेताब थी उसकी एक झलक तक नहीं। और मैं अपनी हवालात में वापस थी।

नौकरानियाँ मुझे मुबारकबाद देने भागी आईं। गुप्पी को पहला माहवारी हुआ था। वह चौदह साल की औरत बन गई। पीर साईं ने उसका निकाह मेसनी के भाई से करने का फ़ैसला किया।

मेरी बेटी का धुँधला भविष्य बेहद नजदीक नज़र आया। उस लड़के से मुझे डर लगता था। उसकी और उसके ख़ानदान की पिछली ज़िन्दगी से मेरे दिमाग़ में शुबहा नहीं रहा था कि वह ख़तरे के बीच जा रही है।

जो उसके बाप की ख़्वाहिश थी उसमें उसका चाचा कामयाब हो सकता था।

उसका शौहर अपनी माँ की तरह समझौता कर सकता था।

और उसकी बहन मेसनी इस गुनाह को शह दे सकती थी।

मैं अपने शौहर से कहना चाहती थी कि गुप्पी को उस ख़ानदान में न भेजो जहाँ क़ुनबे के भीतर ज़िनाकारी ज़िन्दगी का चलन था। मैं उसे अपनी बेटी को ठीक उसी जाल में भेजने से रोकना चाहती थी जिसमें फँसने से मैंने उसे बचाया था। लेकिन मेरे भावों को शब्द नहीं मिल पाए और मेरा बोझ हल्का नहीं हुआ।

मैंने सुना कि लड़के ने इस तरह की ज़िन्दगी गुजारी है कि वह पूरी तरह

से आवारा बन गया है। शादी के क़ायदे उसमें ठूँस-ठूँसकर भरे थे। यहाँ मर्द अपनी औरत पर जितना ज़्यादा क़ाबू रखता उसकी उतनी ही तारीफ़ की जाती।

बहुत अरसे से धुँधली पड़ी याद मेरी आँखों में कौंध गई और मुझे ताज्जुब होने लगा कि यह कहाँ छुपी हुई थी।

राँझा की शादी हो ही चुकी होगी।

उसके खोने पर मुझे गहरा दर्द हुआ।

गुप्पी एक जानवर के पास जा रही थी। मैं दुखी थी। अम्मा साईं बेहद खुश थीं, 'अल्लाह के करम से, हमारे ख़ानदान में ही इतने लड़के हैं कि हमें अपनी बेटियाँ बाहरवालों को नहीं देनी पड़ती हैं।' उन्होंने चहकते हुए खुलासा किया।

मेरी छोटी बेटी दस साल की थी। हम उसको दिया कहते क्योंकि उसके ओठों पर लगातार मुस्कान बनी रहती। वह और उसकी छोटी बहन मुन्नी गुप्पी जैसी ज़हीन नहीं थी। उनमें वह जोश भी नहीं था। जब मैंने सिखाने की कोशिश की कि कैसे उड़ना चाहिए, उन्होंने कोई सवाल नहीं पूछे। उनमें कोई कुरेद नहीं थी। और उनके ज़हन को बेहतर बनाने के लिए मेरे पास कोई वक़्त नहीं था। मैं अपनी ज़िन्दगी में बेहद उलझी थी। उनकी तरफ़ से मैं जितनी लापरवाह थी, अम्मा साईं उनको उतना ही ज़्यादा प्यार करतीं और इसलिए दिया और मुन्नी का ज्यादा वक़्त कहीं और की बजाए, अम्मा साईं के कमरे में ही गुज़रता। वे हलवा बनाने, दालों की सफ़ाई करने या आटा छानने जैसे कामों में ही मगन थीं।

अपनी पूरी बीमारी के दौरान और माहवारी के दिनों में मैं बच्चों के कमरे में ही सोती। वहाँ लेटे हुए मैंने गुप्पी के ख़ूबसूरती से तराशे गए चेहरे को देखा। वह अपने बाप की तरह बिलकुल नहीं थी। उसका सब कुछ मेरी तरह का था। ज़र्द और शानदार। उसका सिर और कन्धे तब भी सीधे बने रहते जब वह नीचे देख रही होती।

मैंने उससे पूछा, 'शादी के बारे में तुम्हारा क्या ख़याल है, गुप्पी। तुम क्या सोचती हो अपने खुद के घर की मालकिन बनने पर ?' उसने दानाई से जवाब दिया, 'क्या वो किसी भी तरह से यहाँ से जुदा होगा ?' और मुझे अपनी शादी की याद आ गई। मेरी सगाई ने जिस ख़ुशी को पैदा किया था वह जुए का एक जुनून थी। कामयाबी के शुरुआती इशारे जीत की ग़लतफ़हमी के साथ मिल गए थे।

तिलिस्मी रोशनियाँ जगमगा उठीं। और जब वे बुझ गईं, हक़ीक़त ने धावा बोल दिया। गुप्पी की शादी ने कोई ख़ुशी पैदा नहीं की।

जब शादी की तारीख़ मुक़र्रर हो गई, हम बिना कुछ किए-धरे भागदौड़ करते रहे। उसका दहेज़ पूरा था। उसके पैदा होने के दिन से ही अम्मा साईं सालाना आमदनी से एक हिस्सा एक तरफ़ रखती रही थीं। जिन गहनों को अब मैं नहीं

पहनती थी और जिसको अम्मा साईं ने बक़िया बच्चों में तक़्सीम नहीं किया था वे गुप्पी के लिए निकाल लिये गये। तोहफ़े में कोई टेलीविज़न या रेडियो नहीं दिया गया। एक कार ज़रूर थी।

कहाँ जाने के लिए, मैं सोच रही थी।

गुप्पी की शादी की तैयारियों को लेकर सिर्फ़ मेहमानों की फ़हरिस्त की जाँच करना और उसको पूरा करने का काम बचा था। मुझे अपने दहेज़ की याद आई और ख़ुदा का शुक्रिया अदा किया कि उसने मुझे मेरी माँ पर बोझ बनने से, कम से कम एक मुश्किल से तो बचा लिया। यहाँ हमारी तैयारियाँ इतनी थीं कि गुप्पी के बाप ने एक हफ़्ते के अन्दर ही उसकी शादी करने का फ़ैसला कर लिया।

जब मेरी तीनों बेटियाँ मेरी तरफ़ आईं, छिटकी, नन्नी और मेरी मरती हुई यादें ज़िन्दा होने लगीं। मेरी बेटी की विदाई के बाद जुदाई की बात इतनी साफ़ थी कि इसके लिए नुजूमी की ज़रूरत नहीं थी। अल्लाह ने उनकी पाकीज़गी को बरकरार रखा था और बुराई मेरे दामन में डाल दी थी। यह समझौता मंज़ूर था मुझे।

गुप्पी ने मेरी बगल में हाथ डाला और तसल्ली दी, 'अम्मा, मेरे बारे में फ़िक्र मत करना। मेरी ज़िन्दगी आपकी से ख़राब नहीं होगी और फिर मैं यहाँ की कुछ चीज़ों की आदी हो चुकी हूँ।' जब मैंने उससे ख़ुश रहने का कोई रास्ता निकाल लेने को कहा वह हँस पड़ी, 'मैं सारी दुनिया छान मारूँगी। मैं अपने शौहर की हवेली से आसानी से निकल जाऊँगी और दुनिया देखूँगी।'

फिर उसने मेरा दिल तोड़ दिया, 'अम्मा जो तुमने चुना उसको लेकर ख़ुद को मुजरिम महसूस नहीं करना। तुमने नामुमकिन की जगह मुमकिन को बिठा दिया। मेरे बाप के लिए जहाँ यतीमड़ी जायज़ है, मैं नहीं हूँ। वह हलाल हो सकती है, वह उससे शादी कर सकता है। मैं सिर्फ़ हराम हो सकती हूँ।'

उस पाप को रोकने के लिए मैं क्या बन गई, मेरी ख़्वाहिश हुई कि ज़मीन फट जाए और मुझे निगल ले। मेरा गोश्त यतीमड़ी की छुअन की अटकी हुई याद से जलने लगा। शर्म ने मेरी रूह को कोयला कर दिया। गुप्पी ने आग को जलाए रखा, 'अम्मा, इस आदमी को क़ुबूल करना उससे कहीं बेहतर है जिसे मेसनी और उसकी माँ ने पसंद किया था। क्या तुम्हें यह नहीं लगता कि अल्लाह ने हमें उस बदनसीबी से बचा दिया है ?' लेकिन जब तक दिया और मुन्नी की शादी नहीं हो जाती मैं पूरी तरह से हिफ़ाज़त की बात नहीं सोच पाई।

उस दोपहर, अपनी दो फ़रिश्तों-सी लगनेवाली बेटियों के साथ एक दर्मियानी उम्र की औरत उन औरतों के बीच से निकलकर मेरे पास आई जो बाग़ी दरख़्त के नीचे बैठी अम्मा साईं को घेरे थीं। मुझे अपनी माँ की याद आ गई, जब वह पहली बार पीर साईं के पास गई थी।

औरत रोने और चीख़ने-चिल्लाने लगी, 'बीबीजी इस जहान में मेरा कोई नहीं है। अल्लाह ने आपके पास हिफ़ाज़त के लिए भेजा है। मेरी लड़कियाँ जवान हो रही हैं। लोगों की हवस भरी नजरों से उनको बचाए रखना बड़ा मुश्किल है। आपके सिवा हमारा कोई नहीं है।'

वह जिस ख़तरनाक इलाके का तज्रुबा रखती थी, उससे भी कहीं ख़तरनाक इलाक़े से उसे फ़रार करने की कोशिश में मैंने उसकी आँखों में आँखें डालकर दिल ही दिल में कहा, 'फ़ौरन चली जाओ। कभी नहीं लौटाना। इसी दम दफ़ा हो जाओ। चली जाओ कि इससे पहले कि ख़वीस तुम्हारी बच्चियों को छीन ले।' लेकिन वह रुक गई।

पीर साईं ने जब मुझसे दरयाफ़्त किया कि क्या मैं उस बेवा से मिली थी, मैंने सिर हिलाया।

'लड़की के बारे में तुम्हारा क्या ख़याल है ?' उसने पूछा और मैं भौंचक्की हो गई। मैं हकला उठी, 'मैंने उसको ठीक से नहीं देखा, साईं।'

उसने जब यह हुक्म दिया, 'आज रात के लिए उसे तैयार करो। ज़ाहिर है बड़ीवाली को। छोटी वाली तो मेरे लिए भी बहुत छोटी है।' मेरे दिल में मानो खंजर घुप गया। उसके बुरे मज़ाक़ ने मुझे दहला दिया। लेकिन जब उसने हिदायत दी, 'यतीमड़ी को पता नहीं चलना चाहिए। वह ग़ैरजिम्मेदार है,' मुझे अम्मा साईं की सलाह याद आ गई, अगर तुम यतीमड़ी को निकाल बाहर करना चाहती हो, तो उसकी मजबूरी बन जाओ।

ऐसा जुर्म में साझीदार बनने से ही मुमकिन लगता था।

अब तक मैं यह समझ चुकी थी कि इन्सानों में बुराई की एक ख़ास सुरक्षित जगह है। महज़ हालात की दरकार होती है उसको ऊपर लाने के लिए। कुछ लोगों के हालात उनकी सोई हुई बुराई से छोटी माँगें करते हैं।

मेरे हालात मेरी रूह में सारी बुराइयाँ पैदा कर रहे थे। मुझे ऐसा लगता कि शैतान मेरी नियति से छेड़छाड़ कर रहा है। जितना गहरा मैं अपने शौहर के नरक में डुबकी मारती, मेरे ज़िन्दा रहने के मौक़े उतने ही ज़्यादा होते। लेकिन वहाँ मौजूद ज़हर की वजह से मेरे भीतर लगातार उथल-पुथल मची थी।

यह सब सोचते-विचारते हुए मैंने तीनों की चाय में बेहोशी की दवा मिला दी और उनको सोने के लिए स्टोर के पीछे बने कमरे में भेज दिया।

हमारे कमरे में पीर साईं इन्तज़ार कर रहा था और मैं उनकी ओर जा रही थी। तीनों एक ढेर बने सो रहे थे। जिस बच्ची को मुझे लेना था वह अपनी माँ और छोटी बहन के बीच चिपकी सो रही थी। सब लोगों को जगाए बग़ैर उसको उनसे छुड़ाना नामुमकिन था।

घुटनों के बल बैठकर मैंने बच्ची को इतना हिलाया कि वह जाग गई। उसने

मुझे पहचान लिया और माँ को पुकारने लगी, 'उसे छोड़ो और आकर मेरे पैर दबाओ।' मैंने फुसफुसाते हुए कहा और बेचारी बच्ची ने ख़ुद को उनकी बाँहों और पैरों से निकाल लिया।

मैंने उसको अपने आगे चलाया। उसके जिस्म ने अभी कोई शक्ल नहीं ली थी। उसकी उम्र उस वक़्त की यतीमड़ी से भी कम थी। वह शायद केवल बारह साल की थी।

जुर्म के एहसास ने दस्तक दी।

मैंने उसे ठोकर मारकर बाहर कर दिया।

दिया और मुन्नी बड़ी हो रही थीं और बेवा के इस मेमने को क़त्ल होने के लिए ले जा रही और अपनों को बचा रही थी।

पीर साईं बिस्तर में आलती-पालती मारे बैठा था। लड़की ने जब उसके पैर छुए वह मुस्कराया। नन्ही-सी परी ने सोचा होगा कि उस पर अल्लाह की इनायत हो गई। जब उसने उसे गिलास दिया बच्ची की आँखें एहसान से भर उठीं। वह अपनी माँ को यह इत्तला देने का इन्तज़ार न कर सकी कि उनके अच्छे दिन आ गए हैं।

यह सोचकर कि इससे मेरे चारों ओर का सब कुछ धुँधला पड़ जाएगा मैंने उस कड़ुवी चीज़ को हलक से उतार लिया। बच्ची चुसकारी भर रही थी और फिर उसने शायद गिलास का पेय फेंक ही दिया था।

'निगल जाओ इसे,' वह चिल्लाया और उसने वही किया।

वह चारपाई पर लेट गया और उससे पैर दबाने को कहा। फ़र्श पर घुटने के बल बैठकर उसको ख़ुश करने के लिए बच्ची ने अपने नन्हे से हाथों की सारी ताक़त लगा दी।

वह दिया से भी छोटी थी।

उसको पकड़े हुए मैं शैतान की माँ बनी हुई थी।

जब शौक़ पूरा हो गया वह सो गया और खुर्राटे भरने लगा और घुरघुराने लगा।

बच्ची को मैं एक खाली कमरे में ले गई जहाँ उसने उलटी कर दी और याद करके थरथराने लगी।

ख़ुराक याददाश्त को मिटा नहीं सकी थी, यह उसकी हौलनाक कमज़ोरी थी। उसके बाद का सदमा नाक़ाबिले बर्दाश्त था। जोर लगाकर मैंने रात को याद करने की कोशिश की और फिर उसे अपने हाल पर छोड़ दिया।

सुबह को पीर साईं ने मुझे बेवा को देने के लिए एक हज़ार रुपए दिए। 'उसको कपड़े, गेहूँ और चीनी भी देना,' यह हुक्म उसने अपने कन्धों पर अल्लाह के निन्यानवे नामों से कढ़ी हुई चादर लपेटते हुए दिया। उस पहनावे को देख मैं

थर्रा गई। अल्लाह के नाम का भी शोषण ! मेरा पर्दा पाप के ऊपर पर्दा था। पाप रोज़मर्रा की चीज़ बन गया। मेरी बाँहों में हाँफते हुए मासूम लड़कियों के बदलते चेहरे। मैं काँपने लगी।

बेवा ने मिन्नत की, 'बीवीजी, मेरी इतनी सारी परेशानियाँ हैं। इस पैसे से कुछ नहीं होगा। हमें आप कुछ काम दे दें, हम आपको खुश रखने में कुछ उठा नहीं रखेंगे। मेरी दो बेटियाँ हैं और दुनिया बड़ी ज़ालिम है। हम आपके साए में रहना चाहते हैं। मेहरबानी करके हमें रुकने दीजिए।'

मैं चाहती थी कि बेवा फ़ौरन दफ़ा हो जाए। लेकिन मैं जानती थी कि उसको पता चल जाएगा कि मैंने उसके ऐश में पलीता लगाया है। जब उसने कहा, 'बीवीजी, मेरी बेटी हर रात आपके पैर दबाएगी,' मैं शर्मसार हो गई। बच्ची ने क्या उसको बता दिया है ?

गुप्पी की शादी के मौक़े पर माँ, छिटकी और नन्नी आईं। शानदार दहेज़ मेरे कुनबे को यह यक़ीन दिलाने के लिए काफ़ी था कि सब कुछ बिलकुल दुरुस्त है। बाहर जहाँ मर्द बैठे थे, मुझे पता था कि मेरी बहनों के शौहर पीर साईं के आगे सिज्दा कर रहे, रेंग रहे और उसकी ज़रूरत से कहीं ज़्यादा, जी हुज़ूरी कर रहे थे।

पतझड़ का मौसम था। गुप्पी का पीला लिबास दरख़्तों की ज़र्द पत्तियों से मेल खा रहा था। सुर्ख कपड़ों में जब वह दुल्हन बनी, एक आदमी के लिए एक औरत की क़ुर्बानी पर मैं रो पड़ी। जैसे भाई मेरी बाँहों में रोया था, छोटा साईं अपनी बहन की बाँहों में सुबकने लगा। राजाजी जुदा था। उसके चेहरे पर अगर कोई भाव आता भी तो वो अपने बाप की बगल में हवेली से निकलते या इसमें दाख़िल होते वक़्त ख़ुशी का होता।

यह दिन ख़ुशी का था या ग़म मनाने का ?

मेरे शौहर के ख़ानदान में बेटी की शादी के मौक़े पर नाच-गाना नहीं किया जाता। माना जाता है कि दीगर मर्द के बिस्तर पर बेटी का रुख़सत होना ख़ुशी की बजाए शर्म की बात है।

अपनी सगी और रिश्ते की बहनों से घिरी गुप्पी ने कमरे से, दाख़िल होनेवाले दरवाज़े के सामने खड़ी ईंटों की दीवार तक का, छोटा-सा सफ़र तय किया। मुझे पता नहीं था कि वह फिर कब आएगी। इस ख़ानदान से जितनी भी औरतों की शादी हुई, वे किसी जश्न या हादसे के अलावा कभी नहीं आईं। उसके पीछे चलते-चलते मुझे अपने भीतर अँकुरा रहे एक बीज की याद आई। मुझे उसके पैदा होने की, पैदा करने के दर्द की, उसको दूध पिलाने की, अपनी निजी कमज़ोरी के दौरान उसे पालने की याद आई। मुझे याद आया कि मैंने उसे ख़ुदक़ुशी के ख़िलाफ़ और हालात से दो-दो हाथ करने की तालीम दी थी।

अब वह मुझे छोड़कर जा रही थी।

ईंट की दीवार के पास हम लोग एक-दूसरे से चिपक गए और रोए। गुप्पी के कन्धे के ऊपर से मेरी नज़र चील पर पड़ी। वह हमें घूर रही थी, बिना किसी मुस्कान या आँसू के। गुप्पी को अलविदा कहने के लिए तक उसने अपने हाथ सीने से नहीं हटाए। मेरी तवज्जो अपनी बेटी की विदाई के ग़मज़दा लम्हे पर लौट आई। वह महज़ एक मील दूर जा रही थी, लेकिन मुझसे बहुत दूर जा रही थी। छोटे साईं के साथ जब उसने घर से बाहर क़दम रखा, हमारे बीच का दरवाज़ा बन्द हो गया। उसके लिए मैं नाचना और गाना चाहती थी, लेकिन मैंने अपनी बच्ची को एक और मुलज़िम घर में भेजा था और इसके लिए जी भर के रोना-बिलखना चाहती, अपनी छाती पीटना चाहती और जी भर के आँसू बहाना चाहती थी।

उस रात हवेली में औरतें भरी पड़ी थीं, जो हर उपलब्ध जगह में सो रही थीं। मेरी बहनों के साथ माँ बच्चों के कमरे में सोई थी। बेहद थकी होने की वजह से मैंने कुछ आज़ादी ले ली और पीर साईं के आने से पहले मैं सोफ़े पर सो गई।

'क्या तुम नशे में हो ?' वह चिल्लाया। मैं कूद पड़ी। 'यह रात मुर्दों की तरह सोने की नहीं। जाओ यतीमड़ी को बुलाओ।' मेरी आँखों में आँसू आ गए। मुझे गुप्पी का सवाल याद आ गया, 'अम्मा, क्या यह सब कभी रुकेगा या यह तुमको दिया और मुन्नी के लिए भी करना होगा ?' प्यारी गुप्पी अगर मुझे यह ख़ौफ़ तुम्हें और तुम्हारी बहनों को लेकर नहीं होता, तब भी मुझे मालूम नहीं कि जो मैंने शुरू कर दिया था, उसको मैं पलट कैसे दूँ। मैं नहीं जानती कि मना कैसे किया जाए।

यतीमड़ी अपने बिस्तर पर नहीं थी। मैंने उन तमाम जिस्मों के बीच उसे तलाश किया जो लड़ाई के मैदान में हलाक हुए-से पड़े थे। मैं सोच रही थी कि उस पर सारा क़हर बरपा हो जाएगा। लेकिन उसका ग़ुस्सा नाक़ाबिले बर्दाश्त था, तब भी था जब वो किसी और के ख़िलाफ़ हो। पक्के तौर पर मैं यह भी नहीं जानती थी कि इसको मोड़-तोड़कर मेरे जुर्म में तब्दील नहीं कर दिया जाएगा।

वह नंगा था। उसकी ख़ुराक उसके हाथ में थी। लेकिन उसके प्रोग्राम का अगला क़दम ग़ैरहाज़िर था। जब ज़ंज़ीर टूटी, वह गुर्रा उठा। गुस्से से उसका मुँह झाग उगलने लगा। उसमें सब्र नहीं था। मैंने उसको बेवा की छोटी लड़की के बारे में कहा जिसकी बाबत उसका ख़याल था कि वह उस तक के लिए बहुत छोटी है। 'उसे लाओ,' वह चीख़ पड़ा। मैं भागी।

बिखरे हुए जिस्मों के ऊपर से कूदती-फाँदती छोटी-सी उनींद। लड़की को साथ लिये तेज़ी से वापस लौटती मैं गुप्पी की पहली रात के बारे में सोचने लगी;

उसके ज़िन्दा रहने को लेकर डरने का का वक़्त ही नहीं था। मेरी अपनी ज़िन्दगी अभी तक दाँव पर लगी थी। नए मेमने को देखते ही पीर साईं की छाती ठंडी हो गई।

कमरा धुँधला हो गया। ख़ौफ़ की जगह ख़ामोशी ने ले ली। और उसकी जगह पागलपन हावी हो गया।

हमने आग का बवंडर पैदा किया। मैंने भेड़ियों की आवाज़ें सुनीं और मुझे जहन्नुम की तपिश का अहसास हुआ।

एक बार फिर यह सब ख़त्म हो गया और मैं लँगड़ाती हुई बच्ची के साथ जैसे-तैसे बाहर आई।

8

छोटे साईं

फ़ज्र की नमाज़ के लिए अज़ान के साथ यतीमड़ी के लिए पीर साईं का बुलावा आया। 'तुम कहाँ थीं,' वह गुर्राया। वह हकला गई। अपने माथे से पसीने की बूँदें पोंछते हुए उसने कहा, 'मैं सो रही थी साईं। बीवीजी ने मुझे जगाया नहीं साईं।'

मुझे झटका लगा। मैं अपने बचाव में बकवास करने लगी; उसने अपने में बकवास की। यहाँ तक कि हमारी आवाज़ों में कोई फ़र्क़ नहीं रहा।

उसका चेहरा ठहरे हुए समुन्दर की तरह शान्त था।

'अपने मेहमानों की दिलजोई करने के लिए मैं एक बीमार बीवी नहीं रख सकता। आज रात मैं इस मसले को हमेशा-हमेशा के लिए तय कर दूँगा,' उसने कहा और बाहर चला गया।

फ़ौरन ही मैं लड़की को थप्पड़ मारने के लिए आगे बढ़ी लेकिन वह उछलकर यह चीख़ते हुए पीछे हट गई, 'मुझे छूना नहीं। मैं मालिक से कह दूँगी।' गुस्से से उबलते हुए मैंने उससे कमरे से फ़ौरन बाहर हो जाने को कहा। यह वक़्त कपड़े बदलने और सैकड़ों मेहमानों के लिए नाश्ते का इन्तज़ाम करने का था। यह वक़्त नए शादीशुदा जोड़े के लिए अच्छा नाश्ता भेजने का भी था। मैंने एक बार फिर उस ख़ौफ़ को एक तरफ़ कर दिया जिसको उस रात गुप्पी ने लाज़िमी तौर पर झेला होगा। यह वक़्त माँ और अपनी बहनों को दुबारा चूमने का था, अपने आँसुओं को निगलने और अपने संदेहों को छिपाने का था। यह पता लगाने और साबित करने का यह वक़्त नहीं था कि यतीमड़ी रात को कहाँ थी। मैंने सोचा चील को असलियत का पता होगा। लेकिन पीर साईं को वह इत्तिला क्यों नहीं कर रही ? मैं दौड़ी-दौड़ी अम्मा साईं के पास गई; चील से बात करने का वक़्त और रुतबा सिर्फ़ उन्हीं का था; जाँच भी वे ही करा सकती थीं।

मेरे शौहर के लौटने के चन्द लम्हों पहले ही अम्मा साईं ने मुझे बुला भेजा। यतीमड़ी धोबन और उसकी लड़कियों की बगल में सोई थी। वे क़सम खाती हैं कि वह वहाँ थी। उन्होंने तमाम रात आपस में बात की थी।

उसके पास अपनी मौज़ूदगी का बहाना था और मेरे सामने थी मुसीबत।

दहशत में कई गुना इज़ाफ़ा हो गया। मैं उसका इन्तज़ार कर रही थी। ऐसे क्षणों में मेरा अतीत उछलकर वर्तमान को निगल लेता।

जब उसने पूछा, 'पिछली रात को क्या हुआ था ?' मेरे दिमाग़ ने एक पलटी ली। मैं उसकी जानिब मुस्कराई। यतीमड़ी की तरह अपने सिर पर पड़े घूँघट से खेलते हुए मैंने कहा, 'माफ़ करना साईं। मैं आपकी ख़िदमत में नई लड़की पेश करना चाहती थी साईं। यतीमड़ी के पास देने को कुछ नया नहीं है।'

मेरी सफ़ाई के साथ उसका गुस्सा ठंडा पड़ता गया। 'झूठ ? मैंने तुम्हें झूठ बोलने की इजाज़त तो नहीं दी थी,' वह चिल्लाया, लेकिन मैंने आफ़त को टाल दिया था।

अगली सुबह, जब माँ और अपनी बहनों को अपनी ओर आते देखा, मैंने राहत की साँस ली। इन मेहमानों के बने रहने के दौरान सज़ा का मतलब तबाही था। भाई को अब भी यक़ीन नहीं था कि मैं ख़ुश हूँ। उसके सामने यह बिलकुल साफ़ था कि मेरा क़ुनबा मेरी क़ैद की क़ीमत पर रह रहा है।

माँ ने मुझसे कहा, 'तुम्हें अपने भाई की बेचैनी को दूर करना चाहिए। जब कभी हम अल्लाह के अज़ीम रहमो-करम की बात करते हैं जो उसने हमारे ऊपर अता किया है, वह कमरे से बाहर चला जाता है। वह कभी तुम्हारे शौहर की बाबत बात नहीं करता। तुम्हारी बहनों की शादी के दौरान भी वह अलग-थलग रहा। उससे हमें बेहद परेशानी और शर्मिन्दगी उठानी पड़ी। हमारे दुश्मन, जो तुम्हारी कामयाबी की वजह से बढ़ गए हैं, कानाफूँसी करते और अनाप-शनाप बकते हैं। लोगों का ख़याल है कि हम झूठे हैं। हमारे जाने से पहले तुम्हें उससे बात करनी चाहिए।'

मुझे यह सुनकर दुख हुआ कि भाई को तालीम में कोई दिलचस्पी नहीं रह गई थी। हमेशा से वह आर्थिक लाभ के किसी काम में महारत हासिल करने के ख़्वाब पालता रहा है। इसके बजाए उसे काम मिला एक दुकान में, लेकिन उसकी लगन उसमें भी नहीं थी। वह घर से दूर रहता और रात को जितना मुमकिन होता देर से लौटता।

ज़ाहिर है कि माँ परेशान थी। उसका अकेला बेटा गन्दा अंडा बनता जा रहा था। मायूसी की वजह से वह हमेशा उस पर छींटाकशी करती रहती, 'जब लड़की पैदा होती है, उसको अपनी इज़्ज़त पर बट्टा मानकर हम ग़मज़दा हो जाते हैं,' और फिर सोग मनाती, 'जब बेटा पैदा होता है हम जश्न मनाते हैं। सोचते हैं हमारा रखवाला आ गया है। मैंने तीन बेटे और एक बेटी को जना। तुम ख़ौफ़ हो, जोखिम हो, तुम हमारे लिए शर्म का बायस हो। तुम पैदा होते ही मर क्यों नहीं गए ?' वह ताने मारती, और ज़िल्लत से भाई कई-कई दिनों के लिए घर से ग़ायब हो जाता।

भाई जब ख़ाली कमरे में आया, मैंने उसकी फ़िक्र कम करने की कोशिश की। 'ज़रा देखो हम कितने खुशनसीब हैं। तुम्हारी भानजी की कितनी धूम-धाम से शादी हुई है। हमारी बहनों की अच्छी तरह से शादी हो गई। अब अपने वालिद का नाम ऊँचा रखो और अपनी ज़िन्दगी तबाह मत करो। क़ुनबे का बोझ अब तुम्हारे कन्धों पर है।'

वह व्यंग्य के अन्दाज़ से हँस पड़ा, 'आपा, किसी को मेरे कन्धों का बोझ दिखाई नहीं पड़ता। उनको सिर्फ़ वो ही कन्धे नज़र आते हैं जिनको उठाया गया था।'

'तुम्हारी परेशानी क्या है, भाई ?' मैंने दरयाफ़्त किया। उसने अपना सिर उठाया और कहा, 'तुम्हारी अपनी ही परेशानियाँ काफ़ी हैं, जिनको कि माँ देखने से गुरेज़ करती है, जिन्होंने तुम्हारी शादी से उठी परेशानियों की जगह ले ली है।'

भाई बाबा की तरह था।

गोकि मैं अपने भाई के लिए फ़िक्रमन्द थी, मुझे इस बात से राहत मिली कि वह माँ जैसा लालची या मेरी बहनों जैसा ढुलमुल नहीं था। मैंने सोचा, लेकिन मैं उसके लिए क्या कर सकती हूँ ? मैं गुप्पी के लिए क्या कर सकती हूँ, या छोटे साईं के लिए, या ख़ुद अपने या किसी भी और के लिए ?

भाई चला गया। कमरा ख़ाली था और मैं भी कि बेवा का लालची चेहरा नमूदार हुआ।

'बीवीजी, हम आपके ख़ैरख़्वाह हैं। हम दुआ करते हैं कि आपके और आपके बच्चों के ऊपर साईं का साया हमेशा बना रहे।'

मैंने उसको झिड़क दिया, 'अपनी यह दुआ अपने पास रखो। मेरे पास तुम्हारी जी हुजूरी के लिए वक़्त नहीं है।' उसने मुँह बनाया और बैठ गई। नज़दीक झुकते और मेरे नथुनों में गन्दी साँस की लहरें छोड़ते हुए उसने फुसफुसाकर कहा, 'पिछली रात यतीमड़ी छोटे साईं के साथ थी। उन्होंने धोबिन को यह झूठ बोलने के लिए पैसे दिए थे कि वह उसकी बग़ल में सो रही थी।'

मेरी साँस रुक गई, 'लेकिन वह तो सिर्फ़ तेरह साल का है।'

उसने भौंहें नचाईं, 'वह सिर्फ़ चौदह की है। उसके लिए किसी नौजवान लड़के के साथ होना किसी बूढ़े के साथ होने से बेहतर है।'

'या अल्लाह ! रहम कर' मैंने अपने दिल में दुआ माँगी। अगर पीर साईं को पता चल गया वह छोटे साईं को मार डालेगा।

'इसकी बाबत तुम्हें किसी से कुछ नहीं कहना है। और किसको पता है ? क्या चील जानती है ? तुम्हें कैसे पता चला ?' मैंने पूछा। उसने उनको बात करते सुन लिया था और यतीमड़ी को मेरे बेटे के कमरे में चुपके से घुसते देखा था।

जब कभी मैं एक क़ातिल लहर से उबर सकी, दूसरी ने मेरे ऊपर हमला

कर दिया। मैं गहरे दफ़न हो जाना चाहती थी, लेकिन मुझे अपने बेटे को बचाना था। बेवा अपनी परेशानियों की बात कर रही थी और पैसे माँग रही थी, शिकायत कर रही, और चालाकी से ब्लैकमेल कर रही थी। मैंने उसे पाँच सौ रुपए और दिए। मैं वाक़िफ़ थी कि यह लेन-देन चलता रहेगा। मेरे घर में पैदा हो रहे तमाम ख़तरों की तरफ़ उसके कान और उसकी आँखें पूरी तरह से खुली थीं; मैं सोचने लगी कि क्या उसे अपनी बेटियों के बदलते हुए जिस्मों के बारे में भी इल्म है। यक़ीनन वह यह भी जानती थी। इस ख़याल से एक दूसरी माँ को धोखा देने का मेरा अपराध-बोध हल्का पड़ गया। गोकि मैं जानती थी कि हमने ज़रूरतमन्द का शोषण किया है।

मेरे तलब करने पर छोटे साईं दो घंटे बाद आया। इस बीच मुझे उन सैकड़ों तरीक़ों की बाबत सोचने का काफ़ी वक़्त मिल गया जिनसे उसे उसके बाप से डराया जा सके, गोकि पीर साईं से इतना ख़ौफ़ कोई नहीं खाता था जितना कि वह।

मक़बरे को बनाए रखनेवाले बेरहम निज़ाम के लिए मेरा बेटा बहुत कमज़ोर था। जब कभी किसी ख़ादिम की धुनाई की जाती, राजाजी के बरअक्स छोटे साईं इतनी हाय-तौबा मचाता और चिल्लाता कि सज़ा के तौर पर उसे औरतों के कमरे में बन्द कर दिया जाता। वहाँ वह तब तक अमूमन ख़ुश रहता जब तक कि खोज कर खींचते हुए उसे उसके बाप की दुनिया में नहीं पहुँचा दिया जाता। वह सदा ख़ौफ़ज़दा रहता। उसके मन में यह डर इसलिए मौजूद था कि वह हर उस इम्तहान में नाकाम हो गया था जो पीर साईं ने उसके लिए थे। छोटे साईं एक सितारा था जो टूट गया था, एक सूरज था जो डूब गया। वह एक चाँद था जो कभी पूरा नहीं हो पाया। एक ख़ुशी ग़म में बदल गई। उसकी ज़िन्दगी का दर्द मुझे खा रहा था। मैं इसे कम नहीं कर सकती थी। मैं उसके मिज़ाज को बदल नहीं सकती थी। मैं चाहती भी नहीं थी।

वह बाबाजी जैसा था, मेरी दुआ का जवाब।

लेकिन जैसे मैंने अपनी बेटियों को बचाया, मुझे अपने बेटे को भी बचाना था। मैंने उसे अपने पैरों के पास बैठने की हिदायत दी और उससे कहा, 'जिस ख़ौफ़ में तुम रहते हो वो मेरा ख़ौफ़ भी है। उससे मैं तुम्हारी हिफ़ाज़त नहीं कर सकी जैसे कि मैं अपनी नहीं कर सकी।' मैं अपनी बात कहती रही। उसकी कत्थई आँखें बेहद दुखी लगीं। 'तुम्हारे वालिद की तवक्को के मुताबिक़ कोई पूरा नहीं उतरता, सिवा शायद राजाजी के। इसके लिए तुम्हें शर्मिन्दा होने की क़तई ज़रूरत नहीं। अगर तुम्हारा दिल नरम है तो इसका माने यह नहीं कि तुम ताक़तवर नहीं हो। तुम्हारे पास दीगर ताक़तें हैं, वो जो बाबाजी के पास थीं, वो ताक़तें जिनको ख़ुदा पसन्द करता है। इस सिफ़त का इस्तेमाल तुम अल्लाह के नाम पर करो।

यह तुम्हें उस घर में मिली है जहाँ उसके हुक्म की तामील बहुत कम की जाती है।'

मुझे इस तरह से बोलता सुनकर मेरे बेटे को यक़ीनन झटका लगा। अगर वह ख़तरा पेश नहीं होता जिसमें वह दाखिल हो गया था, मैं ऐसा कतई नहीं करती।

'तुम्हारी ज़िन्दगी अल्लाह के लिए वक़्फ़[1] होनी चाहिए। एक दिन तुम वो पीर बन सकते हो, जिसका लोग इन्तज़ार कर रहे हैं, लेकिन इसके लिए तुम अपने बाप के रास्ते से दूर रहो। उन चापलूसों के रास्ते से भी दूर रहो जो उसके पैरों तले रेंगते हैं।'

वह मेरी बात समझ गया। मैं नहीं समझ पाई यह फ़रिश्ताई सिफ़त बच्चा बहक कैसे गया।

'अपने बाप की ग़ुस्सा भड़काने से ख़बरदार रहो,' मैंने उसे आगाह किया, 'जिन औरतों को उसने घर में रखा है उनसे दूर रहो। अगर उसे कभी यह इल्म होता है कि किसी औरत के नज़दीक पहुँचे हो, सिवा उसके जिससे तुम्हारा ब्याह हुआ हो, वह तुम्हें ज़िन्दा नहीं छोड़ेगा।' छोटे साईं पथरा गया।

क्या उसके सीधे-सादे दिमाग़ ने अपनी हरकतों के नतीजे भुला दिए ? क्या उसको याद दिलाने की ज़रूरत थी, गोकि माहौल चेतावनियों से भरा पड़ा था।

'जिस लड़की को तुमने हमबिस्तर बनाया वह तुम्हारे वालिद की राज़दार है,' मैंने सख़्ती से कहा। 'जिस औरत को तुमने पैसा दिया उसकी बात दूसरों ने सुन ली।' अब उसके पसीना छूट रहा था, वह रो रहा और लड़की पर इल्ज़ाम लगा रहा था, 'मैंने किसी को कुछ नहीं दिया। वह मेरे कमरे में ज़बरदस्ती घुस आई। अल्लाह की क़सम खाता हूँ, मैंने उसको बाहर धकेलने की कोशिश की। लेकिन उसने मुझको दबोच लिया। मैं उसको वहाँ नहीं चाहता था।'

साबित करना नामुमकिन था।

मैंने उसे तसल्ली दी, 'फ़िलहाल तो मैंने मुसीबत को टाल दिया है। कोई नहीं जानता कि आइन्दा तुम पर कौन हावी हो जाए। तुम्हारी शिकायत करके कोई पीर साईं का मंजूरे-नज़र होना चाहता हो। कोई दीगर लड़की भी यही चाल चल सकती है। अल्लाह तुम्हारी तभी हिफ़ाज़त करेगा जब तुम उसकी पनाह में जाओगे।'

वह मुझसे आँखें नहीं मिला पा रहा था। बेहद परेशान था। उसने मेरे पैर छुए और चला गया। ख़ामोशी में मैं बैठी रही। सोचती रही कि जिस घर की बेटियाँ अपने बाप की हवस का शिकार होने के मुसलसल ख़तरे में रहती हों वहाँ किसी लड़के के पाकसाफ़ होने की उम्मीद कैसे की जा सकती है ?

गुप्पी की शादी तो कम से कम एक दुआ साबित हुई। उसका शौहर आलसी

1. समर्पित

इन्सान था जो अपना तमाम वक़्त खाने, गप्पें हाँकने और अपने ख़ुशामदी टट्टुओं के साथ हँसी-मज़ाक़ करने में सर्फ़ करता था। नशा करने के बाद कमरे में वह हमेशा लड़खड़ाता रहता। वह यदा-कदा अपनी बीवी को रिझाने की कोशिश करता, लेकिन अगर वह राजी नहीं होती, उसे ख़ुशी होती। इसके बजाए गुप्पी उससे दूसरे मुल्कों की तस्वीरों की ख़्वाहिश करती। वह सोचता कि उसकी बीवी सनकी है। लेकिन उसे उसके दरख़्तों और फूलों को और फ़िरोजी समुन्दर को देखते रहने पर एतराज़ नहीं था।

आदमियों की तस्वीरों, उनकी आवाज़ों और उनकी परछाइयों पर पाबन्दी थी। लेकिन गुप्पी को यह कहते सुना गया, 'उनमें से किसी एक और को झेल नहीं सकती मैं। पेड़ और फूल ही काफ़ी हैं।'

जहाँ तक मेरा ताल्लुक़ है, रात और दिन की तरह मैं दो में बँटी हुई थी। हमारे बिस्तर में जब तीनों लड़कियों ने एक दूसरे को पाया, वे हैरान हो गईं, लेकिन लज्जा के कारण उन्होंने मालिक के प्रति सेवाभाव दिखाया। हर रात मेरी रूह दोज़ख़ में उतर आती और हर सुबह छोटे साईं की आवाज़ में क़ुर्आन की आयत के पढ़े जाने के साथ उठ पड़ती। और मैं रात के गुनाहों से खुद को पाक-साफ़ करती, और जाएनमाज़ पर बैठकर अल्लाह से यह जानने की आरजू-मिन्नत करती, 'यह किसका पाप है ? मेरा ? यह किसका जहान है ? तेरा ?'

पीर साईं ने छोटे साईं के जुर्म के बारे में सुनने की बजाए, यह सुना कि उसका बेटा असली फ़क़ीर है। बात फैल गई कि बाबाजी का असली वारिस ..नूदार हो गया है। जिस सिम्त वह इशारा कर रहा था, मेरा शौहर लोगों को उस ओर चलने से नहीं रोक सकता था। अब बाप और बेटे दोनों अल्लाह के नाम पर बोल रहे थे, दोनों क़ुर्आन-शरीफ़ की आयतों से नसीहतें दे रहे थे, दोनों जाफ़रान के पानी से तावीज़ लिख रहे थे, दोनों उन मज़लूमों पर पाक साँस फूँक रहे थे जो उनके पास राहत पाने को उतावले होकर जमा होते। लेकिन जहाँ एक मक़बरे में शहंशाह की तरह बैठता वहाँ दूसरा बरगद के पेड़ के नीचे भिखारी-सा झुका रहता। एक शाही आन-बान के साथ चलता, दूसरा आहिस्ता से खिसक जाता। जल्दी ही बाबाजी के दरख़्त के नीचे की भीड़ बढ़ने लगी।

हमारे घर को तो वैसे ही छूत लगी थी अब उसमें सियासत भी घुस आई। हर दिन मेरा शौहर पहले से ज़्यादा गुस्सा होकर घर आता। जब तक वह मनभर चीख़ न लेता उसे चैन नहीं पड़ता। अब छोटी-छोटी लड़कियाँ तक उसे ख़ुश नहीं रख पातीं।

एक रात हैवतनाक चीख़ों ने मेरा दिल चीर दिया और मुझे जाएनमाज़ से धकेलकर वे खिड़की के पास ले गईं। वहाँ मैं जम गई।

हर खिड़की पर एक जमी हुई तस्वीर थी।

औरतें पेड़ों के पीछे छिप गईं। मैंने एक हाथ देखा जो थोड़े से खुले दरवाज़े को पकड़े था और एक अक्स जो रसोई की जाली में मिल गया था। एक खिड़की की दूसरी तरफ़ से आँखें झाँक रही थीं, कपड़ों के नीचे से पैर निकल रहे थे।

छोटे साईं बाग़ी दरख़्त के साथ रस्सियों से बँधा था। ख़ज़्जी कोड़े उसकी नंगी पीठ पर बरस रहे, उसे तार-तार कर रहे थे।

किसी ने मेरे बेटे की मदद करने की हिम्मत नहीं की।

किसी ने मेरे शौहर को रोकने की जुरअत नहीं की।

पीर साईं का क़ातिल हथियार तभी रुका जब छोटे साईं की दर्दनाक चीख़ें मर गईं। मैंने उसे जाते हुए देखा। नौकरानियाँ अपनी-अपनी खोह में से निकलने लगीं। हर सिम्त से बाहर आकर उन्होंने छोटे साईं की रस्सियाँ खोलीं। उसको कम्बल से ढँका, उसके मुँह पर पानी के छींटे मारे और मायूस आवाज़ में आयतें बुदबुदाईं।

जब मेरा शौहर चिल्लाया, 'हीर', मैं खिड़की के चौखटे से छिटककर अलग हो गई। 'तुम्हारे बेटे ने यतीमड़ी के साथ ज़िना करने की जुरअत की है,' वह चीख़ा और उसने थूका, मेरा दिल बैठ गया। 'बाहर हो जाओ' उसने हुक्म दिया और दरवाज़े तक मैंने हर क़दम सँभाल-सँभाल कर रखा। जब वो मेरे पीछे बन्द हो गया, मैं माँ की तरह भागी।

छोटे साईं पेट के बल पड़ा था। उसकी कमर के इर्द-गिर्द एक कपड़ा बँधा था। इसी कमरे में न जाने कितनी लड़कियाँ ऐसे ही लिटाई गई थीं। उसकी पीठ पर खज़्ज़ी से बनी सूजी हुई लाल लकीरें उसके बाप के पागलपन का सबूत पेश कर रही थीं। जब उसने ख़ून की क़ै की, उसे अस्पताल पहुँचा दिया गया।

फ़ज्र की नमाज़ की अज़ान गवाह थी कि मेरे बेटे को अपने बचाव में कुछ कहने नहीं दिया गया, तिस पर भी दिन यतीम लड़की के ज़िनाबिलजब्र को लेकर तरह-तरह की बातों से भरा पड़ा था। यतीमड़ी ने क़ुर्आन पर हाथ रखकर कहा छोटे साईं ने उसे अपने कमरे में खींच लिया था। नशे की चीज़ पिलाई और जबरन उस पर चढ़ बैठा। यह बात अहम नहीं थी कि लोग पीर साईं के खेल को समझ पाए थे या नहीं। मेरे शौहर ने ख़तरे को उखाड़ फेंका था।

अम्मा साईं की नज़रों में यतीमड़ी अब एक चुड़ैल बन चुकी थी, लेकिन वे उसको सज़ा देने की सकत नहीं रखती थीं। उन्होंने नौकरानियों को हिदायत दी कि वे उसे उनकी नज़रों से दूर रखें, और सख़्त तंबीह की, 'उससे कह दो कि अगर मुझे उसकी शक्ल दिखाई दी, मैं ख़ुद पर क़ाबू नहीं रख सकूँगी और उसे बिगाड़ कर रख दूँगी।' बारह साल का राजाजी अपने बड़े भाई की जगह गुरूर के साथ बाप की बग़ल में बैठ गया। इसके लिए मैं उसको ख़तावार नहीं ठहराती। उसकी तर्बियत ही ऐसी थी।

छोटे साईं अस्पताल में दो महीने तक बेहोश पड़ा रहा। जब घर लौटा वह

किसी लायक नहीं रह गया था। वह बाबाजी के बरगद के नीचे बैठा रहता और किसी से कुछ नहीं बोलता। इससे उसके बाप को कोई परेशानी नहीं होती। मैंने सोचा कि ख़ुदा ने उसकी उस ख़ामोशी की जानिब बहरा कर दिया है जो मुझे सुनाई पड़ती थी।

यतीमड़ी के साथ मैं जितना निबाह करती जा रही थी, मालिक उस पर उतना ही लट्टू हो रहा था। दोपहर से शाम तक, रात के खाने के बाद सारी रात, वह उसके ऊपर होता या उसके नीचे या उसकी बगल में होता। मैंने कभी उसे उसके बग़ैर नहीं देखा। बेवा की दोनों लड़कियाँ बावर्चीखाने के चक्कर लगाती रहतीं। उनके लिए चीज़ें लातीं और उनके हुक्म की तामील करतीं। घर बिस्तर से चलाया जा रहा था। देख-रेख में अगर कोई कमी रह जाती तो ऐयाशी क़त्लेआम में बदल जाती।

अम्मा साईं बूढ़ी और कमज़ोर थीं और छोटे साईं को लेकर हमेशा मायूस रहतीं। गुप्पी जा चुकी थी। हवेली का कोई मुतंज़िम नहीं था। यह अब वैसी व्यवस्थित नहीं थी जैसी कि मेरे आने के वक़्त थी। बावर्चीखाना कभी साफ़ नहीं रहता और कमरे अपनी मालकिन जैसे ही बेहाल थे। मेरे नाख़ूनों की लाल पालिश आँगन की मिट्टी की तरह चटक और उखड़ रही थी। मेरे पैरों के नीचे की सूखी मिट्टी पैर की उँगलियों पर लगी नेल पालिश की तरह फटती रहती। चूँकि पीर साईं के काम पर कोई असर नहीं पड़ा, बिगड़ते हालात पर किसी ने ग़ौर नहीं दिया।

मेरे शौहर के दिमाग़ में सेक्स घर कर गया था।

कमरे में मनी, शराब और मुश्क की मिली-जुली बदबू भरी रहती। मेरी अलमारी के तमाम कपड़ों में जिनसे मैं नफ़रत करती थी, इसी की बू आती। मैं ख़ुशबूदार पानी से नहाती। अपने आपको तौलिए से सुखाती और वह बदबू देने लगता। अपनी जूती को नथुनों के पास ले जाकर मैं वैसी ही तीखी बू सूँघती। वह मेरे बालों में और मेरे हाथों में यहाँ तक कि मेरी साँसों में बसी थी।

पीर साईं बात करता लेकिन सिर्फ़ सेक्स की। वह अगली कारगुज़ारी का मनसूबा तैयार करता, पिछली की बाबत गुफ़्तगू करता, नई के नए-नए तरीके खोजता; पुरानी कारगुजारी के नतीजों का बार-बार जायज़ा लेता, एक की दूसरी से बराबरी करता…यहाँ तक कि इस सारे मामले ने मेरी पूरी ज़िन्दगी निकाल दी। मेरा जवाब 'हाँ' में या यदाकदा 'ना' में होता। लेकिन मेरी 'ना' से वह नए-नए तरीक़ेकार निकालने से बाज़ नहीं आता।

किसी जंगली रीछ या पागल भेड़िये की तरह वह लाल गोश्त खाता, गाढ़े दूध के जग के जग पी जाता, दही के बड़े-बड़े कटोरे डकार जाता और दर्जनों आम को निगल जाता। वह हामला सुअरिया की तरह मोटा था। वह मर्दानगी के

लिए ढेर सारी गोलियों को हलक से उतारता। इससे सेक्स के अलावा उसकी ज़िन्दगी के तमाम दूसरे पहलू उसके ज़हन में फीके पड़ चुके थे। हवस तब तक मनमानी करती जब तक कि एक तृप्त राक्षस की तरह वह ढह नहीं जाता, और थोड़ी देर के लिए ज़िन्दगी उससे बचकर निकल जाती।

मेरा ख़याल था कि उसका दिमाग़ ख़राब होता जा रहा है। वह अपनी नमाज़ तक को छोड़ने लगा। चंदेक दिनों तो वह कमरे से बाहर ही नहीं निकलता। वह दिन पहाड़ की तरह बीतता जो हिलाए नहीं हिलता था। पीर साईं को मशगूल रखना नामुमकिन था। ऊब के पहले इशारे पर ही वह ग़ुस्सा होने लगता। उसकी दिलचस्पी को पैदा करना और साथ ही बनाए भी रखना मुझे एक मुसीबत से दूसरी में धकेलता रहता।

शहर से नए कपड़े आए। चुस्त काली पैंट, आर-पार दिखनेवाला सफ़ेद ब्लाउज और ऊँची एड़ी की सैंडिल पहने यतीमड़ी ड्रेसिंग रूम से निकली। सर में एक बड़ा-सा सुनहरी बो बँधा था। वह अजीब लग रही थी या शायद अजीब महसूस कर रही थी। उस तक पहुँचने से पहले वह कई बार लड़खड़ाई और ठोकर भी खाई थी। मेरा बदन बेडौल हो चुका था। घुटनों से ऊँचे एक सुर्ख तंग स्कर्ट में से मेरा पेट निकला पड़ रहा था। एक महज़ काले ब्लाउज के बाहर मेरा सीना लटक रहा और उसके सामने कमरे में आगे-पीछे क़वायद करते वक़्त मेरे घुटनों की तरह वह भी हिल-डुल रहा था।

ग़ुलामी मुकम्मल थी।

अल्लाह के सामने मैं जो पाँच दफ़ा सिजदा करती वह सिर्फ़ रस्म-अदायगी थी। नहीं जानती कि मैं क़िब्ला के रूबरू क्यों होती थी। इसके बजाए मुझे शौहर की जानिब मुड़ना चाहिए था।

रेलवे में अपनी नई नौकरी की ख़ुशी में भाई मिठाई लेकर आया। उसे ईंटों की दीवार के पीछे इन्तज़ार करने बिठा दिया गया। पीर साईं कमरे से बाहर आ रहा था। मैंने उसे एक धुला हुआ साफ़ रूमाल दिया। उस पर उसे कुछ चिपचिपी चीज़ महसूस हुई। उसने उसे जीभ से चाटा और उसे चखने के लिए उस पर अपनी ज़ुबान फिराई। उसके चेहरे पर एक स्याह छाया उतर आई।

'यह क्या है ?' उसने मुझसे दरयाफ़्त किया। मैं कैसे जान सकती थी ? मैंने न उसको छूने की हिम्मत की और न ही कोई सवाल ही करने की।

यकायक जवाहरात से जड़े उसके हाथ ने मुझे घुमाकर बरामदे में फेंक दिया। एक ठोकर ने मुझे आँगन में उछाला और दूसरी ने मुझे इसके बीच ढेर कर दिया।

मेरी निगाहें ऊपर उठीं और भाई का चेहरा देखा···वह ग़ायब हो गया था।

एक महीने बाद मैंने सुना कि भाई अस्पताल में था। उसके दिमाग़ की नसों को ज़र्ब पहुँची थी।

इन तमाम हौलनाक और तकलीफ़देह हादसों के बीच हवेली में गुप्पी अपना पहला बच्चा पैदा करने आई। कम से कम वह काफ़ी ख़ुश थी। उसने बताया, 'मेरा जहान बड़ा होने के वास्ते बहुत अंधेरा है लेकिन इतना भी नहीं कि उसमें मर जाया जाए।' मैंने मायूसी से कहा, 'ज़िन्दगी या तो ठहरी हुई है या सब कुछ तबाह करता तूफ़ान। तुम्हारी पहली वाली है और मेरी दूसरी। जब तुम तूफ़ान में अपना क़ाबू खो बैठते हो, तो ज़िन्दा रहने के लिए लहरों पर सवार होना पड़ता है, लेकिन लहरों पर सवारी करने से ज़्यादा आसान है डूबना।'

छोटे साईं जो हर किसी से दूर हो चुका था गुप्पी के नए पैदा हुए बच्चे के साथ चुम्बक की तरह चिपक गया। वह उसे अपनी बाँहों में खिलाता और उसे लिये-लिये चौकोर आँगन में घंटों चक्कर लगाता। मैंने ग़ौर किया कि वह कैसा है। ठीक मेरी ही तरह वह अपनी दुनिया को हर किसी जैसी ही गोल बनाने को बेताब है। गुप्पी अपने भाई पर निगाह रखती, जो पागल इन्सान की तरह चक्कर पर चक्कर लगाता रहता और रो पड़ती कि उसे क्या हो गया है। यह सोचकर मैं काँप जाती कि अगर बाबाजी की जगह अपने बाप की तरह होता तो वह क्या बनता।

कभी-कभी छोटे साईं को हमारे लिए खेतों से मक्की की बाली या क़ब्रों से मुरझाए हुए गुलाब लाने की याद रहती। लेकिन जब कभी वह अपने बाप को देख लेता, भाग खड़ा होता। घर से मीलों दूर अपनी फूलती हुई साँस के साथ निढाल होकर वह किसी कोने में दुबक जाता और ठंड के मारे जम कर बर्फ़-सा हो जाता।

छोटे साईं की दयनीय हालत से गुप्पी और ख़ुद को दूर करने के वास्ते मैंने उससे मेसनी की बाबत पूछा।

'उसकी माँ उससे उतनी ही नफ़रत करती है जितना कि उसका बाप उससे मुहब्बत करता है,' उसने कहा, 'मेसनी की हर ख़ता मुआफ़ है क्योंकि वह अपने बाप के कान है। लोग कहते हैं कि अपने क़ाबू में रखने के लिए वह उस पर काला जादू करती है। लेकिन माँ कहती है कि जिन लोगों का पाप में मन लगता है उनके लिए काले जादू की दरकार नहीं।'

गुप्पी ने अपने कान छुए और कहा, 'तौबा, तौबा, अम्मा ! उसको तो इसकी भी हया नहीं कि हर कोई जानता है।' मैंने गुप्पी से दरयाफ़्त किया कि क्या उसके शौहर ने कभी उसकी बाबत बात की, 'एक मर्तबा जब मैंने उसका ज़िक्र किया उसने मेरे इतनी ज़ोर से तमाचा मारा कि मेरी जुबान कट गई और मैं पूरे महीने खाना नहीं खा सकी।'

जो थोड़ा-बहुत वक़्त गुप्पी को और मुझे बात करने का मिलता, उसको एक और पुराने क़िस्से ने हड़प लिया। अब यह दुबारा नया हो गया था। वाक़यात

बदल गए थे। किसान के बेटों को ब्याही दो बहनों को पीर साईं की करामाती दुआओं से पैदा हुए, महाराजा और महारानी के क़िस्से बढ़े हुए और किसी सनसनीख़ेज फिल्म की तरह हवेली में फैल गए। पैदा होने के वक़्त से ही मंगेतर बने महाराजा और महारानी ने अपनी शादी की तारीख़ तय कर दी और पीर साईं की दुआओं के लिए वे मक़बरे आए। उम्मीद के बरअक्स उसने इनकार कर दिया।

नौजवान प्रेमियों का दिल टूट गया। उनकी माँएँ रोज़ाना आने लगीं। 'मेहरबानी करके साईं हमारी अर्जी मंजूर करो। बराहेकरम हमें बताओ कि तुम इससे ख़ुश क्यों नहीं हो' उन्होंने आरज़ू-मिन्नत की, लेकिन पीर साईं ने अपना फ़ैसला क़ायम रखा, 'इससे ज़्यादा नाख़ुशी मुझे किसी दीगर चीज़ में नहीं होगी। यह शादी तबाही का बायस बनेगी।'

कुछ दिनों बाद हमने सुना कि महाराजा की माँ बड्डी मलकानी ने पीर साईं के पैरों पर अपनी चुनरी डाल दी और हरेक के सामने रोने लगी, 'इस मसले ने हमारे सारे ख़ानदान को बेचैन कर दिया है, साईं। हमारी ख़ुशी गायब हो गई है। रहम करिए, साईं अपनी दुआएँ अता करिए। हमारी ख़्वाहिश की जानिब नरमी बरतिए।' लेकिन वह सख़्त बना रहा और उसको हुक्म दिया कि वह उसके सामने से चली जाए।

कुछ दिनों बाद हमने सुना कि वह उसके कमरे में जबरन घुस पड़ी। वह रो रही और आरज़ू-मिन्नत कर रही थी, 'जो बेटा तुमने बख़्शा था वह बीमार है। वह न तो कुछ खाता है न किसी से बात ही करता है। रहम करिए साईं अपनी मंज़ूरी दे दीजिए।' जब पीर साईं पत्थर बना रहा और इन्कार कर दिया, बड्डी मलकानी ने सबब जानना चाहा। उसने कहा जब तक उसे बताया नहीं जाता वह वहाँ से नहीं हिलेगी। उसने तमाम दिन इन्तज़ार किया। उसकी ज़िद पर नाराज़ होकर वह उसे एक तरफ़ ले गया।

जल्दी ही हमने सुना कि वाक़ये ने नया मोड़ ले लिया है। मिरासन ने दाई को बताया, 'पीर साईं के अल्फ़ाज़ ने बड्डी मलकानी को समझा दिया कि शादी होना नामुमकिन है। और गोकि अब उसका खानदान अपने बच्चों की ख़ुशी की खातिर पीर से नाता तोड़ने को तैयार है, बड्डी मलकानी ने उनको डाँट दिया है कि जिस पीर ने उनको वे बच्चे बख्शे थे, उसने पहले से देख लिया है कि शादी का अंजाम बरबादी होगा। और उसकी हुक्मउदूली करना सरासर बेवक़ूफी होगी।'

हमें सुनाई पड़ा कि महाराजा ने महारानी को उसके साथ भाग जाने को राज़ी करने की कोशिश की थी। लेकिन पीर साईं की भविष्यवाणी से वह भी डरी हुई थी। फिर हमने सुना कि उसने ख़ुदक़ुशी की धमकी दी है। उसकी माँ फिर भी राज़ी नहीं हुई और उससे कहा, 'हमें पीर साईं के हुक्म को मानना होगा चाहे तुम मर ही क्यों न जाओ।'

गुप्पी और मैं, दोनों हैरान थे कि आखिरकार पीर साईं ने अपनी रज़ामन्दी देने से इन्कार क्यों किया। बड्डी मलकानी से उसने क्या कहा होगा ? गुप्पी का ख़याल था कि शादी में उसने कोई मनहूस शगुन देखे होंगे।

मेरा ख़याल कुछ और था, 'तुम्हारे बाप को मनहूस शगुन देखने की क़ुव्वत नहीं है। मेरा ख़याल है कि यह क़ाबू में रखने की सनक के सिवा और कुछ नहीं है।'

दाई की अपनी ही राय थी, 'उनकी माँओं के ये बच्चे मालिक की दुआओं से हुए थे, बीवीजी। उनके मुस्तक़बिल का फ़ैसला करने का उसे पूरा हक़ है।'

जैसे कि माँ ने मेरा फ़ैसला किया था, मैंने सोचा।

जैसे कि उस पीर ने फ़ैसला किया था जिसने कि बच्चों के सिरों पर लोहे के ढाँचे कस दिए और उनको बेदिमाग चूहों में बदल दिया था।

और जो होना लाज़िम था हुआ। महाराजा ने अपनी कलाई काट ली और किसी अलग-थलग जगह पर मर गया। पूरा गाँव रो पड़ा।

हवेली ग़म में डूब गई।

चालीस दिन हवा की तरह उड़ गए। गुप्पी को दुबारा अपने शौहर के घर जाने का वक़्त आ गया था। किसान के घर में हुए उस दर्दनाक हादसे के दिन हम लोग जुदा हो रहे थे। उसके साथ मैं ईंटों की दीवार की ओर चल रही थी कि अचानक परदा करने के हुक्म का ऐलान हुआ और सब उसी पल वहाँ से हट गये।

अम्मा साईं के कमरे में दौड़कर लौटते हुए मैंने गुप्पी से अपनी हैरानी ज़ाहिर की, 'यहाँ के डॉक्टर के सिवा, हमारे आँगन में मर्द तो कभी नहीं घुसते। यहाँ कौन आ रहा है ?'

रंज से भरी तेज़ चीख़ों से अम्मा साईं के कमरे की दीवारें बिंध गईं। हमारी कैद में ग़म का क़हर बरपा हो गया। हैरान होकर गुप्पी और मैंने एक दूसरे को देखा, लेकिन जब तक परदे का हुक्म वापस नहीं ले लिया गया, हमने दरवाज़ा खोलने की जुरअत नहीं की। फिर हमने किसी की चीख़ सुनी।

'हम लुट गए। हम यतीम हो गए।' मेरे कानों ने ज़्यादा सुन पाने के लिए ज़ोर लगाया। वे रोने लगे, 'हमें सब्र दो अल्लाह। या ख़ुदा हमारी मदद कर।'

मैंने गुप्पी की बाँह पकड़ ली, 'कौन है यह ? यह क्या है ?' अचानक बिना सोचे-समझे हम चीख़-चिल्ला रही औरतों की भीड़ के बीच से धकियाते हुए दौड़ रहे थे। मेरा दिल धुक-धुक कर रहा था। उसकी धड़कन रुक रही थी।

मैं जानना चाहती थी।

नहीं, मैं जानना नहीं चाहती थी।

छोटे साईं मर गया था।

मैं अहसानमन्द थी कि उसे सुकून मिल गया था। अब वह काली और तोती की तरह बोल सकता था, गा सकता था। वह अब आज़ाद था। गुप्पी को अपने भाई की जिस्मानी मौत का ही अहसास हुआ और ग़म में डूब गई। हर किसी की तरह मेरी छोटी बेटियाँ बेहोश हो रहीं या चीख़ रहीं, या पागलपन के दौरे में अपने बाल नोच रही थीं। जब मैंने राजाजी को देखा मैं उसे सीने से लगाने को दौड़ी। जैसे ही उसने अपने ग़म को क़ाबू में रखने की कोशिश की उसका बदन काँपने और हिलने लगा। उसे मैं कसकर पकड़े थी। मैं उसे कभी जाने नहीं देना चाहती थी। उसके कन्धे के ऊपर से मैंने चील को देखा। वह हमें दुख मनाते देख रही थी। उसकी आँखों में एक भी आँसू नहीं था और बेज़ारी के साथ वह अपनी बाँहों को सीने पर रखे खड़ी थी। मुझे उससे नफ़रत थी।

अम्मा साईं सकते में आ गईं। अपने पोते के क़त्ल के ख़िलाफ़ उनकी ख़ामोशी सबसे ज़ोरदार मुज़ाहिरा था। वह क़िब्लारुख़ हो गईं और दुबारा मुड़कर कभी दुनिया की जानिब नहीं देखा।

पीर साईं संजीदा रहा और हस्बे-दस्तूर मय्यत को अंजाम दिया। उसके चेहरे से कोई रंज ज़ाहिर नहीं होता था। उसने मुझे तसल्ली भी नहीं दी। किसी हमदर्दी का इज़हार नहीं किया। गोकि मैंने उसे देखने के लिए अपना मुँह नहीं उठाया था, मैं उसके दिल के टुकड़े-टुकड़े करके चील-कौवों को फेंक सकती थी। मैं उसकी आँखें निकाल सकती थी कि वह फिर किसी यतीम लड़की पर हवस की निगाहें नहीं डाल सके।

कहा गया था कि छोटे साईं की मौत साँप के काटने से हुई। मैं सोच रही थी कि यह कहीं उसके बाप के ज़हरीले दिल की वजह से न हुई हो।

मेरे लिए मेरा शौहर मेरे बेटे का क़ातिल था।

वह मेरी बेटी की आबरू से छेड़खानी करनेवाला भी था।

वह क़ुर्आने-पाक पर पलता एक कीड़ा था; वह शैतान था जो मेरा गला दबाकर हर रात मुझे अज़ाब के लिए धकेलता था। वह मेरे भाई को तबाह करनेवाला था। वह अम्मा साईं को सतानेवाला था। उसने माँ की बेइज़्ज़ती की थी, लोगों का ख़ून चूसा था। वह यतीमों का बलात्कार करनेवाला और वह शैतान था जो मज़लूमों पर ज़िन्दा था। लेकिन इन तमाम करतूतों के बावजूद उसे सब अल्लाह के सबसे क़रीब मानते थे, एक ऐसा इन्सान फ़र्ज करते थे, जो परवरदिगार तक पहुँच सकता और हमें महफ़ूज़ रख सकता था।

राजाजी नन्हा ख़ुदा बन गया जो मेरा बड़ा बेटा कभी नहीं बन सकता था।

मैंने उसको अक्सर ही नौकरों के बच्चों के बीच खेल-खेल में पीर का रोल अदा करते देखा था। वह अदाकारी अब असलियत बन गई थी।

उसमें लोगों पर राज करने की क़ाबिलियत थी। गोकि वह उन पर तवज्जो

देता जो उसके क़दमों पर झुकते थे, उसमें यह समझ थी कि वह उनके दर्द को महसूस न करे। वह इस्लाम के उसूल को समझता था, लेकिन उनको अमल में लाते वक़्त वह पारंपरिक बातों का भी ख़याल रखता। उसमें छोटे साईं वाली कोई बेवकूफ़ी नहीं थी। इसके बजाए अपने भाई को राजाजी ने नाकामयाबी की मिसाल बना लिया था। उसने वह रास्ता इख़्तियार किया जिसको छोटे साईं ने नामंजूर कर दिया था। वह रास्ता क़ब्रों की जानिब जाता था।

जो सूफ़ियाना छोटे साईं के बारे में यह नहीं सोच सके कि उसने बलात्कार किया होगा वे सारे मामले में तब तक उलझे रहे जब तक कि उसको हिकारत के साथ बुहार कर नहीं फेंक दिया। जल्दी ही उसकी याद उन लोगों के दिमाग़ों से भी ग़ायब हो गई जो पहले से ही हाशिए तक के बाहर थे।

गुप्पी और छोटे साईं मेरे लिए ख़ुशी और रंज लाए थे। वे दोनों जा चुके थे। जो लोग मेरे धेवते की पैदाइश का जश्न मनाने आए थे मेरे बेटे की मौत का मातम मनाकर चले गए। मेरे बेटे के क़त्ल पर हमदर्दी जताने के लिए बड़ी मलकानी नहीं आई। उसके बेटे के क़त्ल पर हमदर्दी जताने मैं नहीं जा सकी थी।

मैं आँगन में हवा की मानिन्द चुपचाप बैठी थी।

यहाँ-वहाँ औरतों की झुकती हुई लम्बी-लम्बी परछाइयाँ गिर रही थीं। इनके आगे कुछ नहीं था।

मौत और दर्द का एहसास किसी और की ज़िन्दगी में तब्दील हो गया।

मेरे पैर के नीचे हरी घास झिलमिला रही थी।

दूसरे देशों के लम्बे-लम्बे दरख़्त सारे आसमान में गुलाबी, सफेद और नारंगी फूल बिखेर रहे थे। बैंगनी अंगूरों से लदी शाखें नीचे झुककर लटकी हुई थीं। अपने कूल्हों पर चटकदार लाल, पीले और नीले डुलाती हुई या अपनी बाँहों में बच्चे लिये औरतें इतराती फिर रही थीं।

काली ने झटके से अपना सिर पीछे किया और उसके गले में घंटियाँ बजने लगीं।

दुल्हन की तरह सजकर तोती अपने दूल्हे के सुख में डूबकर नाच रही थी।

बच्चों को बहलाने के लिए अम्मा साईं ने लम्बी कहानियाँ सुनाईं।

गुप्पी के शौहर ने उसके बालों में एक फूल लगाया और उसे शर्मसार कर दिया।

एक झरना। नदी की आवाज़। मेरे पैर पानी में छप-छप कर रहे थे और सब कुछ कोहरे में मिलता जा रहा था।

मैं हवा में साँस ले रही थी और चाँदनी के भाई राँझा के लिए यह दर्द बनता जा रहा था।

प्यार मेरी क़िस्मत की लकीर में बुना हुआ था। मेरी नज़र उस जगह आकर

ठहर गई जहाँ से यह साफ़ दिखाई देगा। उनको सुने जाने से बहुत पहले से मैंने क़दमों की आवाज़ सुनी। मैंने उनको तब तक गिना कि जहान मेरे क़दमों के नीचे आ गया। राँझा मेरे दिल में दाखिल हो गया।

पल आये और बीत गये

माज़ी था। मुस्तक़बिल था। उनके बीच था गहरा अंधकार।

एक ज़बरदस्त ठंडक उतर आई और मैं उसकी मौजों में पीर साईं के पीछे चरखी की तरह घूमने लगी।

उसके साथ मेरे पीछे दरवाज़ा बन्द हो गया।

'क्या तुम किसी दीगर मर्द के बारे में सोच रही थीं ?' उसने पूछा और मेरी जान निकल गई। वह कैसे जानता है ? मेरी दहशत इतनी नुमायाँ थी कि वह चीख़ पड़ा, 'क्या तुम दीगर मर्दों के बारे में सोचती हो ?' मैंने सोचा वह मुझे मार ही डालेगा।

'जैसे कि मैं दूसरी औरतों की ख़्वाहिश रख़ता हूँ, क्या तुम दूसरे मर्द चाहती हो ?' वह गरजा, जबकि दूसरे मर्द के ज़िक्र से मैं ख़ौफ़ज़दा हो गई। मैंने ख़ुद को उसके पैरों पर डाल दिया और हर उस चीज़ की क़सम खाई जिसे वह पाक मानता था कि मैंने कभी किसी ग़ैर का ख़याल नहीं किया।

'सच बोलो। मैं झूठ मंज़ूर नहीं करता,' वह चीख़ा। लेकिन चाहे मैं कुछ भी जवाब देती मैं महफ़ूज नहीं थी। अन्दरूनी तौर पर मैंने छोटे साईं से मिन्नत की कि मेरे लिए वह अल्लाह से मदद माँगे।

9

क़ातिल लहरें

जहाँ मेरी ज़िन्दगी इतनी ऊबड़-खाबड़ और डाँवाडोल थी, दिया और मुन्नी की ज़िन्दगियाँ समतल थीं। चौदह और तेरह साल की उम्र में उन्हें उनके अय्याश चाचा के दो बेटों के साथ ब्याह दिया गया था। जब उसी पागलपन के साथ, वैसे ही ख़तरों और उसी क़िस्म की औरतों और आदमियों के साथ लड़कियों के दूसरी हवेली में रुख़सत होने का वक़्त आया, जादुई रोशनियों की कभी धुँधली न पड़नेवाली यादें टिमटिमाईं और मेरे ज़हन से ग़ायब हो गईं।

और इसके बाद बेहद अँधेरा था।

छोटे साईं और मेरी तीनों बेटियों के जाने के बाद मैं राजाजी और उसके बाप, जो एक-दूसरे के अक्स थे, के साथ रह गई।

दूसरे मर्दों के सवाल पर उससे बचते हुए तीन साल गुज़र गए।

कुछ रातों में तो उसने अमूमन आरज़ू-मिन्नत की हद तक मुझसे यह कहलवाना चाहा कि क्या मुझे दूसरे मर्द की दरकार है, जबकि दूसरी रातों में वह ख़ौफ़नाक हो जाता और ज़िद करता, 'कहो कि तुम्हें दूसरा आदमी चाहिए, नहीं तो मैं तुम्हारी गर्दन मुर्गे की तरह रेत कर काट फेंकूँगा। क्या तुम्हें दूसरे मर्द की चाहत है ?' सवाल का मैं हज़ारों मर्तबा जवाब दे चुकी थी। लेकिन वह कभी मुतमईन नहीं होता।

मेरे शौहर की इस सनक ने सोए हुए मेरे वे सपने जगा दिए जिनका ताल्लुक़ राँझा से था। उसकी कहानी उसकी कार के स्टीयरिंग के पीछे यकायक ख़त्म हो गई थी। ज्यादा तसव्वुर करने की कोशिश में मैंने कहानी को आगे धकेला। उड़ने की, एक सितारे से दूसरे पर छलाँग मारने की या आसमान में हमेशा-हमेशा तक तैरते रहने की कोशिश की। गोकि मेरा शौहर मेरी हड्डियों से गूदा और मेरी रूह से मेरी ज़िन्दगी चूसे ले रहा था।

एक दिन उसने ऐलान किया, 'मैं कुछ नई चीज़ लाया हूँ।'

जिस किसी भी नई चीज़ को उसने मेरी ज़िन्दगी में दाखिल किया था, वो मेरे लिए एक मनहूस ख़्वाब साबित हुई थी। उसको मंज़ूर करना हमेशा ही नामुमकिन रहा था और जिसके साथ ख़ुद को ढालने का कोई वक़्त नहीं दिया

गया था। हमारे कमरे में दो डिब्बे खोले गए, उनमें से एक बड़ा और एक उससे छोटा था। मैं हैरान रह गई। उनमें एक में टेलीविज़न और दूसरे में वीडियो रिकार्डर था। नौकरानियों के लिए ये चीज़ें औरतों की कोठरियों में अजनबी आदमी की मौजूदगी से कम हैरतअंगेज़ नहीं थीं। लेकिन मालिक के फैसले हर एक उसूल को खारिज़ कर सकते थे जिनको उसने बिना किसी सवाल या सफ़ाई के थोप दिया था। जब पीर साईं गुसलखाने चला गया, मैं उस मशीन की ओर लपकी, जिसमें सारी दुनिया बन्द थी, और अपने आपको इत्मीनान दिलाने के लिए मैंने उसको छुआ।

मशीनों से तार जोड़ने और प्लग लगाने के बाद अपने कमरे से पीर साईं ने औरतों को बाहर निकाल दिया। फ़र्श पर अपनी बगल में बैठने का हुक्म देते हुए उसने बटन दबाया और पर्दा ज़िन्दा हो गया। मेरी आँखें उस पर चिपक गईं। मैंने एक सड़क देखी जो एक मकान पर जाकर ख़त्म होती थी। एक औरत ने एक आदमी के लिए दरवाज़ा खोला और मेरे हाथ फ़ौरन ही मेरी आँखों पर पहुँच गए। उनको बन्द कर लिया। मेरे शौहर ने उनको खींचकर अलग किया। आदमी ने अपने कपड़े उतार दिए और हाल जनमे बच्चे की तरह नंगा हो गया। औरत बेहया हो गई। मैं देख नहीं पा रही थी लेकिन कहीं और भी नहीं देख सकती थी। मैं जलने लगी और शरमाने लगी और शर्म से दोहरी हो गई जबकि उस पूरे दौर में मेरा शौहर सिर्फ़ मुझे घूर रहा था।

सेहरी के वक़्त हर सुबह मैं मशीन को एक सफ़ेद चादर से ढँक देती थी, लेकिन वह अक्स मेरे दिमाग़ में अटके रहते और तमाम दिन में तौबा-तौबा कहती रहती।

इस खेल में उसने जब तीनों लड़कियों को शामिल किया तो उनको भी उतना ही झटका लगा जितना कि मुझे लगा था। आदमी और औरतें खरपतवार की तरह एक-दूसरे से गुँथे थे। समुन्दर की लहरों की तरह हवस उठती थी, गिरती थी, रेंगती और थरथराती थी और ख़त्म हो जाती।

रमज़ान के पाक महीने में फ़िल्म ने हमको नंगा नचा दिया। फिर जोश मर गया। उसने मशीनें बन्द कर दीं।

हमारा परदा तार-तार हो गया।

लेकिन अगली सुबह सब कुछ वैसा ही था।

हवेली के ताले अभी नहीं खुले थे और हमारे सिरों के ऊपर के आसमान का टुकड़ा अभी फैला नहीं था। इस क़ैद की वे चार औरतें जो रात-भर नंगे मर्दों को देखती रही थीं, सुबह अपने-अपने जाएनमाज़ पर गिर गईं। इससे मेरे शौहर को कोई परेशानी नहीं हुई। वह वक़्त का पूरी तरह सामना करने को तैयार नहीं

1. इच्छुक, ख़्वाहिशमंद

था। वह अपनी ज़िन्दगी ऐसे जी रहा था गोया कि वह अलग-अलग लोगों की ज़िन्दगियों से मिलकर बनी हो। अपनी ज़िन्दगी के विरोधाभासों से वह ऐसे खेलता था जैसे कि परमात्मा दुनिया से खेलता है।

एक दिन उसने पूछा, 'तुम्हारा क्या ख़याल है, यतीमड़ी के लिए चरवाहा कैसा रहेगा ?' मुझे ठीक से पता नहीं था कि क्या कहना चाहिए। दाई ने पीर की ऊँटनी के चलन को समझाया कि इसके मुताबिक़ पीर की एक ऊँटनी को गाँव में खुले घूमने को छोड़ दिया जाता है। वह एक मकान चुन लेती और उसके सामने बैठ जाती है। यह एक इशारा था कि उस घर की बिनब्याही लड़की को दुल्हन की तरह सजाकर पीर को पेश किया जाना है। जब पीर की तबीयत भर जाती लड़की वापस घर भेज दी जाती, जहाँ वह जब तक ज़िन्दा रहती उसे कोई और छू नहीं सकता था। जो हलाल था पीर के वास्ते वही दूसरों के वास्ते हराम बन जाता।

पीर साईं बुदबुदाया, 'मैं नहीं चाहूँगा कि यतीमड़ी मेरी ख़िदमत में ही बूढ़ी नौकरानी बन जाए। अल्लाह की तईं मेरा यह फ़र्ज़ बनता है कि उसके लिए मियाँ की तलाश करूँ।' लेकिन जब उसने यह बताया कि, 'चूँकि लड़का नामर्द है उसकी पहली बीवी एक मुसाफिर के साथ भाग गई है,' शादी का मक़सद ज़्यादा साफ़ हो गया। लेकिन उसको शुबहा घेरे हुए थे, 'यतीमड़ी भी किसी मुसाफ़िर के साथ भाग सकती है। मैं यह ख़तरा मोल नहीं लूँगा। वह शादी नहीं कर सकती।' मुआमला ठंडा पड़ गया लेकिन सिर्फ़ कुछ दिनों के लिए···सिर्फ़ दूसरी शक्ल में आने के लिए।

कभी-कभी वह उससे पूछता भी लेकिन वह अपने नसीब को चुनने के बारे में कुछ कह नहीं पाती। आखिरकार कई महीनों तक पसोपेश में पड़े रहने के बाद उसने फ़ैसला किया कि वह चरवाहे की बीवी बनेगी लेकिन रहेगी हवेली में ही। उसकी इस बात से लगा गोया किसी ने मेरे तेज़ धारदार चाकू घोंप दिया हो। मुझे एहसास नहीं था कि इस लड़की के साथ उसका इस हद तक लगाव है, जो मेरे बेटे की मौत की जिम्मेदार थी। मेरा ख़याल था कि इन तीनों लड़कियों के साथ उसके ताल्लुकात किसी तरह से मेरे ऊपर निर्भर थे। मैं उसके लिए लाज़िम बन चुकी थी, ठीक वैसे ही जैसा कि अम्मा साईं ने कहा था। लेकिन मैं तो महज शरीक़े जुर्म थी। अब मैं अम्मा साईं से भी आगे सलाह नहीं ले सकती थी। छोटे साईं की मौत के बाद उन्होंने ख़ामोशी की ज़िन्दगी का अहद ले लिया था।

मेरे शौहर ने लड़की को सोने के गहने, कपड़े, बिस्तर और बावर्चीखाने के तमाम ज़रूरी बर्तन दिए। एक पलंग और सोफ़ा भी उसके कमरे में पहुँचा दिया गया। हवेली के बाहर, उसके लड़के द्वारा सताई गई यतीम लड़की की जानिब पीर साईं की रहमदिली की तारीफ़ की। हवेली के अन्दर हर किसी को उससे जलन हुई।

उस रात के आने तक पीर साईं हर रात आहें भरता और कराहता रहा। शादी के दिन किसी को खुश होने की इजाज़त नहीं थी। उसकी ज़हनी हालत हर चीज़ की बुराई करती। पीर साईं ने लड़की को जब तमाम दिन कमरे में बन्द रखा, औरतें अपने जिस्मों को सख़्त किए और आँखों में चौकन्नापन लिए होशियार बिल्लियों की तरह सँभल-सँभल कर दबे पाँव चल रही थीं। आखिरकार उसने लड़की को मौक़े के मुताबिक़ सजाने का हुक्म दिया। मेरे ड्रेसिंग रूम से एक ख़ौफ़ज़दा दुल्हन निकली।

एक चटक लाल बुत उसके पलंग के पैतिहाने खड़ा हो गया। उस पर कुछ भी गुज़र सकता था। पीर साईं ने उसे टकटकी लगाकर देखा। अपने पैर की उँगलियाँ मरोड़ीं, अपनी दाढ़ी पर हाथ रगड़ा, गहरी साँस ली और बाहर फेंकी। पूरा घंटा ख़ामोशी में गुजर गया। यकायक वह उछला। चीख़ा, 'बाहर, बाहर हो जाओ,' और हम दोनों उसके सामने से हट गए। हम दरवाज़े से भागे। जब यह बन्द हो गया तब कहीं हमने साँस ली।

बारात जैसे ही आँगन में पहुँची, पीर साईं की हिदायत के मुताबिक़ मिरासनों ने गाना शुरू कर दिया। दूल्हे का कुनबा भौचक्का हो गया। बेवा की लड़कियाँ बेहद खुश थीं। उनको अपने इमकानात शानदार नज़र आए। चील हमेशा की तरह अपनी बाँहों को सीने पर बाँधे खड़ी थी। मैं कुछ समझ नहीं पा.रही थी। दुल्हन या दूसरी औरतों को जो देना था दिया। जब उसने मेरे पैर छुए और रुख़सत ली उसकी जानिब मेरा दिल पिघला, लेकिन छोटे साईं की याद आते ही वह फिर सख़्त हो गया।

उस रात पीर साईं सिवा इसके और कुछ बात नहीं कर सका कि लड़की पर क्या बीत रही होगी। तसल्ली दिलाने के तौर पर जब मैंने उसके शौहर की नामर्दी का ज़िक्र करने की जुर्रत की, उसने मेरा चेहरा बिगाड़-सा ही दिया। वह चिल्लाया, 'उससे पीछा छूटने पर तुम खुश हो ? तुम खुश हो रही हो अपनी जीत पर ?' उसका सारा रुका हुआ गुस्सा मुझ पर उतर गया। मैंने एक ज़िन्दगी के एक बँधे-बँधाए ढर्रे को तोड़ दिया था। मैं वजह जानना चाहती थी। तब अचानक ही वह यह कुरेदने पर लौट आया और फ़िक्र करने लगा कि यतीमड़ी के साथ क्या हो रहा होगा। फिर वह ऐसे आदमी की तरह दुबारा कूद गया जो किसी ज़िन के बस में हो। अल्लाह के फ़ज़्ल से लड़की अलस्सुबह ही लौट आई। उसने हुक्म दिया कि उसका शौहर हवेली के दरवाज़े पर खड़ा रहे और यतीमड़ी हवेली के अन्दर।

आईने में मैंने अपने अक्स को ग़ौर से देखा।

उसने मुझे ख़त्म कर दिया था, एवज़ में कुछ दिए बग़ैर ही। मेरी आँखें अपने में ही डूबीं दलदल-सी ठहरी हुई थीं। मेरे मुँह ने अपने अल्फ़ाज़ खो दिए

थे। मेरे बदन में कोई सकत नहीं रही थी। वह मिट्टी के ढेर पर इकट्ठे कचरे जैसा लगता था। गोश्त जल्दी ही मेरी हड्डियों को छोड़ जाएगा और फिर हड्डियाँ गोश्त से जुदा हो जाएँगी। इसके बावजूद मालिक को सदाबहार जवानी की दरकार थी। आईने में जवानी तेज़ी से दूर भाग रही थी।

यह औरत क्या मैं ही हूँ ?

वह कौन थी ?

मैं कौन थी ?

मुहब्बत की नामौजूदगी ने मुझे बीमार कर दिया था। अपने शौहर से मुहब्बत करने के बारे में मैं सोच भी नहीं सकती थी। उसने भी मुझे कभी इन्सान नहीं माना, औरत मानने की तो बात अलग। बिला वजह भी वह मेरी तरफ़ कभी नरम पड़ा, मैं उसे बहुत कम जुम्बिश दे पाई थी। मैं उसके दिल को छेद नहीं पाई और यतीमड़ी की तरह उसकी रूह को छू नहीं सकी थी।

आईने में मेरे अक्स से मेरी तवज्जो ज़बरदस्ती खींच ली गई। एक औरत चिल्ला रही थी, 'सख़ी बाबा के मकान में आग लग गई है। सब के सब मर गये हैं। आग ! आग ! पूरा कुनबा जल रहा है।'

जो लाज़िमी था नही हुआ। क्यों और कैसे जानने के लिए मैं बाहर दौड़ी।

लेकिन जो इत्तिला बाहर से हवेली में आई और एक मुँह से दूसरे को गुजरी वह बदली हुई थी और बढ़ी-चढ़ी थी। पहले मैंने सुना कि घर का हर मेम्बर अन्दर फँसा हुआ था, फिर सुना कि सब लोग सही-सलामत हैं, क्योंकि घर में कोई नहीं था। मैंने सुना कि आग बावर्चीखाने में रखे स्टोव के फटने से लगी थी और फिर क़िस्सा बदलकर यह हो गया कि अजीबो-ग़रीब आग सख़ी बाबा के हुक्के से जिन की तरह उछलकर बाहर आई थी। कोई यह ख़बर लाया कि एक चश्मदीद ने हर किसी को राख बनते देखा है, और आखिर में एक औरत को बताया गया कि अपने-अपने ट्यूबवेलों से जुड़े पाइपों के जरिए पानी का छिड़काव करके किसानों ने घरवालों को बचा लिया। मलशां ने जोर देते हुए कहा कि वह सबसे सही ख़बर लाई है, 'सख़ी बाबा काम कर रहा है, उसकी बीवी इबादत कर रही और उनका बेटा खेल रहा है।'

हादसे का बयान हर औरत अपने-अपने अल्फाज़ पिरोते हुए कर रही थी। हर औरत कह रही थी, 'यह अल्लाह की मार है। सख़ी बाबा ने मक़बरे को जो अस्वीकार कर दिया था उसी की यह सजा है।' वे अपने कान पकड़तीं, और अपने सिर हिलातीं गोया यह वे यक़ीनन जानती हों कि जिन पर अल्लाह का करम है उनकी बात न माननेवालों पर बाबाजी का गुस्सा क़हर बन कर टूटा है।

दाई का अपना ख़याल था। उसने कम से कम मेरे लिए तो मामले की सफ़ाई कर दी, 'मक़बरे के हलके में रहनेवाले हरेक इन्सान के लिए लाज़िम है कि वह

इसका एहतिराम करे। जब कभी किसी ने यह उसूल तोड़ा है, जल्दी या देर गए, उसको हौलनाक तबाही पेश आई है। मक़बरे की बुराई करने के लिए अगर आम लोगों को सज़ा नहीं दी जाती, मक़बरे की ताक़त कम होती जाएगी।'

पाप के इलज़ाम में कहीं मैं ही पकड़ी न जाऊँ, अपने अल्फ़ाज़ का होशियारी से इस्तेमाल करते हुए मैंने दाई से पूछा, 'लेकिन ख़ुदा के बारे में भला-बुरा कहने का ताल्लुक अपने दीन, पैगंबर व उनके साथियों और अल्लाह की तौहीन करने से है, न कि दीगर लोगों की।'

मेरे शौहर की पुरानी दाई मेरे तरह ख़बरदार नहीं थी, उसने कहा, 'अल्लाह के बन्दों की भी तौहीन नहीं की जा सकती।'

आख़िरकार वह वक़्त आ गया। असलीयत के सामने अफ़वाहें ग़ायब हो गईं। सखी बाबा के कोयला बन गए जिस्म की पहचान उसके चश्मे के फ्रेम से हुई, जो धातु का बना था। सखी बीवी बुरी तरह से जली हुई थी। उसको अस्पताल रवाना कर दिया गया। उसका बेटा अपने बाप के नीचे दफ़न था। ख़ानदान के सात लोग एक ही क़ब्रिस्तान में दफ़न किए गए।

मेरी आँखें आँसुओं से भर गईं। मैंने चील को देखा और यह सोचते हुए उसकी ख़तरनाक निगाहों से परे हो गई, 'एक ख़तावार की जानिब उसकी ख़ामोशी पर उसके पुरखे अपनी क़ब्रों में करवटें बदल रहे होंगे।'

ऐसा लगा कि अपने सभी अज़ीज़ों के बाद भी सखी बीवी इसलिए ज़िन्दा रही कि वह अपनी तमाम ज़िन्दगी अल्लाह के ज़ालिमाना सबक को सुनते हुए बसर करे : जो कोई भी उसके मंज़ूरे-नज़र की नाफ़रमानी करना चाहते थे वे अब ख़ामोश कर दिए गए थे। मक़बरे के ख़िलाफ़ मौजूद ख़यालात को लोगों के ज़हनों और दिलों में ही कुचल दिया गया था। सबक का असर मुकम्मल था।

बहरहाल, गुज़र-बसर की मुसलसल तकलीफ़ के बावजूद ज़िन्दगी जारी रही। और एक ऐसी दुनिया में जहाँ ख़्वाबों का कोई मतलब नहीं था, एक बुरे ख़्वाब के बीच एक ख़्वाब असलियत बन गया। एक दीगर मुल्क के मेहमान के आने का ऐलान हुआ। हमसे आँगन को कूड़े-कबाड़े से साफ़ करने को कहा गया। कमरों से कुर्सियाँ लाई गईं और बिना मसालों का खाना पकाया गया। गोकि अपनी उत्तेजना को बढ़ाना और खुद को सखी बाबा के दर्दनाक अंजाम और जलन के एहसास को एक तरफ़ करना, जो मेरे दिल में यतीमड़ी के ख़िलाफ़ उभर रहा था, मुझे माक़ूल नहीं लगा, ठीक दोपहर में मैं ज़री के कपड़ों में मलबूस हो गई और फैशनेबल जूतियाँ पहन लीं।

इन्तज़ार में मेरी आँखें ईंट की दीवार पर जमी हुई थीं।

एक गोरी मेम बन्धक औरतों से भरे आँगन में दाख़िल हुई।

आसमान की आज़ादी में समुन्दर पार बहुत दूर से वह हवाई जहाज में उड़

कर आई होगी, मैंने सोचा। हम तक पहुँचने के लिए उसने मोटर में रेगिस्तान पार किया होगा। वह कहाँ रहती है ? अगर वह शादीशुदा है तो उसके शौहर ने उसे जाने की आज़ादी कैसे दी, उसके बाप ने इजाज़त कैसे दी ?

जब उसने अपनी चादर हटाई वह नंगी नज़र आई। भौचक्की आँखें उसकी नंगी टाँगों को घूर रही थीं।

चील का मुँह फटा का फटा रह गया।

मैं भी हैरान थी, गोकि ऐसी टाँगें मैंने टेलीविज़न पर बार-बार देखी थीं। हम एक-दूसरे की ओर मुस्कराए और हाथ मिलाया। जब उसने कुछ उस ज़ुबान में बोला जो मैंने आधी-अधूरी सीखी थी और जो मैं बहुत अरसे पहले भूल चुकी थी, जवाब में मैंने अपना सिर हिला दिया।

मैंने ग़ौर किया कि गोरी मेम की जिल्द बेहद नाज़ुक थी। बिलाशक हमारी गर्मियों में यह कोयला बन जाएगी। ऐसा लगता था कि बेरहम सर्दियों को इसने परेशानी से झेला है। यहां की तेज़ हवाएँ तो इसको चीर ही डालेंगी। उसने आदमी के ज़हर को भी नहीं चखा था जो उसके अन्दर होता है। पीर साईं उसका क़त्ल कर देगा। मुझे गोरी मेम कमज़ोर और बेबस नज़र आई।

उसकी दुनिया ने उसे कमज़ोर बना दिया है।

मेरी दुनिया ने मुझे ताक़तवर।

जब उसने पूछा कि यहाँ कोई तालीमयाफ़्ता है। मुझे अम्मा साईं के दानाई अल्फ़ाज़ याद आए जो वे हमारे बारे में कहती थीं। मैंने उनको ही दोहरा दिया, 'अस्सी पढ़े होए नई, पर अस्सी कढ़े होए हन'[2] उसके द्विभाषिए ने उससे कहा, 'वह कहती है कि गोकि हम तालीम याफ़्ता नहीं हैं, हम तज्रिबे में गाढ़े हैं।'

गोरी मेम ने सोचा मैं बहुत ज़हीन हूँ।

मैं जानना चाहती थी कि क्या वह भी ज़हीन है।

उसकी हर हरकत पर ग़ौर देते हुए मैंने उसके कहे हुए हर लफ़्ज़ को समझा और पता कर लिया कि वह अख़बारनवीस है।

'लेकिन मैंने वादा किया है कि मैं पीर साईं की औरतों की बाबत नहीं लिखूँगी,' उसने सफ़ाई दी, 'पीर साईं ने मुझे सिर्फ़ मर्दों के बारे में लिखने की इजाज़त दी है।' इस पर मैं पूछ बैठी कि उसने मक़बरे के बारे में क्या समझा है। मैं जानना चाहती थी कि इतना घूमने के बाद उसको समझ कितनी है; मैं यह भी मालूम करना चाहती थी कि इसकी कमी ने मुझे क्या बना दिया है।

गोरी ज़िल्द दमक उठी, 'लोग तुम्हारे शौहर को प्यार करते हैं। यह मैं लोगों के देखने के ढंग से समझ सकती हूँ जिससे वे उसकी झलक पाते ही उसे देखते हैं।' मैंने अपने कान कुरेदे। वह गहरी नहीं लग रही थी।

---

1. हम पढ़े तो नहीं हैं, पर कढ़े ज़रूर हैं

'वे उसकी जानिब इतने आबिद है,' वह डूब गई। मैंने सोचा कि उसने फ़ैसला सुना दिया है और यह समझे बग़ैर मतलब निकाल लिया है कि अनमिट अक़ीदत का ज़ज़्बा हमेशा एक बेरहम तरीके से क़ायम रहता है। क्या वह हमारी आँखों में दहशत को नहीं देख सकी ?

'तुम्हारा शौहर बड़ी ताक़त का मालिक होने के बावजूद इतना विनम्र है। उससे मिलना मेरे लिए इज़्ज़त का बायस है,' उसने ऐलान किया। 'इसके अलावा,' मैंने दरयाफ़्त किया और उसकी तारीफ़ में उसके पास ढेरों अल्फ़ाज़ थे। 'उसके चेहरे पर पाकीज़गी है। वह कितना शांत और पवित्र है। वह करिश्मे करता है। यह बात मैंने उसके बहुत सारे मुरीदों से सुनी है।' और जब उसने यह कहा, 'गुरबत के बीच उतनी शफ़्फ़ाफ़ी का केवल एक माने हो सकता है : वह लोगों को कुछ रूहानी चीज़ मुहैया कराता है,' मैं उसे घूरे बिना न रह पाई।

'बेवकूफ़,' मैंने सोचा।

वह आख़िरकार अंग्रेज़ थी। उसके पुरखों ने मुसलमानों को चालाकी से क़ब्रों की इबादत करनेवालों में तब्दील कर दिया था और खुद ग़ायब हो गए थे। क्या वह इसकी बाबत नहीं जानती ? मैं उसको तोती की कहानी सुनाना चाहती थी पर हिम्मत नहीं पड़ी। मेरे पास इतना कुछ कहने को था लेकिन ख़ामोश थी। इस मलाल में मेरी ज़हनी हालत ख़राब हो गई। मैं सूखी पत्ती की तरह कँपकँपाई और सख़ी बाबा का मातम मनाने के लिए अपनी कुर्सी में गहरे धँस गई; यतीमड़ी के ख़िलाफ़ ईर्ष्या की आग में फिर जलने लगी।

मेरे सिवा किसी और के लिए उसके चले जाने का कोई मानी नहीं था। दुनिया बेवकूफ़ थी और गोरी मेम थी उसकी नुमांयदा। उसने हवा में उड़ने की मेरी ज़रूरत को क़त्ल कर दिया। ताज़िन्दगी उसने मुझे बाहरी दुनिया से काट दिया।

मेरा दिमाग भाँय-भाँय करने लगा, 'तुम यहाँ हमेशा-हमेशा के लिए हो। तुम्हारे जाने को कोई जगह नहीं, देखने को कुछ नहीं, ऐसा कुछ नहीं जिसके सपने देखे जाएँ।' उस ग़लतफ़हमी तक को खो देने के ख़ौफ़ से मैं घबरा उठी, और जैसे अपने पैरों के बीच दौड़नेवाले चूज़ों पर पैर रखने से बचती थी, मैं वैसे ही दुनिया के बारे में सोचने से बचने लगी।

मुझे दुबारा अन्दर लौटना पड़ा, लेकिन अन्दर के सब कुछ से मुझे ऊब होती।

मुझे चाँद के निकलने का सही वक़्त पता था और मैं यह भी सही-सही जानती थी कि सूरज कब डूबता है। मौसमों ने पच्चीस सालों से बाग़ी दरख़्त के साथ रंगों और तबाही के खेल खेले थे। अपने सिर के ऊपर मैं गिन सकती थी कि मेरे ऊपर के आसमान के टुकड़े में कितने बादल समाएँगे। मैं हमेशा से ख़्वाहिश करती रही थी कि इस दरख़्त के हज़ारों दरख़्त बन जाएँ, और ऊपर की खाली

1. विनम्र

जगह किस्म-किस्म के आसमानों से भर जाए, और कि बड़ी दुनिया में उड़ने के लिए मेरे पंख उग आएँ।

पर अब नहीं।

कभी-कभी मुझे महसूस हुआ कि मेरा दिमाग़ ख़राब होता जा रहा है, लेकिन ऐसा तब होता जब मैं किसी सबसे ख़राब चीज़ के बारे में नहीं सोच रही होती। अगर यह ख़ौफ़ मेरे शौहर का नहीं रहता तो मेरे ज़हन का होता। बाबा ने हमेशा कहा था कि यह बेहद सख़्त है, पागल है, यह मुसलसल उठनेवाले सरदर्दों का बायस था; इसको इकट्ठा रखने की कोशिश में मैं उसके इर्द-गिर्द चुन्नी को कसकर बाँधे रखती थी। इसके अन्दर मैं एक ऐसी दुनिया में खोई थी जहाँ समय और सीमा के एहसास का कोई वजूद नहीं था। जहाँ कहानियाँ इतनी तलब थीं कि ख़ुद को सुनने के लिए बीमार पड़ने की दरकार थी। कभी-कभी मुझे महसूस होता कि मैं एक ऐसी नामौजूद गेंद में रिरिया रही और रेंग रही और घूम रही हूँ जिसका कोई वजूद नहीं है। तब मैं उस नामौजूद से भुगत सकती थी।

जिस दुनिया को गोरी मेम ने तबाह कर दिया था, उसकी जगह और कुछ नहीं था। इस खाली को मैंने निकोटिन से भरने की कोशिश की। अपनी पहली पिटाई याद आई जो मुझे तोहफ़े के तौर पर ऐशट्रे पाने पर मिली थी। इतने सालों बाद मैंने ख़ुद को हैरान होते हुए पाया कि उसके लिए मुझे मार क्यों पड़ी थी। घर की अमूमन तमाम औरतें सिगरेट पीती थीं। नौकरानियों के ज़रिए सिगरेटें आसानी से मुहैया हो जाती थीं और वे तम्बाकू को गोल मोड़े हुए काग़ज़ में लपेटकर अपनी बीड़ियाँ बनातीं और जब कभी मौक़ा मिलता पी लेतीं। अब वे मेरी ज़िन्दगी का हिस्सा बन गई थीं। मेरी चोली में एक लाइटर, तम्बाकू की एक छोटी डिब्बी और सुपारी के चंदेक टुकड़ों के साथ पान के लिपटे हुए पत्ते। जैसे ही इनमें से कोई चीज़ कम होती मैं पूरा कर लेती। जल्दी ही ये चीज़ें भी नाकाफ़ी लगने लगीं। वे मुझको खाली से निगले जाते रहने से रोक नहीं पाईं।

मैं परेशान थी उस चीज़ के लिए जो मुझे पागल होने से बचा सके। और इसलिए मैं चील के इर्द-गिर्द मँडराने लगी जो तब से ही अपनी बाँहों को अपने सीने पे बाँधे ख़ामोश खड़ी थी जब से मैंने अपना पहला क़दम हवेली में रखा था। उसके बाद और उससे पहले साल दर साल उसने कुछ नहीं कहा, कुछ नहीं किया और वह कुछ नहीं थी। ऐसा लगता था गोया उसको हमारे ऊपर निगरानी रखने और मालिक को हमारी ग़लतियों के बारे में इत्तला करने के ही मक़सद से बनाया गया है।

मैं उससे पूछना चाहती थी, क्यों ?

मैं उसकी कहानी सुनना चाहती थी, उसके मुँह से एक लफ़्ज़ उसकी अपनी आवाज़ में सुनना चाहती थी।

मैं चाहती थी कि उसकी जुबान फिसले।

मैं जानना चाहती थी कि मक़बरे की बाबत उसने अपने ख़ानदान की क़सम के साथ दग़ा क्यों किया है ? जब मेरी तमाम कोशिशें बेकार हो गईं, मैंने दाई से कहा कि उसके बारे में मुझे कम से कम कुछ तो बताए। उसने मुझे कुछ ऐसा नहीं बताया जो नया हो।

'अपने ख़ानदान की वह पहली मेम्बर थी जिसने मक़बरे के तईं अपनी वफ़ादारी की क़सम खाई थी,' दाई ने कहा, 'पीर साईं इसीलिए उस पर एतबार करता है। यहाँ उसकी मौजूदगी साबित करती है कि गद्दीनशीन इसका अधिकारी है। लेकिन उसने उस वजह की बाबत कभी बात नहीं की जिसने उसे यहाँ पहुँचाया था। उससे कोई कभी मिलने भी नहीं आया। वह एक गहरा कुआँ है, जिससे पीर साईं ही कुछ निकाल सकता है।'

मैं अब भी उलझी हुई थी। मैंने दाई से पूछा, 'वह इस तरह से क्यों रहती है ? क्या उसका कोई दोस्त नहीं है ? क्या उसने शादी नहीं की ?' दाई मेरे ऊपर हँस दी, 'तुमको क्या वह किसी मर्द की बाँहों में झूलती लगती है ?' मैं यह तसव्वुर तक नहीं कर सकती थी। चील में मेरी दिलचस्पी बढ़ गई। उसके फ़ैसले के पीछे कहीं ज़्यादा कुछ होना चाहिए जितना कि यहाँ किसी को पता है। लेकिन उसके इर्द-गिर्द लोहे की ऐसी दीवार थी कि उसमें घुसा नहीं जा सकता था। मैं चल दी।

मैं बेताब थी किसी ऐसी चीज़ के लिए जिसमें मेरी दिलचस्पी पैदा हो सके। मैंने कोशिश की कि अम्मा साईं दुबारा बोलने लगें। मैं उनकी ज़िन्दगी का राज़ जानना चाहती थी, वह राज़ जिन्होंने छोटे साईं की मौत तक जमा होकर उनको पथरा दिया था। लेकिन चील और अम्मा साईं दोनों की ज़ुबान पर ताले लग गए थे।

दरख़्त के तले जमा होनेवाले आगंतुकों को तावीज़ देने का काम अब पीर साईं की बड़ी बहन करने लगी थी। मैं उन्हीं के पास पहुँची। लेकिन उन्होंने कभी शादी तक नहीं की थी। उनकी ज़िन्दगी जिस तरह से शुरू हुई थी, वैसे ही ख़त्म हो जानी थी। मेरी आँखें उन औरतों के चेहरों को तलाश करने लगीं जिनको मैं दसियों सालों से यहाँ देखती रही थी और जो बार-बार वे ही कहानियाँ दोहराती आ रही थीं। कुछ भी तो नहीं बदला।

यहाँ किसी नए इन्सान को पाना नामुमकिन था कि अचानक मुझे बेवा की याद आई। मैंने उसकी कहानी नहीं सुनी थी।

अल्लाह के करम से उसके पास एक थी ?

'मेरा बाप रेलवे स्टेशन पर क़ुली था,' मेरे पैरों के पास बैठते हुए उसने याद किया, 'तब मैं तेरह साल की थी। उसने मुझको एक हज़ार रुपए के लिए

एक क़बीलाई बदमाश के हाथ बेच दिया। उसने मुझे पहाड़ पर एक कमरे में बन्द कर दिया। वह मुझे हर उस किसी को बेचता रहा जो उसे नकदी या माल देता था।'

उसका क़िस्सा दूसरों की तरह का होकर भी जुदा था। आख़िरकार किसी चीज़ में तो मेरी दिलचस्पी पैदा हुई। मेरा परेशान दिमाग़ गोरी मेम से हट गया और मैंने उसे उस बेवा की ओर लगाया जो अपने सीने पर हथेलियाँ रगड़ती थी, गोया इससे वह उन हौलनाक यादों से कुछ राहत पाती थी जिनको दोहराने को मैंने हुक्म दिया था।

'बाद में मैं एक रीछ नाम के आदमी के हाथों बेच दी गई। वह लगता भी जंगली रीछ जैसा ही था। उसने मुझे मुफ़्त में सारे गाँव के लोगों के सामने पेश किया। आखिरकार एक आदमी मिला। रीछ उसका कर्ज़दार था। उसने कुछ दिनों के लिए लिया था और बाद में मुझे मेरे मालिक को लौटाने से इनकार कर दिया।' बेवा रोने लगी लेकिन उसमें दर्द नहीं था। इसे वह पहले ही झेल चुकी थी। वह ही दर्द उसी शिद्दत के साथ सदा नहीं बना रह सकता। वक़्त उसे भरता है। उसकी जगह दूसरे दर्द ले लेते हैं; शायद उसे पीछे भी छोड़ देते हैं। मैं सोच रही थी।

'यह आदमी तमाम दिन खेतों में काम करता और सारी रात अपने बिस्तर में। एक दिन उसने मुझे एक हुक्के के बदले बेच दिया। उसके बाद मेरी क़ीमत घटकर उस गोबर के बराबर रह गई जो मैं जलाया करती और जिससे मैं दीवारें लीपती।' मैं जानना चाहती थी कि उसको अपने सतानेवालों से निजात कैसे मिली। जवाब में उसने उन बुरी रूहों को बद्दुआ और गाली दी, जिन्होंने पैदा होते ही उसे अपने क़ाबू में कर लिया था, और कहा, 'अब तक मैं पूरी तरह से मायूस हो चुकी थी, बीवीजी। तो जब मेरे नए मालिक ने मेरी पीठ पर चार बक्से लादकर, दूसरे गाँव तक मुझे उसके पीछे-पीछे चलने को कहा, मैंने बोझा गिरा दिया और झरने के गिर रहे पानी में कूद पड़ी। तैर कर मैं दूर निकल गई। मैंने छलाँग लगाई और साँस लेने तक को नहीं रुकी, जब तक मैं एक उजाड़ मक़बरे पर नहीं पहुँच गई।'

इस अंजाम पर मायूस होते हुए, मैंने उससे पूछा, 'हमारे मक़बरे पर ?'

अल्लाह का शुक्र है, उसने कहा, 'नहीं। एक दीगर गाँव के उजाड़ मक़बरे पर।'

इस उम्मीद में कि कहानी का कोई आख़िर नहीं होगा, मैंने उससे जारी रहने को कहा, 'कई महीनों तक मैं भिखारियों के बीच उनकी जूठन खाते और उनके साथ सीढ़ियों पर सोते हुए अपने आपको छिपाए रही। एक दिन एक औरत अपने बेटे के लिए एक दुल्हन की दुआ करने आई। करिश्मा हो गया। उसने मुझे पसन्द

कर लिया था।'

'वह कैसा लगता था ? शादी पर तुमने क्या पहना था ? इस मौक़े पर कौन आया था ?' मैं हर बात तफ़सील से जानना चाहती थी। वह मेरे ऊपर हँस दी। 'मैंने सोचा कि यह नेक औरत अल्लाह के यहाँ से मुझे बचाने आई है, लेकिन,' अपना माथा थामकर उसने गहरी साँस ली और मुझे हिला दिया, 'वहाँ कोई दूल्हा नहीं था।'

'दूल्हा नहीं ?' मैंने पूछा। उसने एक तरफ़ फिर दूसरी तरफ़ अपना सिर हिलाया और कहा, 'नहीं, बीवीजी, वहाँ सिर्फ़ औरत थी। जब मैं उस डायन के लिए खाना नहीं पका रही होती या उसके बर्तन नहीं माँज रही होती, वह मुझे ज़ंजीर से बाँधकर रखती और मुझे अजनबी लोगों की बाँहों में क़ैद होने के लिए ही छोड़ती। मैं यह तक नहीं जानती थी कि मेरी कोख में किसका हमल है।'

मैं भौंचक्की थी। मैंने उससे पूछा, 'तब तुम अपने को बेवा क्यों कहती हो। तुम्हारी तो कभी शादी ही नहीं हुई ?' उसने चालाकी से मुस्कराते हुए समझाया, 'यह बाइज़्ज़त है।'

माँ के लिए नहीं, मैंने सोचा। उससे झूठ की उम्मीद करते हुए मैंने बेवा से पूछा, 'कितने मर्द ?' अपने आपको खोजते हुए वह ईमानदार थी, 'शायद उतने जितने एक गाँव में रहते हैं, बीवीजी।' मैं सकते में थी।

बेवा ने अपना ख़ौफ़नाक क़िस्सा जारी रखा, 'गन्ने की तरह चूसकर मुझे फेंक दिया गया। डायन ने मुझे घर से बाहर करना चाहा, लेकिन बड़ी हो रही अपनी दो बेटियों के साथ मैं कहाँ जाती। वह मेरे ऊपर मिट्टी के तेल का कनस्तर उँड़ेल रही थी और जद्दोजहद में वह उसके ऊपर लुढ़क गया। मैंने उसको आग लगा दी। वह जल गई। मैं आज़ाद हो गई।'

मैंने राहत की साँस ली ही थी कि उसने कहा, 'लेकिन नसीब में आज़ादी नहीं लिखी थी बीवीजी। अपनी दो बेटियों को बाँहों में लिये मैं पुलिस से छिप रही थी कि मैं दुबारा रीछ के हत्थे चढ़ गई।' या ख़ुदा ! मैंने सोचा।

बेवा की कहानी रुक गई।

एक दूसरी शुरू हो गई थी।

राजाजी को महारानी से मुहब्बत हो गई थी। पीर साईं ने शादी को अपनी दुआ देने से इन्कार कर दिया। राजाजी ने सबब जानना चाहा। क्या महारानी की शादी किसी से नहीं हो सकती ? जब तक जवाब नहीं मिलता वह छोड़नेवाला नहीं था।

गोरी मेम, बेवा, चील, आग, मेरा फटता सर और पीर साईं का खचाखच भरा हुआ बिस्तर—इन तमाम के ख़यालात रफ़ूचक्कर हो गए। हर चीज़ फ़ुज़ूल लगती थी, सिवा राजाजी के। वह अब तेज़ी से मुझे एक ख़ाली कमरे में ले जा

रहा था। उसने मुझसे बैठ जाने को कहा और दरवाज़ा बन्द कर लिया।

मुझे फ़िक्र लग गई और मैं कूद पड़ी, 'तुम दरवाज़ा बन्द क्यों कर रहे हो ? तुम्हारा बाप दबी-छुपी बातचीत पसन्द नहीं करेगा।' उसने मुझे जबरन बिठा दिया, 'क्या तुम जानती हो कि मेरे बाप ने महाराजा को महारानी से शादी क्यों नहीं करने दी थी ?' मैंने इन्कार में अपना सिर हिलाया। उसने कहा, 'मैं तुमको जल्दी ही बताऊँगा।' इस ख़ानदान के साथ पीर साईं का वास्ता उससे कहीं ज़्यादा था जितना मैं जानती थी। यह जो कुछ भी था अल्लाह से मैंने उसके बाप के गुस्से से अपने बेटे की सलामती की दुआ की। राजाजी की सनक पागलपन में बदल चुकी थी।

गुस्से से पागल होते हुए मेरा शौहर गरजा, 'अपने बाप के फ़ैसले पर सवाल उठानेवाला इस ख़ानदान का यह पहला बेटा है। एक पापी ने अपना सिर उठाया है। वह मेरा वारिस बनने के क़ाबिल नहीं।' मैं अपने शौहर को आगाह करना चाहती थी कि वह मेरे छोटे बेटे के साथ वह न करे जो उसने मेरे बड़े बेटे के साथ किया है। मैं उसे उन पिल्लों की याद दिलाना चाहती थी जिनको उसके बाप ने उससे छुड़वा दिए थे। मैं उससे कहना चाहती थी कि यहाँ किसी को तो ख़ुश होने दो। लेकिन मैं एक लफ़्ज़ भी ज़ुबाँ पर नहीं ला पाई।

उस रात मुझे कमरे से बाहर कर दिया गया और मैं बरामदे में ठिठुरती हुई खड़ी रही। एक घंटा हो गया। मैं समझ नहीं पा रही थी कि उस ख़तरे से कैसे बचा जाए जो ढाई साल से मेरे सिर पर लटक रहा था। वही मौज़ू और दीगर आदमी के साथ हमबिस्तर होने का वही कमीना तक़ाज़ा।

शुरू-शुरू में मैं सोचती थी कि वह दीगर मर्द के साथ सोने की मेरी ख़्वाहिश की निशानियों के लिए मेरा इम्तिहान ले रहा है। मैं अपने शौहर के इरादों पर शक करती थी। मैंने अपनी रज़ामन्दी देने की जुरअत नहीं की। पर अब मैं आगे नामंज़ूर नहीं कर सकती थी। जोखिम दोनों तरफ़ थे। मैंने उससे कई मर्तबा कहा था, 'अल्लाह मुझे मुआफ़ नहीं करेगा, साईं। लेकिन मैं 'नहीं' कभी नहीं कह पाई थी। वह बात मेरे ज़हन में ही दाख़िल नहीं हुई। उसने मेरी रज़ामन्दी माँगी।

अल्लाह की मर्ज़ी थी कि मैं इनकार करूं।

राजाजी को मेरी दुआओं की दरकार थी।

पीर साईं और अल्लाह दो छोरों पर थे; दोनों पर अमल करना मुमकिन नहीं था।

एक और घंटा गुज़रा। उसने मुझे तलब किया। अगले लम्हे को लेकर मैं वैसे ही डरी हुई थी जैसे कोई मौत से डरता है। अल्लाह से मुझे मुआफ़ करने की भीख माँग रही थी। मिन्नत कर रही थी कि कम से कम मेरे गुनाहों की सज़ा वह मेरे बेटे को महफ़ूज न रख कर नहीं दे। मैंने अपने शौहर से कहा, 'साईं,

मैं आपके हुक्म के मुताबिक़ करूँगी।'

उसके ऊपर जो भारी पहाड़ टूट पड़ना चाहिए था, वह नहीं टूटा। वह हिला तक नहीं।

उसकी बग़ल में लेटी हुई मैं अपने मुस्तक़बिल के बारे में सोचती रही। वे किस क़िस्म के लोग होंगे ? इस सवाल का जवाब देते उसे सालों हो गए थे। मैं जानती थी कि वे नौजवान, सदाजवान। मैं जानती थी कि उनको मुझ तक काले बुरक़ों में पीछे के दरवाज़े से होकर ग़ुसलख़ाने से सोने के कमरे में लाया जाएगा।

मेरे शौहर के ऊबने के दिन ख़त्म हो चुके थे। दुनिया की छितरी हुई ग़लतफ़हमी से मैं डर रही थी। इस ख़ौफ़ ने उन दहशतों की शक्ल इख़्तियार कर ली थी जो मेरे चोख़ाने के भीतर उघड़ने वाले थे। राजाजी की ज़िद ने इसमें इज़ाफ़ा कर दिया।

जैसेकि दिन का रात से कोई वास्ता ही नहीं हो, सुबह अपनी चप्पलों को गीली पाकर पीर साईं मुझ पर बरस पड़ा, 'तुमने इसको देखा क्यों नहीं ?' इसका कोई जवाब नहीं हो सकता था। उस चूक की मुझे क्या क़ीमत अदा करनी पड़ेगी ? सामने खड़े इस ख़ौफ़ से अजनबी लोग मेरे ज़हन से उड़ गए।

उस दोपहर को पीर साईं उबलता हुआ और लाल-पीला होता लौटा। वजह फिर राजाजी था। 'मेरे लिए तुमने अगर बेअक्ल गधों की जगह ज़्यादा बेटे पैदा किए होते, मैं उसको मक़बरे से ग़ायब कर देता। लेकिन उसे इस बात का इल्म होना चाहिए कि वह किसकी नाफ़रमानी कर रहा है।'

छोटे साईं का भूत उतर आया। मैं भूल गई कि मुझे उन लोगों की हिमायत करने की इजाज़त नहीं जिनकी वह मुखालफ़त करता है और बोल पड़ी, 'मैं उससे बात करूँगी साईं। इसके ख़िलाफ़ मैं उससे क़सम दिलवाऊँगी। उसको एक बार और मुआफ़ कर दो साईं।' उसने मुझे ऐसे घूर कर देखा गोया मैंने उस पर कोड़ा चला दिया हो। उसकी आवाज़ हिल गई, 'तुम दावा कर रही हो कि मेरे बेटे पर तुम्हारा क़ाबू मुझसे ज़्यादा है और इसको तस्लीम करने की भी ज़ुरअत करती हो ?' मेरे बाल अपनी मुट्ठी में पकड़कर उसने मेरा सिर पीछे की ओर खींचा और मेरी आँखों में घूरते हुए उसने फ़रमाया, 'राजाजी से दूर रहो या उसके दफ़न की तैयारी करो। तुम उसकी मौज़ूदगी में नहीं आओगी। मैं इसकी मुमानअत करता हूँ।'

इस नई मुसीबत ने मुझे आनेवाली रात को भुलवा दिया।

इसकी याद मुझे तब आई जब यह अचानक ही बाढ़ की तरह आ धमकी।

पीर साईं ने मुझे बेडरूम में जाने का हुक्म दिया और ख़ुद चील के साथ पिछले दरवाज़े की ओर बढ़ गया।

मेरी नज़रें अख़बार की एक कटिंग पर पड़ीं, जो उसके पलंग के पास की मेज़ पर रखी थी। पन्ने से गोरी मेम मेरी ओर बेवक़ूफ़ी से खीसें फाड़ रही थी।

पीर साईं की नज़र कैमरे से बच रही थी।

शीर्षक था :

एक ज़िंदा वली। बेआसरों का आसरा। मज़लूमों और मुफ़लिसों का सहारा।

उबकाई आने लगी। काग़ज़ को उलटा कर दिया।

मौत की हद तक डरी हुई। मैं बिस्तर में घुस गई। पता नहीं बचने के लिए या···क़त्ल के लिए।

अपने सिर तक रज़ाई को खींचा और मरे होने का स्वाँग भर लिया।

10

कैसे कैसे हीरो

मुझे एक अजनबी की मौज़ूदगी का अहसास हुआ।

एक बेगाना हाथ मेरी जाँघों पर रेंग रहा था। मैं चीख़ का दम घोंट रही थी और रजाई को कसकर पकड़े थी। पीर साईं ने झटके से इसे उतार फेंका। मैंने अपनी आँखें मूँद लीं। एक और चीख़ का दम घोंट दिया।

मेरे ऊपर एक जिस्म सवार हो गया।

उसकी साँस से ऐसे दाँतों की बदबू आई जिनको कभी साफ़ नहीं किया गया था। उसमें से ऐसी भभक उठ रही थी जैसेकि उसने कभी नहाया न हो।

उसके जिस्म पर बाल बहुत थे और वह पसीने से भीगा था।

वह कड़ुवा था।

उसकी लटों से तेल चू रहा था।

उसके बाल रेशेदार थे।

जुनून जब ठंडा पड़ गया, मुझे पता था कि इसकी बू मेरे साथ हमेशा-हमेशा बनी रहेगी। मुझे न हिलने-डुलने का हुक्म देकर पीर साईं लड़के को बाहर ले गया। पलक झपकते वह लौट आया और मेरे ऊपर झुकते हुए मेरे कान में फुसफुसाया, 'महज़ अठारह साल का था लड़का। वह अपनी जवानी तुम्हारे लिए, मेरे लिए छोड़ गया है।' जब उसने इसे चूस लिया, राक्षस राजाजी को लेकर दुबारा चीख़ने लगा।

मैंने ख़ुद से कहा कि कुछ नहीं हुआ। लेकिन हीरो नम्बर वन की सड़ी हुई बू मेरी ज़िल्द के भीतर तक घुस गई थी। चाहे कितना ही रगड़ो जाती ही नहीं थी। मेरे हाथ उसकी तरह ही पसीजने लगे। गाढ़ी लार ने मेरे ओठ गीले कर दिए और उसका कड़ुवा ज़ायक़ा मेरी जुबान पर अटका रहा। वह मेरी साँस के साथ अन्दर-बाहर जाता। जब सफ़ाई करने के लिए मैंने गुस्ल किया उसके कूल्हे की सड़ाँध हवा में फैल गई। यह लाए चिपकी रही। जब मैं एक ख़याली दुनिया में उड़ गई, तब भी उसकी यह बदबू आती रही।

शहर से एक तवायफ़, प्यारी के तौर पर मेरा परिचय कराया गया था। सच खुलने के दौरान ही मर गया। मेरे शौहर ने मुझसे कहा, 'वह तुम्हें अब कहाँ देख पाएगा।'

हमारे राज़ को उसने लड़कियों को भी नहीं जानने दिया। बस यही एक चीज़ थी जिसमें उसने सिर्फ़ मुझे अपना हिस्सेदार बनाया था। लेकिन शायद नहीं। इसमें उसने चील को भी शरीक किया था।

जो रास्ता मेरे शौहर ने मेरे ऊपर लाद दिया था वो जल्दी ही मेरी गर्दन की फाँसी बन गया। वह मेरे कमज़ोर किरदार से नफ़रत करता और अब उसने मुझे ख़राब ख़ून की रंडी कहना शुरू कर दिया। मेरे बाप के नाम पर एक काला बदनुमा दाग़। तिस पर भी हीरो नम्बर वन की बू दीगर लोगों की भारी बूओं में मिलकर मेरी हड्डियों के भीतर तक गहरी समाती रही। मालिक को ख़ुश करने के लिए मैं अनजान बाँहों में गिरती उठती रही।

'लाल ड्रेस पहनो' शौहर ने हुक्म दिया, और बिस्तर पर पसरे पड़े एक कीड़े के लिए मैं एक चुड़ैल बनकर निकली। वह व्हिस्की से गुरेज करता पर उसे मेरे हाथ में देखकर मतवाला हो जाता था।

उसकी पकड़ बहुत बारीक थी।

दूसरी ओर, अपने अहसास को धुँधला करने के लिए मैंने तीसरा गिलास भरा और लुढ़क गई। जब होश आया मैं कमरे के एक कोने में पड़ी थी। पीर साईं बिस्तर पर सोया था।

क्या हुआ था ?

मुझे याद आया कि एक काले लड़के के साथ चील ड्रेसिंग रूम से होकर घुसी थी। मुझे याद आया कि जब वो जानवर मेरी तरफ़ बढ़ा, मैं फ़र्श पर गिर गई। मैंने पीर साईं को चीख़ते हुए सुना, 'उठो, नहीं तो मैं तुम्हारी गर्दन तोड़ दूँगा।'

'रात को तुमने बहुत पी ली थी,' उसने कहा। उसके लहजे पर मुझे ताज्जुब था। वह कुछ बड़बड़ाया। मैंने सोचा कि उसने कहा है, 'दूध पियो।'

मैं किनारे पर थी। उम्मीद कर रही थी कि वह मुझ पर टूट पड़ेगा। उसने ऐसा कुछ नहीं किया।

उस रात जब मैं अलमारी में ताली लगा रही थी, उसने फरमाया, 'रुको !'

कितना सही निशाना था। काँपते हुए घुटनों से मैं मुड़ गई।

तलब को दबाना पागल बना रहा था।

जादुई ख़ुराक और व्हिस्की के बग़ैर, हकीक़त मेरे बेलिबास जिस्म की तरह ही नंगी हो गई थी।

हीरो नम्बर पाँच। मौसम की मारी चमड़ी उस माहौल की नुमाइंदगी करती थी जहाँ से वह आया था। मरी हुई खाल की परतें, गाँठें और मस्से, गिल्टियाँ और सूजन और उपेक्षा की एक पूरी ज़िन्दगी मेरे ऊपर चढ़ बैठी। मेरे जिस्म का हर सूराख घिघियाने लगा।

मैं लहसुन और प्याज से भरी पड़ी उसकी साँसों को निगल रही थी जबकि

उसकी सख़्त और गन्दी एड़ियाँ मेरी रेशमी ज़िल्द को ऐसे खुरच रही थीं जैसे नए-नए ज़ख़्म पर चटकी हुई राख। मेरी नज़रें उसके पैर के अँगूठे के बढ़े हुए नाखून पर ठहर गईं। चटका, टूटा और गन्दा, यह और बड़ा हुआ और मेरे दिमाग़ में भर गया। वह उछलता-कूदता और नोचता-खसोटता रहा। इस दहशत के बीच भी एक अजीबो-ग़रीब बात मेरे दिमाग़ में आई। कौन से क़ानून में इस बात की मुनाही है कि जब कोई अजनबी मेरे ऊपर चढ़ा है, तब मेरा बेटा मुझे नहीं देख सकता।

पीर साईं हमारी फ़िल्म बना रहा था।

वह हमारे ऊपर और चारों ओर झुक रहा था।

कभी हमारे ऊपर कभी हमारे नीचे।

वह ताल दे रहा था, हिदायतें कर रहा था, गुस्सा हो रहा, अपने फ़रमानों को दोहरा रहा और हमारे जिस्मों को इधर-उधर कर रहा था। वह हर उस ढंग से जबरन वो सब कुछ करा रहा था जिसके बारे में कभी सोचा भी जा सकता था।

फुआरे के ठंडे पानी ने मेरे जलते हुए जिस्म को दहकते हुए कोयलों की तरह भभका दिया। राक्षस के साथ क्या इसी इक़रारनामों को अल्लाह ने पाकीज़गी बख़्शी थी ? मैं सोच रही थी, रो रही और अपने नसीब को कोस रही थी। ख़ुदा ने क्या मुझे शैतान के साथ बाँध दिया था ?

मेरी नियति क्या थी ?

एक रात में पीर साईं ने दो लड़कियों को लेकर फ़िल्म बनाई। मुझे उबकाई आ गई क्योंकि मैं संतुलित थी। मैंने दो इन्सानों को सुअरों के गढ़े में खिलवाड़ करते देखा और तन्दूर में गोश्त पकते महसूस किया। मैं गन्दे नाली की तली में गिर गई। चलते रहने के लिए मैंने अपनी तमाम ताक़त खींच ली। आखिरकार जब वह महीने भर हर मुमकिन तरीक़े से हमारी फिल्में बना चुका, कैमरा रख दिया गया और टेलीविज़न बन्द।

आखिरकार राजाजी ने मुझे कुएँ के पीछे पकड़ ही लिया और सचाई जानने की ज़िद की।

'मेरा बाप किस हद तक कमीनगी कर सकता है ?' उसने सीधे पूछा। उसके अल्फ़ाज़ से ख़तरा क़रीब होने का इशारा मिल रहा था। मैं कई वजह से ख़ामोश थी।

'तुम्हें सोचने के लिए वक़्त की ज़रूरत नहीं, अम्मा। तुम जानती हो।'

ज़ोर 'जानती हो' लफ़्ज़ पर था और मेरी नसों पर। मैंने अपने बेटे के सवाल पर गहराई से सोचा लेकिन जवाब देने से पीछे हट गई। यकायक तमाम हीरो मेरी आँखों के आगे आ गए और अपने शौहर की असली शक्ल खुलासा करने की मेरी ज़ोरदार ख़्वाहिश मुझसे कहलाना चाहती थी, 'तुम्हारा बाप शैतान का काम

कर सकता है।' लेकिन मैं चुप रही। इसके बजाए अपने बेटे से मैंने इसरार किया वह ऐसा कुछ न करे जिससे मालिक नाख़ुश हो।

'वह तुम्हारा खोपड़ा चटका देगा और भेजे का कीमा बना डालेगा ताकि तुम उसी तरह से सुन्न होकर मारे-मारे फिरो जैसे तुम्हारा भाई फिरा था,' मैंने उसको आगाह किया। जब राजाजी चला गया, आनेवाले ख़तरे का ख़याल मेरे ज़हन में अटका रहा।

मैंने अल्लाह से भीख माँगी और रोई। वह मुझे अपने इतने क़रीब महसूस हुआ कि मैंने पूछा, 'तुम इतने दूर क्यों लगते हो कि लोग इन्सानों की क़ब्रों की जानिब मुड़ जाते हैं ? चूँकि उनके अपने दोज़ख़ के बरख़िलाफ़ मक़बरे की रूहें मेरी इमदाद नहीं करेंगी, मेरे पास वो रास्ता भी नहीं है। मेरी दुआओं का जवाब तू ख़ुद दे, अल्लाह। अभी दे।'

ज़ाहिरा तौर पर पीर साईं पर अल्लाह का कोई क़ाबू नहीं था। इस असलीयत के बावजूद कि उसे अल्लाह का दूत माना जाता है, मैं हैरान होती कि ख़ुदा ने उसको अपने नाम का बेजा इस्तेमाल करने की इजाज़त क्यों दी। आम इन्सान तक अपने नाम का ग़लत इस्तेमाल करने की इजाज़त नहीं देते। मैं लाख कोशिश करती पर सोच नहीं पाती कि अल्लाह ज़ालिमों को बनाए क्यों रखता है, उनकी हिफ़ाज़त क्यों करता है।

दाई ने एक बयान दिया, जो मेरे सवाल का जवाब हो सकता था। उसने कहा, 'चूँकि कर्बला के ज़ालिम यज़ीद को कभी सरदर्द तक नहीं हुआ था, लोगों का यक़ीन था कि उस पर अल्लाह का करम है। लेकिन यह ग़लत सोच था। असलीयत में अल्लाह ने उसको पूरी तरह से छोड़ दिया था। वह उससे कोई वास्ता नहीं रखना चाहता था।'

जब मैंने उससे पूछा, 'ज़ालिमों को वह इतनी ताक़त क्यों देता है कि वे उन पर सितम ढा सकें जिनसे वह मुहब्बत करता है ?'

दाई ने कहा, 'क़यामत वाक़े होने से पहले का यह बिलकुल सही पैमाना है, जब ताक़तवर का फ़ैसला इस बात से किया जाएगा कि कमज़ोरों के साथ उनका सलूक क्या था।'

मुझे विश्वास नहीं हुआ और दोबारा सोचने लगी कि क्या मेरी मुसीबतें अल्लाह के फ़ज़्ल से हैं या पीर साईं की खुशहाली है ? या यह सब कुछ बिलावजह हो रहा है ?

मज़हबी मस्ले मेरे ज़हन में घने हो गए।

मैं कहाँ जा सकती हूँ ?

अल्लाह की जानिब ?

अल्लाह के दरवाज़े भी बन्द थे। ख़ुदक़ुशी की इजाज़त नहीं थी।

जिस शिद्दत के साथ मैंने रहम की भीख माँगी थी उससे मुझे सातवें आसमान तक पहुँच जाना चाहिए था। लेकिन उसने नहीं सुना। मैं दुआ करती रही और यहाँ तक करती रही कि मैं परवरदिगार की ख़ामोशी से दूर हो गई। जो अल्लाह हर जगह मौजूद था, वो यकायक कहीं नहीं था। मैंने सोचा ख़ुदा नहीं है। तमाम दुनिया गोरी मेम की तरह ही धोखे में है, मैंने नतीजा निकाला।

उस रात मैंने अपना लाल लिबास इस्लाम से आज़ाद होकर बदला। अल्लाह एक नैतिक रुकावट थी। मज़हबी जुर्म का अहसास एक ब्लैकमेल था। ख़ुदा नहीं तो अज़ाब नहीं।

अल्लाह ने मेरे ख़िलाफ़ ज़ुल्मों को नहीं रोका था, या वो रोकेगा नहीं या रोक नहीं सकता था। तब यह साफ़ था कि कम से कम मेरे लिए तो वो वहाँ नहीं था। अब मैं जवानों पर झपट्टा मार सकती थी और अपने आपको क़यामत के दिन तक बरक़रार रख सकती थी। तब ही अल्लाह नमूदार हो सकता है। गोकि मेरे मुताबिक़ वह शायद तब भी नहीं होगा।

मैं सही में किसी भी हीरो का साथ नहीं बन पाई। अपने ऊपर चलनेवाले हर हाथ के साथ मैं एक मशीन की तरह हरकत करती रही। पर छह नम्बर का हीरो भौचक्का हो गया। मैं जवाब दे रही थी।

पीर साईं फड़कने लगा। अपनी जीभ को पागल कुत्ते की तरह निकाले हुए वह मेरे ऊपर झुका। अब न तो मुझे बू से कोई परेशानी थी और न पसीने से मैं घिघियाने ही लगती। और लार ? मैंने उसे बस चाट लिया।

जब मेरे शौहर ने पूछा, 'अब जबकि तुम्हें फ़र्क़ पता है, तुम किस किस्म का मर्द पसन्द करती हो,' मैंने होशियारी से जवाब दिया, 'जिसमें बदबू न आती हो, साईं।' उसके बाद मैं मीठे तेज़ाब से सराबोर पाउडर के साथ मिली अलस्सुबह के सड़ाँध भरे मुँहों की बदबू सूँघने लगी। इनसे हवा साँस लेने के क़ाबिल नहीं रहती थी। पीर साईं ने उन सबको गालियाँ दीं, 'मैं उनको दुरुस्त कर दूँगा ताकि वे नहाने का मतलब कभी नहीं भूलें।' जब अगले दो हीरो में से साबुन की बू आई, मैं सोचने लगी कि मेरे शौहर ने कैसे सज़ा दी होगी।

पहले सात हीरो के बाद उनमें फ़र्क़ नहीं रहा। उनके इतने चक्कर लगे कि मैं उनको अलग-अलग पहचान नहीं सकती थी। जब मेरा शौहर लड़कों से आगे बढ़ गया, वह उनके बजाय उनकी फ़िल्में देखता। जब वे उसको उबाने लगे, वह बेवा की दोनों लड़कियों को ले आया। जब वह दो लड़कियों के साथ हमबिस्तर होने के अजूबे से उकता गया, उसकी दिलजोई करने में मुझे घंटों मेहनत करनी पड़ती। जब सब कुछ नाकाम हो गया, यतीमड़ी कामयाब हो गई।

उसी बीच वज़ीरे आज़म ने पीर साईं के पास अपना एक जाँचा-परखा भरोसेमन्द आदमी भेजा और वह फ़ौरन ही राजधानी रवाना हो गया। लेकिन दो

दिन बाद ही वह नए-नए कपड़ों और अजीबो-ग़रीब चीज़ों से लदा हुआ लौट आया जिनसे मुझे शर्म आ गई। उसने मुझे सूटकेस से कुछ फ़िल्में निकालकर लाने का हुक्म दिया जो हमारी ज़िन्दगी भर के लिए काफ़ी थीं।

'मक़बरे से एक गलियारा गेस्ट हाउस को जाता है,' उसने ऐलान किया, 'आज रात तुम मेरे साथ वहाँ चलोगी।' बाहर निकलने के महज़ ख़याल से मैं इतनी उत्तेजित थी कि कारण जानना बेमानी था।

अफ़सोस कि बाहर क़दम रखने का कोई मतलब नहीं निकला। चील की मौजूदगी, मेरे शौहर का साथ, गुफा की तारीकी और मेरे बुरके के दो छोटे जालीदार सूराख़—मैं कुछ नहीं देख पाई। वहाँ पहुँचने तक मैंने पाँच सौ बासठ कदम गिने।

हम एक कमरे से गुजरे जिसमें नीचे बारीक़ी से बुना हुआ एक कालीन था और ऊपर काँच का फ़ानूस। दूसरे दरवाज़े से गुज़रने से पेश्तर पीर साईं ने मुझसे मेरा बुरक़ा उतारने को कहा। एक मुड़ी हुई मूँछों वाला मोटा आदमी जैसे ही पलंग से कूदा, मैंने अपनी साँस थाम ली। मेरे शौहर से बुलन्द आवाज़ में यह कहते हुए वह मेरी ओर बढ़ा, 'साईं बादशाह ! तुम्हारा जवाब नहीं ! क्या खोज के लाए हो ! क्या कमयाब हीरा है !' उसकी बालदार लम्बी बाँह केंकड़े की तरह मेरी कमर के इर्द-गिर्द चिपक गई। वह मेरी गर्दन के चारों ओर मँडराने और उसे गन्दा करने लगा। नशे में डूबी उसकी आँखें ऊपर चढ़ गईं। वह बुदबुदाने लगा, 'मालिक ने तुम्हें कहाँ से खोज निकाला मेरे हीरे ? ज़िन्दगी भर तुम कहाँ थीं ?' उसके दोस्त के चर्बी चढ़े ओठों से ज़्यादा कोफ़्त मुझे अपने शौहर के ठहाकों से हो रही थी।

वह जागीरदार था।

एक आदमी जिसे एक राजा जैसी इज़्ज़त हासिल थी।

ये अवाम के सरपरस्त थे। ये अपने पात्रों को पूजा समझते थे। ये मेरे बुरके की आड़ में अपने पाप छिपा रहे थे। इससे उनको मेरा तआरुफ़ शहर से आई हुई रंडी के तौर पर कराने की इजाज़त मिल गई थी। पीर की इज़्ज़तदार बीवी पर कभी किसी की निगाहें नहीं पड़ी थीं।

जागीरदार की मोटी उँगलियाँ मेरे उरियाँ जिस्म पर काले चूहों की तरह दौड़ रही थीं और मेरा दिमाग़ परदे के ख़याल में डूबा था। उसके पीछे से इमदाद की किसी भी पुकार को नहीं सुना जा सकता था। एक लावारिस जात को गुनाहों की दुनिया में बन्द कर दिया गया। हर नाजायज़ हरकत इस कफ़न के दरपर्दा होती। जब यह नहीं रहता तो नुमायाँ होती एक औरत—बेनाम, बेशक्ल।

जागीरदार के मोटे-मोटे ओठ मेरे कानों को हर तरफ़ से चाट रहे थे और मैं अन्दर-अन्दर चीख़-पुकार रही थी, 'सुअर के बच्चे ज़रा जानो तो मैं कौन हूँ। देखो तो मैं क्या हूँ ?'

गोश्त के उस थुलथुल प्रहाड़ के मैं कभी ऊपर कभी नीचे हो रही थी और सोच रही थी कि परदा महज़ मर्दों के पापों को ढँकता है। परदा ख़राब लोगों के लिए लाइसेंस बन गया है। मुझे कई मन गोश्त ने दबा रखा था और मुझे उन बहुत सारी औरतों का ख़याल आया जो ऐसे ही जुर्मों के नीचे दफ़्न थीं। अन्दरूनी तौर पर मैं जागीरदार को मुखातिब करके चीख़ उठी, 'अपनी आँखें खोलो बेवकूफ़ ! मैं मालिक की बीवी हूँ। उसके बच्चों की माँ हूँ। मैं काफ़ी नंगी हूँ। मुझे पहचान लो।'

मैं सोच रही थी कि ज़हनी तौर पर मैं मर चुकी हूँ कि एक दिन अचानक मेरे शौहर ने कहा, 'पीना दुबारा शुरू हो सकता है।' मुझे जो राहत मिली उसका बयान नहीं किया जा सकता था। उसने यह भी ऐलान किया कि उस रात दारुल हुकूमत से कुछ दोस्त आ रहे हैं। वह तफ़रीह की बात कर रहा था। वह उनको अहमियत दे रहा था। और मैं वाक़िफ़ थी कि वह अहमियत सेक्स से ताल्लुक़ रखनेवाले मुआमलों को ही देता है।

सुरमे ने मेरी चमकती हुई आँखों को छिपाने में मदद की।

पाउडर मेरी दरार में चटकने लगा।

काली नाइटी इतनी झीनी थी कि इससे कोई मकसद पूरा नहीं होता था।

सुर्ख लिपस्टिक, पेंसिल से बनाई गई भौंहें, तेज़ ख़ुशबू—मैंने क़ानूनी तवायफ़ की शख़्सियत ओढ़ ली।

दोबारा मैं उसी छत के नीचे थी जहाँ मैं जागीरदार के साथ थी। मेरा शौहर मुझे शानदार ड्राइंग रूम में इन्तज़ार करने को छोड़ गया था पर उसकी मुश्क की भारी खुराक हावी हो रही और फ़ज़ा में बदबू छोड़ रही थी। मैंने काँच के फ़ानूस को देखा और खुद को हज़ारों तवायफ़ों में बदलते पाया। पीर साईं दो अजनबियों के साथ दाखिल हुआ। मैंने अपनी साँस रोक ली।

बैल जैसा एक आदमी सीधे मेरी ओर बढ़ा। उसने मुझे पकड़ लिया और मैं अमूमन बेहोश हो गई। 'बोलो कि तुम मेरी हो। कहो कि तुम सिर्फ़ मेरे साथ होना चाहती हो। ठीक है ना मेरी हसीना ?' उसने लार टपकाते हुए कहा। जब उसने छोड़ा, मैंने ग़ौर किया कि दूसरा आदमी बेहद ख़ूबसूरत था। जब पीर साईं ने मुझे प्यारी कह कर बुलाया और अपने दोस्तों को ख़ुश करने की हिदायत दी वह मेरी ओर नज़रें गड़ाकर देख रहा था।

'मैंने इनसे गारंटी की है कि तुम मुर्दों तक में जान फूँक सकती हो,' उसने ज़ोर से हँसते हुए कहा।

मैं उस आदमी की ओर बढ़ी जो मुझे इतनी गहराई से देख रहा था लेकिन वह कड़ा हो गया और मुझे ख़ुद से दूर धकेल दिया। मेरे शौहर ने मुझे तलब किया। बेहोशी की हालत में मैं उसकी ओर लड़खड़ाती हुई गई और अपने कानों

में उसकी गर्म साँसों को महसूस किया। वह फुसफुसाया, 'अब शुरू करो।'

टेपरिकार्डर पर एक कामोत्तेजक गाना बजने लगा। मैं कमरे के बीचोंबीच पहुँची और संगीत की लय पर अपने गहने उतारती गई।

मेरा शौहर मुजरे के बादशाह की तरह देख रहा था।

मैं सोच रही थी कि उसने अल्लाह के निन्नायवे नामों से कढ़ी चादर क्यों नहीं ओढ़ रखी है, और मैंने अपना झीना परदा भी हटा दिया।

बैल पागलपन की हद तक जोशीला हो गया। उसने एक के बाद एक करके व्हिस्की के गिलास हलक से उतार लिये। बेहूदी आवाज़ें निकालने लगा और मेरी जानिब जोर-जोर से हवा में बोसे फेंकने लगा। जो मैं होना चाहती थी, एक परिन्दे की तरह अपनी बाँहों को झुलाते हुए मैंने कमरे के चक्कर पर चक्कर लगाए और मैं लौट पड़ी आदमियों के रूबरू होने के लिए, दुबारा।

मेरे शौहर के हाथ ने अपनी तोंद पर घेरा बनाया।

मैं नाचते हुए कमरे का चक्कर लगाती रही। उसके हाथ ने घूमना बन्द कर दिया। मैं अब रुक सकती थी।

अगले सीन में मैं यहाँ-वहाँ गिर रही थी; आगे और पीछे झुककर मेहराब बना रही थी। फिर मैं पीठ के बल सीधी लेट गई। जब मैं उठी, मैंने देखा कि ख़ूबसूरत आदमी टकटकी लगाए देख रहा था। मेरी आँखों ने उसकी आँखों में घुस जाने की कोशिश की।

उसने मोड़ लीं।

अश्लील ढंग से फ़र्श पर मैंने ख़ुद को उसकी ओर धकेला और अपने पैरों से उसकी टाँग को छुआ।

उसने टांग हटा ली।

हैरान थी, आखिर क्यों ? एक के बाद एक फ़हश हरकतों के दौरान मैंने उसको तलाशने की कोशिश की, कि यकायक मेरे तमाम जिस्म में बिजली का करेंट दौड़ गया। मैंने अपने आपको समेट लिया।

मेरे दिल की धड़कनें बेहद तेज़ हो गईं।

पीर साईं ने अपने दोस्त के इस अजीबो-ग़रीब अमल पर यक़ीनन ग़ौर किया होगा। उसने मुझे सिमटते देखा और उँगली के इशारे से मुझे बुलाया। मैं ख़ौफ़ज़दा होकर उसकी ओर मुड़ी और अपने जिस्म को फ़र्श पर घिसटाती हुई उसके पास पहुँची।

मैंने ख़ूबसूरत आदमी की नज़रों से अपनी पीठ को जलता हुआ महसूस किया।

मेरे शौहर ने फुसफुसाकर नई हिदायतें दीं.। पीर साईं की दहशत और घूरनेवाले आदमी की हया के बीच फँसी हुई मैं बैल को रिझाने की कोशिश में

लग गई। मेरी रूह छटपटाने लगी।

वह मेरे ऊपर चढ़ा था। कह रहा था, 'तुम सबसे अच्छी हो,' और मज़हबी रहनुमा ने ईश्वरीय भविष्यवाणी की, 'यह माल तुम्हें जन्नत में ही नसीब होगा मेरे दोस्त।'

ख़ूबसूरत आदमी चला गया।

मेरे चारों ओर गन्दी आवाज़ें थीं और मेरे अन्दर था तूफ़ान।

बाद में बैल ने जब मुझे पैसे देने की पेशकश की, मैंने अपना हाथ खींच लिया। मेरे गालों की चुटकी लेते हुए मेरी हथेली में उसने नोटों का पुलिन्दा ठूँसने की कोशिश की। वह बहकाने लगा, 'मैं यह पीर की इजाज़त के बग़ैर कभी नहीं देता प्यारी। यह इनूआम तुम्हारी जन्नत की तरह खिदमत का है।'

हवेली लौटते वक़्त मैं अपने क़दम नहीं गिन सकी। इस बार मैं किसी चीज़ पर ध्यान न लगा सकी। चील तक पर नहीं जो अपनी आँखों में बिना कोई सवाल लिये पिछले दरवाज़े की बगल में खड़ी थी।

पीर साईं गहरी नींद में खुर्राटे ले रहा था। जब सचाई की भोर फूटी थी मैंने इसको अपने दिल की गहराइयों में सिल दिया था। अब मैं इसे बाहर ले आई। ख़ूबसूरत आदमी की शक्ल चाँदी के भाई की थी।

राँझा की।

बालों में सफेदी आने और चेहरा ज़्यादा अक्लमन्द दिखने के अलावा वह ठीक वैसा ही था जैसा कि मेरे ज़हन में छपा उसका फोटो। हवेली के दरवाज़े खुल चुके थे। मैं बिना किसी ख़ौफ़ या होशियारी के उसकी बाँहों में चली गई। अगर उसकी ख़्वाहिश होती हम तमाम रात यूँ ही मिले रह सकते थे।

लेकिन इश्क़िया दास्तान मुड़-तुड़कर यक़ीन के दायरे से बाहर हो गई थी।

तस्वीर एक हौलनाक ख़्वाब बन गई।

वह एक तवायफ़ से मिला था।

उसने मुझे पहचान लिया था। मैं वह औरत थी जिससे वह शादी कर सकता था। वह मेरी पहचान जानता था। इतने साल पहले की बस एक नज़र और पर्दा ग़ायब हो गया। मुहर टूट गई। सच सामने आ गया।

एक ज़ख़्म खुल गया था।

बदआमाली ज़ाहिर थी। लेकिन मैं उस अशोभनीय हरकतों की सफाई कैसे दे पाऊँगी जबकि वहाँ ख़ौफ़ या दबाव के ज़ाहिरा में कोई निशान मौजूद नहीं थे ?

मुझे ताज़्ज़ुब हो रहा था कि दुनिया भर के तमाम लोगों में राँझा को ही क्यों आना था। उससे मुलाक़ात करने के मैंने तमाम नामुमकिन रास्तों के बारे में ख़याल किया, गोकि मैं वाक़िफ़ थी कि अकेला रास्ता एक और आमज़िना है पीर साईं की नज़रों के सामने। इसने ख़्वाहिश को रफ़ूचक्कर कर दिया।

मुझे उम्मीद थी वह दुबारा आएगा।

मैं उम्मीद कर रही थी वह नहीं आएगा।

उसकी आँखों में दिखे अपने अक्स ने मुझे मरने नहीं दिया। मेरा ज़हन मुझे हथियार डालने को उकसा रहा था। मेरी रूह पीछा नहीं छोड़ रही थी। मरने या जीने से ज़्यादा ज़रूरत मुझे राँझा से मिलने की थी।

'मुझे क्या करना चाहिए ? मैं क्या कर सकती हूँ ?' यह बात मेरे ज़हन में घुमड़ती रही।

एक बूढ़ा औरत की तरह मैं हर बुलावे से बहरी हो गई। मेरे दिमाग़ में कोई दूसरा ख़याल ही नहीं था। हर चीज़ सीधे तौर पर उसी ख़ौफ़ की ओर ले जाती। दो माह गुज़र गए। हर बन्द जगह से दहशत होने लगी। यह मेरी बीमारी बन गई। खुले आँगन में भी मुझे साँस नहीं आती, गला घुटने लगता, और हवा के लिए मैं हाँफने लगती, गला घरघराहट की आवाज़ें निकालता। डॉक्टरों ने इसे दमा बताया।

हर रात की खुराक मुझे थोड़ी देर के लिए हरकत में ले आती लेकिन बाद में मैं रबड़ की गुड़िया की तरह लँगड़ाने लगती। लस्त होकर पीर साईं सो गया। मैं जागती रही। राँझा और हवस के दरमियान मुहब्बत के बारे में सोचती रही।

यक़ीनी तौर पर बुराई इतनी बड़ी नहीं हो सकती।

यकायक, मुझे अल्लाह की ज़रूरत पेश आई।

मैं अपने पापों पर, अपने से अल्लाह के दूर जाने पर लरज़ उठी। कोई इन्सान मेरी मदद नहीं कर सकता था। मेरी ज़िन्दगी में बस अल्लाह ही कोई करिश्मा कर सकता था।

अल्लाहो अकबर ? मैंने उसे छोड़ दिया था क्योंकि उसने मुझे छोड़ दिया था।

वह वापस लौट आया।

लेकिन मैं उसको यहाँ कैसे खुश कर सकती थी, जहाँ अच्छा होना महज़ एक ख़्वाइश ही हो सकती थी ? क्या अज़ाब से बचने का कोई रास्ता नहीं।

अल्लाह खींच रहा था।

पीर साईं खींच रहा था।

पीर साईं ज़्यादा ताक़तवर था।

लेकिन राँझा मुझे सिर्फ़ अल्लाह दे सकता था।

मुझे सिर्फ़ उसकी ज़रूरत थी।

आज़ादी के लिए मैंने दूसरे रास्तों की बाबत सोचा। क्या मैं भाग सकती हूँ ? लेकिन कहाँ ? माँ के घर ? वह मुझे नहीं रखेगी। कहीं और, तब ? मालिक मुझे पकड़ लेगा। मेरे नसीब में हीरो लोगों के साथ क्या एक रात और थी ?

अल्लाह मुझे माफ़ नहीं करेगा। अल्लाह मेरी मदद नहीं करेगा।

राँझा मुझे नहीं चाहेगा।

अल्लाह की वापसी से सिर्फ़ यह हुआ कि मेरा गुस्सा ठंडा पड़ने लगा और पीर साईं गुर्राने लगा। जुर्म के अहसास में फँस गई। अब मैंने उसके बरखिलाफ़ महसूस किया जो ख़ुदाई नामौजूदगी ने मुझे कराया था। हर दिन मैं अल्लाह की ओर मुड़ती, हर रात शैतान मुझे चूसकर अपने गुनाहों के बिल में खींच लेता।

'तुम बुढ़िया हो गई हो,' मेरे शौहर ने मेरे ऊपर ताना कसा और मैंने अपने दिल में पूछा कि जवानी के उन तमाम नुस्ख़ों का क्या हुआ।

चूल्हे के सामने उकड़ूँ बैठी मैं, हर बादाम को चखती, दीगर चीज़ों को मापती हुई उसके लिए ठंडाई बनाने पर तवज्जो दे रही थी कि मेरी निगाह दो मकड़ियों पर पड़ी जो फ़र्श पर मिल रही थीं। मैंने उन पर गुप्पी जैसी कुरेद से ग़ौर किया। पीर साईं के सुख के लिए कीड़ों के जोड़ों को जमा करने के ख़याल से मैं खिलखिला पड़ी, गोकि मैं चीख़ने लग गई थी।

अपने साथी के नीचे से जैसे-तैसे निकलकर मकड़ी भाग खड़ी हुई। अचानक वो मुड़ी, दुबारा हमला किया और डंक मारकर अपने साथी को ख़त्म कर दिया, जिसे इसका शुबाह तक नहीं था। जब इसका शिकार उलटा हो गया, काली बेवा मकड़ी अपने सौ पैरों से भाग खड़ी हुई।

इसके साथ मेरा दिमाग भी भागने लगा।

छोटे साईं की बरअक्स मेरा छोटा बेटा तीन-तिकड़म करके अपने बाप की बगल में लौट आया। उसने महारानी से ब्याह करने की अपनी ज़िद छोड़ दी। कोई दूसरा वारिस नहीं था सिर्फ़ इसीलिए पीर साईं ने उसकी पिछली नाफ़रमानी को नज़रअन्दाज़ कर दिया। उसने हमारे ऊपर आयद सज़ा भी वापस ले ली और हमको मिलने की इजाज़त दुबारा मिल गई। मेरा बेटा बड़ा लगने लगा था लेकिन अक्ल से नहीं। वह अपने बाप से बेहद मेल खाता था लेकिन उसमें बाप जैसा ठंडापन नहीं था। ऐसा शायद आत्मविश्वास की कमी की वजह से था।

'क्या अब तुम्हें सुकून नहीं कि तुमने अपने बाप की तरफ़दारी हासिल कर ली है ?' मैंने उससे पूछा।

'उसको ख़ुश रखने में क्या तुमको सुकून मिलता है ?' जवाब में उसने यह सवाल जड़ दिया।

मेरे पास इसका कोई जवाब नहीं था।

मैंने शादी की सलाह दी, 'बीवी तुम्हें आसूदा कर देगी और खेलने के लिए मुझे पोते-पोतियाँ मिल जाएँगे।'

वह तंज़भरे अन्दाज़ में हँसा, 'जब तक वह ज़िन्दा है, तुम खेल नहीं सकती हो, माँ।'

पीर साईं की मौत की बात कभी मेरे ज़हन में आई ही नहीं थी। अब मुझे लगा कि यह इसके इम्कान हैं। राजाजी ने इस तरह की बात की है। मकड़े की मौत एक सायत थी। एक दरवाज़ा खुला था। रोशनी दाखिल हुई थी। मैं जितना राँझा के बारे में सोचती, रोशनी उतनी ही ज़्यादा नज़र आती।

जब मेरे शौहर को चक्कर-से आये, उसने राजाजी से कहा, 'जब मैं सोता होता हूँ तब भी मेरे तलवों से मेरी ताकत निकल जाती है।' जल्दी ही अपने को रोजमर्रा के कामकाज से अलग करके वह आराम करने लगा।

मैंने अल्लाह से दुआ की कि वह कभी बिस्तर से न उठे।

मेरे बेटे और मैंने उसकी मौत का ख़याल किया था, लेकिन पीर साईं के हकीम ने उसको ख़ारिज कर दिया। उसने पिसे हुए मोतियों और हीरों की भस्म तैयार की और मेरा शौहर मानो मरे से उठ खड़ा हुआ। मक़बरे में वह अपने कामकाज करने लगा। उसकी रातें ऊँची एड़ी की सैंडिलों में हिचकिचाती लड़कियों और गुसलखाने के दरवाज़े से चील के पीछे आते बुर्का पहने आदमियों से दुबारा भर गईं।

जब मैंने कुश्ता के बारे में राजाजी को बताया, उसने कहा, 'वो उसको यक़ीनन मार डालेगा।' अपने-अपने दिलों में हम दोनों जानते थे कि राक्षस पर कुदरती मौत हावी नहीं हो सकती।

फ़ुहारे के नीचे मैंने अल्लाह से जोर से चीख़कर कहा, 'मेरी दुआ मंजूर कर अल्लाह जैसे कि तुमने उस लड़की की थी जिसका दूल्हा उस तक पहुँचने से पहले ही डूब गया था।' लड़की बारह साल तक नदी किनारे बैठी और अल्लाह से करिश्मे की दुआ माँगती रही थी कि पानी से उसकी बारात उभरकर ऊपर आ जाए। और ऐसा ही हुआ।

'या अल्लाह मेरी भी सुनो जैसे तुमने उसकी सुनी थी। मेरे वास्ते भी कोई करिश्मा करो,' मैंने आरज़ू-मिन्नत की।

रमज़ान की छब्बीसवीं रात। मस्जिद के लाउडस्पीकर नात[2] की आवाज़ें निकाल रहे और तमाम दिन आयतें पढ़ रहे थे। हर किसी का दिलो-दिमाग़ अल्लाहताला के आगे खुद को सौंप देने के जज़्बे से सराबोर था। उस रात जब मैं अम्मा साईं के कमरे में जाने को निकल रही थी, कि पीर साईं अन्दर आ गया और मुझसे व्यंग्य के अन्दाज़ में कहा, 'क्या सोचती हो, तुम हज़ के लिए जा रही हो ?'

मैंने उसे इबादत की ख़ास रात की याद दिलाई।

'हर दिन वो ही अल्लाह है। तुम उसकी इबादत कल कर सकती हो। वह तुम्हें तब भी सुनेगा,' उसने ऐलान किया।

---

1. रसूल की तारीफ़

अल्लाह ख़ामोश रहा। पवित्र रात शराब में डूबे देह-व्यापार में बदल गई।

मैंने खुफ़िया तौर पर इबादत की बाबत सोचा।

या अल्लाह, मुझे देखो। पूछो कि मैं जाएनमाज़ पर क्यों नहीं हूँ।

मुझे ऐसे में देखो।

मुझे यहाँ देखो।

पीर साईं के सामने मेरा बदन चित पड़ गया।

मेरी रूह अल्लाहताला की जानिब झुक गई।

हमें शैतान से आज़ाद कर, या अल्लाह। हमें आज़ादी दिला जैसे कि पैग़म्बर ने मक्का के अवाम को जहालत की बद्दुआ से आज़ाद किया था। हमें जगा। लोगों को बता कि तेरा कोई दूत नहीं है। उनसे कह दे कि तुझे किसी दूत की दरकार नहीं है। मेरे विश्वास को लौटा दे। उसको दूर ले जा। उसको ऊपर ले जा, मैं अन्दर-अन्दर चीख़ रही थी।

जब मेरी आँखें आँसुओं से तर हो गईं, उन पर अल्लाह की बजाए पीर साईं ने गौर किया।

यहाँ, वहाँ कोई घुसपैठिया नहीं हो सकता था।

रोज़े के सत्ताइसवें दिन मक़बरे को दीयों से रोशन किया गया था, लेकिन उसमें बू सिर्फ़ मौत की थी। मैं सोने की जाली से होकर गुजरी, जो इसकी बनत के काम पर छोटे-छोटे काले धागों से ढँकी थी, और ताज्जुब किया, 'लोग इनको इस उम्मीद में मन्नत के तौर पर बाँधते हैं कि जब उनकी दुआओं का जवाब मिलेगा, वे उनको खोल लेंगे। लेकिन सोने की जाली हमेशा से काली है। काले धागों पर धूल चढ़ी है, वे पुराने हैं। उनकी दुआओं का कभी जवाब नहीं मिला, फिर भी वे एक के ऊपर एक धागा बाँधने को लौट आते हैं जो हमेशा-हमेशा के लिए बँधा रहता है।'

उस पीर की क़ब्र पर, जिसने तोती के बलूच को क़त्ल किया था, मैंने अपने हाथों को ऊपर उठाया, 'या अल्लाह इस शख़्स को तोती का दर्द भुगतने दे। इसकी मूँछें उखाड़ ले। उसकी छड़ी से पिटाई कर। उनमें लाल मिर्चें भर दे। कपास की फसल की चींटियों को उसका दिल खाने दे। उसे यह जानने दे कि यह इसरार उसके अपने घर से, अगले पीर की माँ की जानिब से किया जा रहा है।'

हर क़ब्र से गुज़रते हुए मैंने उन सबकी तबाही की दुआ की, सिवा बाबाजी के मज़ार के, जो ठीक वैसे ही रंडीखाने का पर्दा बन गया था जैसे कि एक रंडी के लिए मेरा बुरका।

छोटे साईं उन्हीं की तरह का होता। इसी वजह से उसके साथ भी उनकी तरह का ही बुरा बर्ताव किया गया था। अपने सिर को अपनी बाँहों में दबाकर मैंने अपना दिल बाबाजी के सामने चीर कर रख दिया, 'वो अक़ीदा उनके किस

काम का जो इस पर अमल करने के लिए बहुत कमज़ोर हैं ? अल्लाह के हुक्म की क्या नेकी जब इसकी नाफ़र्मानी के सिवा और कोई चारा ही न हो ?'

मेरे जिस्म में एक बर्फ़ानी ठंडक की लहर दौड़ने लगी। मैंने एक अजीब मौजूदगी को महसूस किया।

अपने दामन की तारीकी से बाहर झाँकते हुए मुझे एक झटका लगा।

अपने सिर पर मलमल का कपड़ा लपेटे और इसको अपने मुँह पर बाँधे सफ़ेद लबादे में एक आकृति मेरे सामने खड़ी थी।

जब उसने बुदबुदाया, 'तुम क्या चाहती हो ?' मेरी जुबान बँध गई।

'तुम क्या चाहती हो ?' उसने दबी आवाज़ में पूछा। मैं भाग जाना चाहती थी लेकिन हवेली के ख़तरों का कोई मुक़ाबला नहीं था, मैं बोल पड़ी, 'मैं अपने शौहर की मौत चाहती हूँ।'

'अगली जुमेरात को तुम इसी वक़्त मुझे मिलो,' वो बुदबुदाई। उसे कैसे पता कि मुझे सिर्फ़ जुमेरात को ही यहाँ आने की इजाज़त है ? क्या वो पीर साईं का जासूस थी ? क्या वो ख़ुद पीर साईं थी ? वह पीछे मुड़ी और ग़ायब हो गई। या वह हवेली में चली गई ?

वापस लौटते हुए मैं बुरी तरह डरी हुई थी। राज़ घर के इतना नजदीक था कि वह चील की जासूसी नज़रों से छिपा नहीं रह सकता था। लेकिन लबादे में वो कौन थी ? लेकिन वो जो कोई भी हो, मेरी अकेली उम्मीद थी। मुझे सुकून या तो ख़ुद अपने में मिलता था या अपने शौहर की मौत में।

रमज़ान के आख़िरी तीन तमाम दिन खाना तैयार करने में गुज़रे और रातें पागलपन में।

ईद आ गई। इस दफ़ा मैं सारे दिन सोचती रही। यह ईद मेरे लिए आख़िरी है या उसके लिए ? और मैंने दुआ की, 'अगर मुझे मरना है तो मौत को जल्दी भेज दे। ऐसी मौत दे जिसमें दर्द न हो।'

जब मुझे जुमेरात का ख़याल आया मैं घबरा गई। क्या मुझे उस क़त्ल की सज़ा दी जा सकती है जो कभी हुआ ही न हो।

कभी-कभी मैंने ख़ुद को यह तसव्वुर करते पाया कि माँ के घर में एक साथ दो-दो सीढ़ियों पर दौड़कर चढ़ती हुई मैं अपने कमरे में पहुँचकर राँझा की फोटो को अलमारी में बन्द कर रही हूँ।

दरवाज़ों में कोई ताले और खिड़कियों में कोई पल्ले नहीं थे।

मैं भाई की ज़िन्दगी से सिलवटें निकाल रही थी।

मेरे चाचा-चाची, मामा-मामी, मेरे दोस्त और उनके सबके सब बच्चे मुझे गले मिल रहे थे।

मैं अपनी चचेरी बहन के छह फुट ऊँचे बेटे को चूम रही थी। उसके लिए

मैं तब पीटी गई थी जब वह महज़ छह साल का था।

मैं पार्क में घूम रही थी, घर से भाग कर सिनेमा हाल पर चने टूँग रही थी। उफनते नालों और मच्छरों से भरे गड्ढों के ऊपर से छलाँग लगा रही थी।

मैं अपने बिस्तर पर लेटी थी और रेडियो पर पुराने भूले-बिसरे गीत बज रहे थे।

मैं जब चाहती सोती और जब जी चाहता तब जागती, और मन चाहे कपड़े पहनती; रात-रात भर टेलीविज़न देखती; हवाई जहाज़ से सारी दुनिया घूमती। अपने तसव्वुर में मैं नदी किनारे बैठी थी।

पानी में पैरों से छप-छप करते हुए मैं राँझा को अपनी कहानी सुना रही थी।

लेकिन उसे मुझ पर यक़ीन नहीं हो रहा था ! गवाहों के तौर पर मैं हीरो लोगों को खोज रही थी।

लबादेवाली आकृति के साथ मेरी मुलाक़ात ख़तरे में पड़ गई। मेरा माहवारी शुरू हो गया था। उन दिनों जैसे मर्दों के लिए उनके साथ सोना मना है वैसे ही औरतों के लिए मक़बरों में जाना मना है। चूँकि इस घटिया राज़ को पीर साईं से छिपाना मुमकिन नहीं था, आज़ादी के ख़्वाब मेरी आँखों के सामने चूर-चूर हो गए।

एक बहुत, इतनी छोटी लड़की कि उसके लिए भी उसे बतौर औरत सोचना मुश्किल रहा होगा, पीर साईं के पीछे-पीछे घुसी।

'बच्ची को नहलाओ और मेरे पास लाओ,' उसने हुक्म दिया। मैं उसे लेकर गुसलखाने भागी। सोच रही थी कि मुझे मक़बरे जाना ही है, चाहे कुछ भी हो।

फ़र्श पर नंगी बच्ची अपने चपटे सीने को अपनी बाँहों से ढँके सिमटी पड़ी थी। जब पीर साईं के कपड़े उतरे, वह ठुनकने लगी। मैंने उससे पूछा कि क्या मैं उसे खुराक दे दूँ, 'नहीं,' उसने झिड़क दिया। बच्ची पिल्ले की तरह कीकने लगी। 'मुँह बन्द कर,' वह गुर्राया, 'नहीं तो मैं चिमटे से तेरी जुबान खींच लूँगा।'

उसकी आवाज़ ही ऐसी थी कि लफ़्ज़ों का कोई मानी नहीं था। उसकी फटी हुई खौफ़ज़दा आँखें मुझे टकटकी लगाकर देखने लगीं। मेरे बच्चे मैं तेरे लिए कुछ नहीं कर सकती, मैंने सोचा, लेकिन अगर तुम आज उसे झेल सको, शायद कल मैं तुमको बचा सकती हूँ।

मेरी ओर देखते हुए उसने हुक्म दिया, 'हिलने की जुरअत मत करना।'

उसके हाथों ने बच्ची के मुँह को इतनी ज़ोर से दबाया कि उसकी आवाज़ के साथ मेरी आवाज़ भी घुट गई।

बच्ची भिन्न-भिन्न बच्चों में बदल गई और वे बच्चे मेरी तीन बेटियाँ और तमाम हीरो और उसके ग़लीज़ दोस्त बन गए। जब उसने बाहर निकाला मैं झटके

से पीछे हट गई। नन्ही-सी लड़की ने अपनी आँखें खोलीं, आह भरने और मर जाने को और उसके तमाम पापों की तरह ग़ायब हो जाने को।

पीर साईं ने ज़ोर से चील को बुलाया। वह अन्दर आई, बच्ची को अपने कन्धे पर डाला, उसके छोटे से जिस्म को चादर से ढँका और दबे पाँव खिसक गई।

राक्षस के गले से जब खुर्राटे फटने लगे, मैं चुपके से बाहर आई और दाई के साथ तेज़ कदमों से बगल के दरवाज़े की ओर बढ़ी। लम्बे अँधेरे गलियारे से गुज़रते हुए मैं सोच रही थी कि चील ने नन्ही बच्ची को कहाँ दफ़्न किया होगा और कि वह ख़ुदा की बजाए शैतान की खिदमत की इतनी पाबन्द क्यों थी। इस ख़ौफ़ के बावजूद कि लबादेवाली आकृति मेरे शौहर की जासूस ही हो सकती है, क्योंकि यहाँ ऐसा कौन था जो नहीं था, मेरा दिल उम्मीद से ज़ोर-ज़ोर से धड़कता रहा। उस लबादेवाली आकृति में ऐसा कुछ था कि मुझे उसमें भरोसा हो गया था। साथ ही कोई चीज़ उस पर भरोसा करने के ख़तरे से आगाह भी कर रही थी। लेकिन मैं बेताब थी।

औरतों से अलग होकर हरेक क़ब्र पर रुकती हुई मैं एक के बाद दूसरी पर गई और उम्मीद की आख़िरी किरन के लिए चारों ओर नज़र डाली।

बाबाजी के मज़ार की बगल में मैंने दुआ के लिए अपने हाथ उठाए।

'या अल्लाह ! मेरे अन्दर एक आग जल रही है। आज मुझे शैतान से आज़ाद कर। हमें उन जुर्मों के ढेर से ऊपर उठा ले जो वह तेरे नाम पर करता है। एक बच्ची की क़ुर्बानी की ख़ातिर अपनी दुआ अता कर।'

मेरा वक़्त ख़त्म हो चुका था।

लबादेवाली आकृति नमूदार नहीं हुई।

पसीने से लथपथ मैं हैरानी से सोचने लगी कि मैं कितनी बेवकूफ़ थी, जो भरोसा किया।

11

अल्लाह के नाम पर

मेरे शौहर की सेहत डाँवाडोल थी। कभी-कभी अपने बिस्तर में तीन औरतों के साथ दिन में तीन-तीन बार वह किसी जोशीले जवाँमर्द की तरह दिखाई पड़ता और लगता कि वह बरहमेशा ज़िन्दा रहेगा। कभी वह सौ साल के बूढ़े की तरह ढेर हो जाता।

हर जुमेरात को मैं बाबाजी के मज़ार पर खड़ी होकर अपने शौहर के सेहतयाब होने की दुआ करने का दिखावा करती। लेकिन मैं दुआ करती लौटने पर वह मुझको मरा मिले। लबादेवाली जिस आकृति से मैंने अपनी सबसे बुरी ख़्वाहिश का इज़हार किया था, वो ग़ायब हो चुकी थी। मुझे राहत थी कि चील ने या मेरे शौहर ने उसके बारे में जानने का कोई इशारा तक नहीं किया था। लेकिन काली के साथ मेरी दोस्ती पर उसके देर से और समझ-बूझ की गयी प्रतिक्रिया को मैं भूली नहीं थी। इसलिए मुझे सदा यह लगता था कि वह किसी भी वक़्त मेरा क़त्ल कर देगा।

एक रात पीर साईं एक गुलाबी और गोरा लड़का लाया। उसके हाथों ने मेरी जिल्द पर जो झुरझुरी पैदा की वो मेरी समझ में किसी भी चीज़ से ज़्यादा खींचनेवाली थी। मैंने सोचा कि हम बाबाजी के मज़ार के पैताने हैं और नापाक हरकत बेहद इत्मीनानबख़्श थी। मेरी इस शिरकत से पीर साईं फड़कने लगा। वह इसी लड़के को हर रात लगातार एक हफ़्ते लाया।

लड़के ने मेरे कान में फुसफुसाकर कहा, 'क्या तुमसे कहीं और नहीं मिल सकता हूँ, प्यारी ?'

सकते में, मैं उससे फुसफुसाई, 'वह तुम्हें मार डालेगा। कभी कोशिश भी नहीं करना।'

लेकिन उसने बात जारी रखी, 'तुम कहाँ रहती हो ? मुझे तुमसे मिलना ज़रूरी है। अब मैं न खा सकता हूँ न सो।'

क्या यह प्यार था ?

उड़ने की वजह थी। मैं आसमान में तैर रही थी।

कुछ दिनों बाद मेरा शौहर चिल्लाया, 'किसी को पिछवाड़े नहीं जाना है, वरना मैं उसकी टाँगें तोड़ दूँगा।' ख़तरे से आगाह करती हुई एक नौकरानी चारों ओर

दौड़ गई और चील चौकीदारी पर जम गई। पीर साईं और मैं बन्द दरवाज़े से गुज़रे, मक़बरे वाले रास्ते को पार किया, धोबन के कुएँ का चक्कर लगाया, बरामदे में वापस लौटे और एक गद्दे पर पड़ गए।

वह अमर है। वह कभी मर नहीं सकता। मैंने ख़ुद ब ख़ुद सोचा।

मेरे साथ उसके भी कपड़े उतरे। दीवार की दूसरी तरफ़ कुछ हरकत हुई। मैंने घिसटते हुए पैरों और आदमियों की आवाज़ें सुनीं।

ख़ज़्जी कोड़ा फुसकारने लगा।

आदमी डकराने लगा।

मैं अपनी पीठ के बल थी और मेरा शौहर मेरे ऊपर सवार था।

शिकार की चीख़ो-पुकार से पीर साईं की हवस को ईंधन मिल गया। वह मेरे कान में बड़बड़ाया, 'मज़ा आया ?' और जवाब सुनने की ख़ातिर अपना कान मेरी छाती पर लगा दिया। ख़ज़्जी की आवाज़ से कहीं तेज़, दर्दनाक चीख़ें फ़ज़ा में गूँज गईं। पीर साईं की आवाज़ ने उनको बीच में काट दिया, 'बताओ, क्या तुम्हें मज़ा आया। तुम्हें मालूम है कि क्या हो रहा है ? तुम्हें पता है कि कौन चीख़ रहा है ?'

दर्दनाक चीख़ो-पुकार का कोई आखिर नहीं था। जब वे हौलनाक चीख़ें मर गईं, पीर साईं उठ खड़ा हुआ।

बाद में दाई ने बताया, 'बीवीजी, पिछली रात को एक लड़की के साथ बलात्कार करने के लिए उन्होंने फ़ौजी के लड़के की कुटाई की।' मेरे दिल की धड़कन थम गई। 'पीर साईं ने उसको बधिया करा दिया,' उसने कहा और मेरा दम-सा घुट गया।

'वह कैसा लगता था ?' मैंने उससे पूछा।

दाई के अल्फ़ाज़ ने मेरे दिल को एक नश्तर की तरह चीर दिया कि मैं ऐंठ गई और इसके अन्दर घुस गई। 'वह एक फरिश्ते की तरह गोरा और गुलाबी था।'

उस जुमेरात बाबाजी के मज़ार पर मैंने मातम मनाया और ज़ार-ज़ार रोई और लबादेवाली आकृति न जाने कहाँ से नमूदार हो गई।

'उस दरवाज़े को खुला छोड़ दो जिसे लड़के खोलते हैं' वह चादर के नीचे से एक दबी आवाज़ में बुदबुदाई।

वह उनके बारे में जानता था ?

'पलंग के सिरहाने तीन गज़ मलमल छोड़ देना। अपने शौहर को नशे की दुगनी खुराक देना। अगले माह के पहले दिन मैं आधी रात के बाद आऊँगा।' वह मुड़ी और मैंने सोचा यह राँझा है ? नहीं, नहीं यह बाबाजी का भूत है।

आकृति ग़ायब हो गई। मेरे दिल ने उसका पीछा करने को कहा। दिमाग़

रुकने को बोला।

मक़बरे से बाहर दाई के पीछे-पीछे चलती मैं हैरान हो रही थी कि मैंने आकृति का एतबार क्यों किया ? मुझे यह क्यों लगा कि वो दोस्त है ? लौटते हुए मैं अगले माह के पहले दिन की बाबत सोच रही थी। और इसके बाद मैंने किसी और चीज़ के बारे में नहीं सोचा।

पीर साईं के लिए मौत की ख़्वाहिश मेरी हिस पर हावी हो गई। हर गुज़रनेवाला लम्हा एक राहत था और हर आनेवाला एक सख़्त इम्तहान। जिस हवा में वह साँस लेता वह मेरी साँस के लिए ज़हर बन जाती। वह जो खाना खाता वो मेरे पेट में ज़हर फैलाता। उसके नहाने से पानी ख़ून में बदल जाता। अल्लाह की जानिब उसकी दुआओं में शैतान की तारीफ़ होती। इससे पेश्तर कि वो राजाजी को विरासत में हासिल हो मैं उस जाएनमाज़ को जला देना चाहती थी। मैं तस्बीह के मनकों को तोड़ने की ख़्वाहिश करती और पीले जाफ़रान के काग़ज़ों को हवा में उड़ा देना चाहती थी।

उसके ऊपर मँडराती हुई मौत को मैंने रिझाने की कोशिश की कि वो उसको प्यार करने लगे। जब वह निवाला निगलता मैं दुआ करती कि वो उसके गले में फँस जाए। जब वह कुछ पी रहा होता मेरी दुआ होती कि उसका गला बन्द हो जाए। जब वह सोता, मैं जागती पड़ी रहती। उम्मीद लगाए रहती कि उसका दिल धड़कना बन्द कर देगा। लेकिन मैं महज़ ख़्वाब देखती। अलस्सुबह वह हमेशा अलार्म की तेज़ घंटी के साथ उठ जाता और दिन के निकलने के साथ बत्तियाँ जल जातीं।

उसकी चाय तैयार करने के लिए राजाजी ने हर दिन उसी वक़्त पर आना शुरू कर दिया। मेरे शौहर ने फ़ब्ती कसी, 'तुम मेरी तरह ही तेज़ हो, अपने उस भाई, उस हिजड़े की तरह कमअक़्ल नहीं।' उसके बाप की तरफ़ मेरा दिल नफ़रत से भर गया और छोटे साईं की बेइज़्ज़ती पर मेरा चेहरा तन गया।

राजाजी ने दरयाफ़्त करना शुरू किया, 'तुम्हें क्या लगता है, उसकी सेहत बेहतर हो रही है या बदतर ?' मैं पसोपेश में थी, लेकिन जब-जब मैंने 'बदतर' कहा मेरा बेटा मुस्काने लगा। एक दोपहर को राजाजी की तैयार की हुई चाय को पीने के बाद पीर साईं हिला, मछली की तरह काँपा और लुढ़क गया। पीर साईं इतना ताक़तवर था कि कोई उसको मारने की कोशिश करने के बारे में सोच ही नहीं सकता था, खासतौर पर वे जिनको उसने गले से पकड़ा था। बेवकूफ़ डॉक्टर ने उसे मिरगी का दौरा बता दिया।

पूरे मुल्क के नामी डॉक्टर जमा हुए और उन्होंने भी मिरगी का ही ऐलान किया। मेरी नज़रें दुबारा मेरे बेटे की नज़रों से नहीं मिल पाईं। मुझे नहीं पता कि कौन किससे बच रहा था, लेकिन हम दोनों जानते थे कि पीर साईं को मिरगी की बीमारी नहीं।

पीर साईं ने राजाजी को अपनी चाय बनाने से रोक दिया। राजाजी को शुबहा था कि किसी ने उसको पहले से ही आगाह कर दिया था। मैं जानती थी कि मेरा शौहर काम करने में यक़ीन रखता है। अपनी चाय ख़ुद बनाकर वह अपनी सेहत पर नज़र रख रहा था और अपने शक को परख रहा था। जल्दी ही वह अपने पैरों पर था।

नशे की तीन गोलियों का बारीक चूरन बनाकर मैंने उसको उसकी चाय में मिला दिया। उसे लेने के आधे घंटे के भीतर ही पीर साईं दुबारा उनींदा और बेमहल हो गया। 'पता नहीं मुझे क्या बीमारी है,' वह बुदबुदाया। उसके बाद तीन दिन तक नशे में रहने के बाद मेरे शौहर ने राजाजी को साज़िश से बरी कर दिया।

माह ख़त्म होने में एक सप्ताह बचा था। आज़ादी के मेरे ख़्वाब डरावने होते जा रहे थे।

मैं घंटे गिनने लगी।

राजाजी फ़र्श पर तेज़ क़दमों से चक्कर लगाने लगा।

पीर साईं के ख़ून के नतीजे इतने बड़े थे कि उन पर सोचा भी नहीं जा सकता था। थोड़ी-सी भी आहट पर मेरी नसें उछलने लगतीं। अपनी परछाईं से ही मुझे दहशत होने लगी। मुझे हर कोने में लबादेवाली आकृति दिखने लगी। अपनी नज़रों को क़िब्ला की सिम्त में गड़ाए बैठी अम्मा साईं तक मुझे अपनी ओर घूरती नज़र आतीं। मैं हर किसी से और हर चीज़ से दूर भागती। हमेशा मैं चील से टकरा जाती।

जब मेरे बेटे ने पूछा, 'मेरा बाप बेहतर है या बदतर,' तब दुश्वारी उलझन को आसान बनाने, इसके रहस्य को सुलझाने के वास्ते मैंने उससे पूछा, 'तुम यह क्यों पूछते हो ?'

शर्मिन्दा होकर उसने मुँह फेर लिया और बुदबुदाया, 'जब तक वह ज़िन्दा है मैं महारानी से शादी नहीं कर सकता।'

ताज्जुब था कि वह अब भी उसे चाहता था। मैंने उससे पूछा, 'क्या तुम अपने बाप की हुक्मउदूली का मंसूबा बना रहे हो ?' उसने सीधे मेरी ओर देखा और ऐलान किया, 'मैं जिससे चाहूँ उससे शादी करने का मंसूबा बना रहा हूँ।'

वह चला गया। मैं जान गई थी कि राजाजी अपने बाप की मौत चाहता है।

लबादेवाली आकृति और राजाजी के बीच की यकसाँ चीज़ों पर मैं गहराई से ग़ौर कर रही थी। कभी-कभी वह उसकी तरह ही चलता और कभी नहीं चलता। कभी वह लबादेवाली आकृति की आवाज़ में बोलता, कभी नहीं भी बोलता। क्या वो हैयत तोती का भूत बन गया आशिक हो सकती थी ? या वो बाबाजी थे जो हमारी रूहों को शैतान से आज़ाद करने आए थे ? या वो छोटे साईं था जो

हमारा बदला लेने आया था ? या कि वह मुझे बचाने आया राँझा था ? क्या राजाजी अपने बाप को ज़हर दे रहा था ? क्या मैं ही उसे बिस्तर में मार डालूँगी ? क्या वो मैं ही हूँ ? ये ख़यालात चलते और चलते रहे कि मेरी नज़र चील पर पड़ी। लबादेवाली आकृति बनने के सबसे कम इम्कान उसके थे। फिर अन्दर की किसी चीज़ ने मुझसे कहा, वो वह भी हो सकती है। लेकिन क्यों ? आखिर क्यों ?

शायद मैंने सब कुछ सोच लिया था। शायद 'ख़ून' की कोई बात ही नहीं थी। मैं दिन में ख़्वाबीदा हो रही थी। लबादेवाली आकृति मेरे सोच की देन थी। मेरे सनकी दिमाग़ का गढ़ा हुआ ख़याल था। जब फ़ंतासी रफ़ूचक्कर हो गई, मैं गहरे ग़म में डूब गई।

इसमें, राजाजी हिरासाँ होकर बोल पड़ा, 'तुम जानती हो कि मेरा बाप मेरी शादी महारानी से क्यों नहीं होने देगा ?' भला मुझे कैसे इल्म हो सकता था ?

'कुब्बी से पूछो,' उसने मशविरा दिया, 'उससे कहो कि मैंने उसे बताने का हुक्म दिया है।'

कुबड़ी नौकरानी, कुब्बी पेड़ के नीचे बैठी मसूर साफ़ कर रही थी, और गोकि राजाजी के हुक्म को सुनकर वह डर के मारे हिल गई थी, उसने चारों ओर देखा और इतने हौले से फुसफुसाई कि मुझे अपना कान उसके मुँह पर रख लेना पड़ा।

'बड़ी मलकानी मक़बरे से इस ख़बर के साथ घर वापस लौटी थी कि पीर साईं ने उसे दे दिया है। उसने दिन याद करने की कोशिश की, जब अठारह साल पहले अपने शौहरों के साथ दो बहनें खास इबादत के लिए मक़बरे गई थीं। बड़ी मलकानी और उसका शौहर एक अँधेरे कमरे में पहुँचे जहाँ बेहोश करनेवाले एक अर्क़ ने उनको फ़ौरन ही हलका कर दिया। जिस चीज़ को उन्होंने पिया वह इतनी मीठी थी कि भुलाया नहीं जा सकता। पीर साईं ने दुआ का काम जल्दी और इतने जोर से किया कि उनके सिर घूमने लगे। उसको और कुछ याद नहीं, उसके शौहर को भी नहीं। जब वह गहरी नींद से जागी, वह अपने शौहर की बाँहों में थी। उसके जिस्म को कुछ हो गया था। उसकी हड्डियाँ दर्द कर रही थीं। जल्दी ही दोनों बहनें गर्भवती हो गईं।'

मेरे सिर पर तलवार गिराने से पहले मेरा रहोअमल देखने के लिए कुब्बी पीछे हट गई। मेरे दिल में उसके अल्फ़ाज़ उतने ही गर्म लगे जितनी कि उसकी साँस मेरे कानों में लगी थी।

'महाराजा और महारानी मालिक की औलादें हैं। वे भाई-बहन हैं।' मेरे पैर उखड़ गए।

कुब्बी ने आगे कहा, 'बड़ी मलकानी ने अपने शर्मनाक राज़ को अपने बेटे की लाश के साथ दफ़्न कर दिया था। लेकिन जब राजाजी महारानी से मुहब्बत

करने लगे और जब पीर साईं ने शादी को दुआ देने से इनकार कर दिया, महारानी और भी डर गई। उसके पीर ने उसे दुर्भाग्य का प्रतीक बना दिया था, किसी भी मर्द की दुल्हन बनने के लिए अयोग्य क़रार दे दिया उसको माँगनेवालों के लिए उससे शादी करने से मर जाना बेहतर था। अपनी भानजी के नसीब से परेशान बड़ी मलकानी ने लड़की की बद्दुआ के पीछे की दास्तान सखी बीवी को बताई। और सखी बीवी ने राजाजी को।'

मुसीबत उठ खड़ी हुई।

राजाजी ने कह दिया था कि वह अब भी महारानी से शादी करने का मंसूबा बनाए है।

मैंने उसको हटाने की कोशिश की, 'तुम्हें कोई और लड़की मिल जाएगी। मैं ख़ुद पसन्द कर दूँगी।'

लेकिन मेरे बेटे ने अपना सिर हिलाया, 'सिवा महारानी के मैं किसी से शादी नहीं करूँगा।'

मैं भेड़ की तरह मिमिया रही थी, 'लेकिन वह तुम्हारी बहन है। यह सबसे बड़ा अज़ाब है। तुम्हारे बच्चों को बद्दुआ लगेगी। वे कुनबे के व्यभिचार से पैदा होंगे।'

राजाजी ने अपना दिमाग़ बना लिया था।

'बड्डी मलकानी और छोटी मलकानी को बेहोश कर दिया गया था,' उसने दलील दी, 'उनको कुछ भी याद नहीं। वो मेरे बाप का कोई आदमी हो सकता था।'

मैंने मिन्नत की कि इसमें ख़तरा है। अगर उसने बाप की मुमानअत की थी तो वह बेहतर जानता होगा। लेकिन राजाजी की आँखें पत्थर की तरह सख़्त थीं। उसके दिमाग़ में पाप की बात नहीं थी। उस पर भूत सवार था।

मेरी ज़िन्दगी रंग बदल रही थी। भविष्य आने से पहले ही एक भयानक सपना बन गया। पीर साईं की ज़िन्दगी मेरे बेटे को एक बहुत बड़ा पाप करने से बचा सकती थी। उसकी मौत एक ऐसी हालत पैदा कर देगी जिसे मंजूर नहीं किया जा सकता था।

दो दिन और, और महीने का पहला दिन होगा।

मेरा दिल उसके चेहरे को ज़मीन से उड़ा देने को बेताब था, जबकि राजाजी के मंसूबे उस बेताबी को हल्का कर रहे थे। धोखा होने के ख़तरे से मेरी नसें टूटी जा रही थीं। वो लबादेवाली हैयत क्या दिखाई पड़ेगी या पिछली बार की तरह फिर ग़ायब हो जाएगी ? मेरे सीने में मेरा दिल उछलने लगा। क्या मैं इन्तज़ार करूँ या न करूँ ? मैंने इन्तज़ार न करने का फ़ैसला किया, फिर भी मैं इन्तज़ार करती रही।

महीने के आखिरी दिन, मैं एक सबसे कमीने मर्द के साथ एकमेक हो गई और अपने ऊपर चढ़े सुअर का साथ देती रही, गोया कि वह मेरा खोया हुआ राँझा हो। मैंने दुआ की कि इस राक्षस का भी वो ही हश्र हो जो गुलाबी गोरे लड़के का हुआ था, या कि मेरे जिस्म से काली बेवा का ज़हरीला दाँत निकले और उसे डंक मारकर ख़त्म कर दे। पीर साईं सोता रहा मेरे दिमाग़ में मौत जागती रही। कल वह मरा हुआ हो सकता है।

मेरी नसों को सिर्फ़ निकोटिन उछलने से रोक सकती थी। मैं रोज तीन पैकेट सिगरेट पी रही थी। लाइटर सिर्फ़ एक सिगरेट सुलगाता, बाद में हर दूसरी सिगरेट पहली वाली से जलती थी। मेरे नथुनों से धुआँ सिगरेट दबाकर बुझा दिए जाने के बहुत देर बाद तक निकलता रहता। मेरे नाख़ून और उँगलियों के पोर पीले पड़ गए थे, मेरे फेफड़े जल गए थे, लेकिन उस आग ने दूसरी आगों को बुझा दिया था। मेरे मुँह की लार जब पान की पत्ती में पड़ी तम्बाकू के साथ मिलती, मेरा सिर चकराने लगता। जब मैं लापरवाही से नशा ले लेती, ज़मीन घूमने लगती। इसके बग़ैर हक़ीकत का धुँधलापन ख़त्म हो जाता, वो साफ़ दिखाई देने लगती, और उसे मैं बर्दाश्त नहीं कर पाती।

क्योंकि यह आखिरी दिन जुदा था, बदतर था या बेहतर, सिगरेट का चौथा पैकेट मैंने गुसलखाने के बाहर पिया। खिड़की की झिरी से उसकी आखिरी भोर देखने के लिए मैं तमाम रात जागती रही। इसके बाद कुछ भी ऐसा नहीं रहेगा। दरख़्तों पर चिड़ियाँ गा रही थीं। उसके लिए यह हर चीज़ का आखिर हो सकता था। किस्मत के बारे में पहले से कुछ नहीं कहा जा सकता था। इस मर्तबा उसके बारे में भी नहीं। जब मैंने अपनी गर्दन पर उसके हाथों के बारे में सोचा, या क़ानून के हाथों के बारे में, धुएँ से मेरा गला रुँध गया।

गोकि पीर साईं का काम कम होकर आगंतुकों के लिए दुआ के सन्देशे भेजने तक महदूद हो गया था, लोगों को भरोसा था कि अपनी इस कार्रवाई से भी वह उनको कर्ज़ों से निजात दिला सकता है, उनकी बीमारी का इलाज कर सकता है, उनकी बाँझ कोख को उपजाऊ बना सकता है और उनकी फसलें उगा सकता है। और यह सब तब था जबकि बारह दहाइयों से उनकी ज़िन्दगियों में बेहतरी का कोई एक निशान भी नुमाया नहीं हुआ था। वे जिस भी रास्ते जाते मुफ़लिसी तारी थी। खस्ता हाल रूहें अंधेरी क़ब्रों की तरह की भूखी झोंपड़ियों में रहतीं जो उन जगहों से जुदा नहीं थीं जहाँ वे आख़िरी बार दफ़्न किए जाते थे। लेकिन वे मक़बरे में उसकी ख़ाली चारपाई के पास जमा होते और रेंगते; उसके सामने नाक रगड़ते घिघियाते और हर बार जब वे जाने के लिए मुड़ते कुछ और ज़्यादा गँवा जाते।

हज़ारों अनपढ़ लोगों के मज़हबी रहनुमा के ख़ून के बारे में ख़याल करने के लिए दैवीय साहस की दरकार थी। एक गुलाम से खुद को अपनी क़िस्मत का

मालिक बनाने के लिए एक करिश्मे की ज़रूरत थी।

पीर साईं धर्मद्रोह का प्रतीक था।

मैं एक सिपाही थी।

यह एक जिहाद था।

मेरी नज़रों में इस्लाम की हिदायतों के मुताबिक़ जो यहाँ होना चाहिए था, वो अब होने वाला था। अल्लाह के नाम पर सिर्फ़ एक सच्ची चीज़ पीर साईं की मौत थी।

लेकिन इस जंग की इन्तिहा एक पीर साईं के ख़ात्मे से नहीं हो सकती थी। इसी वजह से वे अपने वारिसों को इतनी अहमियत देते थे; वे बुराई को बचाये रखते थे।

दिन निकल गया।

घुप अँधेरा होने तक ही चीज़ धुँधली पड़ गई।

उस रात भयानक हवा चली और हमारे बहुत से दरवाज़ों और खिड़कियों को तोड़ गई। मैं बरामदे में पड़ी एक कुर्सी पर लुढ़क गई। आँगन को घेरी दीवारों पर बारिश चोट कर रही थी और इसके ऊपर के आसमान के टुकड़े को तूफ़ान और बिजली फाड़े डाल रहे थे।

हवेली में ज़हर के बुलबुले उठ रहे थे।

मुझे फिर जादुई रोशनियों की याद आई और जब वे बुझा दी गईं मुझे अँधियारे की याद आ गई। यह तंबीह थी।

'ख़ून, ख़ून, ख़ून' मेरे ज़हन में गूँजने लगा। हर जगह रूहें घात लगाए बैठी थीं।

मैंने नशे की दो गोलियाँ निगलीं, सात सिगरेटें पीं, और ख़ूब तम्बाकू से भरा पान खाया। मेरे हाथ फिर भी हिल रहे थे। चील मक़बरे जानेवाले दरवाज़े की ओर बढ़ रही थी। उसकी सफ़ेद चादर उसके कन्धे पर रखी थी। जब उसने मेरी तरफ़ देखा, मैंने अपनी साँस रोक ली, लगा कि वह कुछ कहना चाहती है, 'मैं जानती हूँ तुम किस चीज़ का इन्तजार कर रही हो।' होश सँभालने में मुझे एक दौर लग गया।

पीर साईं ने जब राजाजी को बुलाया, मेरे बेटे ने मुँह बनाया।

मेरी जानिब ऊपर से नीचे तक देखते हुए उसने पूछा, 'तुम काँप क्यों रही हो, अम्मा ?'

और मैंने सोचा वह अपनी सिगरेट को इतनी कस के क्यों दबाता है, निकोटिन का इतना गहरा कश क्यों लेता है, उसके हाथ काँपते क्यों हैं ? यह वह है या मैं हूँ ? उसके माथे से बहता हुआ पसीना मुझे ख़ून की बूँदों जैसा लगा।

राजाजी फ़िक्रमन्द था और उसने मुझे इत्तला दी, 'पीर साईं को बड़ी मलकानी के साथ मेरी मुलाक़ात के बारे में इल्म है। ख़ुदा जाने अब क्या होगा ?'

इस ख़बर से मेरा दिल झटके से बाहर आ गया। यह फिसल कर मेरे पैर के पास बने गन्दे पानी के गड्ढे में गिर गया और गरजते हुए तूफ़ान में चीख़ पड़ा, 'क्या मैं यहाँ हमेशा के लिए क़ैद रहूँगी ? पीर साईं को कौन मारेगा ? राजाजी तो नहीं। उसका तो ख़ुद का ही ख़ून होनेवाला है।'

पीर साईं ने मुआमले को स्थगित कर दिया होगा। मेरा बेटा सकुशल बाहर आया था।

'आज की रात मुझे पेड़ से नहीं बाँधा जाएगा,' वह हँसा, 'यह रात क़ैद में बिताने की नहीं। कल देखा जाएगा।'

मेहरबानी करके रात आने दो।

चूँकि मेरा माहवारी था, मैंने यतीमड़ी को तलब किया।

'क्या मैं बेवा की लड़कियों को भी भेजूँ साईं ?' मैंने बेवकूफ़ी भरा सवाल किया।

'क्यों ?' वह जानना चाहता था और अगले आधे घंटे में उसने एक सौ गन्दी गालियाँ बक दीं। आखिरकार उसने मुझे कमरे से दफ़ा कर दिया। जुबान फिसलने से मैं हिल गई। तम्बाकू और नशे की गोलियाँ मेरे दिमाग़ से खेल रहे थे। मैंने किसी के लिए मौत की घंटी बजती सुनी।

लेकिन किसके लिए ? कब ? कैसे ? जवाब जानने के लिए ज़िन्दा कौन रहेगा ?

ग्यारह बजे के बाद बारिश थमी। मैंने ख़ुद को बरामदे में पड़ी कुर्सी से उठाया। रसोई का काम देखना था। जब मैं अंडे गिन रही थी, चपातियों को दुबारा लपेट रही थी और सुबह की चाय के लिए फ़ालतू दूध उबाल रही थी, मेरा दिल धक-धक कर रहा और उछल रहा था। गोदामों में रखे टीन के बक्सों में मैंने ताले जड़े और उनको चादरों से ढँक दिया ताकि चोर दूर रहें।

तेज़ क़दमों से कोनों को काटते हुए, बारिश के गड्ढों को लाँघते और घेरे बनाते व ज़ोर-ज़ोर से यह बोलते हुए मैंने अपनी चौकोर दुनिया का चक्कर काटा, 'मैं अपनी दुनिया को हर किसी की दुनिया की तरह का ही गोल बनाऊँगी। मैं इसे ऐसा गोल बनाऊँगी जैसा ख़ुदा ने बनाया था।' निढाल होकर मैं दुबारा कुर्सी में गिर गई।

आख़िरकार मुझे तलब किया गया, आख़िरी बार। मैंने उम्मीद की।

दूध के एक गिलास में नशे की तीन पिसी हुई गोलियाँ डालकर मैं अपने शौहर के पास पहुँची। जब मैं दाखिल हुई तो नशे में धुत लड़की मेरे बिस्तर से परे हट कर फ़र्श पर पड़ी अपनी चटाई पर बैठ गई। पीर साईं ने दूध गटक लिया।

जब उसे नशा हो गया और यतीमड़ी सो गई, लबादेवाली आकृति की हिदायत के मुताबिक़ मैंने मलमल को पलंग के सिरहाने लटका दिया।

उसकी बगल में लेटी हुई मैं उस आदमी के खुर्राटे गिन रही थी जो मरनेवाला था। अभी तक यह अनिश्चित था। हो सकता है कुछ न हो। अगर यह हुआ, मैं पकड़ी जाऊँगी और मुझे फाँसी पर लटका दिया जाएगा।

'इस दुनिया से मुझे बचाओ, अल्लाह,' मैंने दुआ की, 'इन्साफ़ की बाबत इसका सोच उतना ही गलत है जितना कि पीर साईं का। लेकिन चाहे ज़िन्दगी में हो या मौत में आज़ादी लाज़िमी तौर पर आनी चाहिए। यह दास्तान अब तमाम होनी चाहिए।' आधी रात गुज़र चुकी थी। मैंने करवट बदली और पीठ उसकी ओर कर ली। नींद ने मेरे आगे से चौराहे ग़ायब कर दिए।

मैं चौंक कर उठी।

चटखने की तेज़ आवाज़ हुई।

मुझे अपने शौहर का वज़न बिस्तर से ऊपर उठता और तेज़ी से मेरी पीठ पीछे गिरता महसूस हुआ।

दोबारा ऊपर और धड़ाम से नीचे। क्या हो रहा था ?

मुझे किसी की मौजूदगी का अहसास हुआ। मेरे जिस्म में बर्फ़ानी ठंड दौड़ गई। कमरे में कोई था।

लम्बी ख़ामोशी के बाद दरवाज़ा चरमराया और हौले से बन्द हो गया।

मेरी साँस बन्द थी। घड़ी लम्बे अरसे तक टिक-टिक करती रही। आखिरकार मैंने पलटने की हिम्मत की, मानो कि मैं नींद में करवट बदल रही होऊँ।

मेरे सिर में घड़ी ने फिर टिक-टिक की। मैंने अपनी बाँह के नीचे से देखा। पीर साईं पीठ के बल सीधा पड़ा था।

वह जाग रहा था या सोया था या मर गया था।

उसका चेहरा दूसरी ओर मुड़ा था। मेरी आँखें घूमने लगीं।

ख़ून की लकीर !

तकिए के गिलाफ़ पर एक धब्बा था। घड़ी की टिक-टिक के साथ मेरी नसें उछलने लगीं।

आखिरकार मैंने हिम्मत जुटाई। एक कोहनी के बल उठी और देखा।

उसकी आँखें खुली हुई थीं !

इस नज़ारे से मेरी साँस उड़ गई। मैं पीछे जा गिरी। हिम्मत जुटाने और बिस्तर से उठने में मुझे एक और दौर लग गया। होशियारी से मैंने यतीमड़ी को लाँघा। धीरे-धीरे मैं दूसरी ओर पहुँची।

आँखों की तरह पीर साईं का मुँह भी खुला था !

मैं क़रीब पहुँची और पीछे हट गई। वह मेरे ऊपर झपट सकता था। मैंने

अपने आपको फिर समेटा और उसकी नब्ज़ देखने के लिए हाथ बढ़ाया।

कोई धड़कन नहीं थी।

एक उँगली से मैंने उसको छुआ और वह दूसरी तरफ़ लुढ़क गया।

एक और धब्बा ख़ून का ! दो ! उसके सिर के दोनों ओर एक-एक।

पीर साईं मर गया।

मैं उसकी आरामकुर्सी पर बैठ गई। इतने क़रीब से उसे मैंने कभी नहीं देखा था। उसने देखने ही नहीं दिया। अब मैं उसके मुर्दा चेहरे को टकटकी लगाकर देख रही थी।

वह तमाम हो चुका था।

मैंने एक सिगरेट सुलगाई और गहरा कश लिया।

जिस तूफ़ान ने मुझे बिना किसी मोहलत या रहम के तबाह किया था, उसने मुझे आख़िर में किनारे पर फेंक दिया।

12

पर्दाफ़ाश करते हुए

अलस्सुबह अलार्म की तेज़ घंटी ने मुझे उसी वक़्त पर उठा दिया, जो वो पिछले चौबीस सालों से करती आई थी। एक डरे हुए परिन्दे की मानिन्द मैं बिस्तर से फड़फड़ाकर वैसे ही उठ गई जैसे मैं शादी की पहली रात को उठी थी।

अब मैंने अलार्म को वैसे ही बन्द कर दिया जैसे मेरा शौहर हमेशा करता था।

यतीमड़ी की बजाए फ़र्श पर गुप्पी, दिया और मुन्नी सोई थीं। मैंने एक सिगरेट सुलगाई। जब मैंने उस रात की दहशत को याद किया जिस रात उसकी मौत हुई थी, धुएँ से मेरा गला अमूमन रुक ही गया। खिड़की की दरार से रोशनी छनकर आ रही थी और मुझे बहुत सारी भोरों की याद आई। मैं बिस्तर से कूदी और किवाड़ खोल दिए।

सूरज की रोशनी घुस पड़ी। मैंने नई हवा में साँस ली।

रोशनी कमरे के हर उस कोने में फैल गई जो मेरी तमाम शादीशुदा ज़िन्दगी में अंधेरे पड़े रहे थे।

तब मुझे घबराहट का एक और दौरा पड़ा।

अपने दिमाग़ से बुरे ख़यालात को धकेल कर बाहर निकालने की कोशिश में मैं ख़ुद को आज़ादी के क़िस्से सुना रही थी। लेकिन पुराने तरीक़े काम नहीं आ रहे थे। मैंने अपने हालात की साफ़ तस्वीर देखने की कोशिश की। मैं क़ातिल थी या बेवा?

तम्बाकू से जब मेरा गला फिर बन्द हो गया, गुप्पी जाग गई और मेरी ओर दौड़ी। 'तुम ठीक तो हो अम्मा ?' उसने पूछा और हमने एक-दूसरे की तरफ़ और एक-दूसरे से दूर देखा। अपनी ज़िन्दगियों में उससे पहली मर्तबा आज़ाद हुए हम यह भी नहीं जानते थे कि क्या कहना है।

मैंने यतीमड़ी की बाबत पूछा।

गुप्पी ने जवाब दिया, 'उसका बर्ताव ऐसा था गोया मेरे बाप की मौत उसके लिए नाइन्साफ़ी थी।'

---

1. फ़ातिहाख़्वानी (मौत के बाद की रस्म)

आखिरकार वह महज़ एक और नौकरानी बन गई थी। गुप्पी मुझे कुल[1] इन्तज़ामात की और राजाजी की दस्तारबन्दी की छोटी-छोटी तफ़्सीलें बता रही थी। दोनों को कल होना था। मेरी ज़्यादा दिलचस्पी यतीमड़ी में थी। जिस आदमी ने मेरे बेटे का क़त्ल करने के लिए उसका इस्तेमाल किया वह मर चुका था। मैं बज़िद थी कि उसके बाद वह किसी भी चीज़ की हक़दार नहीं होती है।

अपने दस्तूरी कामों की फ़िक्र किए बग़ैर मैं अब भी बिस्तर पर पड़ी थी। अब न तो उसके गुस्ल की तैयारी करनी थी और न ही उसके लिए नाश्ते की। उसके बग़ैर अजीब लग रहा था। गोया कोई क़ातिल बीमारी कोई निशान छोड़े बिना ग़ायब हो गई हो। मेरी बेटियाँ अब उस गुसलखाने का इस्तेमाल कर रही थीं जिसमें वे अपने बाप के जीते जी कभी पैर नहीं रख पाई थीं। उसकी ग़ैरमौजूदगी से हमारी ज़िन्दगियों में कोई शून्य पैदा नहीं हुआ था।

मेरा सिर घूम रहा था। उस पर कसकर चुन्नी बाँधकर और अपने चेहरे को अपनी बाँहों में गाड़े मैं दिन में ज़्यादातर बाहर बैठी रही। मैं तब ही खड़ी होती जब कोई नेक औरत मातमपुर्सी के लिए आती। मैं उसकी बाँहों में गिर पड़ती और उस तकलीफ़देह ज़िन्दगी पर रोती जो उस आदमी ने मुझ पर थोप दी थी, जिसका वे मातम मनाने आई थीं। नशे की हालत में रोना-धोना हमेशा ज़्यादा आसान होता है।

बड़ी मलकानी, छोटी मलकानी और महारानी मिलने आईं। लेकिन कहीं मेरे पीछे से मेरी चीख़ों ने राजाजी के भयानक भविष्य के तमाम ख़यालात को तार-तार कर दिया। यतीमड़ी को पागलपन के दौरे पड़ गए थे। सारा घर मातम में डूबा था इसलिए उसकी इस हालत को समझा जा सकता था। लेकिन इससे ख़ानदान की तौहीन होती थी कि उसको नुकसान हम सबसे ज़्यादा हुआ है। यह सब जानते थे कि वह पीर की रखैल थी, लेकिन इस जानकारी को उसके साथ ही दफ़्न हो जाना चाहिए था। इसके बजाए वह दिखावा करके इसको क़ायम कर रही थी।

मैंने बेवा को तलब किया और उससे कहा, 'पता लगाओ कि वह क्या चाहती है। यह काम तुम अपनी ओर से करो, मेरी ओर से नहीं।'

आखिरी रस्मों के बाद से मैंने चील को नहीं देखा था। मैं सोचती थी कि हमारे ऊपर निगरानी रखने का उसका काम उसके साथ ही ख़त्म हो गया था। जब माँ ने मुझसे पूछा कि क्या हम अकेले में बात कर सकते हैं—न चाहते हुए भी मैं उसके पीछे चल दी।

उसके पलंग पर बैठते हुए उसने मेरे हाथ अपने हाथों में ले लिये और फुसफुसाकर कहने लगी, 'ऐसी कोई दुआ नहीं है जो मैंने न माँगी हो, ऐसा कोई मक़बरा नहीं है, जहाँ मैंने ख़ुदा से भीख न माँगी हो कि वह तुमको तुम्हारी क़ैद से निजात दिलाए और कि इसमें तुम महफ़ूज रहो व कोई तकलीफ़ न हो।'

वह मुझको बता रही थी कि मेरी आज़ादी उसकी वजह से आई है ?

माँ रोने लगी, 'मैं नहीं चाहती थी कि तुम मेरी मुहब्बत के आगे लाचार बनी रहो। मुझसे या किसी भी और से मदद की उम्मीद रखना तुम्हारे लिए यहाँ रहने से ज़्यादा ख़तरनाक था। मैं पीछे हट गई थी ताकि तुम अपने बलबूते पर ज़िन्दा रह सको। मैं सब कुछ जानती थी, पर मैं तुमको कुछ दे नहीं सकती थी।'

यह बात वह मुझसे अब कह रही थी ? अब जब मैं आज़ाद थी ? उसकी जानिब से मैंने अपना मुँह फेर लिया। उसने उसे वापस मोड़ दिया।

'तुम्हारे वालिद अक्सर मेरे ख़्वाबों में आते हैं। वह हमेशा परेशान और ग़मज़दा दिखते हैं। पिछले चौबीस सालों से मैं उनसे मुआफ़ी की भीख माँगती रही हूँ, लेकिन वह मुझे मुआफ़ नहीं करते हैं।' वह रोई और अपनी नक़ाब में सुबकने लगी।

माँ इतनी कमज़ोर थी कि उसने मेरी ज़िन्दगी से ग़ायब होना ज़्यादा पसन्द किया, वह इतनी मज़बूत थी कि वह अपने मातृत्व का ख़ून कर सकती थी। वह कमज़ोर थी या मज़बूत ?

मानो कि उसने मुझे सुन लिया हो, उसने इस्तदुवा की, 'मुझे मुआफ़ कर दे, मेरे बच्चे। मेरी ज़रा-सी भी हमदर्दी से तुम सूखी शाख पर झुकने लगतीं। जब तुम्हारे मामू हज को गए मैंने उनसे सचाई बयान कर दी थी और उनको यह राज़ बनाए रखने की कसम दिलाई थी। 'मेरी बेटी को शैतान से आज़ाद कर, अल्लाह से कहो कि उसे उठा ले। सिर्फ़ वह ही उसको सजा दे सकता है,' मैंने दुआ माँगी थी।'

आखिरकार जिस दर्द को उसने अपने दिल में गहराई से दबाए रखा था, वो उसकी आँखों में उतर आया। यह सब्र था या लालच ?

मैंने सोचा कि उसने भाई के साथ क्या किया है। जैसे कि सुन लिया हो, उसने जवाब दिया, 'चूँकि तुम्हें मालूम था कि तुम्हारा भाई कमज़ोर दिल का है, मैं उसे हर तरह से तुम्हारी खैरियत के बारे में यक़ीन दिलाने की कोशिश करती रही। पर जब उसने तुम्हें पिटते देख लिया, मेरी तमाम कोशिशें बेकार हो गईं। आज उसे पहली बार मुस्कराने का सबब मिला है।'

क्या उसके पसोपेश से उसका कोई सरोकार इसलिए नहीं रहा था कि उस वक़्त इससे उसके मफ़ाज़ पूरे नहीं होते थे ? अपनी नक़ाब से माँ ने आँसुओं से भीगे अपने चेहरे को पोंछा पर हर वक़्त माँ की नज़रें मुझ पर थीं और मेरी उस पर।

माँ की उम्र हो गई थी। वह ढीले दाँत की तरह लटक रही थी। बतौर एक माँ उसने मेरी ज़िन्दगी को दाँव पर लगा दिया था। उसका नतीजा उसकी पेशानी पर उकरा हुआ था। लम्बे अरसे की मेरी ग़ैरमौजूदगी ने उन सतरों को पक्का कर दिया था। मैंने एक दीगर तकलीफ़ पर ग़ौर दिया। उससे मेरी दूरी को लेकर वह तड़प रही थी। बिना किसी सोच-विचार के मैंने उसे गले लगा लिया और मुझे लगा

कि उसके बूढ़े जिस्म से एक बोझ उतर गया है। अब इसका कोई मानी नहीं रह गया था।

बेवा दौड़ती हुई अन्दर दाख़िल हुई, 'बीवीजी मुझे आपसे अकेले में बात करनी है। यह फ़ौरी है।'

माँ कमरे से चली गई। बेवा मेरे पैरों के पास बैठ गई। चारों ओर नज़र डालते हुए उसने कहा, 'यतीमड़ी कह रही है कि अपनी मौत की सुबह वाले दिन पीर साईं उससे शादी करने जा रहा था। वह हवेली की मालकिन बन रही थी। इसीलिए वह इतनी ग़मज़दा थी।'

मुझे झटका लगा। मैंने लड़की को बुला भेजा और अपने शौहर की तरह सोफ़े पर बैठ गई। मैं उसे उसकी तरह ही पीटना चाहती थी लेकिन उसकी मौत के दो दिन बाद ही यह करना माकूल नहीं लगा। यह ऐब को हवा देगा। या कुछ बदतर बात में बदल जाएगा।

लड़की आई। वह इतनी बेवकूफ़ाना दिख रही थी कि अक्ल की बात का कोई असर होने वाला नहीं था। मैं उस पर टूट पड़ी। बाल पकड़कर उसके सर को पीछे खींचते हुए मैंने उसकी आँखों में घूरा। उसने मुझे वापस घूरकर देखा और वह मेरी ओर गन्दे तरीके से फुफकारी, 'जब पीर साईं मरा मैं सोई हुई नहीं थी, बीवीजी।'

मेरी गिरफ़्त ढीली पड़ गई। मैं, जैसा मैंने महसूस किया, ख़ौफ़ज़दा की तरह बर्ताव कर सकती थी, इसके बजाए मैंने उसके जोर का थप्पड़ जड़ा। वह ज़ोर से चीख़ी और दरवाज़े पर रुकते हुए मेरी ओर धूर्तता के अन्दाज़ में मुस्कराई और भाग खड़ी हुई।

ख़ुद को मामूल पर लाने में गोया एक दौर लग गया। वह क्या जानती थी ? उसने क्या देखा था ? मैंने उन लम्हों को याद किया जिनको मैं भूल जाना चाहती थी। मेरा ख़याल था कि यह लड़की मेरा गवाह साबित होगी क्योंकि उसे कुछ याद नहीं था। वह मेरा कुदरती सहारा बन जाएगी। इसके बजाए मेरी सबसे बड़ी दुश्मन ही मेरी सबसे ख़तरनाक हमराज़ थी।

पीर साईं के मुक़द्दस क़ुल वाले दिन राजाजी की जोशो-ख़रोश के साथ हुई दस्तारबन्दी ने मुख़्तलिफ़ जज़्बात को एक दूसरे में मिला दिया। शैतान की तरह पीर हमेशा के लिए तरह-तरह की शक्लों में दुबारा नमूदार हुआ। एक मरा हुआ था और दूसरा था बम। मेरे लिए, जो यतीमड़ी ने देखा था उसका ख़ौफ़ दोनों से ज्यादा था।

हवेली के अन्दर राजाजी की नानियों और दादियों, जो इतनी बूढ़ी थीं कि खड़ी भी नहीं हो सकती थीं, ने झुककर नए पीर के पैर छुए। नौकरानियाँ उसके आगे फ़र्श पर गिर गईं। बाहर शामियाने गाड़े गए और उनमें एक इस्टेज बनाई

---

1. पगड़ी

गई। हर जगह से, हर तरफ़ से, हर सवारी पर मुरीद आए। पैसों से तिजोरियाँ भर गईं। राजाजी अपने तख़्ते-शाही पर जम गया। उसके पीछे कई क़तारों में सात सौ तीस दूसरे ख़ुदा बैठ गए।

बाबाजी के तार-तार हो रहे पग[2] को एक बार फिर लोहे के बक्से से निकाला गया और राजाजी के सर पर रख दिया गया। अल्लाहू, अल्लाहू की ज़ोरदार आवाज़ें हवा में गूँज गईं।

एक और पीर की ताजपोशी हो गई।

एक और ख़ुदा मिल गया।

लोगों ने ठंडी साँस ली और चीख़ पड़े, 'अल्लाह तेरा शुक्र है कि तू अपना करमफ़र्मा हाथ हमारे सिरों पर रखता है। अल्लाह तेरा शुक्र है कि तूने हमारे भारी नुक़सान को भारी फ़ायदे से पूरा कर दिया है, क्योंकि वह अपने चुनींदा इन्सानों के जरिए अपनी दुआओं को हम पर अता करता रहता है।'

अपनी भौंह से पसीने की बूँदों को पोंछते-पोंछते चालीस दिन गुजर गए। अब हर कोने से मुझे चील की बजाए यतीमड़ी घूरा करती थी। उसकी याद करते हुए मैंने दाई से पूछा कि चील कहाँ चली गई।

उसने मज़ाकिया अन्दाज़ में कहा, 'मालिक ने उसे निगरानी की ऐसी जगह रखा था कि वह अपनी नींद पूरी कर रही है। राजाजी अपना ख़ुद का बाज़ रखेंगे।' लेकिन यह कहते हुए दाई संजीदा हो गई, 'वह बीमार भी है और उसे आराम की ज़रूरत है।'

यकायक मुझे चील नजर आई। जैसे ही वह मेरी ओर बढ़ी मैंने उसे ग़ौर से देखा और वह रुक गई। उसने अपना मुँह खोला गोया कुछ कहना चाहती हो लेकिन वह मुड़ गई। मेरी आँखें उसकी पीठ पर चिपकी रहीं। जब वह मक़बरे को जाने वाले दरवाज़े पर पहुँचकर ग़ायब हो गई, मैंने सोचा, 'या अल्लाह ! यह कौन है ? यह इतनी अजीब क्यों है ?'

मेरा ध्यान सखी बीवी और बड़ी मलकानी ने खींच लिया जिसने सामने आ खड़ी बदी से बचा लिया था। महारानी की शादी उसके रिश्ते के एक भाई से कर दी गई। मुझे राहत मिली। शादी की बंन्दिश में बँधी लड़की राजाजी से दूर हो गई थी। मेरा बेटा बेहद नाराज़ पर लाचार था। उसने अपनी हालत ऐसी बना ली जो उसके अय्याश चाचा से बहुत जुदा नहीं थी। मैंने उसको डाँटा-फटकारा नहीं। उसके लिए ऐसा ही रहना बेहतर था।

यतीमड़ी के पीछे मैंने बेवा को लगा दिया। एक महीने तक उसके पास रिपोर्ट करने लायक़ कुछ नहीं था। बाद में उसने बताया, 'बीवी जी मैंने लड़की को दाई से कुछ कहते देखा था, जिसने अपने कान छूकर 'तौबा, तौबा' कहा था। जब मैं नज़दीक पहुँची वे ख़ामोश हो गए। वे मुझ पर एतबार नहीं करते।'

तनाव से मेरे जिस्म की हर रग तन गई। ख़बर पर दहल कर काँपते हुए मैंने उसको धमकाया, 'यह ख़याल निकाल दो कि तुम पर एतबार नहीं किया जा सकता। अगर तुम कोई बात निकालकर नहीं ला सकतीं तो तुम मेरे किस काम की हो ?'

लेकिन यतीमड़ी के राज़ को जानने पर मैं बेवा से भी डरती थी।

पीर साईं की क़ब्र अभी ताज़ा थी। लेकिन मैं कँपकँपाई नहीं। वह बाहर नहीं आ सकता...सिवा पोस्टमार्टम के। इस डर से मैं दुबारा बाबाजी के मज़ार की ओर मुड़ गई। और सामने दरपेश नई मुसीबत को लेकर मैं उसके आगे रोने लगी।

'मुझ पर मँडराने के लिए शैतान ने इस छोटी-सी लड़की को छोड़ दिया है,' मैंने रोते हुए कहा, 'उसके सीने में उसका दिल धड़कता है। मेरी ओर वह उसकी आँखों से देखती है।'

वैसी ही बर्फ़ानी ठंडक मेरे बदन में दौड़ गई। मुझे वैसी ही मौजूदगी का अहसास हुआ।

मेरा सिर किसी उसकी ओर उठा जो दूसरी दुनिया का लगता था, और फिर भी वो हममें से एक था।

'तुम क्या चाहती हो ?' हैयत दबी आवाज़ में बुदबुदाई।

ख़्वाहिश मेरी ज़ुबान के छोर पर थी, 'मैं यतीमड़ी की मौत चाहती हूँ।'

इससे पहले कि हैयत पीछे मुड़ती और ग़ायब होती, मैंने उससे फौरन पूछा, 'तुम कौन हो ?'

इसके बजाए मुझसे कहा गया, 'अगले महीने के पहले दिन काम हो जाएगा।'

हैयत चली गई...लँगड़ा रही थी ?

फिर मैं वही सवाल कर रही थी, जवाब फिर नदारत था। सबसे ख़राब बात थी कि मैं ख़ून का इन्तज़ार कर रही थी।

गोकि मैं बेताब थी यह जानने को कि क़त्ल की रात को यतीमड़ी ने क्या देखा था, मैं यह नहीं चाहती थी कि वह मुझे या किसी को भी यह बताए। मैंने उससे अच्छा बर्ताव करना शुरू कर दिया, ताकि महीने के पहले दिन के पहले वह कुछ भी किसी को भी नहीं बताए।

हर दिन जब हम अकेले होते, मैं उससे कुछ अच्छी बात कहती। जल्दी ही यतीमड़ी मालिक की ग़ैरमौजूदगी के बग़ैर मेरा क़रम पाकर खुश हो गई। वह मेरी फ़रमाइशों के साथ आगे-पीछे दौड़ लगाने लगी।

मेरे सामने फ़र्श पर उकड़ूँ बैठी हुई वह अपनी नकाब में रोने लगी, 'बीवीजी हम सब मालिक की ख़िदमत में थे। जिनके बारे में मैंने कभी सोचा भी नहीं था वे मेरे हाथों ज़रूर हुई थीं। आपकी तरह मेरे पास भी और कोई रास्ता नहीं था। अगर आप मुझे मौक़ा दें, मैं ताज़िन्दगी आपकी ख़िदमत करूँगी।' उसे दिलासा नहीं

दिया जा सकता था वह सुबकती रही और मेरे पैरों पर गिर पड़ी।

मैं उसे सीने से लगा लेना चाहती थी कि मुझे छोटे साईं की याद आ गई।

मैंने उससे मेरी तरफ़ देखने को कहा, 'ज़ो गया सो गया। हमें अतीत को भूल जाना चाहिए। अब हमारे पास एक रास्ता और एक मौक़ा है।'

यतीमड़ी बिलखने लगी, 'जिस रात मालिक का इन्तक़ाल हुआ, मैंने एक सपना देखा था, बीवीजी। सफ़ेद लबादे से ढँके एक शख़्स ने मलमल के एक कपड़े से मालिक का गला घोंट दिया। हमारा मालिक हवा में ऊपर उठा और तेज़ी से बिस्तर पर गिर गया। उसके कानों से ख़ून निकल पड़ा।'

मेरे सीने में मेरा दिल उछलने लगा। मैंने पूछा क्या उसने क़ातिल को देखा था ?

'मैंने एक लबादेवाली आकृति को कमरे से जाते देखा था,' उसने कहा। वह कुछ और कहना चाहती थी लेकिन हिचकिचा रही थी। वो बात क्या थी ? मेरे हाथ-पाँव फूल गए। मैंने उससे बताने को कहा। उसने अपना मुँह सिल लिया।

'तुम जानती हो वो कौन था ?' मैंने पूछा।

उसने सर हिलाया।

मैंने उससे फिर पूछा कि वो कौन था।

'वो चील थी, बीवीजी,' उसने कहा। मेरे दिल की धड़कन रुक गई।

'चील ?'

'हाँ बीवीजी। मैंने उसे लँगड़ा कर आते और मालिक के पलंग के पीछे खड़े होते देखा था। जब वो लँगड़ाकर बाहर जा रही थी मैंने उसकी पीठ देखी थी। मैं बेहोश होनेवाली थी।'

चील ! क्या वो चील थी ? नहीं, नहीं। इसके कोई इम्कान नहीं थे। यतीमड़ी की नज़रों को धोखा हुआ है। लेकिन लँगड़ाना ? लबादेवाली आकृति लँगड़ाती थी। क्या चील लँगड़ाती है।

'जब आपने मुझे उठाया सपना सच था, बीवीजी। खौफ़नाक ख़्वाब असली था। मालिक का ख़ून हो गया था। चील ने उसे मार दिया था। उसने उसके एतबार से दग़ा की थी। मैं क़सम खाती हूँ वो वह ही थी,' वह चीख़ने लगी। इस इज़हार से मैंने ख़ुद को दुबारा मामूल पर लाने की कोशिश की।

मैं हिल गई। मैंने उससे इसे भूल जाने को कहा।

'अतीत हमारे वर्तमान में ज़हर घोल देगा और मुस्तक़बिल को मार डालेगा। मालिक की हिफ़ाज़त नहीं करने के वास्ते राजाजी तुम्हारा ख़ून कर देगा। ख़ामोश रहने के लिए तुमको लटका दिया जाएगा। शामिल होने के जुर्म में वे तुमको मुलज़िम करार कर देंगे। कोई यक़ीन नहीं करेगा कि चील मालिक से दग़ा कर सकती है। इसे अपने दिमाग़ से फ़ौरन निकाल दो। फ़ौरन ! मालिक मर चुका है, हम अब

भी ज़िन्दा हैं। वो एक ख़्वाब था। ख़्वाब से ज़्यादा कुछ नहीं,' मैंने हुक्म दिया।

मेरे ज़हन में एक ख़याल दौड़ता हुआ आया कि वो रहस्यमय व्यक्ति अगर चील थी, तो जिस रात लबादेवाली आकृति वादे के मुताबिक दिखाई नहीं पड़ी थी, उस रात चील ही मरे हुए बच्चे को दफ़ना रही होगी। जब यतीमड़ी चली गई मैंने अपनी भौंह से पसीना सुखाया। मैं सोच रही थी कि उसे ज़िन्दा रहना चाहिए या मरना, क्या वो चील थी या कोई और ?

अगले तीन हफ़्तों तक मैं बेहद डरी हुई थी कि चील को बुला सकूँ। उसकी मुसलसल मौजूदगी मेरी आँखों से ग़ायब हो चुकी थी। अब मेरे दिमाग़ में एक लँगड़ाता हुआ अक्स था। पता नहीं कि हर शाम को मैं यतीमड़ी के ख़ून को खारिज कराने मक़बरे क्यों जाती थी। लेकिन लँगड़ाती हुई आकृति फिर से दिखाई नहीं पड़ी।

ख़ून के लिए मुक़र्रर रात ज़रूर फिर से दिखी।

मैं बौराई हुई थी कि मुझे क्या करना चाहिए ? चील की तलाश में मैं दाई के पास दौड़ी गई। मुझे बताया गया कि वह बहुत बीमार है, बिस्तर से उठने की हालत में नहीं है। राहत मिली कि अगर यह वो है, वो आज बिस्तर से लगी है। मैंने अपने दरवाज़े पर कुंडी चढ़ा ली। बहुत-सी नशे की गोलियाँ निगल लीं। फिर भी लबादेवाली हैयत मेरे दिमाग़ में रातभर लँगड़ाती रही।

तमाम रात की बेकल नींद से मुझे तड़के-तड़के दरवाज़े पर हुए एक तेज़ खटके ने जगा दिया। मैंने दरवाज़ा खोला। एक साथ, एक से बढ़कर एक चीख़ती-चिल्लाती, ज़ार-ज़ार रोती नौकरानियाँ सामने थीं, 'यतीमड़ी मर गई बीवीजी। यतीम लड़की मर गई। वह मर गई,' वे दुहराए जा रही थीं।

वह भूसे के ढेर के ऊपर चढ़ गई और उसमें गिर पड़ी। गली के कुत्तों ने जब भूसे के इर्द-गिर्द भौंकना शुरू किया लोगों को शक हुआ और उन्होंने ढेर को गिरा दिया।

यतीमड़ी साँस घुटने से मरी थी।

मेरे शौहर का ख़ून जिहाद था। मैंने एक बुत को तोड़ा था। वह ढोंगी था। लेकिन यतीमड़ी ? उसके ख़ून से मेरी रूह दाग़दार हो गई। पीर साईं दफ़ा नहीं हुआ था। ज़मीन में खुद को गहरा गाड़कर वह हर गुनाह से बरी हो गया था, लेकिन उसकी बदकारी की हर हरकत मेरे दिल की गहराई में एक ज़हरीले साँप की तरह चक्कर काट रही थी।

मैंने दाई को बुलाया और पूछा, 'चील कहाँ है ? अब वह आँगन में क्यों नहीं आती ? क्या उसने काफ़ी आराम नहीं कर लिया ?'

मेरे धकधक करते दिल की परवाह न करते हुए दाई ने कहा, 'डॉक्टर कहता है कि उसकी बीमारी उसके बदन के हर हिस्से में दाखिल हो चुकी है। अगर ख़याल नहीं रखती वह इससे मर सकती है, बीवीजी।'

'उसे बीमारी क्या है ?' मैंने पूछा और उसके अल्फ़ाज़ मुअम्मे को सुलझाने लगे, 'सालों पहले, ज़मीनी चींटियाँ उसके पैर में घुस गई थीं और वहाँ उसके जिस्म में उन्होंने तेज़ी से बच्चे देना शुरू कर दिया। चूँकि उसका काम खड़े-खड़े निगरानी करने का था, वह अपनी बीमारी का इलाज कराने का वक़्त नहीं निकाल सकी। सालों से वह अपने पैरों पर खड़े होने तक की हालत में नहीं थी, लेकिन उसका मालिक कुछ और चाहता था।'

मैंने पूछा कि क्या वह लँगड़ाती थी, उसने इस बात की ताईद की। 'मालिक की मौत से कुछ दिन पहले उसका दर्द नाकाबिले बर्दाश्त हो गया था, नहीं तो वह उस पर क़ाबू कर लेती।'

मेरा दिमाग़ यतीमड़ी से चील की ओर चला गया।

मैं सीधे उसके कमरे में पहुँच गई। वह फ़र्श पर बिछी एक सूती दरी पर पड़ी थी। चील ने नज़रें उठाकर मेरी ओर देखा और उठने की जुम्बिश की, लेकिन मुश्किल के साथ। मैंने उसके कन्धे पकड़कर नीचे कर दिए, 'उठो नहीं। मैं तुम्हारे पास बैठूँगी।'

ख़ामोशी बेचैन कर रही थी।

रोने से उसकी आँखें सूजी हुई थीं, गिद्ध जैसी ढँकी हुई नहीं थीं। उसका सर आगे को निकला हुआ था लेकिन उसका रुख वैसा झपट्टा मारनेवाला नहीं लगता था जैसा कि उसके बारे में हमेशा से सोचती आई थी। वह ऐसी औरत भी नहीं लगी, जिससे मैं डरती थी। लबादेवाली आकृति से भी मेल नहीं खाती थी अब वह। आज चील वह औरत थी जिसे मैं देखने से रह गई थी। आज भी चील हमेशा की तरह ही तकलीफ़ में थी फिर भी मैंने इस पर पहले कभी ग़ौर नहीं किया। मुझे ताज्जुब था कि यहाँ इतनी चीज़ों को गहराई से देखने के बावजूद मैंने यह महसूस नहीं किया कि चील की ज़िन्दगी भी मेरे नरक से बेहतर नहीं थी। मालिक से उसे उतनी ही नफ़रत होनी लाज़िम थी जितनी कि मुझे।

हममें से कोई कुछ बोल नहीं सका। मैं यह भी नहीं जानती थी कि उसे क्या कह बुलाऊँ। उसको चील कहकर पुकारना कमीनापन लगा।

मैंने बातचीत शुरू की, 'क्या तुमने यतीमड़ी की मौत की बाबत सुना ?' उसने सिर हिलाया।

मैंने कहा, 'उसका ख़ून किया गया है,' उसने सिर हिलाया।

मैंने उससे पूछा, 'तुम्हारे पैर के बेहतर इलाज के लिए क्या मैं राजाजी से बात करूँ ?' उसने सिर हिलाकर मना कर दिया।

'तुम्हें कैसा दर्द महसूस होता है ?' मैंने उसे इस उम्मीद से तंग किया कि वह कुछ बोलेगी ताकि मैं उसकी आवाज़ सुनकर इस बात की दुबारा ताईद कर सकूँ कि अब मेरे दिमाग़ में कोई उलझन नहीं थी। लेकिन उसने सिर्फ़ अपने कन्धे

हिला दिए।

मैं उसके पास बार-बार गई पर उससे एक लफ़्ज़ भी नहीं सुन पाई।

जब एक नौकरानी ने मेरे दरवाज़े के पास बैठी दाई से यह ज़िक्र किया कि चील बहुत बीमार है, अपनी जाएनमाज़ से मैं सीधी उसके कमरे की ओर भागी।

चील मर रही थी। मुझे ऐसा लगा गोया मेरी ज़िन्दगी मेरी आँखों के सामने से फिसलती जा रही है। मैंने उसका हाथ अपने हाथों में लिया और गुज़ारिश की, 'अगर तुम अपने बारे में मुझे अब भी नहीं बताओगी, मैं कभी नहीं जान पाऊँगी। मेहरबानी करके मुझसे आज बोलो वगरना बहुत देर हो सकती है।'

उसने अपना मुँह खोला। वह बोली। मैंने उसकी आवाज़ सुनी। चादर में दबी हुई यह लबादेवाली आकृति की आवाज़ थी।

मेरे बदन में बर्फ़ीली ठंडक की लहर दौड़ गई।

उसने कहा, 'जब से मेरे पुरखे पहाड़ से बाबाजी की लाश लाए थे, मेरे ख़ानदान का हर मर्द मारा जाता रहा था। उनके पवित्र उद्देश्य में मैंने अपने बाबा, अपने वालिद और अपने सभी भाइयों को गँवा दिया। इसीलिए मालिक से मैंने बैठ[1] ली। उसका ऐतमाद हासिल करने में एक उम्र लग गई।'

मुझे याद आया कि तोती चील का जिक्र बड़े प्यार से करती थी। ज़ाहिर है उसे पता होगा।

चींटियाँ उसके जिस्म के हर हिस्से को कुतर रही थीं। इसके बावजूद इतनी बहादुर और बासब्र थी वह कि और कोई नहीं हो सकता था। चील का एक मिशन था। पीर साईं उसको जान नहीं पाया। 'तुम अपनी तमाम ज़िन्दगी तक इन्तज़ार क्यों करती रहीं ?'

उसने मेरी ओर देखा और जानबूझकर अपनी चादर से अपनी आवाज़ दबा ली। अल्फ़ाज़ से ज़्यादा वह अपनी नज़रों से बोल रही थी।

'इससे पहले तुम तैयार नहीं थीं, बीवीजी ?'

मुझे कुछ और पूछने की ज़रूरत नहीं थी। उसे जवाब देने की ज़रूरत नहीं थी।

उस रात अपने कमरे में मैंने चील की मौत की ख़बर का इन्तज़ार किया। वो जल्दी ही आ गई।

'या अल्लाह,' मैं अपने जाएनमाज़ पर चीख़ी, 'मैं इस दुखी रूह को नहीं देख सकी गोकि ज़िन्दगी भर वह मेरी आँखों के सामने खड़ी रही। मैं कैसे नहीं देख पाई उसकी तकलीफ़ों को ?'

उसकी ख़ौफ़नाक ज़िन्दगी के लिए मैं अगर ज़्यादा नहीं तो उतना ज़रूर ही रोई थी जितना कि काली और यतीमड़ी के लिए। मैं उस सब के लिए रोई जो

1. ठान लेना (देशज प्रयोग)

इस जहान में चील ने दो रोती हुई आँखों और एक दर्दभरे दिल से हासिल किया था। लेकिन उसने अपने पुरखों के मिशन को पूरा करने में अपनी तमाम ज़िन्दगी बिता दी थी। उसने वो हिम्मत की जो उसके ख़ानदान का कोई मर्द नहीं कर सका था।

चील की ज़िन्दगी और यतीमड़ी की मौत के लिए पीर साईं से नफ़रत करते छह महीने गुजर गए कि एक दिन यकायक मुझे महसूस हुआ कि जुर्म का अहसास एक धोखा है। मुझे जीना शुरू करने से पहले इस अहसास को मारना होगा। फुआरे के नीचे मैंने ख़ुदा से बात की और ख़ुद को अपने शौहर की चिपकी हुई बद्दुआ से निजात दिलाने के हर मुमकिन रास्ते के बारे में सोचा। मस्जिद के लाउडस्पीकर से अगर मैं यह ऐलान कर पाती कि कभी मैं 'प्यारी' थी कि मैं अपनी पसन्द का रास्ते का फ़ैसला नहीं कर सकती थी। इस क़िस्म की धमाकेदार और नापाक चीज़ के इज़हार होने के ज़रा से भी इशारे से राजाजी और उसके चाचा तबाह हो जाते। प्यारी के नाम की थोड़ी-सी भी फुसफुसाहट होने से पहले मैं मार डाली जाती। पर सुकून कहीं और नहीं था सिवा बदले के।

प्यारी का पर्दाफ़ाश किए बग़ैर कोई बदलाव नहीं।

फ़ैसला दिल ने किया। रास्ता मेरे दिमाग़ ने बनाया। धुंध मिट गई। मैंने अपनी आँखें बन्द कर लीं। तकलीफ़ के तबील साल हल्के पड़ गए।

मेरे दिल में एक और धड़कन बढ़ गई।

नये मंसूबे जमा हो गए।

भली-चंगी होकर, मैंने कपड़े बदले जो मेरे ऊपर एक दूसरी जिल्द की तरह से चिपके थे।

मैं आँगन में आई और जोर से आवाज़ दी, 'तारा को बुलाओ।'

एक शेरनी मेरी चौकोर दुनिया को एक बार में लाँघ गई। उसका शानदार सिर उसकी लम्बी गर्दन पर तना खड़ा था; उसके चौड़े कंधे कमर तक पतले होकर उतर रहे थे, जाँघों और पैरों का कोई जोड़ नज़र नहीं आता था। और आखिरकार मेरे रूबरू एक दास्तानी किरदार था। तारा मेरे पैर छूने को झुकी। लेकिन वह तनी हुई थी। वह झुकना मंज़ूर नहीं कर रही थी।

मैंने उसे अपना दर्जी बनाया और अपने कमरे में ले गई। वहाँ उसकी आँखें सिलवरफ़िश की तरह चल रही थीं। नाप लेते वक़्त भी उसकी आँखें मेरे जिस्म पर नहीं थीं। जब मैंने बैठ जाने का इशारा किया, उसने मेरे पैरों के पास उकड़ूँ बैठने को अपनी टाँगों को एक दूसरी पर रखा। लेकिन उसकी आँखें इधर-उधर और हर तरफ़ फुदकती रहीं। मैंने उनके भीतर घूरकर राबता बनाने की कोशिश की।

'तुम और मैं, हम लोग मुसीबतों में एक साथ रहे हैं,' मैंने उससे कहा, 'हम लोग एक झूठे और बुरे निज़ाम के क़ैदी हैं। एक ज़हरीला केंकड़ा हमें जकड़े हुए

है। हर मुमकिन तरीके से हमारा शोषण करने के लिए इसने इस्लाम की तमाम ताकत चूस ली है। इसकी गिरफ़्त मज़बूत तो होती है, पर हमें मरने नहीं देती।'

गोकि तारा की आँखें अब भी टिकी नहीं थीं, मैं जानती थी कि वह सुन रही थी। 'उन्होंने हमको उतनी ही साँस लेने की इजाज़त दी जितनी पर वे हमारी क़ीमत पर, तब तक अपना पेट भर सके, जब तक कि हमारा गोश्त ही ग़ायब न हो जाए। हम ज़िन्दा रहे, तुम और मैं। इसीलिए मैं तुम पर एतबार करती हूँ।'

यकायक उसने मुझे टकटकी बाँधकर देखा। किसी ने मेरी आँखों में इतनी गहराई से कभी नहीं झाँका था। मैं बेचैन हो गई।

उसकी नज़र ख़ूँखार थी, लेकिन अल्फ़ाज़ अक़्लमन्दी के थे, 'बीवीजी, गोकि मुझमें सिर्फ़ एक जज़्बा, बेइन्साफ़ी का बदला लेने का बचा है, लेकिन दसियों साल से क़ायम ख़यालात से हम लड़ेंगे कैसे ? वे हम पर काफ़िर की मुहर लगा देंगे और हमें खंबे से बाँधकर ज़िन्दा जला डालेंगे। उनका प्रचार गहराई तक पैठा है। हमारा विरोध कमजोर है। यह जड़ें तक नहीं पकड़ पाएगा।'

गोकि एक गहरी आह ने एक अच्छी तरह से छिपाई गई कमजोरी को सामने ला दिया, उसने मेरा साथ देने का कौल भर दिया।

'जिस तरह भी आप मेरा इस्तेमाल करना चाहें, मैं आपका साथ देने को तैयार हूँ।'

मुझे राहत मिली। मैंने तारा को अपना मकसद खुलासा किया। 'मक़बरा तमाम क़िस्म के शोषण का प्रतीक है। अगर इन्सान अल्लाह का इस्तेमाल कमज़ोरों के ख़िलाफ़ कर सकते हैं, शोषण के लिए दूसरे तमाम रास्ते कमतर और आसान हैं। अगर हम इस मक़बरे के ख़िलाफ़ जंग छेड़ दें, हर सचाई की खिंदमत हो जाएगी।'

बहुत-सी रातें गुज़ार देने के बाद मैंने पिछले दरवाज़े की कुंडी को खोला और गुसलखाने के दरवाज़े को खोलने के लिए मैं जल्दी से अपने कमरे में लौटी। इससे होकर हीरो नम्बर वन के साथ तारा दाख़िल हुई। शैतान की माँद में मुझको अब भी देखकर वह हैरान रह गया और जब मैंने उससे कहा, 'मैं प्यारी नहीं, मैं हीर हूँ, पीर साईं की बीवी, राजाजी की माँ हूँ। जब हम आखिरी बार मिले थे, पीर से तुम्हारा टूटा नहीं था। अब इसको ख़त्म कर दो,' दहशत के मारे वह बेहोश हो गया।

हीरो नम्बर वन काँपा और हिल गया था लेकिन उसके ज़हन में बसा पवित्र हवाई मिथक अपवित्र हो गया था। जब वो गया मेरे दिल ने ख़ुद को बवंडर के बीच एक पर की मानिन्द महसूस किया।

हवेली से बाहर क़दम रखने की मेरी ख़्वाहिश शायद उतनी ही जबरदस्त थी, जितनी कि खुदाई की आड़ में पल रही बुराई को नंगा करने की ज़रूरत। तारा ने मेरी हौसला अफ़ज़ाई की, 'हमारे रास्ते में सिर्फ़ खौफ़ का राक्षस खड़ा है, बीवीजी। अगर हीरो अन्दर आ सकते हैं, हम बाहर जा सकते हैं।'

'कैसे ?' ग़ैरयक़ीनी के साथ मैंने अपनी दोस्त से पूछा।

'रात को आराम करने के लिए अपना कमरा बन्द कर दो। चूँकि किसी को यह उम्मीद नहीं कि आप पिछले दरवाज़े से बाहर जा सकती हैं, कोई जाँच करने की फ़िक्र नहीं करेगा। मैं आपको बुर्के में ले चलूँगी। एक, दो घंटे के लिए हम जहाँ चाहें जा सकते हैं,' उसने मशविरा दिया।

मैं उत्तेजित थी, अपने दिल में डरी हुई।

जब तारा फ़हरिस्त बना रही थी मैं दुआ माँग रही थी, 'या अल्लाह मेरी आचरण से किसी का भला नहीं होता। मेरी ज़िंदगी का कोई अर्थ नहीं। मुझे गुनाह करने की इजाज़त दे। उन बुराइयों का जिनको मक़बरा छिपाता है पर्दाफ़ाश करने के वास्ते मुझे खुद का इस्तेमाल करने की इजाज़त दे। मुझे वो रास्ता अख़्तियार करने की इजाज़त दे जिससे मेरी बदनामी होगी लेकिन जिससे दुश्मनों के हाथों की जा रही आपके पैग़ाम की बदनुमाई सामने आ जाएगी।'

मेरा दिल जोर-जोर से धड़क रहा था। मुझे हर चीज़ से डर लग रहा था और किसी भी चीज़ से नहीं। मैंने मेकअप पोता, पाउडर लगाया और ख़ुशबू छिड़की। अपने चुस्त कपड़े पहने जो तारा ने मेरे जिस्म पर चस्पां कर दिए थे, या मैं उनमें घुसी; ख़ुद को अपने बुर्के से ढँका और तारा के पीछे चल दी।

जैसे ही अपने कमरे से पिछले दरवाज़े को पार कर हम तेज़ कदमों से बढ़े, काली रात ने हमको निगल लिया और अदृश्य कर दिया। बाहर की ठंडी हवा का मुक़ाबला मेरे अन्दर के बढ़ते हर इश्तियाक़ ने किया। लेकिन मैं जहाँ से भी गुजरी वहाँ मेरी ख़ुशबू अटकी रही और मेरी ऊँची एड़ियाँ खट-खट करके शोर मचाती रहीं।

तारा ने ठट्ठा लगाया, 'बीवीजी बिना कोई निशान छोड़े मैं तो कहीं भी खिसक सकती हूँ, लेकिन आपके जुर्म का ऐलान बहुत-सी चीज़ें करती हैं।'

हम बाहर निकले।

मैंने आज़ादी सूँघी।

उस साल कड़ाके का जाड़ा पड़ रहा था। इससे छिपकर लोग अपने-अपने घरों में वैसे ही दुबके पड़े थे जैसे कि बच्चे राक्षसों से। बर्फ़ीली हवाओं से औरतें वैसे ही गठरी बनी हुई थीं जैसे वे अपने मर्दों के सामने रहती हैं। मर्दों ने अपने आपको उन तमाम गर्म कपड़ों में दफ़न कर लिया था जो उनके पास थे। उनको अगर कुछ सुनाई भी पड़ता वे अनसुना कर देते। अपनी क़ैद के बाहर की आबोहवा को नज़दीक से महसूस करने के लिए आखिरकार मैंने अपने बुर्के को पीछे फेंक दिया। ज़मीन के बंजर टुकड़ों और नंगे दरख़्तों के बीच से गुज़रती हुई मैं अपने छोटे-से सफ़र का मक़सद ही भूल गई। हम उलटे हाथ की ओर मुड़े। वहाँ ज़्यादा बंजर था। मुझे एक जगह बहुत सारी ख़स्ताहाल झोंपड़ियाँ नजर आईं। हवेली के बाहर सब कुछ तबाह था, ठीक मेरी तरह।

हम एक छोटे से मकान पर पहुँचे। तारा ने अपने पैर की ठोकर से दरवाज़ा खोला। दो आदमी अपनी कुर्सियों से उछल पड़े। तारा ने उनको बताया कि मैं कौन हूँ। बुर्का हटने के साथ गहरे गले से मेरा सीना उभरकर बाहर आ गया, और डर के मारे वे अमूमन गिर से गए। छोटे जमींदार राजाजी की जानिब देखने की ज़ुरअत नहीं करते थे, उसकी माँ से नजदीकी रिश्ता बनाने की बात तो अलग। माज़ी के ख़ौफ़ मेरे भीतर से फिर ऊपर आने लगे। एक तगड़े घूँट से मैंने उन पर क़ाबू पा लिया।

उन्होंने मुझे बीवी साईं कहा और मेरे राज़ को पोशीदा रखने का वादा किया। मेरे लौटते-लौटते आपस में हम अपने मरहूम शौहर के दोस्तों की तरह बात कर रहे, मक़बरे के अरसे से चले आ रहे तारीखी क़िस्से की धज्जियाँ उड़ा रहे थे। उसके बाद से इसकी धज्जियाँ बहुत से दरवाज़ों से उड़ गईं। वे तमाम हीरो, जो मुझे प्यारी, शहर से आई एक रंडी के तौर पर जानते थे, तब तक हीर यानी पीर साईं की बीवी के साथ हमबिस्तर हो चुके थे और इस असलियत से वाक़िफ़ थे।

ये ही वो लोग थे जिनकी मक़बरे की इबादत ने पीर साईं को खुदा बना दिया था। अपने आपको बतौर एक रंडी नंगा करके मैंने उसको भड़ुवे के तौर पर नंगा कर दिया था। इसको साबित करने का सिर्फ़ एक तरीका था; अल्लाह के निन्नयानवे नामों से कढ़ी उसकी चादर को उतारकर उसकी असलियत को सामने लाना। इसका एक ही रास्ता था, अपने खुद के कपड़ों को उतार फेंकना। इस हर अज़ाब के बाद मैं अपने शौहर की क़ब्र पर खड़ी हो जाती और उस पर थूकती।

यह फैलती जा रही कानाफ़ूसी जब जागीरदार तक पहुँची उसको यक़ीन नहीं हुआ, 'यह नामुमकिन है। मैं इस ढोंगी से मिलना चाहता हूँ। उसे इस कुफ्र की क़ीमत अदा करनी होगी,' वह गुर्राया।

तारा का ख़याल था कि उससे दूर रहना ही बेहतर होगा, लेकिन अपने पर्दे को तार-तार कर देने की हर उस चीज़ का पर्दाफ़ाश करने की ज़बरदस्त ख़्वाहिश मेरे ऊपर हावी हो गई, जो पीर साईं के जीते जी उससे छिपी हुई थी।

अपने बदन पर अपने शौहर की मुश्क को छिड़ककर मैंने अपनी हमराज़ को बताया, 'इस मर्तबा यह प्यारी, वो रंडी नहीं होगी। इस बार मैं हीर, उसकी बीवी होऊँगी। हम दोनों एक हो जाएँगे।'

जब वह मोटा आदमी कमरे में दाखिल हुआ, मैं अपना बुर्का उतार रही थी।

यादे-माज़ी से लरज़ाँ मैंने खुद को समेटा और कहा, 'साईं क्या मैं तुम्हें याद हूँ ? तब मेरा कारोबार खुद पीर साईं चलाता था अब मैं खुदमुख़्तार अकेली हूँ।'

वह सुअर चारों खाने चित हो गया। उसकी मुड़ी हुई मूँछों के नीचे उसका मुँह लटक गया। उसकी आँखें खुली की खुली रह गईं।

जब मैंने उससे जाम की फ़रमाइश की वो बुत सकते से बाहर आया और

उँड़ेला। यकायक वह हँसा, 'अब मैं समझा। यह तुम हो। शहर की औरत।' वह संजीदा हो गया, 'यह क्यों कहती हो कि तुम मालिक की बीवी हो ? इस जुर्म में तुम मारी जा सकती हो।'

उस बात पर मैं उससे भी ज़्यादा जोर से हँसी। जैसा कि तारा ने सिखाया था, अपनी आँखों को नचाते हुए मैंने कहा, 'साईं, पीर साईं के साथ मैं चौबीस साल तक उसके बिस्तर पर सोई हूँ।' आगबबूला होकर वह मेरे ऊपर चिल्लाया, 'एक दफ़ा फिर कहो और तुम्हें सड़क पर फाँसी पर लटका दिया जाएगा।'

मैंने अल्लाह की क़सम खाई, 'मैं राजाजी की माँ हूँ। अपनी औरतों को बुलाओ, वे ताईद करेंगी।'

उसका काला थोबड़ा हिल गया।

'मेरी शनाख़्त करने के लिए किसी नौकरानी को बुलाओ। वह वफ़ादार हो। वगरना अगर मेरे बेटे ने इसी बाबत सुन लिया, वह तुम्हें मार डालेगा,' मैंने सलाह दी। दिलकश अन्दाज़ में मुस्कराते हुए मैंने प्यार से कहा, 'मुझे पसन्द करते हो साईं। तुम वो बदनामी नहीं झेल पाओगे जो एक राक्षस की तरह मेरे बुर्के के अन्दर उठ खड़ी होने का ख़तरा पेश करती है।'

उसने एक के बाद दूसरा जाम फेंका और कमरे से बाहर भाग गया।

फ़िक्रमंद तारा ने मुझे ख़तरे का इशारा किया।

'फ़िक्र मत करो,' मैंने उसे तसल्ली दी, 'हर अज़ीम मिशन में दुश्वारियाँ तो आती ही हैं। अगर भविष्य से भागोगी, तुम सिर्फ़ अतीत में फँसोगी।'

तारा समझ गई। वह मेरी और काली और तोती की तरह थी; चील और यतीमड़ी तक हमारी जैसी ही थीं।

मेरा शिकार एक बूढ़ी नौकरानी के साथ लौटा, 'क्या तुम इस औरत को जानती हो ?' वह चीख़ा, वह मुझे मुँह बाए देख रही थी।

चुस्त क़मीज़ से मेरा जिस्म मुश्किल से ही छिपा था। मैं एक हाथ से सिगरेट झाड़ रही थी और दूसरे में व्हिस्की के गिलास में बर्फ़ खनक रही थी। उसकी आँखें फटकर बाहर आ गईं।

यह कहते हुए वह मेरे पैरों पर गिर पड़ी, 'बीवीजी। पीरज़ादी।'

मैंने उसको कोहनियाँ पकड़कर उठाया और उसकी ओर उँगली हिलाई, 'अगर तुमने किसी को बताया कि मैं यहाँ थी। मैं तुम्हारी आनेवाली नस्लों को ख़त्म कर दूँगी।'

गुप्पी की बैटरी से चलनेवाली गुड़िया की तरह सिर हिलाकर उसने क़सम खाई, 'बीवीजी अपने पीर की इज़्ज़त को मैं अपने गन्दे ओठों पर कैसे ला सकती हूँ। मैं बहुत अदना हूँ। मैं इतने ऊँचे लोगों की बात नहीं कर सकती हूँ।'

मोटे जागीरदार ने उसे बाहर जाने का हुक्म दिया और लड़खड़ाता हुआ अपनी

कुर्सी पर ढेर हो गया।

उसकी आवाज़ धीमी होकर फुसफुसाइट में बदल गई, 'क्या तुम वाक़ई पीर साईं की बीवी हो ? क्या तुम वाक़ई शहर की 'प्यारी' नहीं हो ?'

जो मेरा बुर्का छिपाए हुए था, वो उसके सामने ज़ाहिर हो गया। यह काफ़ी होना चाहिए था, मैं अब चली आ सकती थी। लेकिन मैं उसे उस काम से जोड़ना चाहती थी जिसे वह कुफ्र मानता था।

'अब जबकि तुम जान चुके हो कि मैं उसकी बीवी हूँ, क्या मेरे बारे में तुम दूसरी तरह महसूस करते हो ? अगर पीर साईं के जीते जी लुत्फ़ उठाना जायज़ था, तो इसे अब कौन रोकता है ?'

मेरे मरे हुए शौहर का दोस्त मेरी असली शख़्सियत से तालमेल नहीं बिठा सका था। इसे भुलाने के लिए उसने ख़ुद को नशे में डुबा लिया। मेरा काम पूरा हुआ। मैं चली आई।

एक और रात को मैंने और तारा ने जौ के एक खेत में दौड़ लगाई। हमें एक पठान से मिलना था जो कपड़े, हशीश और हिरोइन की तस्करी करता था। साँस रोके हुए मैं एक खेत में छिपी थी। मेरी दोस्त मेरी बग़ल में निगरानी की मीनार की तरह खड़ी थी। मैंने उससे कहा, 'दुनिया को मैं महज़ रात में ही क्यों देख पाती हूँ ? ऐसा क्योंकर है ? मैं इसे दिन में कब देख पाऊँगी ?'

तारा ने ख़बरदार किया, 'ज़्यादा के लिए लालच मत करो, नहीं तो अभी तक जो कुछ किया है, वो पलटकर आपको तबाह कर देगा।'

लेकिन मैं बेताब थी।

मेरे मचलने से गुस्सा होकर तारा ने मुझे याद दिलाया, 'अगर आपकी हरकतों का ताल्लुक मज़े लूटने से नहीं है तो दिन और रात की परवाह क्यों ? अगर किसी भूत से बदला लेना है तो वो काम महज़ अँधेरे में मुमकिन है। अगर आपके इरादे बदल गए हैं, तो मुझे बताओ। जो कहोगी मैं वैसा ही करूँगी।'

लेकिन ख़ुद से बदला लेने से ज़्यादा मैं बहुत दूर तक देखना चाहती थी। तारा ने मुझे समझाने-बुझाने की कोशिश करना बन्द कर दिया और चुप होकर मेरे साथ हो ली।

मैंने उसकी आँखों में आँसू देखे और पूछा, 'यह कौन-सा दर्द है जो पत्थर को भी रुला रहा है ?' यकायक उसका ज़िरह-बक्तर गिर गया। तारा एक काग़ज़ की तरह मुड़-तुड़ गई।

मेरी तरफ़ से मुँह मोड़कर उसने अपनी सुबकियों पर क़ाबू पाने की कोशिश की, 'यह किस्सा उससे बहुत पहले का है जो आपने मेरे बारे में सुना था, बीवीजी,' उसने कहा और मुझे कुछ बताया कि हम लोग एक उसी भूत से बदला ले रहे हैं।

'मैं छह साल की उम्र में ही यतीम हो गई थी,' वह रोने लगी, 'जहान में

मेरा कोई नहीं था। किसी ने मुझे मक़बरे पर छोड़ दिया; कोई दीगर मुझे हवेली ले गया। पीर साईं ने मेरा हाथ पकड़ा और मुझे अपने कमरे में ले गया।'

मैंने उसकी दहशत भरी आँखों को देखा जो मेरे कमरे के अतीत को दुबारा ज़िन्दा कर रही थीं। मैंने अपना हाथ तारा के मुँह पर रख दिया ताकि वह मुझे आगे बताना रोक दे। बाक़ी मैं सब जानती थी। मैं एक दूसरी कहानी नहीं सुनना चाहती थी।

उसने खींचकर मेरी हथेली को हटा दिया और चीख़ पड़ी, 'मेरी पूरी बात सुनो। मुझे बोलने दो। आखिरकार मैं बोलना चाहती हूँ। तुम्हारे शौहर ने मेरे कपड़े उतार फेंके। मैंने उन्हें पहनने की कोशिश की। उसने मेरे थप्पड़ मारा। मैं चीख़ी। मेरे मुँह में उसने एक बोरी भर दी और मुझे फ़र्श पर धक्का देकर दबा लिया। वह मेरे ऊपर चढ़ा था। उसके बोझ से मैं कुचल गई। उसके सीने के बाल मेरे मुँह में भर गए और मेरा गला घुट गया। मैं बाहर आने की खातिर हाथ-पाँव मार रही थी...मैं चिल्ला पड़ी। उसने मेरे सिर पर एक मुक्का जमाया, मेरे कान मरोड़े, मेरे ऊपर अपनी दोनों मुट्ठियाँ बजाईं...और यह लगा मेरा पूरा जिस्म ख़त्म हो गया है। यकायक वह कूदा। मैंने एक देव को अपने ऊपर खड़ा पाया। उसका पैर ज़ोर से मेरे चेहरे को दबा रहा था। उसके अल्फ़ाज़ मेरे कानों में सुराख़ कर रहे थे। वे मेरे दिमाग़ पर छप गए, 'अगर मैंने तुमसे दुबारा एक लफ़्ज़ भी सुना, मैं तुम्हारी ज़िन्दा खाल खींच लूँगा। अगर मैंने सुना कि किसी एक रूह से भी तुमने दोबारा एक लफ़्ज़ भी बोला है, मैं चाकू से तुम्हारे टुकड़े-टुकड़े करके पका डालूँगा।' मेरे बालों से पकड़कर उसने मुझे हवा में झुला दिया। अपने दूसरे हाथ से अपनी मुट्ठी में उसने मेरा गला दबाया। मैं तड़प उठी और मेरा दम घुट गया। जब मैंने उसे यह कहते सुना, 'बाहर हो जा, बाहर, बाहर' मैं अपनी जान बचाकर भागी।

'एक बूढ़े मज़दूर ने मुझे एक झाड़ी में छिपा पाया और मुझे अपनी बीवी के पास घर ले गया। मैं कभी बोलने की हिम्मत नहीं कर सकी। तब बहुत सालों बाद जाकर मुझे एक आदमी मिला जिससे मैं यह कह सकी थी कि मैं तुम्हें प्यार करती हूँ।'

मैं नफ़रत से भर गई। मैंने तारा से पूछा कि मालिक तब उसके पीछे क्यों नहीं पड़ा जब वह एक ख़ूबसूरत नौजवान औरत बन चुकी थी।

उसने अपने कन्धे उचकाए। वह खुद हैरान थी, 'अन्दाज़ है कि मैं उसे उसकी नाकामयाबी की याद दिलाती थी, बीवीजी।'

तारा और मैं एक-दूसरे से चिपक गईं और जब तक हमारे आँसू सूख नहीं गए, रोती रहीं। और फिर मक़बरे को नेस्तनाबूद करने के अपने अहद को मज़बूती देने के वास्ते हम दोनों ने ख़ामोशी के साथ पठान के घर तक अपना सफ़र जारी रखा।

पठान एक क़ातिल राइफल वैसे ही लिये फिरता था जैसे कि मैं अपना बटुआ। मैंने उसे जो बेशकीमती चीज़ें पेश कीं उनको लेकर वह मोल-तोल करता रहा। जब हम किसी करार पर पहुँचे मैंने उसे पीर साईं की वीडियो फिल्में बेच दीं। वे सच को वाइरस के कीटाणुओं की तरह फैला देंगी।

उस रात पीछे के दरवाज़े से हमने जैसे ही हवेली में पैर रखे, एक औरत की दूर से आती चीख़ों ने आसमान फाड़ दिया। हम अपनी जान बचाकर अपने कमरे में भागे आए।

हर कोई आँगन में दौड़ा गया।

हर कोई पुकार उठा, 'कौन है ? इतना दुखी होकर कौन चीख़-चिल्ला रहा है ?'

ईंट की दीवार की ओर दौड़ते हुए हम भगदड़ में शामिल हो गए। चीख़ें नज़दीक आईं और ज़्यादा ख़ौफ़नाक हो गईं। चीख़ें धरती को फाड़ सकती थीं। फिर भी वे दर्द को पूरी तरह से इज़हार करने के लिए काफ़ी नहीं लगती थीं। सबकी आँखें दीवार पर जमी हुई थीं। उसके पीछे से बेवा रेंगती हुई अन्दर आई...घुटनों से ख़ून बह रहा था।

उसने हमें देखा और अपने बाल नोच लिये, अपना सीना पीटा और अपनी पूरी ताकत से तब तक चीख़ती रही जब तक कि दाई ने उसके तमाचे नहीं जड़ दिए। वह बेहोश हो गई। जब दाई ने उसे फिर तमाचे लगाए वह होश में आ गई।

व्याकुल सांसों और नाउम्मीदी की चीख़ों के बीच दर्द के ये जुम्ले निकले, 'रीछ ने मुझे खेतों में दबोच लिया। मेरी बेटियों की नाकों को उसने क्लोरोफार्म में भीगे लत्ते से दबाया और उनको एक बोरे में भर दिया।'

वह दर्द बर्दाश्त नहीं कर सकती थी। वह इसे अपने अन्दर नहीं रख सकती थी। वह इसको मुकम्मल तौर पर कह भी नहीं पा रही थी; वह अपना माथा फ़र्श पर मारती रही, कि वो नीला पड़ गया।

हमें बताओ तो उसके बाद क्या हुआ ? क्या हुआ ? हर कोई जानना चाहता था।

वह बोल नहीं सकी। उसके अल्फ़ाज़ सुबकियों ने निगल लिये। हमने समझने की कोशिश की कि उसने क्या कहा। रीछ ने उसकी बेटियों को गधागाड़ी पर लाद लिया। उसने बोरे को खींचने की कोशिश की। रीछ ने उसके टखनों की नसें काट दीं। वह गाड़ी का पीछा नहीं कर सकी।

जिस किसी ने दिलासा देने की कोशिश की बेवा ने उन सबको झटक दिया, 'मुझे अपने हाल पर छोड़ दो। मुझे अकेला छोड़ दो,' वह रोती-बिलख़ती रही।

दाई ने उसको जोरदार झटका दिया, 'इससे पेश्तर कि इतना बावेला मचाने के लिए राजाजी तुम्हारा ख़ून कर दें, ख़ुद पर क़ाबू करो।'

बेवा हौले-हौले रोने लगी, 'मैंने राक्षस से फ़ुजूल ही मिन्नत की, दाई ! उन हैवानों के पीछे मैं घिसटती रही। लेकिन एक हैवान ने दूसरे की खाल खींच ली और एक मोड़ पर कुलाँच लगाते हुए मेरी नज़रों से ग़ायब हो गया। मेरी बेटियाँ हमेशा के लिए चली गईं। वे हमेशा को चली गईं। मैं उनको अब कभी नहीं देख पाऊँगी। कभी नहीं,' नाउम्मीदी के साथ वह रोती रही। यह दुरुस्त ही था।

उस दिन से अपनी बेटियों के इन्तज़ार में बेवा तड़के से ही खेतों में घिसटती रहती और शाम को घिसटती हुई घर लौट आती। हर रोज़, पीछे और आगे, उसकी ज़िन्दगी में कुछ और नहीं हुआ। नौकरानियाँ उसे रोती-पीटती बेवा कहने लगीं। राजाजी ने हुक्म दिया कि उसको बाहर के एक खस्ताहाल मकान के कमरे में भेज दिया जाए। मैं इन घटनाओं से दुखी थी जो न तो कभी सबक बने और न किन्हीं बुराइयों को दुरुस्त ही कर पाए। मेरा ख़ून उमड़ने लगा गोया कि हर किसी के नुक़सान की भरपाई करने का इसका फ़र्ज़ बढ़ गया हो।

एक अंजाम का आग़ाज़ आ पहुँचा था।

शिकार की तलाश में घूमती दो चुड़ैलों का क़िस्सा राजाजी तक पहुँच गया। उसके बाप की मौत की बरसी अभी नहीं आई थी।

नशे की हालत में वह मेरे कमरे में लड़खड़ाता हुआ घुसा और आगबबूला होने लगा, 'इस खानदान की किसी भी औरत पर कभी एक उँगली भी नहीं उठाई गई है जैसी कि मेरी माँ पर।' मैंने इनकार किया कि मुझे मामले की कोई जानकारी नहीं और कहा कि इस अफ़वाह पर मुझे झटका लगा है। उसने मुझ पर यक़ीन नहीं किया।

वह गरजने लगा, 'मैं इसकी खोजबीन करूँगा। मैं बहुत से लोगों को नेस्तनाबूद कर दूँगा। मैं असलियत निकालने के लिए ख़ून कर डालूँगा।'

मैं सीधी खड़ी हो गई और अपने बेटे से बैठ जाने को कहा जिससे कि मैं उससे ऊँची हो सकूँ। जब मैंने उससे उसके बाप के पापों के बारे में बताना बन्द किया वह हिल रहा था।

'अब जबकि तुम यह जानते हो कि तुम्हारे बाप के हाथों मुझे कितना नापाक किया गया है, तुम्हें कितनी शर्म महसूस होती है ?' मैंने उससे पूछा।

हम, मैं और वह एक जैसे दर्द से लड़ रहे थे। फ़र्क़ इतना था कि जहाँ वह इसे दबाने को बेताब था, मैं इसे बिखराने को बज़िद थी।

'यह बताओ कि तुमने खुद को मेरी माँ के बतौर नंगा किया है,' उसने झल्लाकर कहा।

मैंने उस हरेक दावे से इनकार किया जो मेरी इज़्ज़त के बारे में किए जा रहे थे। मैंने अपनी हरकतों से वैसे ही इनकार किया जैसे मेरे शौहर ने अपनी हरकतों को छुपाया था।

'वे अतीत की बातें करते हैं। वह सबकुछ हवेली के अन्दर हो रहा था। बहुत से लोगों को पता लग गया होगा या कुछ शुबहा हुआ होगा। मैं बाहर क़दम रखने की ज़ुरअत कैसे कर सकती थी। एक ख़रतनाक राज़ मैं एक ऐसी जगह कैसे बनाए रख सकती थी जो जासूसों से भरा पड़ा हो ? मेरा यक़ीन करो। मैं तुम्हारी माँ हूँ। मैं सच कह रही हूँ।' अगर मेरे इनकार से उसको कुछ राहत मिली थी, मेरी शर्मनाक कहानी ने उसको चकनाचूर कर दिया।

जब महारानी के शौहर का गोली मारकर ख़ून कर दिया गया, मेरे दिल ने कहा कि उसके नसीब में आए इस पेच में राजाजी की शिरकत है। उसी ने मुझसे यह भी कहा कि उसके दिमाग़ में गोली मैंने चलाई है।

राजाजी मेरे कमरे में घुसा। उसका चेहरा तमतमा रहा था। आँखें बाहर निकली थीं। लेकिन वह परेशान क़त्ल को नहीं, अफ़वाहों को लेकर था।

वह एक के बाद एक तुहमत लगाता गया, 'यह हमेशा तुम थीं, तुम मेरे बाप की आस्तीन में पलती हुई नागिन। अगर तुमने उसके नेकनाम को दुबारा बदनाम करने की ज़ुरअत की, मैं तुमको एक नज़ीर बना डालूँगा।'

उसने ऐलान किया, 'मैं महारानी से शादी कर रहा हूँ,' और मैं पुकार उठी, 'तुम यह नहीं कर सकते। वह तुम्हारी बहन है।'

उसने मेरी ओर अपने बाप की तरह फुसकारा, 'मेरी ज़िन्दगी में दखल देने का तुम्हें कोई हक नहीं है। मैं किसी से नज़र नहीं मिला सकता क्योंकि मेरी माँ रंडी है। मैं अपनी नज़रें नीची रखता हूँ, क्या पता कि जिस चेहरे को मैं देख रहा होऊँ वो उसके आशिक़ का हो।'

उसने हिदायत दी कि मैं बावर्चीखाने की अपनी पुरानी जगह लौट जाऊँ। जोर से दरवाज़ा बन्द किया और मुझे ख़ौफ़ व गुस्से से काँपता छोड़ गया।

तब से हर रोज़ उसके बाप की मुश्क की तरह उसकी गालियाँ भी फ़ज़ा को भरने लगीं। यहाँ तक वह पूरे तौर पर अपने बाप के रंग में रँग गया। यह जानकर मैं सकते में आ गई कि राजाजी ने अपने बाप के नाक़ाबिले मुआफ़ जुर्मों की जानकारी को खुरच डाला है। अपने ज़हन में उसने सिर्फ़ मेरे गुनाहों को उकेर रखा है। वह मुझसे एक बेइज़्ज़त नौकरानी की तरह पेश आने लगा। डर था कि अगर वह इतने खुले तौर पर मुझे गालियाँ बक सकता है, वह मुझे खज़्ज़ी कोड़े से पीट भी सकता है। उसके गुस्से ने एक गहरा ज़ख़्म बना दिया और वो कभी भर नहीं पाया।

मेरे शौहर की पहली बरसी पर मक़बरे के लाउडस्पीकर से उसकी तारीफ़ में आवाज़ें फूट पड़ीं। उसकी रूह को सुकून बख़्शने के लिए दुआएँ पढ़ना मेरे लिए बर्दाश्त नहीं था। मैंने ऐलान कर दिया कि मैं बीमार हूँ। मेरे सोने के कमरे का दरवाज़ा बन्द कर दो और मुझे गहरी नींद में डूब जाने दो।

13

अंधा विश्वास टूटता है

अपने कपड़ों का नाप देने के बहाने अपने कमरे में तारा के साथ बन्द होकर मैं एक नई मुसीबत से रूबरू थी। पठान ने उसको बताया था कि फिल्मों में पीर साईं कहीं नहीं था, मैं हर जगह थी।

उसने सलाह दी, 'इस फ़िल्म को ज़्यादा फैलाने से उसे सिर्फ़ आप रोक सकती हैं। इसमें पीर साईं महज परछाईं की तरह दिखता है। फिल्म का इस्तेमाल सबूत के तौर पर सिर्फ़ आपके ख़िलाफ़ होगा।'

मैंने उससे पठान के साथ एक और मुलाक़ात तय करने को कहा।

'इसको कल रखो। आधी रात को आओ। तुम्हें ज़्यादा देर से आने का ख़तरा मोल नहीं लेना चाहिए। मैं यहाँ से खुद-ब-खुद निकलने की कोशिश करूँगी। पिछले दरवाज़े की दूसरी तरफ़ मेरा इन्तज़ार करना।'

आईने में चेहरा सख़्त हो गया था। इस क़िस्म के चेहरे को मैं पसन्द नहीं करती थी। सफ़ेद होने की हद तक लिपा-पुता और पाउडर थुपा। पलस्तर में दरारें पड़ गईं। लाल लिपस्टिक मेरे आठों से ख़ून बहा रही थी और काला सुरमा मेरे आँखों के आरपार था। एक पागल पीरनी ने मुझे पलटकर घूरा। मैंने रोल को देखा, लेकिन मैं एक शख़्स भी तो थी ? आईने वाली औरत ने ज़िले भर को बहका रखा था। प्यारी, एक रंडी ने वो कर दिया, जो मैं एक हीर, एक पकीज़ा करने का ख़याल भी नहीं कर सकती थी। साईं पीर के कर्म की आग में जलती हुई मैं अपने इर्द-गिर्द को जलाने के लिए सभी तरफ़ भागी। ख़ुदा और शैतान, सही और ग़लत, काला और सफ़ेद ये सब के सब मेरे मन और जीवन में एक-दूसरे में फँस गए थे।

हमेशा की तरह मैंने अपने कमरे को अन्दर से और गुसलखाने को बाहर से बन्द किया। तेज़ी से मैं पिछले दरवाज़े की ओर गई। लकड़ी के तख़्तों से इसे बन्द कर दिया गया था। कीलें गाड़ दी गईं।

फँस गई। मैं लौट पड़ी।

मैं पगला गई। अपने चेहरे से मैंने सब कुछ रगड़कर छुटा दिया। वे मेरे पीछे थे। किसी ने पीर साईं को ख़तावार नहीं ठहराया। हर कोई मेरे वर्तमान की

बात करता, उस अतीत की कभी नहीं, जिसे उसने ख़राब किया था। जैसे कि वीडियो फिल्मों में नहीं था वह कहीं नज़र नहीं आता था। जैसा कि मैंने सोचा था बदनाम मक़बरा नहीं, सिर्फ़ मैं हो रही थी।

जब दुल्हन के साज़-सामान का इन्तज़ाम उसने मेरे बजाए अपनी बुआ को सौंप दिया, ज़िल्लत की बाबत जुबान तक नहीं खोली जा सकती थी।

बजाए मेरे वह उल्टा मेरे ऊपर चीख़ा, 'तुम हम लोगों के बीच रहने के क़ाबिल नहीं हो। मेरी बीवी तुम्हारे असर से बाहर रहेगी।'

मैंने उससे आहिस्ता से पूछा, 'तुम अपने बाप के पापों को कैसे भूल सकती हो जो उसने मुझसे कराए थे ? मेरे पाप उसके और तुम्हारे से ज़्यादा कैसे हैं ?'

'तुम झूठ बोलती हो मेरे बाप के बारे में,' उसने पलटकर जड़ा, 'तुम सब कुछ कर सकती हो। तुम अपने बच्चों की खाल से जूतियाँ बना सकती हो।'

उसके अल्फ़ाज़ से मुझे गहरी चोट पहुँची लेकिन इसके लिए इसकी कोई अहमियत नहीं थी। वह गला फाड़कर चीख़ रहा था।

मैंने उससे अपनी आवाज़ नीची रखने को कहा, 'मैंने ऐसा कुछ नहीं किया है। ये बकवास पिछली अफ़वाहों से पैदा हो रही है। यहाँ की औरतों को क्या मेरी ग़ैरमौजूदगी का पता नहीं चलता।'

उसने फ़र्श पर अपने पैर पटके, मेज को ठोकर मारी और मेरी ओर मुट्ठी कसीं।

'तुम झूठी, तुमने हिमाक़त की। गर्म कुतिया की तरह तुम पिछले दरवाज़े से चुपके से खिसक गईं जो सिर्फ़ मेरे बाप के इस्तेमाल के लिए था। तुमने मुझे जागीरदार के सामने ज़लील कर दिया। अपने आपको हीर, हवेली की मालकिन, मक़बरे की आबरू ऐलान करती हुई तुम दरवाज़े दरवाज़े गईं।'

उसके पास की इत्तला से मैं हिल गई। मैं उससे भी तेज़ चिल्लाई। 'लेकिन मैंने कहा था कि जागीरदार तुम्हारे बाप के मरने से पेश्तर मुझे जानता था। उससे पूछो। जिस औरत को तुम बद्दुआ दे रहे हो, वह तुम्हारे मक़बरे में पैदा हुई थी, माँ की कोख में नहीं। मैंने तुम्हारे बाप को अपने फ़र्ज़ों से ज़्यादा ख़ुश किया है। यहाँ मेरे ऊपर किसी का कोई क़र्ज़ नहीं।'

मेरी बदनामी में वह अपने बाप के रोल को मंजूर नहीं कर सका, और मेरे ज़हन से इसकी याद तक को मारने को बज़िद था।

तारा को हवेली के दरवाज़े पर रोक दिया गया।

मुझे चोट लगी, पर मैं उलझी हुई थी।

गोकि हर कोई जानता था कि महारानी से शादी करने को राजाजी को पीर साईं की दुआएँ हासिल नहीं थीं, किसी ने अब उसकी कार्रवाई पर सवाल करने की जुरअत नहीं की। शायद, मेरी तरह, अनजाने में राजाजी भी मिथक तोड़ रहा

था। शायद राजाजी की अपने ही खानदान के भीतर ज़िना की हरकत से सचाई फैल जाएगी। शायद इससे लोगों की जुबानें मेरे बजाए मक़बरे के ख़िलाफ़ खुलने लगेंगी। राजाजी के अज़ाब से मज़ारों की लम्बी कतार का सुकून भी धमाके में टूट सकता था।

जब गुप्पी और उसकी बहनें अपने भाई की शादी में शरीक होने आईं, हम लोगों के बीच खींचतान थी।

गुप्पी ने कहा, 'अम्मा, मेरी ननदें तुम्हारे बारे में बुरा-भला कहती हैं। वे ऐसी बातें कहती हैं, जिनको सुनकर मुझे शर्म आती है। हमें क्या हो रहा है ?'

मैंने जवाब नहीं दिया।

दिया और मुन्नी भी परेशान थीं, 'जब हम आपकी तरफ़दारी करते हैं हमारे शौहर हमें मारते-पीटते हैं। यह सब क्यों हो रहा है, अम्मा ?'

मेरा दिल पिघलने को तैयार था, लेकिन मैंने उसे जमा दिया और उनको झिड़का, 'अपनी ज़िन्दगियों से खुद निपटना सीखो। तुमने अभी कुछ नहीं भुगता है, फिर भी तुम भेड़ों की तरह मिमिया रही हो। तुम उस औरत की बेटियाँ हो जो अपने शौहर के बाद की ज़िन्दगी जी रही है। मुझे कोई दीगर रास्ता नहीं मालूम। बकवास कोई नहीं रोक सकता, मैं भी नहीं।'

गुप्पी ने सिर हिलाया और यह बात अपनी बहनों को समझाने की कोशिश की। जब उन्होंने भी अपना सिर हिलाया, मुझे नहीं लगा उनमें से किसी ने कुछ भी समझा हो।

माँ और मेरी बहनें आईं।

मेरे बेडरूम के एकांत में माँ ने अपने दोनों हाथों से अपनी छाती पीटी और चिल्लाने लगी, 'तुमने अपने साथ यह क्या कर लिया है मेरे बच्चे ? तुमने हमारे साथ क्या किया है ? जब तुम्हारा शौहर ज़िन्दा था, अपने दुखों को हम उसकी हैसियत के पीछे दबाकर ख़ामोशी से भुगतते रहते थे। अब उसकी गन्दगी तुम हमारे ऊपर फेंक रही हो। क्या तुम नहीं देखती हो कि तुम्हारी ज़िन्दगी पर आपद ख़तरों से मैंने अपने बच्चों को कैसे बचाया है ? अपने आपको तुमने इनके बीच फेंक दिया है।'

गोकि भाई ने उन शर्मनाक कहानियों का ज़िक्र नहीं किया जो अब मेरे स्कूल के संगी-साथियों में फैली थीं, वह मुझसे उसी दूरी से मिला जिससे मेरी बहनें और बेटियाँ मिली थीं। हर किसी की तरह भाई भी मेरी बेहाली को समझता नहीं लगता था। माँ की तरह वह भी यक़ीन करता था कि पीर साईं को अपने पीछे बदी का निशान तक छोड़े बिना मर जाना चाहिए था।

सख़ी बीवी भी आई।

ज़िन्दगी को तबाह कर देनेवाली आग के बाद हवेली में वह पहली बार आई

थी। गोकि उसने उसका ज़िक्र नहीं किया था, उसकी जली हुई जिल्द ने उसके चेहरे पर एक साफ़ नक़्शा उकेर दिया था। मैंने ख़याल किया कि ऐसा ही नक़्शा उसके सारे जिस्म पर बना हुआ है। पहले की तरह वह मेरे साथ दोस्ताना नहीं थी। उसकी आवाज़ में नामंज़ूरी की गोट टँकी थी।

'तुम्हारे बारे में मैंने बहुत-से क़िस्से सुने हैं। तुम अपना बुढ़ापा अल्लाह को वक्फ़ करके काट सकती थीं जिसने तुम्हें एक बेरहम शौहर से निजात दिलाई थी। इसके बजाए लोग तुम्हें एक आवारा औरत कह रहे हैं।'

ग़ुस्सा होकर मैंने उससे कहा कि वह अपनी राय अपने तक रखे और मेरे मुआमलों से दूर रहे।

उसने मौज़ू बदल दिया। बताया, 'महारानी के शौहर का ख़ून राजाजी के गुंडों ने किया था। बड़ी मलकानी अपने ख़ानदान के शर्मनाक राज़ का इंकशाफ़ नहीं कर सकती हैं। वो उसने अपने सीने में दफ़्न करके रखा है। बेइज़्ज़ती से उसके सामने खुदकुशी के सिवा कोई दीगर रास्ता नहीं बचेगा। लेकिन इस शादी को रोकना मेरा फ़र्ज़ बनता है। इसको रोकने में तुमको मेरी मदद करनी चाहिए। आज ही। इसीलिए मैं यहाँ आई हूँ।'

ठंडे होकर मैंने जवाब दिया, 'मेरा बेटा शैतानी ज़ंजीर की एक कड़ी है। तुम उससे अल्लाह की रज़ा का पाबन्द होने की उम्मीद क्यों करती हो ? यहाँ इस्लाम के किस उसूल पर अमल किया जाता है कि इसको ही न छोड़ा जाए ? यह अज़ाब न तो कोई अकेला है और न ही सबसे बुरा। तारीख़ी ग़लतफ़हमियों को चकनाचूर हो जाने दो और गलाज़त छिटककर ऊपर आ जाएगी।'

उसने समझ लिया कि मेरे बयान का कोई सिर-पैर नहीं है और कहा, 'इस जुर्म को इजाज़त देने के लिए तुम्हारे ऊपर अल्लाह की बद्दुआ नाज़िल होगी।'

मैंने अपने सिर को एक तरफ़ से दूसरी तरफ़ हिलाया, 'नहीं यह नहीं होगा। उसकी बद्दुआ मेरे ऊपर तब ही नाज़िल होगी जब मैं बुराई को ख़ुद-ब-ख़ुद जाहिर होने से रोकूँगी। इसके नुमायाँ होने से ही लोग देख पाएँगे कि यह बदनुमा निज़ाम इस्लाम की नसीहतों के बरखिलाफ़ है। जब लोग यह दखेंगे वे इसे अपने आप उखाड़ फेंकेंगे। वे ऐसा कर सकते हैं।'

अपने बारे में उसकी राय को मैंने साफ़ करने की कोशिश की, 'क्या तुम यह नहीं देख सकतीं कि मैं क्या कर रही हूँ ? यह गन्दगी इसलिए है कि मैंने अपना बुर्क़ा उतार फेंका है। मैंने अपने जिस्म को नंगा किया है कि सचाई उजागर हो सके।'

सख़ी बीवी ने मुझे अनिश्चय के साथ घूरा, 'लेकिन तुम अल्लाह की आवाज़ से भी आगे बढ़ गईं। बुराई के उसी रास्ते पर चलती हुई तुमने अल्लाह के नाम पर गुनाह किए हैं।'

मैं उठ खड़ी हुई और चल पड़ी।

उसकी दलील हर दीगर शख़्स जैसी ही थी।

मेरी नज़र में बुराई को दफ़्न करने और अपनी इज़्ज़त को बरक़रार रखने का मतलब बुराई को पालना था। पर्दाफ़ाश करने का मलतब हालात को जैसे का तैसा बनाए रखना नहीं था। उसका मतलब था कोई बदलाव नहीं। मुझे पता था कि सही मक़सद के लिए मैंने ग़लत काम किया है। सचाई ने अभी से ही खदबदाना शुरू कर दिया था। यह पागल लोगों की क़ब्रों से लावा की तरह उठ खड़ी होगी।

हर किसी ने राजाजी के गुनाह पर जश्न मनाया।

अगर कोई ख़ानदान के भीतर ज़िना की बात फुसफुसाता, दूसरे इसे गर्द की तरह झाड़कर एक तरफ़ कर देते।

'अगर बात सही होती, तो यक़ीनन शादी नहीं हो रही होती। राजाजी को ज़रूर ही इल्म होता,' अफ़वाह को मारते हुए वे कहते।

जब महारानी हवेली की मालकिन बन गईं, मैं अपने बेटे के लिए और उसके ख़िलाफ़ रोई। उससे कहा गया था कि वह मुझसे दूर रहे। मैंने इस तौहीन को महज़ इसलिए गले उतार लिया कि वह ख़ुद भी इस ज़ंज़ीर में महज़ एक और फंदा था जो अंधी अक़ीदत का गला घोंट देगी।

तारा बीमार थी।

इस ख़बर से मेरा दिमाग़ चौकोर पिंजरे में क़ैद हो गया। दहशत के पुराने अहसासात से लड़ते हुए मैंने एक उस नौकरानी के जरिए कई पैग़ाम भेजे जिस पर वह एतबार करती थी। ख़बर आई कि वह बहुत बीमार थी, जवाब देने तक की हालत में नहीं। कुछ भी करने की शिद्दत मर गई। मक़बरे को तबाह करने की मेरी जबरदस्त ख़्वाहिश वैसे ही मर गई जैसे कि हमल के पहले माह में अचार खाने की।

तारा की ग़ैरमौजूदगी ने मुझे अपाहिज बना दिया।

ट्रेंकुलाइज़रों से मैं तमाम दिन सोती रहती। जब मैं उठती और गोलियाँ हलक से उतार लेती ताकि जो बच गई होतीं उनसे बचा जा सके।

मैं नफ़रत से वहशी हो रही थी। एक ज़ख़्मी चिड़िया की तरह मैं बिना किसी दिशा के उड़ रही थी। ऐसी उड़ान को जारी रखना नामुमकिन था। राजाजी ने मुझे गिरा दिया।

मेरे सिर पर पीर साईं, लड़कियों और हीरो लोगों, माँ, भाई और अपनी बेटियों, छोटे साईं, नौकरानियों, चील और यतीमड़ी, यहाँ तक कि सख़ी बीवी और जागीरदार तक के ख़याल धमा-चौकड़ी मचा रहे थे, कि मेरे कमरे में राजाजी घुस पड़ा और तारा की वफ़ादार नौकरानी को मेरे पैरों पर पटक दिया।

राजाजी ने अपने बाप की जगह ले ली थी।

सीधा और पेड़ की तरह लम्बा। उसकी भौंहों के बीच गुस्से की वैसी ही गहरी लकीरें। उसकी आँखों से वैसी ही अजीबो-ग़रीब रोशनी चमकती थी। उसने नज़र उठाए बग़ैर ऊपर देखा। उसके ओंठ एक सीधी लकीर बनाते हुए दब गए। उसका बाक़ी चेहरा काले बालों से ढँका था। उसके हाथ वो ही तस्बीह घुमा रहे थे। उसकी आवाज़ ने मुझे झटके से वापस हाल में ला दिया, उसके पास, अपने बेटे के पास।

'मैं यहाँ का सबसे बड़ा हुक्मरान हूँ। किसी भी औरत को, खासतौर पर मेरी माँ को यह नहीं भूलना चाहिए कि मैं सब कुछ पता लगा लेता हूँ,' डरी हुई नौकरानी को ठोकर मारते हुए उसने कहा।

रँगे हाथ पकड़ी गई थी। मैंने रहम की भीख माँगी, 'तुम्हारे बाप ने मेरी ज़िन्दगी तबाह कर दी। उसने हम सबको बर्बाद कर दिया। मैंने कुछ नहीं किया है। अफ़वाहें पुरानी हैं। लोग गुज़रे दिनों की बातें कर रहे हैं।'

मैं उसके पैरों पर गिर गई।

उसने उनको हटाया तक नहीं।

इसके बजाए वह नौकरानी पर चिल्लाया और मुझ पर बरस पड़ा, 'मेरे बाप ने तुम्हें सड़कों पर नंगा नहीं घुमाया था और तुम्हारा परिचय मेरी माँ के बतौर नहीं कराया था। उसकी जो भी बुराई हो, उसने उसको हमसे परे रखा। उसने अपनी गन्दगी अपनी औलादों पर नहीं फेंकी। उसने सिर्फ़ तुम्हारे साथ ख़ुदगर्जी से काम लिया। तुम हम सबकी जानिब ख़ुदग़रज़ रही हो। अपने वारिसों को मैं तुम्हारी परछाईं तक से बचाये रखूँगा।'

वादा किया कि मैं उसको आगे शर्मिन्दा नहीं करूँगी।

राजाजी से मैंने अपने को माफ़ करने की भीख माँगी। लेकिन वह उठ खड़ा हुआ।

मैंने उससे इसरार किया, 'मुझसे मुँह नहीं मोड़ो। वादा करती हूँ कि मैं मक़बरे को दाग़ नहीं लगाऊँगी। मैं दुआ करूँगी कि जो अपयश फैल रहा है वो यकायक रुक हो जाए। एक अच्छी माँ बनने का मुझे एक मौक़ा और दो।' दरवाज़े पर रुकते हुए उसने ऐलान किया, 'तुम्हारी हमजुर्म, वो रंडी, मर गई है।'

तारा मर गई ?

तारा !

अपने दिल को मैंने इसकी अंधेरी गहराई में गिरने से रोका। झटका, ग़म के बराबर था। वह फूट पड़ा, 'मरने से पेश्तर उसने सब कुछ उगल दिया था। मैं औरतों से बातें निकलवाना जानता हूँ।'

जब मैंने वापस बुलाने को आवाज़ लगाई, वह आँगन में था। वह कमरे के बीचोंबीच खड़ा था और मैं अलमारी से चीज़ें फेंक रही, ज़ोर-ज़ोर से चिल्ला

रही थी, 'पीर साईं ने तुम्हारी माँ या तुम्हारी इज़्ज़त की हिफ़ाज़त करने के लिए कुछ नहीं किया। हर कोई सब कुछ जानता है। किसी से कुछ भी छिपा नहीं है। बस वे उसके बारे में कुछ बोलते नहीं हैं।'

मैं वाक़िफ़ थी कि मेरे सबूत मेरे ही ख़िलाफ़ हैं और उसके बाप के ख़िलाफ़ कुछ साबित नहीं करते, मैंने वीडियो फिल्मों को अपना हथियार बनाया और उनको उसकी आँखों के आगे ठेल दिया।

'तुम मुझे ज़लील करते हो ? अपनी बीवी के साथ बैठो जो तुम्हारी बहन है, और इन फिल्मों को देखो जो तुम्हारे बाप ने तुम्हारी माँ की बनाई हैं। तुम्हें बहुत से लोग नज़र आएँगे जिनको मैं नहीं पहचानती, तुम जानते हो।'

राजाजी ने मेरे हाथों से फिल्में छीन लीं। उसके अल्फ़ाज़ से मेरी साँस निकल गई।

'उस रंडी ने मुझे पठान तक पहुँचा दिया। मैंने मार-मार कर उसका मलीदा बना दिया। अल्लाह के फ़ज़ल से मेरे बाप का उन फ़िल्मों से कुछ लेना-देना नहीं। वह कहीं दिखाई नहीं पड़ता। मेरी माँ ही बेशर्म है।'

मैं बेशर्म थी ? मैं ?

वह अकड़ता हुआ बाहर हो गया जबकि बेहाल मैं उसके पीछे चीख़ती रही, 'उस साये के बारे में क्या कहते हो जो लगातार मौजूद है ? वो किसका है ?'

वह रुका गोया कि उसको किसी ने ईंट मार दी हो।

लेकिन फिर वह चल दिया। परछाइयों में कोई असलियत नहीं होती।

मेरी चीख़ों ने हवेली की तमाम औरतों को मेरे कमरे के दरवाज़े पर जमा कर दिया। मैंने गालियों से उनको तितर-बितर कर दिया। तारा जा चुकी थी। मुझे किसी और की दरकार नहीं थी। मैं कँपकँपा गई कि उसने उस पर कितनी बेरहमी से ज़ुल्म ढाया होगा, वरना वह उसे पठान तक नहीं पहुँचाती। मैं यह सोचकर भी लरज़ गई कि राजाजी मेरे बारे में सब कुछ जानता है।

सुबह सिलेटी और नाउम्मीद थी।

मेरे चारों ओर की दीवारें जुड़ गई थीं।

मेरी दुनिया फिर चौकोर हो गई। मेरे बच्चे मुझसे और उससे भी ज़्यादा दूर चले गए थे जितने कि वे मेरी मौत के बाद जाते। हैरत की चीज़ यह थी कि जब पीर साईं ज़िन्दा था सब कुछ बेहतर था। शैतान के बग़ैर ज़िन्दगी के बोझ ने मुझे ख़ुदा के साथ जोड़ दिया था। मैं क़ुरान पढ़ती। छोटे साईं को रोती। क़िब्ला के सामने मैं अम्मा साईं की तरह पत्थर बनती जा रही थी।

महारानी हामिला हो गई। मेरा बेटा, जिसने इस तबाही की दाग़-बेल डाली थी, अब अपने आपसे एक सवाल गोकि देर से, पूछने लगा। वह बाप बनने जा रहा था या मामा ? जब उसके संगीन गुनाह ने उसके ज़हन में कीड़े की तरह

रेंगना शुरू किया, वह अपनी बीवी पर चीख़ने-चिल्लाने लगा और भयानक सचाई से दूर भागने के लिए नशे में डूबने लगा। जब इससे भी मदद नहीं मिली, उसने जिस पर भी उसकी नज़र पड़ी, उस हर नौकरानी की बाँहों में खो जाने की कोशिश की। और या वह अपने को कमरे में बन्द करके अपनी माँ और बीवी को बुलन्द आवाज़ में गालियाँ बकता जबकि उसके मुरीद सब्र के साथ मक़बरे में उसका इन्तज़ार करते और उस बुखार से निजात पाने, सेहतमंद होने की दुआ करते जिसने उसको पकड़ रखा था।

महारानी की कोख में पलती हुई बुराई के बीज ने बड़ी मलकानी को सता-सताकर मौत तक पहुँचा दिया। छोटी मलकानी अपने ऊपर हादसों के ढेर के नीचे से बिलखती रहती।

'हमें क्या हो रहा है ? हमारे साथ कुछ मनहूस हो रहा है ? यह सब क्या है ?' उसकी बहन की मौत पर जो कोई मातमपुर्सी करने गया उससे बिलख-बिलखकर वह यही कहती।

सखी बीवी ने उस राज़ को खोल दिया जिसे बड़ी मलकानी अपने दिल में गहरे दबाए क़ब्र में चली गई थी। छोटी मलकानी यह राज़ अपने शौहर को बताने दौड़ पड़ी जो इसको बताने के लिए अपने भाई तक दौड़ा गया।

'हमारे बच्चे हमारी औलाद नहीं। महाराजा तुम्हारा बेटा नहीं था और महारानी मेरी बेटी नहीं।'

पस्ती के आलम में दोनों भाइयों ने अपने सिर दीवार पर पटक दिए। नाउम्मीद और बेइज़्ज़त उन्होंने अपनी कलाइयाँ काट लीं और ख़ून बहने से मर गए। छोटी मलकानी की लाश उनके पीछे-पीछे क़ब्रिस्तान पहुँची।

यह सुनकर कि उसका शौहर असलियत में उसका भाई था, अपना दिमाग़ी संतुलन खो दिया। मक़बरे के लिए अभी वह अपनी कोख से हत्यारे राक्षस देव पैदा भी नहीं कर पाई थी। उसने अपने बाल नोच लिये और अपने गालों पर इतने थप्पड़ मारे कि उसके दर्द होने लगे।

मैंने अपने दोनों नातियों को घूरकर देखा और सोचने लगी कि उनके बारे में क्या महसूस किया जाए। उनके जिस्मों में शैतानी ख़ून दौड़ रहा था। वे अपने बाबा के प्रतिरूप थे। वैसी ही चढ़ी हुई नाकें, भौंहों के बीच वैसा ही कटाव, मुँह की जगह एक लकीर और उनके सिरों पर भँवर काले बाल। ये जल्दी ही उनके चेहरों को ढँक लेंगे। उनके पालनों से मुझे वही बू आई जो उनके दादा की क़ब्र से उठती थी। मैंने उनको छुआ नहीं।

राजाजी को मैंने तारा की मौत के बाद से नहीं देखा था। जब मैंने उसे बुलाया, वह पन्द्रह दिन के बाद आया।

'तुम मुश्किल में हो मैं तुम्हारी मदद करना चाहती हूँ,' मैंने बात शुरू की

लेकिन उसने मुझे बीच में ही काट दिया। नशे की हालत में जाने के लिए मुड़ा। मैं उसके पीछे चिल्लाई, 'तुम्हारी शादी पाप है। महारानी को उसके बच्चों के साथ जाने दो।'

उसने मुझ पर ताना कसा, 'तुममें पाप की बात करने की कुछ हिम्मत है। मुझसे दूर रहो नहीं तो किसी दिन मैं तुम्हें ज़िन्दा जला दूँगा।'

लड़खड़ाकर जाते हुए वह चीख़ा, 'इससे भी बेहतर होगा कि मैं अपने चाचाओं से बात करूँ।'

मेरे दिल की धड़कन रुक गई।

उसके चाचाओं के चाल-चलन मेरे शौहर से ज़ुदा नहीं थे। ऐसा लगा कि राजाजी से निपटा जा सकता था, लेकिन मैं उनसे नहीं निपट सकती थी।

थोड़ी ही देर में राजाजी अम्मा साईं के कमरे में घुसा। उसके सभी चाचा उसके साथ थे। दाई ने उनको चाय पेश की और चुपके से उनकी बातचीत सुनी। नहीं तो उनके दिमाग़ों को जानने का और कोई ज़रिया नहीं था।

कई महीनों की मेरी क़ैद के बाद भी इलाके में मुझसे जुड़ी अफ़वाहों का फैलना बन्द नहीं हुआ था। राजाजी की शादी की गप्पों के साथ मिलकर वे, उसके रिश्तेदारों की दर्दनाक मौतों के क़िस्सों से जुड़ गईं और उसके बेटों की मुर्दों जैसी बू के साथ फैल गई थीं।

'हमारे जैसे ऊँचे और इज्जतदार ख़ानदान इससे पहले कभी इस तरह से शर्मिन्दा नहीं हुआ था। इससे ज़्यादा बुरा और कुछ नहीं हो सकता है। हम पीरों की बजाए चोरों की तरह चलते हैं। जल्दी ही हम पवित्र मज़ारों की जगह बदनामियों में दफ़्न हो जाएँगे,' वे गुर्राए।

राजाजी के अल्फ़ाज़ ने मेरा दिल तोड़ दिया, 'अगर मैं उसका ख़ून कर सकता, मुझे ज़्यादा ख़ुशी मिलेगी।'

वह अपने चाचा का ख़ून क्यों नहीं करना चाहता था, जिसकी तमाम ज़िन्दगी ख़ानदानी ज़िना में गुज़री थी ? मैंने सोचा।

इसके बजाए उसी चाचा ने मेरे बेटे के अतिवादी सोच का विरोध यह कहते हुए की, 'इसकी मौत लोगों की यादों को नहीं धो डालेगी। बदनामी झाड़ की आग की तरह फैलती है। लोग उन घरों की फेहरिस्त बना रहे हैं, जहाँ वह उस रंडी तारा के साथ गई थी। लोग सलाह-मशविरा कर रहे हैं।'

कीड़े मारने की दवा के चोर चाचा ने अपना सिर हिलाया, 'यह नामुमकिन है। शायद वह हवेली से बाहर ही नहीं गई,' और अय्याश चाचा शुबहा करने के लिए उस पर टूट पड़ा, 'आग के बग़ैर धुआँ नहीं होता। जड़ के बिना कुछ नहीं उगता।'

मैं बेबसी की हालत लेकिन गुस्से में सोच रही थी कि वे उस ज़हरीले धुएँ

को क्यों नहीं देखते जो उनकी अपनी हवेलियों से निकल रहा था। राजाजी उन्हें उन हीरो लोगों के बारे में क्यों नहीं बताता जो उसके साथ कमरे में आए थे ? उस परछाईं का कोई ज़िक्र क्यों नहीं हो रहा था जो फिल्मों में मौजूद थी ?

भाइयों ने गुफ़्तगू की कि क़िस्सा किस तरह से उनकी अपनी नाकों के नीचे फैला है, इसको किसने तूल दी, इसकी बाबत कौन क्या बोला, और इसको लगातार कौन फैलाता रहा है। उन्होंने लोगों के नामों का ज़िक्र किया। उनमें से कुछ सही थे, कुछ झूठे। जब कोई मौजू आम हो जाता है तो ऐसा अकसर ही होता है। लेकिन उनकी दिलचस्पी असलियत जानने में नहीं थी, खासतौर पर जब उनके राज़ के गलीज़ छप्परों में ही उनकी ख़ुदाई पर सवाल किए जा रहे थे।

उन्होंने मेरे बेटे को सलाह दी कि पागल क़रार करके मुझे ताले में बन्द कर दिया जाए।

उन्होंने उसे ख़बरदार किया, 'अगर तुम यह नहीं करते उसे हम बन्द कर देंगे। हमें भडुवे के दर्जे तक नीचे गिराने की बजाए लोग हमारी इज़्ज़त करेंगे।'

क्या उनकी ताक़त उनके नीचे से खिसकती जा रही है ? मैं सोच रही थी।

उन्होंने मेरे बेटे को सलाह दी, 'यहाँ बहुत कुछ दाँव पर लगा है और मौक़ा बस एक है। होशियारी से इसका इस्तेमाल करो।'

क्या ख़ुदाई इख़्तियार वापस लिये जा रहे हैं ? मैंने सोचा।

'अगर एक बार सवाल उठ जाता है, मक़बरे की ताकत बिखर जाएगी। बेइज़्ज़ती को हमदर्दी में बदल दो, नहीं तो तुम निकाल बाहर किए जाओगे,' उसके चाचा ने ऐलान किया।

राजाजी का चेहरा तमतमा गया।

दाई ने मेरे भविष्य को बाँच दिया 'बीवीजी तुम ख़त्म हो गईं। तुम्हारी कोई मदद नहीं करेगा। कोई कर नहीं सकता। जब तक अकेला राजाजी गुस्सा था ज़्यादा डर की बात नहीं थी। अब बुज़ुर्ग शामिल हो गए हैं। वे मालिक से भी ज़्यादा बेरहम हो सकते हैं।'

अगर मैं ख़ुश थी कि मक़बरा ढह रहा है, मुझे यह भी यक़ीन था कि इसके साथ मैं भी गर्त में जा रही हूँ। बताने के लिए मैंने दाई का शुक्रिया अदा किया। उसने मेरे लिए दुआ की; अपने चेहरे से आँसुओं के धब्बों को पोंछा और मुझे यह सोचते छोड़ गई अगर आज मैं अपनी पूरी बदक़िस्मती का इस्तेमाल कर सकूँ, शायद कल मेरी किस्मत अच्छी हो सकती है। तब एक मर्तबा फिर मैं उम्मीद करने की हिम्मत करूँगी। अभी तो मैं मायूस महसूस कर रही थी। मैंने ख़याल किया था कि सबसे बड़ा ओहदा राजाजी का है, उनकी बाबत सोचा ही नहीं था जिनके लिए मैं ख़तरा थी। मैं एक बपौती के ख़िलाफ़ खड़ी थी। वो अब मेरे ख़िलाफ़ हमले की तैयारी कर रहे थे। अपने लिए शराब उँड़ेलने को मैं जल्दी से अलमारी

की ओर लपकी, गोकि मैं जानती थी कि अब वहाँ कुछ नहीं है। मैं बैठ गई और अंजामों के बारे में सोचने के बजाए ख़ुद को दुरुस्त करने के तरीक़ों की बाबत सोचने पर ज़ोर डाला।

मेरे ज़हन में मेरे शौहर के भाइयों के चेहरे कौंध गए। मैंने महसूस किया पीर साईं की मौत के बाद मेरी ज़िंदगी में वे एक रोल अदा करेंगे।

लेकिन वे करेंगे क्या ?

मेरी ज़िन्दगी एक भिखारी का जाड़ा हो गई थी। मैं इसके मक़सद को लेकर हैरान थी। इसका अंजाम क्या होगा ?

सवालात एक-दूसरे के पीछे गोलों में घूमते रहे···जैसे कि एक दुनिया, जिसको मैं कभी नहीं जी पाई। इनके कोई जवाब नहीं थे। सिगरेट का धुआँ कमरे को भरता रहा। बेहद संजीदा मैं फ़र्श पर चहलकदमी करती हुई बेहोश हो गई। जब मैं जागी, पिछली रात के तमाम ख़याल मेरी याद से ग़ायब हो चुके थे।

आख़िरकार मैंने फ़ैसला किया।

चूँकि मैं उनसे लड़ नहीं सकती थी, मैं उनको खदेड़ने की कोशिश करूँगी।

क़ुर्आन को अपने हाथ में लेकर मैं राजाजी की तरफ़ यह क़सम खाने को भागी कि मैं हमेशा अपने कमरे में रहूँगी। उसके कमरों से सटे हुए बरामदे में इन्तज़ार करते हुए मेरी नज़रें मेज़ पर रखे एक अख़बार पर पड़ीं। मैंने अपनी साँस रोक ली।

जब दरवाज़ा चरमराया, बिजली की कौंध की तरह मैं अख़बार से दूर हट गई। राजाजी लड़खड़ाता हुआ आया, उसे उठाया और टोकरी में डाल दिया और मेरी ओर झिड़कते हुए पूछा, 'तुम यहाँ क्यों आईं ?'

मैंने एक नए जोश के साथ जवाब दिया, 'मैं यहाँ पहले भी तुमसे मिलने आ चुकी हूँ। तब तुमने एतराज़ नहीं किया था।'

वह जल्दी में लगता था। मुझे भी वक़्त की दरकार थी और जो मैं कहने आई थी उसे कहे बग़ैर मैं एक नए पसोपेश के साथ लौट गई।

अब कोई अहद करना नामुमकिन था।

जब राजाजी काम पर चला गया, मैं फिर उसके बरामदे में खिसक आई। टोकरी की ओर लपकी और अपनी चादर में अख़बार छुपाकर एक चोर की तरह बाहर निकली। अख़बार दो दिन पुराना था। राँझा चला गया होगा। मैंने उस रेस्ट हाउस का पता दर्ज किया जहाँ वह ठहरा था।

इससे पहले कि वे मुझे क़ैद में डाल दें, राँझा से मेरा मिलना ज़रूरी था। उससे मुझे अपनी दास्तान कहनी थी।

'तारा, तारा,' मैं चिल्ला पड़ी। मैं मक़बरे को मलवे के ढेर में बदलने की ख़्वाहिश से अंधी हो गई थी। बदला लेने के जज़्बे ने मुझे चूस लिया था। जब

हवेली के दरवाज़े खुले थे, मेरे ज़हन से राँझा ग़ायब था।

'या अल्लाह ! मेरे साथ यह क्या खेल खेल रहे हो ?' मैं जाएनमाज़ पर सुबकने लगी। तुमने मौत से मेरी सुलह करा दी और फिर ज़िन्दगी में वापस लौटा दिया।

जाएनमाज़ को अपने मुट्ठियों से पीटती हुई मैं उसकी ओर चिल्लाई, 'मैं ख़ुद को मुहब्बत के पीछे दौड़ने से कैसे रोकूँ ? अगर यह मेरा जिस्म कर सकता मेरी रूह करेगी।'

अपने राँझा को मुझे एक बार फिर देखना था, अपनी ज़िन्दगी की क़ीमत पर भी।

'मेरी पुकार सुनो। मेहरबानी करके मुझे सुनो,' मैं चीख़ी, सुबकी और ज़ार-ज़ार रोई। अपने जाएनमाज़ पर सर झुकाकर मैंने अल्लाह की लानत-मलामत की, 'तू मेरे साथ खेलता क्यों है ? उसको मेरे ख़याल में क्या यूँ ही लाए थे ? मुझे बताओ कि तुम उसको मेरे ख़याल में क्यों लाए ? कम से कम एक सवाल का तो जवाब दे। किसी सवाल का जवाब तो दे।'

मैं रोई। मैंने भीख माँगी और इसरार किया, 'ख़ुद को राँझा की नज़रों में पाक साफ़ किए बग़ैर मैं अम्मा साईं नहीं बनूँगी। उसकी आँखों में अपनी एक भद्दी तस्वीर में क़ैद होकर मैं वैसे भी मर जाऊँगी। मेरी सुन अल्लाह ! रहम करके मुझे सुन।'

राजाजी के कमरों से वापस लौटती हुई मैं जब पिछले दरवाज़े के सामने से गुजरी, तारा की बुरी तरह याद आई। दरवाज़े पर लकड़ी के तख़्ते चस्पाँ थे। यह एक उस औरत की क़ब्र की निशानी थी जिस पर भूत सवार था। यह जंग की, या नसीब की या महज एक और रंडी की अलामत थी। इन सबसे ज़्यादा यह राँझा के लिए मेरी उड़ान पर एक रोक थी। इसको तोड़ना नामुमकिन था, इसको मंज़ूर करना सबसे ख़राब था। मेरी ख़्वाहिश हुई कि घड़ी तारा के दिनों की तरफ़ वापस मुड़ जाए। मैं उन आज़ाद रातों के लिए बेचैन होने लगी जब मैं जागीरदार की बजाए राँझा से मिल सकती थी। अख़बार को मैंने वापस राजाजी के कमरे की टोकरी में डाल दिया और जल्दी से लौट ली।

यह हो सकता है।

यह हो रहा है।

अपने ज़हन की ताक़त से मैं इसे होने दूँगी।

मैं जानती हूँ, मैं कर सकती हूँ। करना ज़रूरी है।

बेताबी में मैंने दाई को बुलाया। वह मेरी आख़िरी और अकेली उम्मीद थी। मैं उसके सामने बैठी ताकि वह साफ़ तौर पर मेरा और मैं उसका चेहरा देख सकूँ।

'दाई मुझे लगता है कि मैं जल्दी ही मरने वाली हूँ। जाने से पहले मैं अपनी

इज़्ज़त को वापस लौटाना चाहती हूँ।' अपनी ठोड़ी पकड़े वह मुँह को अपने जबड़ों में दबी नसवार के इर्द-गिर्द घुमा रही थी। उसके चेहरे से शुबहा की झलक मिल रही थी। उसने मुझे अपनी शुहरत की याद दिला दी। इसके बावजूद मैंने बात जारी रखी।

'मुझे तुम्हारी मदद की ज़रूरत है। मैं इस्लाम के एक आला आलिम को पैग़ाम भेजना चाहती हूँ। वह मेरी रहनुमाई कर सकता है।'

वह डर गई और दूसरी ओर देखने लगी। जब मैंने बात की उसे अपनी ओर देखने को कहा। अपनी नजरों को मैं उसकी आँखों से नहीं हटा रही थी। अपनी सनक को आगे बढ़ाने के लिए मैं उसको अपने बस में करना चाह रही थी।

'फ़िक्र मत करो दाई,' मैंने उसे तसल्ली दी, 'अपनी मदद करने के लिए मैं तुम्हारे साथ कोई जबरदस्ती नहीं करूँगी, पर मेरा दिल कहता है कि तुम करोगी।'

जो ज़ाहिर था उसके मुताबिक़ उसने अपना सिर हिलाया, 'बीवीजी, मैं बूढ़ी औरत हूँ। मक़बरे के साए में हम अपने पुरखों के जमाने से रह रहे हैं। मुझसे वो करने के लिए नहीं कहो जिससे मेरे पुरखों की रूहों पर बेवफ़ाई की बद्दुआ लगे, और मेरे आख़िरी साल उनकी बद्दुआ में गुजरें। वे मेरी ज़िन्दा खाल खींच लेंगे।'

अपने दोनों हाथ जोड़ते हुए उसने भीख माँगी, 'मेहरबानी करके मुझे इससे बख़्श दो। इससे हम दोनों मारे जाएँगे। अल्लाह तुम्हारी इज़्ज़त को और दिमाग़ी सुकून को खुद लौटा देगा।'

इससे काम नहीं निकल रहा था और मैं किसी दूसरे पर एतबार नहीं कर सकती थी। तारा को भेजे मेरे पैग़ाम बीच में ही पकड़े गए थे। एक अकेली दाई ही थी जिस पर वे शक नहीं करते थे। वह ही एक थी जो शायद मेरी चुगली नहीं करती। लेकिन वक़्त कम था : जब हम बात कर रहे थे राँझा शायद खाना खा रहा हो। मुझे उसे राज़ी करना ज़रूरी था।

मैंने बेसुध होने का ड्रामा किया, 'दाई मुझे काबा का ख़्वाब आया। उसमें देखा कि मैं और तुम हज अता कर रहे हैं।'

उसकी बूढ़ी आँखें पूरी खुल गईं। मैंने बात जारी रखी, 'मैं मदद के लिए दुआ माँग रही थी कि आसमान से एक आवाज़ आई। उसने कहा कि मुड़ो और देखो इस काम के लिए एक फ़रिश्ता तैनात किया गया है। जब मैं मुड़ी, मैंने एक औरत को सिज्दा में देखा। जब उसने अपना सिर उठाया, वह तुम थीं।'

दाई अपने आपको कभी काबा पहुँचने के लायक भी नहीं समझती थी। अल्लाह उसे फ़रिश्ता कहे, यह बात तो दूर की थी। वह रोने लगी।

मैंने अपनी आवाज़ उसकी सुबकियों से तेज़ की, 'मैंने अल्लाह से तुम्हारी

मदद इसलिए माँगी थी कि उसने मुझे ऐसा करने की हिदायत दी थी। तुम्हारी इस उम्र में मैं तुमको परेशान नहीं करना चाहती। अल्लाह तुम्हारा इम्तिहान ले रहा है। शायद वह देखना चाहता है कि तुम उससे डरती, या उनसे।'

दाई वहाँ अब थी, जहाँ मैं चाहती थी।

उसने अब इनकार करने की हिम्मत नहीं की और कहा, 'अगर अल्लाह की यही मर्ज़ी है कि मेरा ख़ात्मा ऐसे हो, बीवीजी मैं जाऊँगी। अल्लाह करे कि उनसे पहले मुझे वो उठा ले। मैं उसके नाम पर जाऊँगी।'

मैं उछल पड़ी। वक़्त बहुत कम था।

'दस मिनट में आ जाओ। मैं उसके लिए पैग़ाम तैयार कर लूँगी,' मैंने चिड़िया की तरह चहचहाते हुए कहा जो परों के बग़ैर आसमान तक उड़ान भर रही थी।

मैंने राँझा को लिखा कि जुमेरात को सूरज डूबने के बाद वह मुझे मक़बरे में मिले और दस्तख़त किए 'हीर'। रेस्ट हाउस हमसे दूर नहीं था। धीमी रफ़्तार से भी दाई वहाँ पन्द्रह मिनट में पहुँच सकती थी। जब वह चली गई तब ही मैंने समझा कि मैंने वही तरीका इस्तेमाल किया है जो अल्लाह की ओट लेकर वे भोले-भाले लोगों के लिए करते हैं।

उसे गए बहुत देर हो चुकी थी। अपनी हथेलियों को एक-दूसरे से रगड़ते हुए मैं कमरे में क़वायद कर रही थी। आख़िरकार दरवाज़ा खुला। दाई दुबारा दिखाई पड़ी।

क्या वह तुम्हें मिला ? क्या वह वहाँ था ? मैंने पूछा।

उसने अपना सिर हिलाया। मेरी उम्मीदें चकनाचूर हो गईं। खाली हाथ लौटने से मुझे नफ़रत थी। दाई ने अपनी टाँगें मोड़ीं। ज़मीन पर उकड़ूँ बैठी और फुसफुसाकर बोली, 'वह दोपहर को लौटेगा। वह रात को जा रहा है। मैंने तुम्हारे पुर्ज़े को छोड़ने का ख़तरा मोल नहीं लिया।' मैं यह जानने को मरी जा रही थी कि क्या वह एक बार और कोशिश करेगी, अल्लाह के करम से उसने कहा, 'मैं एक घंटे में लौटूँगी।'

इस बार वह मैदान मारकर लौटी।

'मैं उससे मिली,' उसने कहा और ख़ुशी के मारे मैं बिना रुके हँसती गई।

'उसने पुर्ज़ा पढ़ा और सौ सवाल दाग़ दिए। मैंने उनका जवाब दे दिया,' मुझे मश्कूक निगाहों से देखते हुए उसने कहा।

'बीवीजी, यह तुमसे किसने कह दिया कि वह पाक-साफ़ इन्सान है ? उसकी बाबत मैंने लोगों से पूछा था। उन्होंने बताया कि वह एक वज़ीर है, फ़क़ीर नहीं। जब मैंने ज़ोर देकर कहा उन्होंने सोचा मैं पागल हूँ और मुझे मक़बरे की ओर जाने का इशारा किया। मैंने उनको यह नहीं बताया कि मैं कहाँ से आई हूँ। उसकी ताक़त की बाबत तुमसे किसने कहा बीवीजी ?'

उसके अल्फ़ाज़ को लेकर मैं बेहद खुश थी। उसने काम को अंजाम दे दिया था।

'मुझसे अल्लाह ने कहा था,' मैं चहचहाई, 'अल्लाह ने उसे भेजा जैसे कि उसने तुम्हें भेजा।'

ख़ुशी मेरे दिल के अंधेरे सूराख़ से निकली थी। मेहँदी ने मेरे जलते हुए सिर को ठंडक दी और मेरे पकते हुए बालों को रँग दिया। छोटी मटर के आटे से मेरा चेहरा चिकना हो गया। उसे मैं हर दिन रगड़ती और अपने चेहरे को मलती। जुमेरात आ गई।

दुनिया अगर किसी के पैरों पर लोटी थी तो वे उन प्रेमियों के थे जो अब एक होनेवाले थे।

अगर घेरे चौकोर थे, कोई फ़र्क़ नहीं पड़ता था।

प्यार ने एक जादू पैदा कर दिया था जो कायनात को और उससे भी आगे को अपने आगोश में लिये था।

मेरी आँखों के पीछे का हर दर्द ग़ायब हो गया।

मैंने कोई ख़ुशबू नहीं लगाई। कुछ पोता भी नहीं। अपनी शादी को छलाँग लगाकर मैं वक़्त के पीछे चली गई, उस ख़ुशी की ओर जिसकी माँ ने मुझे लेने की इजाज़त नहीं दी थी।

तारा की सलाह याद आई कि कोई ग़ैरज़रूरी शोर पैदा नहीं करना चाहिए। मैंने अपनी चूड़ियाँ उतार दीं और अपने पैरों में हल्की चप्पलें डाल लीं।

आईने में अक्स नया था, फिर भी पुराना था।

आख़िरकार मुझ पर हीर वापस मुस्करा रही थी।

अपने जाने का मकसद बताए बग़ैर, मैं उसके पीछे-पीछे मक़बरे पहुँची। मैं अभी से ज़्यादा का लालच महसूस कर रही थी। मैं दूसरी मुलाक़ात का मंसूबा बना रही थी।

क्या यह असल है ? क्या यह असल है ? यह ख़याल मेरे ज़हन में घूमता रहा।

मेरे शौहर की क़ब्र से अभी भी सड़े हुए गोश्त की बदबू आ रही थी। मैंने अपनी साँस रोक ली। मैं तेज़ क़दमों से बाबाजी के मज़ार की ओर बढ़ी और वहाँ बैठकर इन्तज़ार करने लगी।

मैंने चरमराती हुई पत्तियों की आवाज़ सुनी या यह कलफ़दार सूती कपड़ों की थी।

मेरे दिल की धड़कनें तेज़ हो गईं।

मैंने पैरों की आवाज़ सुनी।

वे सीधे मेरे दिल में घुस गईं और वहाँ रुक गईं और इनके साथ धड़कनें भी।

राजाजी ?

उसके चाचा ?

मैं उसके सभी चाचाओं को घूर रही थी !

यह वक़्त मरने का था।

मुहब्बत ने मुझे सोलह साल का बना दिया था। अब मैं सौ की महसूस करती थी। जब मैंने दूसरी साँस ली मुझे लगा गोया एक और ज़िन्दगी गुज़र गई हो।

उन्होंने मुझे स्टोर के पीछे एक कमरे में बन्द कर दिया। वहाँ मैं लिखती और ख़ुद ही ख़त पढ़ा करती।

मेरी प्यारी हीर,

जिस सुबह ने रात को थपथपाया था वो मर गई और मेरी याद के ऊपर तुम्हारी ज़िन्दगी का अंधेरा फैला दिया। तुम्हारी बाबत ज़्यादा कुछ मालूमात हासिल करने के वास्ते मैं अंधे इन्सान की तरह इधर-उधर हाथ मारता रहा। मुझे एक पागलपन निगल गया। उसमें मैं कई दिन तक डूबा रहा। जद्दोजहद करके जब मैं उससे बाहर आया मैं वैसे ही जल रहा था जैसे मैंने तुमको जलते देखा था। तुम्हारी इमदाद करने का कोई रास्ता ही न था। कोई ऐसा रास्ता जो मुझे तुम तक पहुँचा सकता।

मैं किसी दूसरे आदमी की बीवी के पास कैसे आ सकता था ? मैं एक औरत के नक़ाब में कैसे दाखिल हो सकता था, जहाँ शौहर को सब कुछ की इजाज़त है, मुझे किसी बात की नहीं ? जिस ढंग से उसने तुमको मेरे सामने पेश किया था, मैं देख नहीं सकता था। मैं तुमको दुबारा जलील नहीं कर सकता था।

—तुम्हारा राँझा

टीन के बक्से में ग़ैरइस्तेमालशुदा कपड़ों के नीचे ख़तों का ढेर बढ़ता रहा। मैं सोचती थी कि मेरा प्यार हमेशा तालों में बन्द क्यों रहा है। वह जो इतना सही था, इतना ग़लत क्यों था ? जिस एक अकेले रिश्ते ने मुझे बनाए रखा था, उसका नियाज हासिल क्यों नहीं हो सकता ?

ग़ैरहक़ीक़ी लम्हे हक़ीक़त बन गए। मैं एक ख़्वाबों की दुनिया जीती रही थी। हक़ीक़त फ़ंतासी में डूब गई थी और फ़ंतासी हक़ीक़त में। मैंने परछाइयों में रंग भरने की कोशिश की थी जो सदा साथ थीं, जो सदा बेसूद थीं।

मेरे आँसुओं से लथपथ काग़ज़ मेरी ग़मज़दा रूह की तरह सिकुड़ा और मुड़ गया। इस पर मेरे दिमाग़ ने धुन बजा दी। यदा-कदा मैं शायरी करती; और कभी मायूसी में गिरकर अपना कत्बा[1] लिखती :

1. मृत्युलेख

हीर : शैतान की बीवी।

एक रंडी : क़ैद में।

लौटी : जहन्नुम में।

मैंने अपने दिमाग़ के बारे में और नरक में ज़िन्दा रहने के बारे में लिखा।

बाक़ी वक़्त मैं अपने छोटे से चौखाने में चक्कर लगाती और अब भी ज़ोर-ज़ोर से बड़बड़ाती रहती, 'हर किसी के जहान की तरह मैं अपनी दुनिया को भी गोल बनाऊँगी। मेरी दुनिया वैसी ही गोल है जैसा ख़ुदा ने इसे बनाया था। मैं उसे वैसी ही गोल बनाऊँगी जैसा उसने इसे बनाया था।'

मैंने एक मायूसी से भरा ख़त लिखा, फिर मैंने एक ढाढ़स भरा ख़त लिखा। अपने महबूब से मिलने का कोई रास्ता नहीं था सिवा किसी करिश्मे के। लेकिन कोई दूसरा दरवाज़ा खुल सकता था और दूसरा मौक़ा आ सकता था।

मैं उसको हर दिन लिखती।

हर रात मैं उम्मीद को खुरच डालती।

मुहब्बत एक पगलाई निराशा बन गई। हो सकता है, राँझा ने मेरी बाबत कभी सोचा ही न हो। उसने फ़िक्र ही न की हो। हीर उसकी याद से ही ग़ायब हो गई हो। प्यारी तक धुँधली पड़ गई हो।

ख़तो-किताबत का सिलसिला ख़त्म हो गया।

मैंने पुराने खेलों को आज़माया। आज़ादी के गाने और मुहब्बत की कहानियाँ, महज़ गाने और कहानियाँ थे। अपनी रूह को उड़ान भरने के लिए उकसाती हुई मैं कमरे में चक्कर काटती। मैंने कोशिश की कि यह बाग़ी दरख़्त की तरह पक्की दीवार फाड़कर निकल आए; लेकिन ज़िन्दगी और मौत मेरे लिए बहुत पहले से हममा'नी हो गए थे।

मेरा सिर राँझा पीर साईं, राँझा पीर साईं की धुन पर थिरकने लगा। मैं पुराने, नए, बेकार और नाकाम नज़रियों के अम्बार को उछलने-कूदने से भी नहीं रोक सकती थी। अपने सिर को फट पड़ने से रोकने के लिए मैंने उसके इर्द-गिर्द कसकर एक कपड़ा बाँध लिया।

अन्दर से मैं चीख़ रही थी मर जाओ, मर जाओ।

मालिक की आवाज़ ने कहा उठो, उठो। जादुई ख़ुराक के पर लगाकर आसमान तक उठ जाओ।

बची हुई ख़ुराक को मैंने फेंक दिया। रहम कर अल्लाह, उसकी आवाज़ को बन्द कर दे। मैंने उसकी सदा बढ़ती हुई ख़ामोशी से भीख माँगी, मिन्नत की।

मेरी क़ैद में छिटकी दाखिल हुई। फ़ौरन ही उसने ज़ार-ज़ार रोना शुरू कर दिया।

'या अल्लाह ! ये मेरे ख़ुदा ! तुम्हारा क्या हाल कर दिया है उन्होंने आपा ?

तुम्हें यहाँ किसने बन्द किया है ? राजाजी ने माँ को बुलाया था, क्योंकि तुम बीमार थीं। चूँकि वह यह सोच भी नहीं सकती थीं कि तुम इतनी बीमार हो, इसलिए उन्होंने मुझे भेजा। उन्होंने क्या किया है तुम्हारे साथ ? क्या किया है ?'

मेरे चेहरे को अपनी हथेलियों में लेकर और उसे हर तरफ़ से चूमते हुए, वह अपना रोना नहीं रोक पाई। मेरी कोई दिलचस्पी नहीं थी और उससे मैंने वैसे ही मिन्नत की जैसे बहुत पहले मैंने दाई से की थी।

'क्या तुम मुझ पर एक मेहरबानी कर सकती हो जिसके लिए मैं किसी और से नहीं कह सकती ? क्या तुम मेरी मदद करोगी ?'

अपनी सुबकियों के बीच मेरी बहन ने क़सम खाई कि वह मेरे लिए कुछ भी करेगी।

'मेरा ख़त रेस्ट हाउस में एक आलिम को पहुँचा दो। उसका जवाब आज ही ले आओ। जगह पैदल से सिर्फ़ पन्द्रह मिनट की दूरी पर है।' मैंने कहा। मैं एक दूसरे मौक़े के लिए तड़प रही थी।

छिटकी मुझे तन्हा छोड़ने को तैयार नहीं थी।

मैंने उससे फ़ौरन जाने की गुज़ारिश की, 'अभी जाओ। यह इन्तज़ार नहीं कर सकता। वक़्त नहीं बचा है। अगर तुम नहीं जाती हो, मैं यहीं जान दे दूँगी,' रोते हुए मैंने राँझा के नाम एक और पुर्जा उसके हाथों में ठूँस दिया।

अपनी चुन्नी से उसके आँसू पोंछती हुई, अपने ख़त के साथ उसे धक्का देते हुए, मैं उसके पीछे चिल्लाई, 'जाओ, जल्दी जाओ। और फ़ौरन लौटो नहीं तो, मैं यहाँ मर जाऊँगी।'

छिटकी दौड़ गई।

छोटे से चौखटे में चहलक़दमी करते हुए मेरा दिमाग़ चक्कर लगाने लगा। जब छिटकी लौटी मेरी दुनिया हमेशा के लिए चौकोर हो गई। राँझा वहाँ नहीं था। मेरी बहन मेरे पास माँ को लाने का वादा करते हुए चली गई। मैंने अपना आख़िरी ख़त लिखा और उसे पढ़ा :

मेरी सबसे प्यारी हीर,

मैं तुम्हारी ज़िन्दगी की क़ीमत पर तुमसे नहीं मिल सकता। यह इतनी खुदग़रज़ ख़्वाहिश है कि यह मेरी मुहब्बत की पाकीज़गी को ख़त्म करती है। तुम्हारी ज़िन्दगी ख़तरे में है। तुमने मक़बरे को चुनौती दी है। तुमने उनके ख़िताब तोड़े हैं उनके हाथ क़लम किए हैं जो पागलों की क़ब्रों के आगे उठते हैं। मुआमला सीधा-सादा एक ख़ानदान का नहीं। तुमने उसकी अपनी सल्तनत में राक्षस पर, और वो भी उसके दोज़ख के एक हिस्से के तौर पर, हमला करने के नतीजे नहीं समझे थे।

इस हालत में मैं तुम्हारी क्या मदद कर सकता हूँ ? मैं उस पर अपना

दावा नहीं कर सकता जो मेरा नहीं है। मैं एक पीर की माँ से शादी नहीं कर सकता और तुम दुबारा शादी नहीं कर सकतीं। और एक आदमी के लिए एक औरत को साथ रखने का कोई दीगर रास्ता भी नहीं है।

हमारे हालात को कोई भी चीज़ बदल नहीं सकती।
सिवा इसके कि तुम कोई और बन जाओ˙˙
अगर तुम कोई और बन जाती हो˙˙
कोई और˙˙

मेरी कनपटियों की नसें धड़क रही थी इन अल्फ़ाज़ के साथ, सिवा इसके कि तुम कोई और बन जाओ।

काली और तारा और तोती, यतीमड़ी, चील और मैं। बहनों, बेटियों, बीवियों और माँओं की जैसी औरतें पानी के बुलबुलों में बदल गईं और फट गईं।

मेरे एक सुई चुभ गई।

मेरी आँखें पीर साईं के बिस्तर पर खुलीं।

माँ मेरे कान में बोल रही थी, 'अलमारी की चाबियाँ कहाँ हैं ? चाबी मेरे पास रहने दो। उनको कोई और ख़त नहीं मिलने पाए।'

मेरे ऊपर झुका भाई हौले से बोला, 'इससे पहले कि वे राजाजी को मिलें, आपा चाबियाँ मुझे दे दो।'

मेरी आँखें देख रही थीं, मेरे कान सुन रहे थे, मेरा दिमाग़ काम कर रहा था, लेकिन न मैं बोल सकती थी न हिलडुल सकती थी।

दरवाज़ा खुला।

दिन की रोशनी ने मुझे अंधा कर दिया।

राजाजी मेरे सिर पर खड़ा हुआ गुर्रा रहा था, 'यह बद्दुआ है। इसने हमारे ख़ानदान को शर्म के सिवा कुछ नहीं दिया। मैं दुआ करता हूँ कि इससे पहले कि यह हमें साँप की तरह दुबारा डसे, यह मर जाए।'

दिन की रोशनी ने मुझे अंधा कर दिया और राजाजी चला गया।

अपनी चाबियों को मैंने माँ के हाथ में हिलते देखा।

गुप्पी मेरा चेहरा छू रही और रो रही थी, 'अम्मा वापस आओ। चाँद पर घूमने के दिन कितने ख़ूबसूरत थे। तुम तो हमेशा इतनी मज़बूत, इतनी बहादुर, इतनी बासब्र और अच्छी रही हो।'

मैं फैल रही थी या खिंच रही थी; ठोस थी या घनी। मेरे अन्दर एक आग जलने लगी। मैं उन पर मुझे अकेला छोड़ देने को चिल्लाई। तुम बहुत देर से आए। मुझे किसी की ज़रूरत नहीं। मैं बोले बग़ैर बोल रही थी और एक तेज़ सुई मेरे चुभ रही थी। मेरे भीतर शून्य बढ़ने लगा और फिर वह शून्य मेरे मन में सीमित होकर नन्हा-सा धब्बा बनकर रह गया।

जब मैं जागी माँ मेरे ख़त पढ़ रही और ज़ोर से रो रही थी, 'अल्लाह का शुक्र है, उसने हमें ज़लालत से बचा लिया। ज़रा देखो तुम्हारी बहन ने खुद को किस जंजाल में डाल लिया था ? ज़रा तबाही तो देखो ?'

मेरी बहनें राँझा के ख़त पढ़ रहीं और रो रही थीं। मैंने उनसे कहने की कोशिश की कि वे मेरे थे।

सिर्फ़ मेरे। राँझा के नहीं। मेरी तरफ़ से मेरे लिए थे।

हमेशा सिर्फ़ मैं थी।

सिर्फ़ मैं।

व्हिस्की की खाली बोतलों को गुप्पी एक डिब्बे में रख रही थी। भाई उनके साथ बाहर जा रहा था। छिटकी के पास फिल्में थीं। इससे पेश्तर कि वे मुझे मारने के पत्थरों में तब्दील होतीं माँ ने उनको छीन लिया। उनको उसने कपड़ों की तहों में लपेटा। भाई ने उनको फिर निकाल लिया। माँ ने उनको खींचकर अपने झोले में वापस ठूँस दिया।

हमेशा की तरह मेरा कुनबा वैसे ही फिर धुँधला गया जैसे कि काली और तारा और यतीमड़ी। चील और बेवा की बेटियाँ तक जा चुकी थीं। तोती कभी वापस नहीं आई।

कहीं बहुत दूर से मैंने उसको आवाज़ दी और पूछा, 'तोती, दूसरा जहान इससे बेहतर है या बदतर ? मालिक कहाँ है ? मरने के बाद क्या मैं उसके साथ होऊँगी ?'

नहीं, नहीं, मैं अपने दिल के अंधेरे सूराख के भीतर से चिल्लाने लगी, कि दरवाज़ा खुला और कमरा धूप से भर गया। राजाजी वापस आ गया था। वह बैठ गया और माँ पर चीख़ने लगा। तब वह भी बैठ गई और चीख़ने लगी। गुप्पी ने अपने हाथों से अपना चेहरा ढँक लिया और रोने लगी। एक दूसरी ओर से कुछ और सुबकियाँ सुनाई पड़ीं। मैं उस ओर मुड़ना चाहती थी। मुड़ नहीं सकी।

वह कौन था।

कोई नन्ही और छिटकी के बीच सिमटा बैठा था। सुबकियाँ वहाँ से, दिया के चेहरे की खुली हुई आँखों से आ रही थीं। दिया क्यों रो रही थी।

मेरा सिर घूम रहा था। मेरी निगाहें हिलडुल रही थीं। मैंने एक गाय को देखा। वो मेरे कमरे में चहलक़दमी कर रही थी। उसे किसने अन्दर आने दिया ? गाय रंभाई। हर कोई रंभाता लग रहा था। माँ ने गाय का बोसा लिया। मेरी नज़र साफ़ हो गई। मुन्नी दुबारा, और दुबारा और दुबारा हामिला थी।

माँ उसके आँसू पोंछ रही थीं। आख़िरी रस्मों की बात कर रही थीं।

क्या मैं मर गई ? मेरे सिर के ऊपर से मेरे जिस्म से गुज़रता हुआ सुकून मेरे पैर की उँगलियों के सिरों तक झरने की तरह बह रहा था। ज़िन्दगी आख़िर

हो गई।

जन्नत घर जैसी क्यों है ?

औरतें अन्दर घुस पड़ीं और अम्मा साईं की रूह को लेकर हाय-हाय करने लगीं।

जो मरीं वह अम्मा साईं थीं।

मेरे दिमाग़ में तब तक घूमती रहीं जब तक कि वह दूसरी चीज़ों के साथ गड्डमड्ड होकर ग़ायब नहीं हो गईं।

यह एक दिन था, एक महीना था, एक साल था या तमाम ज़िन्दगी ? मैं या तो गर्म दूध की तरह उबल रही थी या बर्फ़ की तरह ठंडी थी। तस्वीरें इतनी तेज़ रफ़्तार से चक्कर लगा रही थीं कि मैं गोल झूले में घूम रही थी। कभी मैं आसमान में तैरती। अपने दिल के तारीक सूराख में गिरती और रुकती, दुनिया के ऊपर टुकड़े-टुकड़े होती और छितरती और हर किरच एक औरत बन जाती जो अपनी जान बचाने को भाग रही होती।

राजाजी तेज़ी से अन्दर आया और राँझा की बाबत कुछ कहा। याद आया मैं उससे प्यार करती थी। उसके बाद क्या हुआ ? कुछ और याद करने को मैंने अपने दिमाग़ पर जोर डाला। वहाँ कुछ नहीं था।

भाई राजाजी पर चीख़ा, 'मेरी बहन मर रही है। इस कमरे में वह एक दिन भी ज़िन्दा नहीं रह सकती।'

राजाजी क़ब्रों के मरने की बाबत चीख़ा, 'अगर मर जाती है, यह हमारे क़ब्रिस्तान में दफ़्न होने की जगह पाने के लायक़ भी नहीं। उसका कत्बा मक़बरे पर एक बदनुमा दाग़ होगा। मैं उसकी कोई यादगार नहीं चाहता।'

यह कहने के लिए मेरे भाई ने मेरे बेटे को जान से मार डालने की धमकी दी। हर कोई रोने लगा। राजाजी ने मेरे सिर पर दरवाज़ा ठोंक दिया।

कमरा फिर ख़ामोश था। इसकी आवाज़ें मेरे भीतर इकट्ठी हो गईं। वहाँ तमाम मुर्दे उनके लिए चीख़-चिल्ला रहे थे जो ज़िन्दा थे।

माँ ने काली की तरह सोग मनाया, 'मैं यहाँ हीर के साथ रुक सकती हूँ। वह इसको जाने नहीं देगा। हमारे सामने कोई रास्ता नहीं। इसके साथ यहाँ हम सब रुक सकते हैं।'

भाई छोटे साईं की तरह रोया, 'अपनी बहन को मैं ले जा रहा हूँ। मैं उसको दुबारा नहीं छोड़ूँगा। यह यहाँ एक दिन भी नहीं रुक सकती।'

छिटकी तोती की तरह बिलखने लगी, 'राजाजी उसको जाने नहीं देगा। इसके साथ हमें यहीं रुकना होगा।'

भाई, तोती के बलूच की तरह चिल्लाया।

'तब हम कहेंगे कि वह मर गई है। क्या वह मर ही-सी नहीं गई है। हम

इसके मरने का ऐलान कर देंगे। हम इसको नई पहचान देंगे, इसको कुछ और बनाएँगे।'

मेरे दिल के अंधेरे सूराख में रोशनी भर गई। मेरे कानों में गूँजने लगा : सिवा इसके कि तुम कोई और बन जाओ, सिवा इसके कि तुम कोई और बन जाओ।

एक पीर की बीवी नहीं, एक पीर की माँ नहीं, कुछ और।

राजाजी अन्दर आया।

भाई ने कहा, 'मेरी बहन मर गई है। क्या तुम समझ रहे हो ? वह मर गई है। मैं उसे अपने वालिद की बगल में दफ़नाऊँगा। अगर तुम्हारे मक़बरे में उसका मज़ार नहीं होगा, वह तुम लोगों की याद से ग़ायब हो जाएगी। अपनी मस्जिद के लाउडस्पीकरों पर उसकी मौत का ऐलान करो।'

अपने नाती से माँ ने मिन्नत की, 'अगर तुमको शर्म आती है ऐलान मत करो। अगर तुम उसको हमें ले जाने दो, वह सबकी यादों से दूर हो जाएगी।'

छिटकी अपने भांजे के पैरों पड़ गई और रोई, 'हमें उसको ले जाने दो। उसे अपने मक़बरे से दूर चले जाने दो। तुम उसकी बाबत फिर कभी नहीं सुनोगे।'

राजाजी मुझ तक आया और घूरा।

मैंने पलटकर सीधे उसकी ओर देखा···और फिर भी उसने मुझे मरा हुआ ऐलान कर दिया। एक ख़ुदा की तरह।

सूटकेस। पीर साईं की अलार्म घड़ी। मेरी चप्पलें। वे मुझको उसके पास भेज रहे थे। वे मुझे पीर साईं को वापस लौटा रहे थे। क़ुर्आन में यह वादा किया गया था कि मौत के बाद शौहर और बीवी दुबारा मिल जाएँगे।

मैं छोटे साईं को चाहती थी और उसको मैंने मदद के लिए आवाज़ दी। गुप्पी और छिटकी ने मुझे अपनी बाँहों में लिया और गुसलखाने में नहलाने के लिए उठा ले गईं। मेरा दिल जोर-जोर से धड़कने लगा। नन्ही ने मेरे कपड़े उतारे। मैं फिसल गई। वे चीख़ पड़ीं। मैं एक चौकी पर लेटी थी।

यह मेरा आख़िरी गुस्ल था।

उन्होंने साबुन मला। पानी उँड़ेला और आयतें पढ़ीं। मेरे मुँह में रुई भर दी गई। मेरे चेहरे पर पट्टी बाँधी गई। मेरे सिर पर एक चादर पड़ गई। इसके नीचे से मैंने रोने-कलपने की आवाज़ें सुनीं, 'वह मर गई। वह मर गई। हीर मर गई।'

क़ब्र में मुझे पीर साईं पकड़ लेगा। मरी हुई मैं उठ गई। मैंने जाने से इनकार कर दिया। लेकिन चारपाई उठ चुकी थी और मैं हवा में बहने लगी। मैं जानती थी कि गुप्पी का चेहरा मेरी तरफ़ है, दिया और मुन्नी का दूसरी तरफ़।

यह मेरा शादी का दिन था। नहीं, दुबारा नहीं। मैं ख़ामोशी में चीख़ी। उसको

नहीं ले जाने दो मुझे। उसको मुझसे शादी नहीं करने दो। उसको मुझे यहाँ नहीं देखने दो। मैंने हर किसी से भीख माँगी पर किसी ने नहीं सुना। पीर साईं ने उन सबको धक्के देकर भगा दिया। मैं दुबारा मर गई।

बजाए पीर साईं के राजाजी आगे बढ़ा।

मेरे चेहरे से उसने चादर हटाई। हमारी आँखों ने एक-दूसरे को टकटकी लगाकर देखा। जब उसने कहा, 'अलविदा अम्मा,' उसकी आँखों में आँसू भर आए।

गुप्पी, दिया, मुन्नी और राजाजी धुँधले होते जा रहे थे और मैं अपने बच्चों से वापस आने को चिल्ला रही थी।

लौट आओ, लौट आओ। मेहरबानी करके हमें मुआफ़ कर दो और लौट आओ, मैं ख़ुद-ब-ख़ुद भीतर-भीतर चीख़ रही थी। चारपाई ईंट की दीवार के इर्द-गिर्द तैरी और दरवाज़े से बाहर हो गई।

मैं एक वेन में थी। ज़िन्दगी से मौत···या मौत से ज़िन्दगी के पार उतर रही थी। अंधेरों की गहराइयों में फिसलती जा रही थी, कि···

मेरी आँखें खुलीं। मेरे चेहरे से चादर हट गई। सैकड़ों लट्टू जगमगाने लगे। लोग चलने लगे। औरतें बतियाने लगीं। लोग दरवाज़ों से अन्दर आते और बाहर जाते। वे कहाँ थे और मैं कहाँ थी।

हम दूसरी ज़िन्दगी के एक जाने-पहचाने दरवाज़े से गुज़र रहे थे, या यह राँझा के पुराने सपने का था ?

यहाँ और वहाँ मुड़ते, रुकते फिर चलते फिर मुड़ते और रुकते हुए···। माँ उतर रही थी।

मैं कहाँ जा रही हूँ ?

चारपाई पर मैं एक गली में होकर उड़ रही और फिर तंग ज़ीने पर तैरती हुई ऊपर जा रही थी। भाई हौले से मेरे कान में फुसफुसा रहा था।

'मैं तुम्हें फिर कभी नहीं छोड़ूँगा आपा। मैं कभी किसी को तुम्हें दोबारा नहीं ले जाने दूँगा। तुमको सेहतयाब करने के लिए मैं सब कुछ करूँगा।'

मेरे पीछे-पीछे मेरी आवाज़ आ रही थी, 'मेरे बच्चे तुम घर आ गए हो, घर।'

मैंने माँ को दुआ माँगते सुना, 'अपने बच्चे को दोज़ख़ में भेजने के लिए मुझे मुआफ़ करना, अल्लाह। उसके सब्र के लिए उसे इनाम देना अल्लाह और एक दूसरा मौक़ा देना। एक मौक़ा। कोई मौक़ा। कुछ मौक़ा या अल्लाह।

एक बन्द दरवाज़ा खोला गया।

मुझे आँगन में चिबिड्डी खेलती हुई चोटियों वाली एक छोटी लड़की याद आई।

मैंने आसमान की ओर देखा। बाबा मेरी ओर मुस्करा रहे थे। उनका चेहरा धुंध की तरह कभी दिखता कभी ग़ायब हो रहा था। आख़िर में वह आ गया था।

यह जन्नत थी।

और आख़िर में

एक साल बाद।

ख़ुद को एक सफ़ेद बुर्क़े में छिपाए मैं ताज़ा फूलों से ढँकी एक क़ब्र के सामने खड़ी थी। अपनी आँखों पर पड़ी जाली के टुकड़े से मैं एक मामूली से कत्बे को देख रही थी, जिस पर लिखा था 'हीर'।

किसानों का एक कुनबा चलता हुआ वहाँ पहुँचा। उन्होंने इस पर गुलाब की पंखड़ियाँ चढ़ाईं, अगरबत्तियाँ जलाईं और मिट्टी के ढेर पर काग़ज़ की छोटी-छोटी हरी झंडियाँ गाड़ दीं।

मैंने एक औरत को दुआ-ए-ख़ैर माँगते सुना, 'या अल्लाह इस औरत की रूह को दुआ दे जिसने मक़बरे की इबादत के पतन का पर्दाफ़ाश किया था। उसको दुआ दे कि वह हमको तेरे ज़्यादा क़रीब लाई थी।'

मेरी आँखें आँसुओं से भर गईं। किसी ने समझ लिया था।

लेकिन यह एक और मक़बरे की इब्तिदा थी।

सक्ते में, मैं वापस राँझा की ओर बढ़ी, जो अपनी कार के स्टीयरिंग व्हील के पीछे बैठा इन्तज़ार कर रहा था।

❑❑❑